유하나 장편소설

맛있는 당신

동아

맛있는 당신

초판 1쇄 인쇄일 | 2019년 11월 20일
초판 1쇄 발행일 | 2019년 11월 27일

지은이 | 유하나
펴낸이 | 박성면
펴낸곳 | (주)동아

출판등록 | 제406-2007-000071호
주소 | 경기도 파주시 문발로 115, 세종출판벤처타운 201-A호
전화 | (031)8071-5201
팩스 | (031)8071-5204
E-mail | bear6370@hanmail.net

정가 | 11,800원

ISBN 979-11-6302-269-5 (03810)

ⓒ 유하나, 2019

※이 책은 (주)동아와 저작자의 계약에 의해 출판된 것이므로, 무단 전재 및 유포, 공유를 금합니다.

목차

1. 까칠한 방콕	7
강태석 외전 1. 첫인상은 좋았지	59
2. 관계의 전환	74
강태석 외전 2. 그녀에게 빠지다	124
3. 이번에도 착각인가요?	134
4. 달콤한 홍콩	183
강태석 외전 3. 이어져 있는 거죠?	261
5. 깊이, 더 깊이	271
강태석 외전 4. 쌍방향 화살표	310
6. Romance in Seoul	331
강태석 외전 5. 그대를 위해서라면	371
7. 조금 더 가까이	382
강태석 외전 6. 말할 수 없는 마음	421
8. 맛있는 요리보다 당신	432
강태석 외전 7. 아름답고 험난한 세계로	499
승아 외전. 후일담	510
에필로그	520

*일러두기

본 작품은 허구로 작중에 등장하는 지역, 인물, 종교, 단체 및 기타 기업명은 실제와 관련이 없음을 밝힙니다.

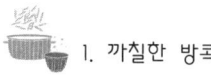 1. 까칠한 방콕

파프리카TV 〈코리아 셰프 대첩 시즌 2〉 준우승에 달하는 강태석!

20대 여성들의 애인 삼고 싶은 연하 아이돌 1위, 큐브의 리더 이해진!

대세남 두 명이 함께 휴양지에서 맛있는 요리를 즐기는 법을 선보인다!

해외의 유명한 가게들에 가면 온통 한국인뿐이다?!

편견과 오해를 깨기 위해 요리를 사랑하는 두 남자가 뭉쳤다.

〈코리아 셰프 대첩〉 후로 〈맛있는 식탁〉, 〈장바구니를 부탁해〉 등으로 시청자들의 눈과 혀를 사로잡은 요리사 강태석이 이제 휴양지를 더욱 맛있게 즐길 수 있는 방법을 소개한다. 유명한 요리돌이자 〈파프리카쇼〉와 〈맛집 뽀개기〉로 실력을 검증받은 다정남 이해진과 함께 휴양지의 명소를 도는 솔직발랄한 요리 여행담!

우리나라 해외 여행지 인기 3대장인 방콕과 홍콩, 그리고 대망의 도쿄까지!

달콤한 두 남자와 함께하는 요리 여행, 〈가서 뭐 먹지?〉 꼭 놓치지 마세요!

타다닥 탁-! 엔터를 세게 치는 소리가 작은 방을 크게 울렸다. 아희는 심호흡을 했다. 막내 작가인 승아가 한국에서 보내 준 초고를 완성시키며 마음을 비웠지만 얼마나 화가 나는지 타자를 치는 손가락이 바르르 떨렸다. 분노로 타자를 두들겼더니 글을 쓰는 시간보다 잘못 친 오타를 고치는 시간이 더 걸린 듯했다.

대체 이게 뭐야? 오늘의 원래 일정대로라면 진작 촬영을 끝내고 지금쯤 자유 시간을 만끽하고 있었을 것이다. 하지만 잘난 누구 씨가 성질을 내는 바람에 촬영이 늦어졌고 뒤에 잡아 놓은 일정들도 다 밀렸다!

덕분에 밀린 스케줄을 조정하고 내일 스케줄을 다시 한

번 확인하느라 어느새 10시! 놀러 나가기엔 너무 늦은 시간이 되어 버린 것이다. 그래서 일이나 해야지 싶어서 승아가 보내 놓은 초고나 고치고 있었다.

"아이고 내 신세야!"

일부러 발을 쾅쾅 구르며 창문으로 가서 촤아악! 큰 소리를 내며 커튼을 걷어 젖혔다.

"……얄밉게도 예쁘네."

에어컨 바람으로 차갑게 식은 창문에 이마를 콩 박았다. 창밖의 야경은 우리나라와 비슷한 것 같으면서도 다른 이국(異國)의 풍경이다.

이곳은 바로 대한민국에서부터 3700km가 떨어진 태국, 방콕. 전광판에 빛나는 이국적인 글자들이 이곳은 너의 나라가 아니라고 번쩍이며 소리쳤다.

창밖을 보자 다시 억울함이 몰려왔다. 동남아시아 특유의 습기가 숨을 턱턱 막히게 하지만 덥고 습해도 좋으니 나가서 놀고 싶다! 충동적으로 창문을 열어젖히자 생각했던 것보다는 덜 습하지만 에어컨 바람에 비하면 뜨겁기까지 한 공기가 얼굴로 훅 끼쳤다. 코끝에 낯선 향기가 걸렸다.

"향냄새. 주변에 절이 있나?"

아희는 폰을 꺼내서 바깥의 풍경을 카메라로 찍으며 중얼거렸다. 밤이라 어두워서 잘 찍히지 않아 아쉽다. 회사 카메라가 다 촬영 팀에 가 있으니 내일은 빌려 달라고 해서 제대로 사진을 찍어 봐야지 다짐을 했다. 그때였다.

철컥철컥- 자동으로 잠겼던 문고리가 거칠게 흔들렸다. 누구지? 아희는 깜짝 놀라 주변에 무기가 될 만한 것을 찾으며 물었다.

"누, 누구세요?"

"아희 씨! 문 잠근 거야? 얼른 열어 줘!"

"잠깐만요!"

얼른 맨발로 달려가서 자동으로 잠긴 문을 열었다. 같은 방을 쓰는 희수 선배였다. 아희는 이 좁은 방마저 메인 작가인 희수와 같이 써야 하는 신세를 한탄했다. 그래도 승아는 아예 방콕에 오지도 못했으니 그보다는 나은 처지인 것일까.

희수는 촬영 팀의 방에서 술을 한잔했는지 발그레한 얼굴로 자기 침대에 그대로 풀썩 쓰러졌다.

"선배, 안 씻으세요?"

경험상 그대로 자는 걸 내버려 뒀다가는 내일 얼굴에 빨갛게 뾰루지가 났다며, 나보고 왜 씻고 자라고 말해 주지 않았느냐고 할 게 뻔해서 물었다.

"으응, 조금 있다가……."

해롱거리는 목소리를 들으니 깨워도 일어나는 건 무리다. 희수를 깨우는 걸 깔끔히 포기한 아희는 창문을 닫고 커튼을 반만 쳤다. 날씨가 좋아서 달이 밝은데 침대에서 저 달을 보고 싶었기 때문이다.

방의 불을 끄고 침대와 침대 사이에 있는 무드등을 켰다. 친구들에게 어린이 같은 착한 습관이라는 소리를 듣는 그녀만의 습관을 이행해야 하기 때문이다. 일기 쓰기. 정말 하루도 빼놓지 않고 쓰지는 못하지만 그래도 일주일에 4, 5번 정도는 꼭꼭 쓴다. 예전엔 다이어리에 메모처럼 짧게 짧게 쓰기도 했는데 취업을 한 후로는 방송 작가라는 직업상 다이어리 대신 업무용 스케줄러를 항상 가지고 다녀야 해서 전처럼 다이어리에 사소한 이야기를 쓸 시간이 부족했다.

방송 작가가 된 지 이제 2년 차. 취업 후부터 적은 일기장은 어느새 3권째였다. 매일 쓰지 못해도 한번 쓰면 두세 장씩 쓰게 되었다. 그만큼 탈도 많고 할 말도 많은 직업이다, 방송 작가라는 직업이라는 게.

"그래도 정말 좋은걸."

손바닥보다 큰 일기장에 빽빽하게 욕을 쓰다가도 결국은 배시시 웃으면서 마무리를 하게 된다. 나는 내 직업이 좋다. 방송이 좋다. 작가가 좋다. 진짜진짜로!

아희는 오랜만에 직업적인 보람과 성취감을 곱씹다가 머릿속을 스쳐 지나가는 얼굴에 인상을 찌푸렸다. 오늘 아희의 계획을 모조리 망쳐 버린 장본인. 강태석!

"그래서 그 자식이 더 싫어!"

"아이씨, 시끄러워……."

"핫, 죄송해요!"

무심코 나온 혼잣말이 소리가 꽤 컸나 보다. 나도 이제 자야지. 아희는 얼른 공책을 침대 옆 캐리어 안에 쑤셔 넣고 이불 안으로 들어갔다.

'내일은 제발! 제발…… 촬영이 일정대로 진행되면 좋겠다.'

달칵, 스탠드를 끄자 방은 어둠 속으로 잠겼다. 반쯤 열어 둔 커튼 덕분에 창밖의 달빛이 희미하게 방 안을 비춰 주어서 아희는 피곤한 하루를 잊고 꿈도 꾸지 않는 깊은 잠을 잤다.

* * *

"태석 씨, 오늘은 진짜 우리 좀 봐줘. 어제 꼬인 일정 펴느라 죽는 줄 알았어. 응? 부탁이야."

"아니 솔직히 어제 맛집은 진짜 심했잖아요. 그게 맛집이라니. 혀가 없답니까?"

"그렇기는 해도 스폰서 쪽에서 그 집은 꼭 나와야 된다고 했으니까-."

"예. 입에 넣기는 하겠는데 다시 뱉을지도 몰라요. 그런 건 먹고 싶지 않으니까."

아희는 피디와 태석이 나누는 대화를 들으며 작게 한숨을 쉬었다. 역시 저 더러운 성깔이 하루 만에 어디 갈 리가 없다.

여기저기서 이야기를 많이 듣기는 했다. 요리사라는 인종은 불을 다루고 칼을 휘두르고 시간을 다투는지라 굉장히 거칠고 터프한 족속들이라고.

그래도 아희는 〈지옥의 식당〉이라는 유명한 미국 쇼 프로그램을 재밌게 보았고, 요새 절찬리에 방영 중인 〈코리아 대첩 시즌 3〉도 열혈 시청 중이기에 이 방송을 시작하기 전에 요리사의 성질머리를 이해할 수 있을 거라고 약간 자만했었다. 아니다, 자만이 아니라 이건 상식이다. 비즈니스에 대한 상식!

아무리 그래도 이건 좀 심하다. 함께 프로그램을 만드는 사람들인데, 굳이 어깃장을 놓을 필요가 없지 않은가?

아희는 지금 저렇게 피디를 쥐 잡듯이 잡고 있는 강태석, 저 남자가 준우승을 한 〈코리아 대첩 시즌2〉도 열심히 시청했었다. 하지만 보는 것과 겪는 것은 정말 천지 차이였다. 이렇게나 성깔이 더러울 줄이야!

물론 강태석은 코리아 대첩에 나올 때도 싸가지가 없기는 했다. 싸가지가 없는 대신 실력이 무척 좋아서 시청자들의 혼을 쏙 빼놓고는 했었지. 아희도 강태석이랑 같이 요리 여행 프로를 한다는 말을 듣고서 약간 걱정을 하긴 했지만 그래도 다 큰 어른이니까 알아서 잘 행동할 줄 알았다. 그런데 이렇게 깽판을 놓는 정도일 줄이야. 조금도 예상하지 못했다.

아니 예상을 할 수 없는 게 당연하다! 뭐 저런 싸가지가 다 있어? 자기보다 열 살은 많은 피디님한테 저걸 말이라고 지껄이는 건지. 먹다가 뱉을지도 모른다니? 피디님이 저렇게 사정사정을 하는데. 어이가 없어서 헛웃음이 다 나왔다.

"허!"

"……."

속으로만 하려고 한 건데! 아희는 다급히 자신의 입을 막았다. ……예상치 못하게 크게 소리가 나긴 했는데, 지금 강태석이 본 건 아니겠지?

식당으로 이동하기 위해 전세 버스에 타고 있는 중이라 어딘가로 도망갈 수도 없어서 아희는 괜히 뭔가를 찾는 척 고개를 숙이고 커다란 가방을 뒤적였다.

얼마나 가방을 뒤적였을까, 옆에서 누가 그녀의 팔을 톡톡 쳤다. 안색이 무척이나 어두워 보이는 또 다른 출연자, 이해진이다.

해진은 정말 감탄이 나올 정도로 잘생겼다. 아이돌이 배우에 비해 외모가 딸린다는 말도 이젠 예전 말인 것인지 여행 리얼리티 프로그램을 찍으며 만났던 다양한 배우들의 외모와 비교해도 해진은 꿀리기는커녕 배우들도 갖기 힘든 반짝거리는 아우라까지 지녔다. 웃기만 해도 주변이 환해지는 느낌이랄까.

잡티 없는 뽀얀 피부와 오밀조밀한 이목구비, 큰 키는 아니지만 얼굴이 워낙 작아서 비율도 좋다. 운동을 열심히 하는지 마르면서도 탄탄한 몸을 가진 해진은 정말 고맙게도 성격까지 무던했다.

촬영을 오기 전, 제작 미팅 때부터 스태프들 한 명 한 명에게 잘 부탁드린다고 인사를 하던 것이 기억난다. 이렇게 착한 사람이니까 저 성격 더러운 강태석이랑도 잘 지내는 거겠지.

아희는 해진과 태석의 연결 고리를 떠올렸다.

"아, 해진 씨 출연했던 파프리카TV에 태석 씨가 나오신 적 있죠?"

"네. 그것도 있고 제가 프로그램 덕분에 다른 셰프님들이랑 친해지면서 사석에서도 몇 번 뵀어요. 까칠하긴 한데 좋은 분이에요."

"해진 씨가 착해서 그렇게 보시는 거 아니에요?"

아희가 입을 삐죽거리면서 말하자 해진은 토끼 눈을 하더니 이내 손으로 입을 가리고 웃었다.

"제가 착해요? 착한 짓 한 적도 없는데요?"

"메인 작가도 아니고 막내 작가랑 놀아 주는 아이돌이면 착하죠. 뭐…… 제가 이제 막내는 아니라지만 현장에선 거의 막내급인데 꼬박꼬박 존대도 해 주잖아요."

"에이, 그건 착한 게 아니라 기본이잖아요."

"기본도 못 하는 사람들 이쪽에 아주 많은 거 아시잖아요."

나는 손으로 입을 가리고 해진에게 속삭였다.

"계약서에 도장 잘 찍어 놓고 현장에서 강짜 부리는 저분처럼요."

해진은 입가에 미소를 지우지 않은 채로 난감하다는 얼굴을 하면서도 조심스레 고개를 끄덕였다. 어제 강태석이 촬영 못 하겠다고 생짜를 놓아서 고생한 건 스태프들뿐만이 아니라 해진도 마찬가지였던 것이다. 아무리 요리사고 본인 입이 고급에 절대 미각이라도 일행들 전부를 피곤하게 만들면서까지 고집하는 건 아희의 기준에선 민폐나 다름없어 보였다.

아희는 태석이 그녀와 해진 쪽을 계속 주시하는 것도 모르고 해진과 수다 삼매경을 떨었다.

* * *

"도착했습니다! 각자 장비 챙겨서 내리세요."

버스가 천천히 멈추고 스태프들이 짐을 챙기느라 부산을 떠는 사이 해진은 가벼운 몸으로 차에서 내렸다. 아희는 후배답게 선배인 희수의 짐까지 든 가방을 한쪽 어깨에 짊어지고 버스에서 내렸다.

"아- 물 냄새."

손바닥으로 햇볕을 가리며 저 멀리로 시선을 던지자 빛을 반사하며 하얗게 반짝이는 강이 보인다. 도시 한가운데를 가로지르며 흐르는 짜오프라야강은 서울에 두고 온 한강을 떠올리게 했다. 한국인은 이곳처럼 한강에 수상 가옥을 짓지는 않지만 말이다.

버스는 아희 없이 진행된 어젯밤의 술자리 때문에 술 냄새로 절어 있었다. 사람들도 숙취와 피곤에 찌들어 있었고. 함께 술을 마셨다면 모를까, 술 한 방울도 먹지 않고 밀폐된 공간에 갇혀 있으려니 정말 고역이었다. 그러다 이렇게 차에서 내려서 상쾌한 공기를 마시니 무거운 어깨까지 가벼워지는 느낌이다.

아니, 진짜 가벼워졌잖아?

"정신 빼지 말고 쫓아와요. 사람들 잃어버려서 국제 미아 되지 말고."

"네? 네, 감사합니…… 앗!"

아희는 자신의 어깨를 가볍게 해 준 사람이 태석이라는 것에 깜짝 놀라 토끼 눈을 떴다. 태석은 아희의 짐을 가져가며 낮은 목소리로 한마디 했다.

"그리고 흉을 보려면 목소리는 작게. 그건 기본 중의 기본이죠."

뭐라고? 아희는 입을 벌린 채로 가방을 들고 유유히 걸어가는 강태석의 등을 바라보았다. 아희의 어깨를 무겁게 짓누르던 가방은 태석에겐 무척 가벼워 보였다.

어느새 스태프들은 그녀와 강태석을 빼놓고 30m쯤 앞의 식당으로 들어가고 있었다. 물론 주변을 구경하느라 넋을 빼놓고 있던 아희의 잘못이었고, 태석은 무리에서 낙오된 그녀를 챙겨 주면서 무거운 가방까지 들어 주는 고마운 짓을 한 것이었다. 그러나 아희는 방금 그가 한 말을 떠올리자…… 기분이 최악으로 떨어졌다.

'내가 자기 뒷담 까는 걸 다 들은 걸까?'

하긴 아희와 해진이 말했던 '기본' 얘기를 하는 걸 보니 100% 들은 게 분명했다. 부끄러움과 민망함 때문에 얼굴에 열이 올랐다. 나 진짜 찍혔나 봐. 아희는 울상을 지으며 얼른 두 다리를 움직여 태석의 옆으로 바짝 붙었다.

"가방 주세요."

"……키도 작은 사람이 왜 이렇게 가방을 무겁게 들고 다녀요? 키가 더 줄겠네."

"저 키 안 작거든요? 강태석 씨가 큰 거지."

아희의 대꾸에 이름처럼 돌덩이 같은 표정을 하고 있던 강태석이 픽 웃었다. 사실 웃었다고 보기에는 입꼬리만 살짝 올라간 느낌이지만 분명 아희의 느낌엔 분명히 웃은 거였다.

아희는 눈을 홉뜨며 강태석의 손에서 가방을 뺏어 들었다.

"진짜예요. 제가 대한민국 여자 평균 키보다 2cm나 큰 164cm예요. 큰 키는 아니지만 작은 키도 아니라구요."

"여자 평균키가 그거밖에 안 되다니 놀랍네요."

째릿! 아희는 매섭게 태석을 위아래로 훑었다. 164cm가 작은 키는 아니지만 아희를 작다고 할 만큼 태석은 키가 정말 컸다. 아희는 정확하지 않은 눈대중으로 볼 때도 그의 키가 180cm를 가뿐히 넘는 것은 물론, 적어도 185cm 이상은 되어 보이는 것에 감탄했다. 사실 연예인을 많이 본다고 해도 생각보다 연예인들 중엔 키 큰 남자가 별로 없기 때문이다. 마른 남자들은 많지만.

아니, 아무리 자기가 크다고 해도 남 키를 작다고 하면 안 되지. 내가 키 크는 데 보태 준 것도 없으면서. 그녀가 툴툴거리는 소리를 들은 모양인지 강태석이 갑자기 멈춰섰다. 아희가 뭐지 싶어서 한두 걸음 뒤에 멈춰서 그를 올려다보았다. 태석은 뭔가 마음에 들지 않는다는 듯이 팔짱을 끼고 그녀에게 말했다.

"그때도 이렇게 말 좀 많이 하지 그랬어요."

"네?"

"모르는 척하시네."

"제가 뭘요?"

"이제 보니 사람 험담하는 게 취미신가?"

"네? 무슨 소릴 하시는 거예요?"

그때라니? 아희는 진심으로 의아해서 고개를 갸웃거렸다.

아희와 태석에게는 '그때'라고 할 만한 무언가가 없었다. 두 사람은 아무 사이도 아니고 그저 프로그램의 주인공과 보조 작가, 딱 이 정도의 관계다. 사실 지금도 3박 4일의 여행 중 이틀째 날이라, 말을 제대로 섞은 것 자체가 손꼽혔다. 태석과 이렇게 오래 대화하는 게 처음이라 얼떨떨할 정도였다.

아희가 영문을 모르겠다는 얼굴로 강태석을 보자 그는 커다란 손으로 그의 턱수염을 쓰다듬으며 입을 열었다. 키가 커서 그런지 아희는 자신이 잘못을 한 어린애고 태석은 잘못한 아이를 훈계하는 어른 같다는 느낌을 받았다. 약간 불쾌하다. 아니, 꽤 많이.

태석이 입을 열었다.

"그때도 아무 말도 하지 않고 가만히 입 다물고 있다가 미팅 끝나고 나니까 막내한테 가서 구시렁거렸잖아요."

"네?"

"첫 미팅 때 말이에요."

태석의 말에 아희의 얼굴이 뜨거워졌다. 이건 당혹감? 아니면 부끄러움? 아희는 이번에는 정말로, 얼굴을 들기 어려워졌다.

강태석의 입에서 나온 생각지도 못했던 말은 그녀에게 새로 생긴, 부끄럽지만 어쩔 수 없는 종류의 습관을 세게 꼬집는 말이었다.

강태석이 말하는 '그때'는 프로그램 편성이 대략적으로나마 확정되고 출연자와 촬영 관계자들이 인사 자리를 갖는 첫 미팅 때였다. 물론 태석에게나 첫 미팅이지 아희는 이미 회사 내부에서 진행한 수없이 많은 미팅에 참석한 후였다.

수많은 여행지 중에서 어디로 갈 것인가. 수많은 연예인들과 요식업 종사자들 중 누구를 데려갈 것인가. 여행을 어떤 테마로 진행할 것인가. 토크를 많이 넣을 것인가, 아니면 먹는 모습을 더 보여 줄 것인가. 어떻게 기획을 짰을 때 광고가 더 많이 붙을까. 스폰서 회사의 요구는 정확히 무엇인가. 간다면 몇 명의 스태프들이 갈 것인가.

아희는 선배인 희수, 막내 작가인 승아와 함께 수많은 밤들을 지새우며 두꺼운 기획서들을 완성했다. 많은 기획안들과 다양한 제안들이 폐기되었고 작가 팀은 지쳐 갔다.

지치면 신경이 예민해진다. 아희는 점점 별것 아닌 일에도 짜증이 치미는 것을 느꼈다. 좋아서 하는 일이었기에 인내심을 최대한 발휘하며 일을 진척시켰지만, 그녀를 특히나 화나게 한 사건이 있었다. 바로 현지 촬영에 함께할 스태프들을 정하는 과정이었다.

제일 고생했다고 볼 수 있는, 막내 작가 승아가 정작 촬영에 따라갈 수 없게 된 것이었다.

그렇지만 이미 회사 내부에서 확정된 일이었다. 내부 미팅 때는 목에 핏대가 서도록 언성을 높였지만 출연진과 함께하는 첫 미팅에서까지 언성을 높일 수는 없었다. 그래서 아희는 미팅 때 내내 입을 다물고 있었다. 입을 열면 욕을 해 버릴 것 같았다.

출연진에게는 세상에서 제일 너그럽고 그들의 건의를 다 받아 줄 것처럼 구는 회사 임원들은 실무를 보는 직원들에게는 그렇게 냉정할 수가 없었다. 아희는 첫 미팅의 하하 호호하는 분위기 속에서 혼자 열을 삭였다.

미팅이 끝나고 씩씩거리는 아희를 달랜 사람은 승아였다.

'에이, 선배 저 괜찮아요. 들어온 지 2달밖에 안 됐는데 같이 가도 짐만 될 거예요.'

'아니야 승아 씨. 나도 들어온 지 한 달 만에 촬영 따라갔었어. 이건 부당한 처사야.'

'정말 안 그러셔도 돼요. 이미 몇 번 혼나셨잖아요. 선배가 그렇게 해 주셨으니 전 그걸로 됐어요.'

'승아 씨······.'

승아는 하필 제일 바쁜 시기에 입사를 해서 기획을 짜는 2달 내내 6시 퇴근은 무슨 10시, 12시, 혹은 아침 퇴근을 불사하며 기존 사원들과 똑같이 갈려 나갔다. 그런데도 여행 팀에서 빠지게 된 것이다.

아희는 그것이 무척이나 분하고 화가 나서 기획 팀과 촬영 팀에도 따져 보았지만 바뀌는 것은 없었다. 희수 역시 항의를 했지만 그녀는 이미 이런 일들을 몇 번 겪은 듯 담담해 보였다.

회사에서는 작가를 한 명 더 뽑은 것은 일을 많이 시키려고 한 것이지, 여행을 시켜 주려고 한 것이 아니라며 승아의 노력을 무시했다.

아희는 그 말을 듣고 눈앞이 새빨개지는 것만 같았다. 이렇게 잠도 못 자고 야식을 시켜 먹는 것도 눈치 봐 가면서 죽도록 일했는데 말이 되는가? 작가들은 모든 팀 가운데서 제일 월급이 적었고, 고생을 많이 하는 대신 여행 팀에 꼭 데려가는 것이 암묵적인 관행이었다. 월급을 더 주는 것도 아닌데도 열심히 일한 사원들에게 내리는 포상인 것이다. 그걸 해 주지 않겠다는 것은 승아를 아직 사원으로 인정하지 않았다는 뜻으로 들렸다.

'신경 써 주셔서 고마워요 선배!'

'고맙기는 무슨. 김 실장 그 짠돌이 놈이 문제지. 널 안 데려가면 누구를 데려가겠니? 자기랑 친한 직원들 꽂아 넣기 바쁘고. 김 실장 같은 놈이 회사를 때려치워야 되는 건데.'

'그래도 김 실장님이 투자는 잘 따 오시잖아요.'

승아는 애써 밝게 웃어 보였지만 두 달 동안 쌓인 피곤함과 미처 감추지 못한 아쉬움과 회사에 대한 섭섭함이 작은 얼굴에 가득 묻어났다. 아희는 그날 승아에게 고기를 쏘고 택시를 태워 보내며 속상함에 눈물을 찔끔 흘렸다. 선배라고 불리는 주제에 해 줄 수 있는 게 없어서 한심했다.

물론 아희도 처음 입사했을 때 그다지 좋은 환경에서 일한 것은 아니었다. 선배인 희수는 방임주의자라서 아희에게 일의 대략적인 가이드만 해 주고 다 알아서 하도록 했다. 하지만 희수는 아희의 수습 기간이 끝날 때 즈음 그녀가 정직원이 되도록 이런저런 신경을 써 주었다. 적정 연봉을 가르쳐 주기도 하고, 정직원 전환 전의 실장 면담에서 제법 괜찮은 이야기를 해 줬다고 한다.

그때는 계약직이 아희밖에 없어서 정직원이 되는 것이 편했지만 승아는 달랐다. 보조 작가는 승아밖에 없지만 다른 팀 계약직들이 몇 명 있다. 수습 기간은 3개월. 혹시나 수습 기간이 끝날 때 즈음 승아가 팽당하는 일이 없도록 아희는 승아에게 회사의 사소한 분위기라도 알려 주기 위해 노력했다. 회사 분위기를 읽는 데에 회의만큼 좋은 것이 없다. 팀장 간의 알력 싸움이라든가, 누가 누구의 편을 들어 주는지 등이 보이기 때문이다.

그래서 아희는 첫 미팅이 끝나고 승아에게 이런저런 얘기를 해 주면서, '너도 같이 가면 좋을 텐데.' 푸념을 섞어 말했었다.

물론 그게 험담으로 보일 수 있다. 아니, 어쩌면 험담이 맞는지도 모른다. 아희는 이미 승아를 대하는 회사의 태도에 의심을 가져 버렸기 때문이다. 하지만 그걸 생판 남인 강태석이 지적하다니, 아희는 자존심이 상하는 동시에 주변을 살피지 못한 자신의 행동에 부끄러움을 느꼈다.

화가 나서 가방을 고쳐 메는데 손이 부들부들 떨려서 주르륵- 가방끈이 어깨에서 흘러내렸다.

"됐어요."

찰싹! 도와주려고 손을 뻗는 강태석의 손을 매섭게 내쳤다. 그리고 최대한 목소리를 가다듬어 아무렇지 않게 보이려고 애쓰며 입을 열었다. 제발 목소리가 떨리지 않기를.

"상황을 잘 알지도 못하면서 함부로 말하지 마세요. 불쾌하니까."

아희의 말에 강태석의 표정이 딱딱하게 굳었다. 태석의 쫙 찢어진 눈매 아래로 노랗게 보일 정도로 밝은 갈색의 눈이 오금이 저릴 정도로 차갑게 가라앉았다.

"그쪽이야말로 남에 대해서 함부로 입 놀리지 마세요. 기본이니 뭐니. 누가 할 말입니까?"

태석은 그대로 아희에게 등을 돌려서 건물 안으로 들어갔다. 아희는 거구의 남자가 뿜어내던 살벌한 기운에 기운이 쭉 빠졌다. 바닥에 가방을 내려놓고 한동안 후들거리는 다리에 애써 힘을 줘야 했다.

"씨이……. 맞는 말이지만 짜증 나."

아희는 그녀가 잘못한 일인 줄 알면서도 화가 나서 눈물이 날 것만 같았다. 태석보다는 그녀 자신에게 화가 났다. 자신은 왜 이렇게 경솔한 걸까. 이국의 습한 공기가 갑자기 숨을 조였다.

* * *

"아유, 태석 씨. 오늘은 이렇게 스무스하게 넘어가면서 어젠 왜 그렇게 까칠하게 굴었어? 생리라도 했나?"
"에이 피디님. 누가 들으면 태석이 형이 기분 따라 화내는 줄 알겠네. 어제는 제가 먹기에도 좀 맛이 없었어요. 식당 쪽에서 피디님이 실세인 줄을 미리 알고 피디님 요리는 맛있게 만들었나 보다."

겉으론 웃어도 어제 어지간히 짜증이 났는지 피디가 가시 돋친 농담을 던졌다. 불쾌한 언행에 강태석의 눈썹이 위협적으로 꿈틀거리자 재빨리 해진이 나섰다. 아희는 적절히 피디와 태석의 사이를 중재하면서도 뼈 있는 말을 던지는 해진을 보며 감탄했다.

아직 스물다섯 살이라는 해진은 요즘 사회 초년생을 기준으로 한다면 어리다고도 할 수 있는 나이지만 열여덟 살에도 데뷔를 하곤 하는 아이돌 세계에선 나이가 많은 편으로 분류된다고 한다. 스물다섯 살이 나이가 적은 게 아니라니. 연예계, 그것도 아이돌계는 진짜 무섭구나.

아희는 혀를 내두르며 해진의 하는 양을 지켜보았다. 해진은 촬영 중간중간 짬이 날 때마다 외따로 구석에서 쉬고 있는 그녀에게 와서 말을 걸어 주곤 했다. 그렇게 이야기를 나눌 때 해진은 그가 중학생 때부터 연습생 생활을 해서 어른들 눈치 보는 것만큼은 잘할 자신 있다고 말한 적이 있다. 오늘 보니 확실히 태석과 피디의 사이를 기분 나쁘지 않게 조율하며 사회생활을 해 본 티를 낸다.

'나보다 낫네.'

아희는 자조적으로 웃었다.

"오늘은 시장 구경 가는 날이죠? 엄청 신나요!"

평상시 해진의 얼굴은 살짝 눈꼬리가 올라간 편인데 웃을 때는 신기하게도 아래로 처져서 공격성 없는 순한 얼굴이 된다. 해진의 웃는 얼굴에 살짝 날을 세우던 강태석과 피디도 결국 푸스스 힘을 빼고 웃었다.

"그래 해진 씨. 카페 씬 따고 좀 쉬다가 시장 갈 거야. 오늘 클럽 씬도 찍을 거다?"

피디는 해진의 어깨를 툭툭 털어 주듯 쓰다듬고 전세 버스로 몸을 옮겼다. "다음 장소로 이동합시다!" 카메라 감독의 외침에 모두 무거운 장비들을 어깨에 이고 버스에 몸을 싣는다.

"아이씨, 우리도 가자."

"네!"

아희는 희수의 뒤를 따라 빠른 걸음을 걷다가 문득 뒤를 돌아보았다. 태석이 솥뚜껑만 한 손으로 해진의 머리를 쓰다듬으며 웃고 있었다.

'……저렇게 웃을 줄도 아는구나.'

실소나 조소 같은 부정적인 웃음이 아니라 진심으로 즐겁다는 듯이 웃는 얼굴은 무척 낯설었다. 한국인에게는 조금 낯선 턱수염은 태석의 얼굴을 산적처럼 험악하게 보이게 했는데, 저렇게 웃으니…… 수염이 있는 남자도 제법 괜찮구나 하는 생각이 들었다. 아희는 스스로의 감상에 놀라 얼떨떨해하며 괜히 버스를 향해 뛰었다.

* * *

"아이씨, 카페에서 뭐 먹을 거야?"
"아이씨, 방콕은 타르트 안 유명한가? 그건 홍콩인가?"
"아이씨!"
"아이씨!"
"아, 저 좀 그만 불러요!"

주변에서 바쁘게 불러 대는 소리에 아희가 발을 구르며 소리를 빽 내질렀다. 경쟁하듯 그녀를 불러 대던 촬영 팀이 와르르 웃는다. 거봐, 진짜 필요해서 부른 게 아니라 놀리려고 부른 거지. 아희는 고개를 절레절레 저었다.

그래, 작가가 봉이다 봉. 막내 작가란 촬영 팀의 심부름 꾼 같은 존재라서 메인 작가인 희수와는 달리 아희는 몸이 고달팠다. 그녀와 나이가 적어도 여섯 살, 많으면 거의 스무 살 가까이나 차이 나는 촬영 팀 남자들은 별거 아닌 일에도 격한 리액션을 해 주는 아희를 나름대로 무척 귀여워하고 있었다. 물론 아희는 촬영 팀의 '귀여워하는 방식'이 그리 마음에 들지 않았다. 초등학생들도 하지 않는 사소한 장난을 치니 말이다. 흰머리가 있다고 머리카락을 뽑는다든가, 서 있을 때 뒤에서 무릎을 툭 쳐서 서 있는 자세를 흐트러트린다든가 하는 식이라서.

촬영 팀의 웃음소리에 덩달아 웃던 해진이 물었다.

"아이씨? 그거 별명이에요?"

"……네. 제 이름이 아희잖아요."

아희는 한숨을 깊게 내쉬며 고개를 끄덕였다. 하아희. 아희 씨, 아희 씨를 빨리 말하면 아이씨!로 들린다면서 그녀의 별명은 아이씨로 정착되었다. 발음상 큰 차이도 별로 없어서 아희 씨라고 말해도 이젠 그냥 아이씨로 들릴 지경이다.

부모님이 깨끗할 아(雅) 자에 기쁠 희(嬉) 자를 써서 더러운 일 없이 깨끗하고 기쁜 인생을 살라며 깊은 뜻으로 지어 준 좋은 이름이건만! 아희는 이를 갈았다. 학생 때는 이름 뒤에 씨 자를 붙일 일이 없어서 이런 별명은 없었는데,

사회에 나오고 나서 새롭게 생긴 별명이었다.

해진은 "아이씨, 아이씨!" 하고 혼자 신이 나서 중얼거리며 웃었다.

"남의 별명으로 그렇게 웃지 말아요. 해진 씨는 별명 없어요?"

"팬분들은 그냥 찌니나, 찐이라고 많이 부르는데 그것 외엔 딱히 없어요."

"에이, 그게 뭐야. 별명이 너무 귀엽잖아요."

하긴 팬들이 자기 오빠 별명을 나쁜 걸로 지을 리 없으려나. 투덜거리는데 해진이 마침 생각났다는 듯이 말한다.

"아! 태석이 형은 별명이 되게 웃겨요."

"……뭔데요?"

얼마나 웃긴가 들어나 보자 싶어서 귀를 기울였다.

"석두요! 태석이 형 이름이 큰 바위라는 뜻인데 그래서 돌대가리라고 석두래요. 엄청 웃기죠?"

해진은 말을 마치고서 배를 잡고 웃었다. 아니, 뭐 웃기긴 한데 그렇게 웃을 거까진 아닌 것 같은데……. 혼자 웃는 해진이 민망할까 봐 옆에서 같이 하하, 대강 웃어 주는데 앞에서 작은 종이 뭉치가 날아와 해진의 머리에 콩 부딪쳤다. 앞을 보니 미간을 찌푸리고는 있지만 기분이 썩 나빠 보이지는 않는 강태석이 있었다.

"계속 까불어라."

"……앗!"

탁! 태석이 아희에게도 뭔가를 던져서 반사적으로 잡았다. 주먹을 펴 보니 은박지로 감싸진 납작한 큐브 모양의 사탕이었다. 얼떨떨하게 다시 태석을 보자 그는 이미 자신의 자리로 가서 앉아 버렸다. 키가 커서 의자 위로 비죽 솟아오른 머리꼭지가 보였다.

이걸 왜 나한테 주는 거지. 그래도 입이 심심하긴 해서 은박지를 까서 사탕을 입에 넣었다. 입안에 확 신맛이 퍼졌다. 놀라서 입을 꽉 닫자 사탕인 줄 알았던 것이 어금니에 물렁하게 눌린다.

"……껌이었네."

눈이 번쩍 뜨일 정도로 시큼했던 껌은 안쪽에 달콤한 레몬 잼을 품고 있었다. 시큼하고 달콤한 껌을 오물오물 씹자 기운이 났다. 당이 떨어진 줄도 몰랐는데 당분이 들어오니 몸에 활력이 돈다.

태석이 준 레몬 껌을 씹으며 아희는 버스 바깥의 이국적인 풍경을 구경했다. 전세 버스는 목적지를 향해 도로를 달리고 또 달렸다.

사람들은 방콕 하면 왓 프랏깨오의 금빛 첨탑과 수상 가옥을 떠올린다. 그러나 방콕은 동남아시아에서 으뜸가는 현대 도시다.

이번 여행에서는 다른 방송에서는 조명하지 않았던 방콕

의 새로운 이미지를 찍겠다며 어제에 이어 오늘 오전에는 유명 호텔과 대사관, 고급 레스토랑이 몰려 있던 수쿰빗(Sukumvit)에서 촬영을 진행했다. 지중해와 아시안 퓨전 음식이라든가, 타이의 로컬 푸드를 세련되게 반영한 고급 레스토랑들에 들렀고 중간에 부티크 백화점에 들러 구경하는 시간을 가졌다. 제작비의 상당 부분을 지원해 준 여행사에서 무척이나 좋아할 만한 부분이었다.

오늘 오후부터는 가로수 길을 따라 왕궁과 사원, 공원, 유럽풍의 역사적인 건물들이 가득한 두싯(Dusit)과 방콕 내 가장 큰 마켓이 있는 차투착(Chatuchak)을 구경할 예정이다. 관광객들이 많이 오는 곳보다는 현지인들과 외국인들이 모두 많이 찾는 곳 위주로 다닐 것이다. 밤 문화가 발달된 나라이니 클럽 투어도 하고!

클럽 신은 수위도 있고 음주 가무가 빠질 수는 없으므로 방송에 많이 나가지는 못하겠지만 촬영을 핑계로 놀 수 있는 시간이기에 스태프들은 모두 신이 났다. 어린 왕자가 오후 4시에 온다면 3시부터 행복해질 거라는 여우처럼 스태프들은 밤이 오려면 아직 한참 남은 오후부터 설레기 시작했다.

"디저트는 괜찮았어요?"

"네. 크레이프가 아주 맛있던데요?"

점심을 먹고 들른 카페는 크레이프를 메인으로 하는 디

저트 카페로, 수많은 토핑들 중 4가지를 골라 믹스 앤 매치를 할 수 있게 하는 것으로 유명한 곳이다.

여자도 없이 시커먼 남자 둘이서-그것도 한 명은 턱에 수염까지 덥수룩하게 난 180이 넘는 거구다.-자기 얼굴만 한 크레이프를 잡고서 열심히 먹는 모습은 약간 코믹하고 귀엽기까지 했다.

태석은 나름대로 굉장히 맛있다는 느낌을 내기 위해 표정 관리를 했지만 시청자들은 분명 알아차릴 것이 분명하다. 저 크레이프 그냥 평범하게 맛있는 정도겠구나. 반면 해진은 열심히 눈을 크게 뜨며 감탄하기도 하고 강태석과 크레이프를 바꿔서 먹어 보자고 권유를 하기도 하며 열심히 방송 분량을 뽑았다.

촬영이 끝난 후에 아희뿐만 아니라 다른 스태프들도 서로 머리를 맞대고 열심히 맛을 골라서 크레이프 하나씩을 들고 카페에서 휴식 시간을 가졌다.

이제 케이크 가게에 한 번 더 갔다가 시장을 돈 후에 시내의 유명한 클럽 두 군데에만 가면 된다. 빡빡한 일정이지만 그래야 내일과 내일모레, 출국 날이 편해진다.

사실 태석이 어제 일정만 꼬아 놓지 않았다면 오늘도 이 정도로 빡빡하진 않았을 거였다. 아희는 선명한 주황색 꽃이 핀 커다란 화분 옆 소파에 몸을 묻은 채로 크레이프를 덥석덥석 베어 먹었다. 몸이 축축 늘어졌다. 실내는 추울 정도로 에어컨을 틀어 주었으나 길거리 촬영도 많아서 몸이 금방 지쳤다.

크레이프를 반쯤 먹었을 때 아희의 몸 위로 그림자가 졌다. 화들짝 놀라서 위를 올려다보니 태석이었다. 아래서 올려다보니 더 커 보이네. 아희는 냠냠 크레이프를 먹으며 물었다.

"뭐 필요하세요?"

"소화제 있으세요?"

"소화제요? 속 불편하세요?"

"전 괜찮은데 해진이가 좀."

태석이 손으로 가리키는 쪽을 보자 해진이 새하얗게 질린 얼굴로 소파에 처박혀 있었다. 심각한 거 아닌가 싶어서 벌떡 일어나자 강태석이 작은 목소리로 말했다.

"평소에 다이어트 때문에 잘 안 먹어서 많이 먹으면 탈이 난대요. 약 없으세요? 없으면 사 오게."

"버스에 있거든요? 잠깐만요, 가서 가져올게요."

"됐어요. 가방에 있는 거면 제가 알아서 찾을게요."

"가방 안이 복잡해서 못 찾아요. 앉아 계세요."

아희는 버스로 가는 김에 버스 기사께 음료수 한 잔을 사다 드리고 약을 챙겨서 나왔다.

아희가 어깨에 지고 다니는 커다란 가방은 당 보충을 위한 초코와 사탕 같은 간식거리부터 생리대와 두통약, 소화제 등 만일을 대비한 각종 비상 용품과 잡동사니들이 가득했다. 거의 보따리장수 수준이었다. 아희는 자신이 조난을 당해도 이 가방만 있으면 웬만큼 버틸 수 있지 않을까 생각했다.

아희의 짐이 보따리장수급으로 커진 이유는 다 희수 덕분이었다. 희수는 외국에 나올 때마다 별별 희한한 것들을 아희에게서 찾아 대었고, 없으면 온종일 신경질을 내었다. 상사의 기분은 곧 일하는 환경이라, 아희는 유사시를 대비하여 온갖 물건들을 바리바리 싸 갖고 다니는 습관을 들였다. 매번 짐을 줄일까 싶다가도 이렇게 도움이 될 때가 생기니 도무지 짐을 줄이지 못하겠다.

아희는 효과가 좋은 한방 소화제와 핫팩을 함께 챙겨서 카페로 돌아왔다. 태석이 해진의 주변에서 쩔쩔매며 챙기는 모습이 보였다. 해진이 상대적으로 체구가 작고 아파서 하얗게 질리는 바람에 마치 아빠나 삼촌쯤 되는 사람이 조카 앞에서 어쩔 줄 모르는 것 같아서 조금 귀여워 보였다.

'자기 사람한테는 잘하나 보네.'

아희는 카운터에 따뜻한 물 한 잔을 부탁해서 해진에게 가져왔다.

"약 먹어요. 이거는 핫팩이니까 배에 붙이고 있어요. 필요하면 더 달라고 해요. 많으니까. 이따가는 시장에서 약간 걸을 건데 정 안 되면 먹는 장면은 씹었다가 뱉으면 돼요. 다른 출연자들도 그렇게 한 적 많으니까 상관없어요."

"네. 죄송해요."

"일부러 아픈 것도 아닌데 뭐가 죄송해요."

잔뜩 시무룩해진 해진을 보자 안쓰러운 마음이 들었다. 아무리 사회생활을 오래 했어도 아플 때 보니 영락없이 어린 남자애다. 죄송해하지 말라며 웃어 주고 일어서자 태석이 약간 의외라는 듯이 나를 보고 있었다.

"왜요? 뭐 더 필요하세요?"

"아뇨. 핫팩도 갖고 다니시는구나 놀랐어요."

아희는 괜히 우쭐해져서 아무것도 아니라는 듯 어깨를 으쓱했다.

"현장에선 별의별 일이 다 있으니까요. 대비할 수 있는 건 대비하려고 노력하는 편이에요."

그래 봤자 이제 겨우 3년 차다. 경력이 길다고는 할 수 없지만 그래도 여행 프로그램을 많이 찍는 회사다 보니 다른 작가들에 비해서 현장 경험이라고 해야 할까, 임기응변이 좋은 축에 속한다고 자부했다.

물론 유럽으로 요리 유학을 다녀오고 레스토랑에서 설거지부터 시작해서 유명 레스토랑 수셰프까지 올라갔다는 태석과 비교한다면 아희의 경험치는 거의 레벨 1수준으로 낮을 것이다. 하지만 자부심이란 건 고수만의 전유물은 아니기에 아희는 뿌듯한 표정을 지었다. 쪼렙은 쪼렙 나름대로의 자부심을 가질 수 있는 것이니까!

아희는 아직 3년 차지만 그녀의 일에 큰 보람을 느끼고 있었고 나름대로의 상당한 노력을 기울이면서 일하고 있다. 어쩌면 그녀는 강태석에게 당당하게 말하고 싶었는지도 모른다. 하아희는 당신이 말한 것처럼 행동은 하지 않고 뒤에서 험담만 하는 사람은 아니라고 말이다.

* * *

시장 촬영은 순조롭게 진행되었다. 차투착 시장은 주말에만 여는 재래시장으로 없는 물건이 없다는 만물 시장이다. 동남아 특유의 열대 과일부터 그릇이나 식기는 물론 동식물까지! 들리는 말로는 비밀스럽지도 않은 루트를 통해 총기까지 구할 수 있다고 하는 곳이다. 우리나라의 남대문 시장과 비슷하다고나 할까?

태석과 해진은 시장 앞에서 파는, 다른 곳에 비해 두세 배는 비싸지만 카메라에 나오기에 딱 보기 좋은 코코넛 주스를 두 잔 사서 하나씩 들고 다녔다. 당연히 PPL이었다.

"당연한 말이지만 코코넛이 있는 나라는 코코넛을 이용한 요리들이 많아요. 동남아 쪽의 쌀이 우리나라에 비해 가볍다는 건 아시죠? 그래서 묵직하면서도 부드러운 코코넛 밀크를 넣으면 균형이 맞죠. 코코넛 과육도 아무 데나 넣어도 풍미가 좋고 식감이 다채로워져요."

"태국은 레몬그라스라는 허브를 거의 모든 요리에 넣는다고 할 정도로 많이 쓰는데 이 허브는 우리나라로 치면 파 같은 느낌이에요. 이름에 레몬이 있어서 레몬과 닮았다고 생각할 수도 있지만 전혀 그렇지 않습니다. 냄새가 레몬이랑 비슷해요. 자, 맡아 보세요."

"요리는 그 나라의 문화 안에 있어요. 그리고 지형과 종교는 그 나라의 문화 형성에 큰 영향을 미칠 수밖에 없죠. 태국은 인도차이나반도 가운데에 위치하기 때문에 요리를 잘 보면 중국과 인도의 영향을 받은 걸 알 수 있는 부분들이 있습니다. 물론 문화란 한쪽에서만 영향을 받는 게 아니라 쌍방향이니까 그쪽에서도 태국의 영향을 받은 음식들이 보여요. 태국은 불교 국가고 바다와 접해 있어서 해산물 요리가 발달했죠."

태석은 재래식 시장에 오니까 신이 났는지 레스토랑과 카페에서 보여 주던 기계적인 멘트와 입 주변이 바르르 떨리는 것 같던 경직된 미소를 내던지고 대본에 써 주지도 않은 설명을 마구 해 대기 시작했다. 그것으로도 모자라 아직 몸도 다 낫지 않은 해진을 끌고서 이 가게, 저 가게를 마음대로 들쑤시고 돌아다녔다. 아, 이거 좀 불안한데?

이렇게 기분이 업된 상태로 즉흥적으로 촬영하는 것은

결과적으로 좋은 결과물을 남기기 마련이지만, 촬영 도중에는 주의력이 산만해져서 촬영 팀과의 사인이 맞지 않기도 하고, 작은 실수 따위로 흥이 깨지는 순간엔 기분이 확 나빠지게 돼서 트러블이 생기는 경우가 많다.

"아니, 이것도 통역을 못 해요?"

그래. 바로 지금처럼.

태석이 해진을 데리고 빠르게 움직이는 바람에 카메라 감독님만 먼저 뛰어가고 피디님과 나를 포함한 나머지 일행은 천천히 뒤를 따르고 있었다. 차투착 시장은 주말에만 여는 데다가 온갖 관광객들이 모조리 모여드는 바람에 사람이 많아서 매우 북적여 작지 않은 촬영 팀이 무리 지어서 촬영하기가 어렵기 때문이다.

앞에서 약간 큰 소리가 나기에 아희가 먼저 급하게 뛰어갔다. 통역을 해 주는 여학생이 태석 앞에서 난감하다는 표정을 짓고 있었다. 창피함에 약간 화가 난 것 같기도 했다. 아희는 얼른 둘 사이로 끼어들어 갔다.

"무슨 일이에요?"

"아니, 내가 무슨 요리 하나를 찾는데 도통 통역을 못 하잖아."

태석은 약간 어이가 없다는 듯 허리에 손을 올리며 헛웃음을 뱉었다. 학생의 얼굴이 붉으락푸르락해졌다. 명백히 상대에게 창피를 주는 행동에 아희도 기겁을 했다.

"어떤 요리인데요? 그걸 꼭 찾아야 되나요?"

"보양식인데…… 아니, 요리사를 불러서 요리 여행을 시킬 거면 적어도 요리 관련 단어를 잘 아는 사람을 데려와야 하는 거 아닌가? 이봐요. 촬영 팀에서 고용할 때 그런 말 안 해 줬어?"

"태석 씨, 또 왜 그래! 가뜩이나 복잡한 도떼기시장 통인데 이러기야?"

피디가 얼른 달려와서 태석을 데려가고 아희는 통역하는 학생을 달래기 시작했다. 아직 스무 살 조금 넘은 어린 유학생인 듯한데 남자 어른이 크게 호통을 쳤으니 많이 무서웠으리라. 아희는 안쓰러운 얼굴로 말을 걸었다.

"괜찮아요? 저 사람이 나쁜 사람은 아닌데 욱하는 게 좀 있어서…… 또 날씨가 덥고 습하면 사람이 예민해지잖아요. 이해하죠?"

"아니, 저도 나름대로 찾아보고 온 건데 저렇게까지 말하는 건 심하잖아요!"

학생은 서러웠는지 눈물을 흘리기 시작했다. 아희는 피디님 쪽을 흘끗 바라보았다. 태석은 피디와도 한바탕하고 있는 모양이었다.

"미안해요, 내가 괜히 아파서 그래요."

해진이 다가와서 함께 학생을 달래기 시작했다. 해진은 잔뜩 미안한 얼굴을 하고 있었다. 아희는 어이가 없었다.

"왜 해진 씨 탓이에요? 저 성질 나쁜 누구 씨가 그런 건데."

"기운이 허해서 그런 거라고, 어차피 뭐 먹어야 되면 보양식 먹게 해 주겠다고…… 태석이 형이 그랬거든요. 그래서 보양식을 물어보다가 이렇게 된 거예요. 나 때문에."

아니, 그래도 해진 씨 때문은 아니지……라고 말하려는데 해진이 몸을 숙여 우는 학생의 등을 쓸어 주면서 눈을 맞췄다.

"그만 울어요. 눈 다 붓겠다. 미안해요, 응? 내가 괜히 아파 갖고 그래요. 내가 나빴네. 그죠?"

해진은 주머니에서 손수건을 꺼내 눈물을 닦아 주며 다정한 목소리로 학생을 달랬다. 와- 목소리가 꿀이다 꿀. 아희는 학생을 달래는 것마저 잊고 입을 벌린 채로 해진을 바라보았다.

해진은 안타깝다는 듯이 눈썹을 늘히며 학생에게 울어서 목이 마르지 않느냐고, 뭐라도 마실래요? 싫어요? 아, 싫은 게 아니라 괜찮아요? 끊임없이 말을 걸며 결국 학생의 눈물을 그치게 만들었다. 대단한 스킬이었다. 천성이 다정한 것 같기는 한데 이렇게 작정하고 달달하게 굴면 여자 여럿 홀리고 다니겠다 싶었다.

"아희 씨! 이리 좀 와 봐!"

"네! 가요!"

피디가 버럭 소리를 지르자 아희는 학생을 잘 부탁한다고 해진에게 눈인사를 하고 후다닥 달려갔다. 그녀는 무슨 일로 자신을 부르는지 짐작이 갔다. 작게 한숨을 쉬며 마음을 다잡았다.

'욕받이 무녀가 될 시간이네.'

피디 앞에 가자마자 그가 큰 소리로 호통을 치기 시작했다.

"아희 씨! 정신이 있어, 없어? 내가 통역하는 애한테 잘 말해 놓으라고 했지! 대체 실수하는 게 몇 번째야? 프로 처음 해? 대체 몇 년 차야?"

"죄송합니다."

"죄송하다고 끝나는 문제가 아니잖아. 여름에 먹거리 여행을 하면 보양식 얘기가 나올 거라고 생각 못 했어? 좀만 생각하면 바로 나오잖아. 이래서 어디 작가라고 하겠어? 초등학생들도 다 알겠다!"

피디는 과장되게 화를 냈다. 아희 역시 어느 정도 예상한 일이었기에 고분고분 그의 화를 받아 냈다.

"죄송합니다. 제가 지금이라도 찾아볼게요."

"당연하지! 그럼 안 찾을 생각이었어?"

자기 앞에선 미안하다고 저자세로 나오던 피디가 갑자기 아희 앞에서 벼락같은 호통을 쳐 대니 태석은 기겁을 했다. 이게 뭐 하는 짓이지?

"됐습니다. 이걸 왜 아희 씨를 혼내요?"

"왜긴, 당연히 작가가 미리 챙겼어야 하는 거지."

"맞습니다, 제가 미리 통역한테 말을 해 뒀어야 했는데…… 죄송합니다."

아희는 당황스러운 표정을 한 태석 앞에 고개를 깍듯하게 숙였다.

이런 상황에는 어쩔 수 없이 막내 작가가 혼나는 게 답이다. 출연자는 화가 안 풀리고, 피디가 더 이상 설득할 수 없으면 관계자 중 가장 만만한 녀석을 끌어다 와서 상대가 보기 민망할 정도로 화를 내는 기법이다. 아무리 화가 난 사람도 자기 때문에 다른 사람이 크게 혼이 나면 마음이 누그러지기 마련이니까. 꼭 방송에서만이 아니라 어느 회사나 그렇지 않을까. 일단 어떤 일이 일어나면 잘못한 사람은 없어도 책임질 사람은 필요하니 말이다.

아희는 피디의 호통이 잦아들었을 때쯤 씩씩하게 말했다.

"죄송합니다. 잠깐만 기다려 주시면 제가 금방 알아 올게요."

"빨리 해! 지금 사람들 다 기다리는 거 안 보여?"

"네! 잠시만요!"

피디의 말에 해죽- 속없이 웃어 보인 아희는 구석으로 가서 인터넷을 뒤지기 시작했다. 깜빡하고 포켓 와이파이를 챙기는 것을 잊었다. 남이 먹을 약은 챙기고 정작 이런 필수적인 걸 놓치다니.

아, 내 돈……. 대체 이번 달 데이터 이용료가 얼마 나올지 상상도 안 된다. 태국 보양식…… 태국 보양식…… 태국 보양식……. 아희는 다급하게 뒤지면서 발을 동동 굴렀다. 왜 보양식을 찾는데 똠양꿍만 잔뜩 나오는 거야! 똠양꿍은 나도 아는 음식이라고!

씩씩대며 십 분쯤 뒤졌을까, 아희는 제법 그럴듯한 음식 몇 개를 찾아냈다. 그녀는 당장에 태석에게 달려갔다.

"혹시 이건가요? 검은 개 요리?"

"……아니에요."

"그럼 이거? 문어 스프?"

"그것도 아니에요."

어떡하지. 이제 남은 건 하나뿐이다. 아희는 불안함에 손톱을 깨물어 대며 약간 징그러운 사진을 띄운 핸드폰 화면을 태석의 얼굴에 디밀었다.

"그럼 이거? 박쥐 스프?"

"네! 그거예요!"

"진짜요? 찾았다!"

아희는 신이 나서 강태석 앞인 것도 잊고 그 자리에서 방방 뛰며 소리를 내어 웃었다. 그리고 얼른 피디에게 달려갔다.

달려가기 전에 태석이 그녀를 약간 또라이 보듯 본 것 같았지만 그냥 무시하기로 했다. 할 일은 했으니까!

"피디님, 찾았어요. 이거래요."

"그걸 또 찾았어? 아, 아희 씨. 진짜 고생하네. 매번 이런 일만 있으면…… 나 이해하지?"

"당연하죠. 제가 이렇게 혼난 것만 몇 번인데요."

"그러니까 더 미안한데? 내가 크게 쏠게."

"네. 크게 쏘세요!"

아희는 피디에게 장난스럽게 한쪽 눈을 찡긋했다. 어차피 계속 볼 사이인데 괜히 앙금을 남길 필요 없으니까. 세상엔 잘못 없이도 죄인이 되는 상황이 있는 법이다.

"피디님이야말로 저 물건 때문에 고생이 많으십니다."

"어휴, 내 업보지 뭐. 자 이제 촬영 다시 시작하자!"

피디가 늘어져 있던 촬영 팀을 다시 추스르는 동안 아희는 통역 학생과 해진이 앉아 있는 곳으로 걸어갔다. 마침 해진 쪽으로 걸어가던 태석과 눈이 마주쳤지만 그녀는 재빨리 시선을 앞으로 돌려 그를 피했다.

"아희 씨, 잠깐 나 좀……."

"제가 보양식 찾았어요. 박쥐 스프래요!"

일부러 강태석의 말을 못 들은 양 무시하고 알아낸 것을 알려 주려는 척 뛰어갔다.

"쑵깡카우라는 박쥐를 통째로 넣어서 끓이는 스프래요. 좀 징그럽다."

학생과 해진에게 웃으며 말을 건넸다. 뒤통수가 따가울

정도로 강태석이 보고 있다는 것이 느껴졌지만 아희는 철저하게 무시했다.

'화가 난다고 화를 낼 수 있는 처지라서 좋겠네.'

솔직히 아희는 이런 상황이 처음이 아니라서 괜찮았다. 무슨 이유 때문에 혼나는 건지도 알기 때문에 그걸로 맘이 상할 필요가 없다는 것쯤은 알고 있다. 사회생활을 하다 보면 그럴 수도 있지. 하지만 역시 속이 상하지 않을 수는 없는 것이다.

피디의 위치는 보여 주기 식으로라도 그녀를 혼내서 브라만인 강태석의 비위를 맞춰 줘야 하는 크샤트리아 계급이고, 아희는 이 카스트 제도의 최하위인 수드라라는 사실이. 사실 이것도 태석이 철저하게 그녀를 무시했으면 맘 편히 포기했을 텐데, 그가 미안하다는 얼굴을 하니까 속에서 더 울컥 올라왔다.

아희는 애써 터져 나오려는 울음을 목 뒤로 꾹꾹 누르고 해진과 학생을 일으켰다.

모든 문제는 수면 아래로 가라앉고 촬영이 다시 시작되었다.

* * *

슬프게도 박쥐 스프인 쑵깡카우는 지방에서만 만드는 토

속 음식이라 취급하는 음식점이 없었다. 적어도 내일까지는 기다려야 먹을 수 있다고 한다. 그럼 내가 그렇게 핀잔 먹은 건 무엇을 위해서란 말인가. 아희는 허무하기도 했지만 원래 사람 일이 이런 거려니 하고 말았다. 머피의 법칙이란 말도 있지 않은가. 필요하다고 하는 걸 찾아서 주면 꼭 그건 쓰지 않게 된다.

그게 바로 촬영을 나올 때마다 그녀의 가방이 점점 더 커지는 이유다. 지난번엔 물파스가 필요하대서 넣고, 지지난번엔 아날로그 모기향이 필요하다고 해서 넣고. 핫팩이 필요하니까 넣고. 그런 식으로 야금야금 가방이 커져서 이제는 남자들도 한 손에 들기 무거워할 정도가 되었다.

에휴. 언제나 있던 일이니까 넘겨야지. 나같이 힘없는 보조 작가가 뭘 어쩌겠어. 아희는 스스로를 다독였지만 힘이 빠지는 건 어쩔 수 없어서 저도 모르게 한숨을 폭폭 내쉬었다.

평소처럼 희수와 함께 촬영 팀 뒤를 졸졸 따라다니는데 계속 어디선가 시선이 느껴졌다.

"왜 저리 본대. 이제 와서 미안하기라도 한가."

"응? 지금 뭐라고 했어?"

"아니에요, 그냥 덥다고 했어요."

희수가 묻자 아희는 얼른 주머니에서 핸디 선풍기를 꺼내 얼굴에 바람을 쐬며 딴청을 피웠다.

'그래도 양심은 있는가 보지?'

태석은 촬영 도중에도 아희를 힐끔힐끔 보는 것으로 모자라 촬영을 멈추고 이동할 때면 그녀 쪽으로 와서 말을 걸려는 시도를 했다. 물론 아희가 모르는 척 도망가 버려서 허탕만 쳤지만.

"해진 씨, 이제 배는 좀 괜찮아요?"

"네. 덕분에요. 약도 먹었고, 핫팩 붙이고 있으니까 덥기는 해도 확실히 좋더라구요."

이번에 아희는 해진에게로 도망을 왔다. 해진은 아까까진 얼굴이 창백하게 질렸는데 이제는 제법 혈색이 돌고 있었다. 아희는 다행이라는 듯이 웃었다.

"보양식을 먹었어야 더 빨리 나았을 텐데요. 그죠?"

"……태석이 형이 좀 욱하는 게 있어요."

"어련하시려구."

가만히 웃던 해진이 아희의 손을 잡아 왔다. 화들짝 놀라 손을 확 빼려는데 해진이 다른 손까지 동원해서 두 손으로 그녀의 손을 감쌌다. 서늘한 손이 피부에 닿자 왠지 모를 부끄러움에 얼굴이 확 달아올랐다.

"무, 뭐예요?"

"아까 피디님께 혼나는 거 봤어요. 마음 상했죠?"

또 자기 때문이니까 강태석을 너무 미워하지 말라는 소리를 하려는 건가. 피디님이고 같이 촬영하는 동료고 편 들어 주는 사람들이 많아서 좋겠네. 아희는 순간 짜증이 나서 말이 날카롭게 나갔다.

"해진 씨 때문 아니니까 이러지 않아도 돼요."

잡은 손도 풀어 버리려는데 해진이 놀란 얼굴을 하며 잡은 손에 힘을 주었다.

"아니, 그런 게 아니에요. 그냥 속상했겠다 싶어서요. 누나 잘못도 아닌데 괜히 남들 다 보는 데서 혼났으니까……."

해진은 분위기를 띄우려는지 가벼운 소리를 내며 웃었다. 하지만 해진의 눈은 다 이해한다는 듯, 위로해 주고 싶다는 듯이 따듯하게 반짝이고 있었다.

"저 토크쇼 패널 했을 때 피디님한테 많이 혼났거든요. 초대 손님이 맥을 끊어도 그 사람한테 화낼 수는 없잖아요. 게스트로 올 정도면 유명하고 급이 높은 사람들이니까. 그래서 일부러 저한테 네가 수습을 잘했어야지- 하면서 막 혼을 내는데 그렇게 억울하고 속이 상했어요."

해진은 엄지손가락으로 아희의 손등을 살살 쓰다듬으며 말을 이었다.

"누나 맘이 어땠을지는 모르지만, 그냥 저 혼날 때 생각이 났어요. 저는 그때 피디님이 야속했거든요. 그렇게까지 화 내지 않아도 다 알아듣는데, 하는 생각했어요."

"……."

울컥. 목구멍 안에서, 아니 눈 뒤에서, 아니 가슴 깊은 곳에서 뭔가가 올라온다. 아희는 필사적으로 그것들을 안으로 누르려 애쓰며 고개를 돌려 해진의 다정한 눈길을 피했다. 해진은 아희의 얼굴을 살피며 조심스럽게 물었다.

"제가 너무 아는 척했어요?"

"……아니에요."

아희는 코를 훌쩍이며 슬그머니 해진의 손에서 손을 뺐다. 혹시나 코가 나오지는 않았나 손가락으로 인중을 슥슥 문지르는데 해진이 손수건을 내민다.

"아, 이거 이미 젖어서 못 쓰겠네."

아까 통역하는 학생에게 빌려주었던 손수건이라 그런지 이미 눈물로 축축하게 젖어 있다. 아희는 부끄러워졌다. 해진은 촬영을 하러 와서 자신의 일도 아닌데 여러 사람을 위로해 주고 있었다. 그녀보다 어린 건 둘째 치고, 자기 몸 추스르고 촬영하기도 바쁜 사람인데 마음을 쓰게 했다는 미안함과 고마움에 해진의 손수건을 뺏어서 팽-! 코를 푸는 시늉을 했다.

"제가 썼으니까 깨끗하게 빨아서 돌려줄게요."

"고마워요."

해진은 또 웃었다. 아직 창백한 얼굴로도 따스하게 웃는다.

해진은 어떻게 이름도 해진일까. 해진의 부모님은 해진이 해사하게 웃는 잘생긴 미남자로 자랄 것을 알고 이름을 해진으로 지은 것일까. 아희는 주책맞게 어린 남자애에게 두근거리는 심장을 진정시키며 해진에게 충고 반 농담 반인 말을 던졌다.

"……그렇게 아무한테나 웃어 주면 안 돼요. 내가 반해서 쫓아다니기라도 하면 어쩌려구?"

와. 이렇게 말하니까 과에서 제일 귀여운 새내기 남자애한테 추파 던지는 복학생 누나 같다. 말을 던져 놓고 자괴감을 느끼려는데 해진이 센스 있게 받아쳤다.

"누나라면 환영이죠! 쫓아다니기 전에 내가 먼저 오케이 하지."

"누나 맘 설레게 하면 큰 벌 받아요."

이건 약간 진심의 퍼센티지가 높다. 진심 80 농담 20 정도? 이러다 괜히 못 오를 나무 앞에서 객기라도 부리게 될까 봐 아희는 미남을 피해 얼른 촬영 팀 사이로 끼어들어 갔다.

오늘 오후는 온종일 도망만 다니고 있다. 강태석 피하랴, 이해진 피하랴.

언제 산 것인지 망고 주스를 쪽쪽 빨고 있는 희수 옆에 착 붙어서 안도의 한숨을 내쉬려니까 저 멀리서 태석이 보인다. 강렬한 시선이 아주 그녀를 태워 먹을 듯하다. 사과를 하려는 게 아닌가? 자세히 보이지는 않지만 태석의 얼굴은 화가 난 것처럼 울긋불긋했다.

***

 드디어 마켓 촬영이 끝났다! 피디는 차투착 시장만으로는 분량이 다 안 나올 수도 있다며 배를 타고 쇼핑을 하는 수상 마켓, 담넌사두억까지 들렀다.
 방콕의 습하고 후끈한 오후를 모조리 야외에서 보낸 모두는 서둘러 숙소로 돌아가서 피로에 지친 몸을 누였다.
 "아, 죽겠다!"
 "아희 씨! 씻지도 않고 침대에 누워? 불결하게!"
 "네네, 조금 있다가 씻을게요."
 앙칼진 희수의 목소리에 아희는 우는 소리를 내며 뽀송한 침대에 얼굴을 문댔다. 자기도 술 마시고 안 씻고 그냥 자 놓고 나한테만 뭐라고 그런다. 어차피 침대 시트야 내일 나갔다 오면 다시 새걸로 갈려 있을 텐데 뭐.
 아희는 이래서 피곤하지만 해외로 촬영을 나오는 게 좋았다. 여행을 나오면 일상적인 것들과 멀어지게 되니까. 요리, 빨래, 설거지, 청소, 기타 등등. 대신 새로운 업무가 몸을 짓누르지만 어쩔 수 없이 감수해야 하는 일이니 장점만을 만끽하려 애를 썼다.
 '이제 한국으로 돌아가면 지옥이 기다리고 있을 테니까. 즐길 수 있을 때 즐겨야 해!'
 한국에 돌아가면 일이 산더미처럼 기다리고 있을 터였다.

촬영분을 보며 편집이 편하도록 스크립트(출연진의 말과 상황을 모두 글로 작성하는 것)를 넣고, 초벌 자막을 넣고, 편집분이 오면 의도에 맞게 수정해야 한다.

게다가 이번 방콕 여행이 끝이 아니니 다음 여행지인 홍콩과 도쿄의 일정을 확인 및 수정하고 숙소와 레스토랑의 예약을 넣어야 한다! 몸이 두 개라도 모자랄 것이다. 방송 날짜는 이미 정해졌고 편집할 시간은 한정되어 있으니 일상을 갈아 넣는 수밖에.

한국에서는 메인 작가인 희수의 영역이 더 커진다. 그래서 지금 희수는 틈틈이 촬영장에 들러서 뭐 잘못 돌아가는 일이 없나 체크만 할 뿐, 현장의 거의 모든 일을 아희에게 맡기고 거의 자유 여행 수준으로 홀로 돌아다니며 관광을 즐기고 있다. 다른 사람들이 희수의 개인행동을 용인해 주는 것도 그녀가 한국에 가면 죽도록 바빠질 것을 알기 때문이다. 이미 써 놓은 대본을 죄다 수정하고 작성해야 될 테니까 말이다.

긴장을 풀고 침대에 누워 있는데 노크 소리가 들렸다. 똑똑똑.

"누구세요?"

"아이씨, 두 시간 뒤에 클럽으로 갈 거니까 푹 쉬어 둬요."

"네! 감사해요!"

촬영 팀에서 전해 준 얘기에 아희는 기쁘게 신발을 내던지고 침대 안으로 본격적으로 파고들어 갔다.

조금만 자고 일어나서 옷 갈아입고 화장 고치고 나가야지. 그래도 오랜만에 가는 클럽인데 너무 추레한 모습으로 가고 싶지는 않다.

아희는 시계를 확인했다. 한 시간 정도 잘 수 있겠는데? 신이 나서 베개에 얼굴을 부비며 헤헤 웃고 있는데 옆에서 핸드백을 들고 희수가 일어났다. 아희는 별로 궁금하지는 않지만 말치레로 입을 열었다. 희수의 성격상 지금이 딱 관심을 가져 줘야 하는 타이밍이기 때문이다. 희수는 자기가 원하지 않는 관심을 기울이면 신경질을 내지만 너무 무관심하게 굴면 삐지는 아주 공주님 같은 성격의 소유자다.

"어디 가시게요?"

"으응, 방콕까지 왔는데 마사지 좀 받아야지. 이따가 알아서 클럽으로 갈 테니까 걱정하지 마. 귀찮게 괜히 연락하지도 말고."

"네. 잘 다녀오세요."

"그래. 이따 이쁘게 하고 보자."

희수는 안 신던 높은 구두까지 꺼내 신고 방을 나서다가 뒤를 돌아서 아희를 보았다. 뭔가 고민하는 표정이었다. 그녀는 '내가 한 번 인심 쓰지.' 하는 얼굴로 입을 열었다.

"아이씨도 같이 마사지 받을래?"

"네?"

아희는 깜짝 놀라 되물었다. 희수는 언제나 자신이 받는 네일아트, 패디큐어, 피부 마사지, 경락 등을 자랑하기만 할 뿐 한 번도 같이 가자고 한 적이 없었기 때문이다. 아희는 조금 가슴이 두근거렸다. 같이 일한 지 1년이 넘은 지금 이런 권유를 한다는 건 그녀가 아희에게 맘을 열었다는 신호처럼 느껴졌다.

희수의 얼굴을 보자 머쓱한지 얼굴을 긁적이고 있었다. 엄청 고민이 되었다. 이대로 좀 더 쉬느냐, 같이 나가서 노느냐. 그러나 아희는 너무 피곤해서 조금이라도 자고 싶었기 때문에 아쉽게 거절의 말을 했다. 하지만 입에선 미소가 떠나지 않는다. 고맙고 기뻐서.

"저 진짜진짜 가고 싶은데요, 오늘은 너무 쉬고 싶어서…… 다음에 꼭 데려가 주세요. 네?"

"됐어. 다음이 어디 있니?"

"아 선배애, 다음에 꼭 데려가 주세요오!"

"얘 되게 웃기네. 몰라! 너 하는 거 봐서!"

희수는 구두를 또각거리며 방을 나갔다. 아희는 실실 웃다가 크게 소리를 내서 하하 웃었다. 어느 나라 속담이더라. 묶는 신이 있으면 푸는 신이 있다고 하던가. 나쁜 일이 있으니까 좋은 일이 위로하듯 와 주는 것 같다. 무겁게 짓눌려 있던 어깨가 해진의 다정한 위로와 언제나 멀게만 느껴지던 희수의 친하게 지내자는 사인으로 가벼워진다. 아희는 따스한 웃음을 지었다.

"이런 건 일기에 써 놔야지."

습관처럼 서랍에서 일기를 꺼내서 쓰다가 아희는 저도 모르게 스르륵 잠에 빠졌다. 잠결에 똑똑, 방문을 두드리는 소리가 들린 것도 같았지만 잠의 바다에서 허우적대느라 몸을 일으킬 수가 없었다.

폰에 맞춰 놓은 알림이 요란하게 울리는 소리에 가까스로 눈이 떠졌다.

"헉! 지금 몇 시지?"

지금 시간은 촬영을 나가기로 했던 시간인 9시가 되기 20분 전. 물론 촬영 팀이 제시간에 준비를 마칠 리는 없지만 그것도 15분에서 20분이 최대한이다.

35분의 준비 시간. 아희는 얼른 화장 솜에 스킨을 듬뿍듬뿍 적셔서 말라붙은 얼굴 위에 붙이고 옷을 갈아입기 시작했다. 머리는 떡이 졌지만 어쩔 수 없다. 어차피 클럽 투어를 돌고 나면 다시 땀이 날 텐데 지금 머리를 감는 게 더 비효율적이다.

후줄근하게 입고 있던 청바지와 반팔 티를 벗어 버리고 피서지에서 입고 싶었던 하늘거리는 재질의 민소매 반바지 점프 슈트로 갈아입었다.

누드 핑크 톤의 점프 슈트는 앞판에 하늘하늘한 시폰이

붙어 있어서 멀리서 보면 몸에 딱 달라붙은 바디 원피스처럼 보이기까지 하는 예쁜 옷이다. 바지니까 기동성도 좋은데 예쁘기까지!

어깨 끈이 얇아서 한국에서 이 옷을 입을 때는 안에 흰 반팔 티를 받쳐 입곤 했지만 여기는 방콕, 휴양도시다. 아희는 과감하게 안에 차콜색 망고나시만을 입은 채로 점프슈트를 입었다. 브래지어 위에 바로 끈소매 옷을 입기에는 조금 민망한 감이 있었다. 아무리 클럽에 간다고 하지만 남자가 대부분인 직장 동료들에게 너무 과감한 차림을 보여주기는 조금 의식이 되었다.

적셔 놓은 화장 솜으로 기름이 번들거리는 얼굴을 조심스럽게 닦아 내고 화장을 시작했다. 아침의 화장은 거의 지워져서 솜에 별로 묻어나는 것도 없다. 그렇다고 아침에 하는 기초화장을 다시 하는 건 찝찝했다.

로션과 올인원 크림만 얇게 발라 흡수시키면서 캐리어에서 파우치를 꺼내서 귀걸이를 골랐다. 예전 대만에서 샀던 자수정 귀걸이를 끼고 거울에 얼굴을 비춰 보니 정말 일하러 온 사람이 아니라 휴양지에 놀러 온 관광객처럼 보였다. 오늘 기분 전환 제대로 하겠는걸? 아희는 신이 나서 얼굴에 베이스와 파운데이션을 쌓고 열심히 눈을 그렸다. 남자는 깔창까지가 자기 키라면 여자는 아이라인까지가 자기 눈 크기다. 이건 궤변이 아니라 온 국민이 다 아는 진리다.

지금은 눈을 수술 없이 두 배로 키울 시간. 붓펜 아이라이너를 놀리는 아희의 손놀림은 장인의 손길처럼 비장했다.

"아이씨! 이제 우리 가야돼!"

"네! 지금 나가요!"

시간이 약간 남아서 아이론까지 하다가 지각생이 될 뻔했다. 아희는 얼른 약간 굽이 있는 샌들에 발을 끼워 넣으며 방문을 열었다.

"어? 이게 뭐지?"

방문 바깥쪽 문고리에 비닐봉지가 걸려 있었다.

"아희 씨! 엘리베이터 왔어, 얼른 와!"

"네!"

뭔지는 모르겠지만 일단 가방에 쑤셔 넣고 엘리베이터로 달렸다. 이제 또 일 시작이다!

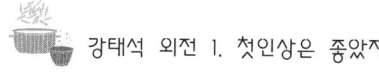 강태석 외전 1. 첫인상은 좋았지

첫인상은 좋은 편이었다고 기억한다.

"세컨 작가 하아희입니다. 잘 부탁드립니다."

'……예쁘네.'

또랑또랑한 목소리는 또렷한 외모와 딱 어울렸다. 프로그램 미팅에서 처음 보았을 때부터 이상형에 부합하는 외모라서 눈이 갔다. 키가 크지는 않지만 얼굴이 작아서 딱 보기 좋을 정도였다.

통통한 여자를 좋아해서 아희의 마른 몸은 취향에서 조금 동떨어졌지만 태석은 요리사답게 연인을 먹여서 찌우는 걸 좋아하는 편이라 그건 별문제가 되지 않았다. 그가 만든 음식을 아희가 먹어 줄지는 일단 뒤로 미뤄 두고 말이다.

우선 고양이 같은 얼굴이 시선을 잡아끌었다. 살짝 올라간 눈꼬리가 약간 까칠해 보였지만 입술은 작고 통통해서 인상이 묘했다. 계속 바라보고 싶은 얼굴. 자꾸만 시선이 갔었다. 아희는 전혀 그렇지 않았던 모양이지만.

태석은 나름대로 아희와의 촬영을 무척 기대했었다. 사적인 시간도 가질 수 있지 않을까? 기대가 무색하게 첫날엔 너무 바쁘고 촬영이 최악이라 인사 한 마디 나누지 못했다.

그러다가 둘째 날이 되었다. 피디에게 부당함을 항의하고 있는데 아희의 목소리가 들렸다.

"허!"

이틀 중 처음 들은 목소리가 헛웃음이라니. 충격적이었다. 이래 봬도 여자들한테 인기가 없는 편은 아닌데 말이다.

* * *

수셰프. 흔히들 '수'라는 단어를 빼어날 수나 우두머리 수라는 한자로 오해하고는 하지만 수셰프의 수(sous)는 불어로 '아래의'라는 뜻이다. 요리사의 아랫자리. 부주방장이라는 단어다. 물론 외국에서 수셰프까지 하고 한국에 와서 주방을 맡아 셰프를 하는 사람들도 많기는 하지만 요리 유학을 떠난 태석의 최종 목표는 셰프였다.

"Posso aspirare l'inchiostro negli occhi chi figlio di puttana che vafanculo?"

(이런! 확 눈깔의 먹물을 쪽쪽 빨아먹을 개잡놈의 새끼가 죽고 싶냐?)

매너리즘에 빠져 정신을 놓고 있다가 수셰프 자리에서 쫓겨나기 전까지는 말이다.

혀라는 부위는 아주 예민하고 솔직하다. 평소에 자극적인 음식들을 많이 먹으면 그 결과는 바로 혀로 온다. 자극적인 음식에 익숙해진 혀는 음식 본연의 맛에 둔감해지게 된다. 게다가 담배까지 피우니 더 악화되는 게 당연했다.

세 개의 미슐랭 스타가 빛나는 레스토랑에서 수셰프로 일하던 태석은 그가 쫓겨난 이유가 정당했다고 여겼다. 수셰프란 놈의 혀가 둔감하기 짝이 없으니 셰프가 화를 낼 만도 하다.

자극적인 인스턴트 푸드와 담배, 술로 둔감해진 혀로 맛을 보고 음식을 내갔는데 하필 그 손님이 손님으로 위장한 미식 전문 비평가일 게 뭐였을까. 악운을 탓하기엔 수셰프로 일하면서 언젠가는 겪게 되었을 자업자득이었다.

태석이 일하던 레스토랑은 이탈리아 사람들이 모두 읽는 신문에서 비슷한 급의 레스토랑 중 최악의 평가를 받았고 그 결과 태석은 따가운 눈초리와 심한 자책감을 이기지 못

하고 자진 사퇴를 하고 한국으로 돌아와야만 했다.

한국에 돌아와서도 태석은 한동안은 방탕한 생활을 했다. 술을 마구 마시고 아무 거나 먹고 줄담배를 피웠다. 그러던 중에 〈코리아 셰프 대첩 시즌 2〉에 나가게 되어 열정적인 사람들과 경쟁하며 예전의 모습을 점점 찾아갔다. 그리고 최종 경연에서 준우승을 하는 순간 밀려드는 죄책감에 몸부림쳤다.

"축하합니다, 강태석 씨! 준우승입니다!"

파프리카TV 〈코리아 셰프 대첩 시즌 2〉에서 준우승을 하면서 강태석이란 남자의 인생은 많이 바뀌었다.

이탈리아에서 수셰프까지 달고 한국으로 돌아와 서바이벌 프로그램에서 준우승을 한 남자. 요리사라는 직업은 노력에 비해 직위가 더디게 오르며 연봉도 높지 않다. 그러다 보니 한국에서 경력을 대단히 쌓은 것도 아닌 주제에 서바이벌 프로그램으로 얼굴을 알리고 바로 셰프가 된 태석은 주변의 많은 부러움을 샀다.

다른 출연자에 비해 TV 출연을 자제하였으나 그래도 얼굴이 한번 알려지고 나자 별다르지 않은 언행으로도 구설수가 많이 생겼다. 태석은 서바이벌 프로그램에 출연할 때보다 더욱 신경이 곤두섰고, 그 결과 자신을 더 채찍질하게 되었다.

'나보다 더 노력한 사람들이 많은데 내가 되다니!'

물론 태석이 준우승을 할 수 있던 이유는 그가 이태리에 있던 시절 그 누구보다 열심히 노력했기 때문이었다. 땀은 배신하지 않으며 한국으로 돌아온 태석이 뒤늦게 정신을 차리고 달리기 시작하자 예전의 감각이 돌아왔다.

 요리 학교를 다니고 주방 보조부터 시작해서 수셰프까지 올라간 태석이 했던 노력은 한순간의 방황으로 사라질 것이 아니니까. 하지만 그는 남의 자리를 빼앗은 것 같다는 죄책감을 극복하기 어려웠다. 그렇다고 이미 받은 상을 반납한다는 것도 어불성설이었다. 그건 다른 참가자와 심사위원들을 모욕하는 처사였다. 어쩔 수 없으니 더 노력하는 수밖에 없었다.

 태석은 셰프로 스카우트된 레스토랑에서 매일매일 그의 최선을 쏟아부었다. 당연히 담배는 끊은 지 오래였고, 다른 셰프들에 비해 요리 프로그램에도 잘 나가지 않았다. 기본에 충실해야 했기 때문이다.

 "너무 일만 하는 것도 안 좋아. 남의 돈으로 외국에서 맛있는 것 좀 먹고 와."

 그러다 오랜만에 다른 친구 셰프들의 조언에 따라 프로그램 출연을 결정했다. 확실히 요새 너무 일을 열심히 했는지 살이 쭉쭉 빠지고 있었다. 마른 셰프는 손님들에게 믿음을 주기 어려운 터라 걱정이 되긴 했지만 원래 골격이 좋은 편이라 볼품없어 보이지는 않아 다행이었다.

처음엔 기분 전환 삼아서 출연을 수락한 프로그램이었지만 시간이 지날수록 점점 기대감이 차올랐다.

방콕, 홍콩, 도쿄. 듣기만 해도 얼마나 다양하고 수많은 맛있는 요리들이 기다리고 있을까! 엄청나게 기대가 되었다. 하지만 여행의 뚜껑을 열자 수많은 맛있는 요리 대신 수많은 광고와 후원 때문에 억지로 먹어야 하는 요리들과 해야 하는 쇼핑이 그를 기다렸다. 결국 온종일 이어진 PPL 촬영에 태석은 폭발했다.

"방송계의 생리는 이해하지만 적어도 먹을 만한 걸 줬으면 하는 바람인데."

물론 짜증을 내긴 했다. 첫날에는 정말 음식 같지도 않은 음식을 내놓고 웃으라고 하고 맛있다고 하라고 해서 너무 화가 났다. 먹는 거야 억지로라도 먹을 수는 있지만 맛있다고는 도저히 할 수가 없었다. 시청자 중에는 태석이 맛있다고 한 것을 믿고 이 음식을 먹는 사람이 있을 텐데, 그들에게 거짓말을 하기는 싫었다.

통계적으로 사람은 맛있는 레스토랑을 주변에 소문낼 때보다 맛없는 레스토랑을 소문낼 때 더 많은 사람에게 말한다. 발 없는 말이 천 리를 간다고 하지만 나쁜 말이 좋은 말보다 더 멀리 간다는 뜻이다. 태석은 미식 비평가가 쓴 기사로 한 번 망했던 사람이다. 그에게는 소문과 평가가 중요했다.

피디가 한참을 달랬지만 마음이 나아지지는 않았다. 그래도 촬영 팀의 입장이라는 것을 애써 이해하려 했다. 그렇게 대화를 마치고 해진을 찾는 중, 그와 이야기를 나누는 아희의 말을 의도치 않게 엿듣게 되었다.

"기본도 못 하는 사람들 이쪽에 아주 많은 거 아시잖아요."

마치 '기본도 못 하는' 사람이 들으란 듯이 말하는 하아희. 태석은 혀를 내둘렀다. 나도 나지만 그녀의 성격은 보통이 아닌 것 같다.

저렇게 거침없이 태석을 기본도 못 하는 사람이라고 돌려 까다니. 어이가 없기도 했지만 그보다 먼저 흥미가 생겼다. 예쁘다고 생각했던 취향 저격의 외모보다 저 드센 성격이 마음에 들다니. 태석은 그 자신이 생각해도 어이가 없었다. 그렇지만 뭐 어쩌겠는가. 저런 심한 말을 듣고도 화가 나기는커녕 호기심이 드는 것부터 이미 진 게임인 것을. 결국 인간관계는 호감이 더 큰 사람이 지게 되어 있다.

태석은 멍하니 방콕의 풍경을 바라보느라 혼자 낙오된 아희에게 다가가 짐을 뺏어 들었다. 생각보다 무거워서 깜짝 놀랐다. 저 조그만 체구로 어떻게 이런 짐을 들었지?

"정신 빼지 말고 쫓아와요. 사람들 잃어버려서 국제 미아 되지 말고."

"네? 네, 감사합니-."

"그리고 흉을 보려면 목소리는 작게. 그건 기본 중의 기본이죠."

어떻게든 말을 걸어 보려고 노력을 한 것인데 말이 부드럽게 나가질 못했다. 가볍게 말을 걸고 싶었는데 약간 농담 반 진담 반 섞여서 나갔다. 말을 하고도 아차 싶었지만 차라리 잘됐다. 어떻게 반응하나 보고 싶으니까. 내가 뒷말을 들었다는 걸 알아도 세게 나올까? 태석은 아희가 궁금했다.

게다가 아희는 태석의 말에 하나하나 반응을 하며 신경을 날카롭게 세웠다. 대화를 하다 보니 약간 불쾌해졌다. 나에 대해서 뭘 안다고 이렇게 좋지 않은 태도를 고수하는 거지? 설마 내가 관심이 있는 걸 알고 이러나?

솔직히 웃기는 마음이다. 아희는 그저 태석이 촬영에 지장을 줘서 싫어하는 것일 텐데도 태석은 괜히 그녀에게 차인 사람처럼 툭툭거렸다.

기껏 챙겨 줘도 아희가 날카롭게 굴자 태석도 못된 말을 해 버렸다.

"그때도 이렇게 말 좀 많이 하지 그랬어요."

"네?"

"모르는 척하시네."

"제가 뭘요?"

"이제 보니 사람 험담하는 게 취미신가?"

"네? 무슨 소릴 하시는 거예요?"

"미팅 때는 아무 말도 하지 않고 가만히 입 다물고 있다가 미팅 끝나고 나니까 막내한테 가서 구시렁거렸잖아요."

모른 척 일부러 더 긁었다. 어중간하게 별로라면 차라리 최악으로 만들어 버리고 싶었다. 좋아하든가 아니면 싫어하든가. 태석의 심술이었다. 그러나 수치심으로 얼굴을 새빨갛게 물들이고 그에게서 멀어져 가는 아희를 보며 마음이 편했던 것은 아니다.

"잘 알지도 못하면서 함부로 말하지 마세요. 불쾌하니까."
"그쪽이야말로 남에 대해서 함부로 입 놀리지 마세요. 기본이니 뭐니. 누가 할 말입니까?"

어중간한 사이보다야 차라리 사이가 나쁜 게 낫다고 생각은 했지만 그녀의 표정과 말은 비수처럼 태석의 마음에 꽂혔다. 미안한 마음이 듦과 동시에 오기와도 같은 애정이 마음에 자리 잡았다.

'대체 내가 뭘 그렇게 잘못했다고 한 번을 웃어 주지를 않아?'

하아희의 웃는 모습을 보고 싶다. 나를 보고 웃었으면 좋겠다.

그때 태석은 약간 스스로에게 질렸다. 뭐지? 마조히스트라도 되나? 다른 여자들에게서는 한 번도 느껴 본 적 없는 감정이었다.

* * *

이해진. 귀여운 녀석이지만 태석은 이제 그가 의심스럽기 시작했다.

"형, 작가 누나한테 관심 있죠? 저 눈치 완전 빨라요!"

해진은 첫 미팅 때 아희를 유심히 보던 태석을 관찰하더니 바로 그의 호감을 눈치챘다. 이건 별로 놀라울 일은 아니었다. 해진이 눈치 빠른 것이야 진즉 알고 있었으니.

그러나 여행이 시작되고 사사건건 아희와 태석 사이에 끼어들자 태석은 짜증이 났다. 아희는 별로 눈치를 못 챈 것 같지만 해진은 그가 아희에게 다가가려고 하면 먼저 아희에게 다가가서 말을 걸고 그녀를 웃게 만들곤 했다.

태석의 표정이 점점 떨떠름해지자 해진은 넉살좋게 웃었다.

"에이, 형! 내가 다 도와주려고 그러는 거지."

그 말을 완전히 믿을 수는 없지만 어쩌겠는가. 태석과 하아희의 사이는 최악인데.

"그럼 제대로 도와주기나 하든가."

이 말이 화근이 되었는지 해진은 정말 그를 도와주었다. 이렇게 말하면 나쁘긴 하지만 해진이 아픈 덕분에 태석이 아희에게 다가갈 수 있었기 때문이다.

"뭐 필요하세요?"

"소화제 있으세요?"

"소화제요? 속 불편하세요?"

"전 괜찮은데 해진이가 좀. 평소에 다이어트 때문에 잘 안 먹어서 많이 먹으면 탈이 난대요. 약 없으세요? 없으면 사 오게."

얼마나 봤다고 그새 해진과 친해졌는지 아희는 걱정스러운 표정을 지었다. 그녀를 지켜보자 음료수 하나를 사 들고 운전 기사분께 건넸다. 의외로 잘 챙기는 성격인가? 그럼 나한텐 왜 그렇게 까칠하지. 태석은 약간 억울한 기분이 들었다.

아희는 버스에서 소화제와 핫팩을 챙겨 나왔다. 핫팩도 갖고 다니는구나. 작가들의 필수품은 아닐 테고. 내가 신기한 표정을 지었는지 아희는 고개를 약간 기울이며 내게 물었다. 인상을 쓰지 않고 날 올려다보는 모습이 사랑스러워서 태석은 깜짝 놀랐다.

"왜요? 뭐 더 필요하세요?"

"아뇨. 핫팩도 갖고 다니시는구나 놀랐어요."

내 말에 그녀는 약간 뿌듯했는지 묻지 않은 자랑을 살짝 늘어놓았다.

"현장에선 별의별 일이 다 있으니까요. 대비할 수 있는 건 대비하려고 노력하는 편이에요."

자랑스러워할 만하다. 태석은 지금까지의 현장을 돌아보

았다. 그러고 보니 태석이 그녀의 까칠함에만 집중하느라 잘 몰랐을 뿐, 그녀는 현장에서 무척이나 프로페셔널한 사람이었다. 그녀가 태석을 싫어한 것도 그가 촬영 일정에 지장을 주었기 때문이었으니 처음부터 한결같았다.

그 뒤로 태석은 아희의 행동을 면밀히 살펴보았다. 아희는 바지런한 다람쥐 같았다. 촬영 팀을 이리저리 쏘다니며 스태프들과 대화를 나누고 그들에게 필요한 것들이 있나 미리 둘러본 후 재깍재깍 준비해서 대령했다. 그녀는 효율성 없이 빨빨거리고 돌아다녔지만 그녀가 돌아다닌 만큼, 촬영은 지연되는 일 없이 바로바로 이어졌다.

"아이씨!"

"아이씨 어딨어!"

아이씨라는 약간 막 나가는 별명과 대조되게 그녀의 존재감은 막강했다. 태석은 알면 알수록 하아희란 여자에 대해 놀라게 되었다. 신기했다. 어떻게 저 작고 마른 몸에서 저런 힘이 나오는지.

그러다 통역 사건이 일어났다.

통역 사건이라고 해 봐야 또 태석이 성질을 부리는 바람에 상황이 안 좋아진 것이었다. 그러나 태석도 그 일은 후회를 많이 했다.

그는 몰랐다. 그가 화를 냄으로써 다른 사람이 그에 대한 책임을 져야 할 줄은.

"어떤 요리인데요? 그걸 꼭 찾아야 돼요?"

"보양식인데…… 아니, 요리사를 불러서 요리 여행을 시킬 거면 적어도 요리 관련 단어를 잘 아는 사람을 데려와야 하는 거 아닌가? 이봐요. 촬영 팀에서 고용할 때 그런 말 안 해 줬어?"

"태석 씨, 또 왜 그래! 가뜩이나 복잡한 도떼기시장 통인데 이러기야?"

차투착 시장에서 해진을 좀 먹이려고 태국 보양식 식당을 찾던 중에 벌어진 일이었다. 몇 번이나 다시 설명을 해 주었는데도 통역을 하러 온 사람이 너무 말귀를 못 알아들어서 욱하는 성질에 화를 냈는데 그 화는 고스란히 죄 없는 아희에게 돌아갔다.

"아희 씨! 정신이 있어, 없어? 내가 통역하는 애한테 잘 말해 놓으라고 했지! 대체 실수하는 게 몇 번째야? 프로 처음 해? 대체 몇 년 차야?!"

"죄송합니다."

"죄송하다고 끝나는 문제가 아니잖아. 여름에 먹거리 여행을 하면 보양식 얘기가 나올 거라고 생각 못 했어? 좀만 생각하면 바로 나오잖아. 이래서 어디 작가라고 하겠어? 초등학생들도 다 알겠다!"

"죄송합니다. 제가 지금이라도 찾아볼게요."

"당연하지! 그럼 안 찾을 생각이었어?"

아희의 잘못이 아니었다. 잘못이 있다면 통역가에게, 아니지. 통역가도 내가 박쥐로 만든 보양식을 물어보리라는 예상은 차마 하지 못했을 것이다. 아무도 잘못하지 않은 일이었지만 이미 일은 어그러졌고 그 결과에 대한 책임은 모두 아희가 져야만 했다. 대체 왜?

"……됐습니다. 이걸 왜 아희 씨를 혼내요."

"아니에요. 제가 미리 통역한테 말을 해 뒀어야 했는데…… 죄송합니다."

모든 사람이 보는 앞에서 호되게 혼난 아희는 눈물을 글썽이는 것도 없이 피디님과 태석에게 사과를 한 후 씩씩하게 일을 해결했다.

태석은 미안함에 몸 둘 바를 몰랐다. 죄 없는 아희가 자신 때문에 안 좋은 일을 겪게 되어 버려서 안쓰러웠다. 억울하고 울고 싶을 텐데 그저 방글방글 웃으며 우는 통역가를 달래고 쩔쩔매는 해진을 안심시키는 모습이 눈에 걸려서 미칠 것 같았다.

미안하고 안쓰러웠고 동시에 사랑스러웠다. 자신의 일을 위해 눈물을 감추고 열심히 나아가는 모습이 애처로웠지만 그만큼 태석은 그녀의 힘이 되어 주고 싶다는 생각을 했다. 해진에게서 위로를 받는 그녀를 보며 태석은 손바닥에 피가 몰리도록 주먹을 꽉 쥐었다.

이대로는 안 된다. 이대로는 사이가 더 나빠질 뿐이다.

태석은 그녀의 힘이 되어 주고 싶었다. 사건을 악화시키는 사람이 아니라 해결해 주는 사람이 되고 싶었다. 그래서 힘든 일이 있을 때 그녀가 혼자 우는 것이 아니라 그의 품에서 울 수 있도록.

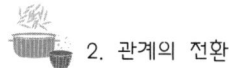 2. 관계의 전환

  방콕의 클럽 거리는 낮에 갔던 차투착 시장만큼이나 사람이 많다. 한국인이 가장 많이 간 여행지 3위에 빛나는 방콕이라 그런지 클럽에 들어서자 한국인으로 보이는 사람들이 굉장히 많았다. 다들 즐겁게 놀기 위해 온 거니까 별다른 문제는 없겠지. 제발 그래야 한다!
  클럽 신은 어차피 많은 분량을 뽑으려는 생각이 없기 때문에 촬영 팀들도 약간 부담감을 내려놓고 즐기려는 모습이 보였다.
  각자 음료수 하나씩을 들고 홀짝대며 태석과 해진 주변

을 찍었다. 해진은 나이도 어리고 춤을 추고 노래를 부르는 아이돌이다 보니까 클럽에서도 그다지 어색하진 않았는데 태석은 클럽이 익숙하지 않은지 시종일관 뻣뻣하고 어색한 태도를 유지했다. 카메라 감독님이 웃으면서 물었다.

"태석 씨, 클럽 안 와 보셨어요?"

태석은 고개를 끄덕거리며 손에 들고 있는 맥주를 마시며 고개를 절레절레 저었다.

"이렇게 사람이 많은 덴 질색이에요!"

주변이 하도 시끄러워서 거의 고함을 지르는 모양새다. 카메라를 들고 있으니 힐끔거리는 사람들도 많고 관광객들 중 한국말로 뭐라고 하는 소리가 들리는 것도 같지만 촬영에 지장은 없었다. 워낙 쿨한 젊은이들이 모인 곳이라 촬영이 잦은 탓이었다. 대다수의 사람들은 카메라가 자신을 찍거나 말거나 나는 내 시간을 즐기련다! 하는 태도로 음악에 몸을 맞춰 흔들었다.

해진은 쿵쿵거리는 비트에 가볍게 몸을 흔들며 칵테일을 홀짝였다. 경직된 태도로 분위기를 즐기지 못하는 태석을 걱정을 하는 것인지 아니면 분량을 뽑아야 된다는 생각을 하는 것인지 열심히 조잘조잘 말을 걸었다.

"아까 클럽에 붙은 포스터를 보니까 내일 유명한 DJ들이 온다는 것 같던데 아쉽네요!"

해진의 말에 태석이 경악을 하며 고개를 젓는다.

"그럼 오늘보다 사람 더 많을 거 아냐! 난 됐어! 하나도 안 아쉬워!"

그 말에 촬영 팀은 모두 웃음을 터트렸다. 다 큰 어른이 하는 투정에 아희도 밝게 웃었는데 사람들의 어깨 너머로 태석과 시선이 마주쳤다. 아희는 시선을 피하려다가 내가 왜 피해야 되지? 하는 생각에 시선을 맞추었다.

"……."

"……."

그런데 이상한 기분이 들었다. 아희는 태석이 자신을 싫어할 것이라 생각했다. 그에 대해 험담하는 걸 두 번이나 들켰고 사과를 하려고 해도 피했다. 그런데 이상하게도…… 자신을 보는 태석의 시선은 차갑기는커녕 조금 뜨겁게 느껴졌다.

'착각인가?'

그렇지만 착각이라고 하기엔…… 태석의 눈빛이 묘했다. 아희는 조금씩 뺨이 달아오르는 것을 느꼈다.

주변은 온통 시끄러운 음악들로 가득하고 형형색색의 레이저들이 눈이 아프도록 캄캄한 밤을 어지럽게 물들이고 있었다. 그 소란스러운 공간에서 마치 아희와 태석만이 시간 속에 갇힌 듯 시선을 맞추고 있었다.

아희는 마른침을 삼키며 시선을 떼려고 했다. 그런데 고개가 움직이지 않았다. 얼마나 지났을까. 슬로우 비디오를 틀어 놓은 것처럼 주변이 느리게 느껴져서 대체 얼마나 눈을 맞추고 있는지 가늠이 되지 않는다.

그때 어깨를 툭 치며 촬영 팀에 합류한 희수 덕분에 멈춰 버린 것 같던 순간이 깨졌다.

"아이씨! 뭐 보고 있어?"

"아, 선배. 오셨어요?"

"응. 이거 봐. 나 피부 엄청 매끄러워졌지? 내가 데려가 준다고 할 때 안 온 걸 엄청 후회하게 될 거야."

아희는 안도의 한숨을 쉬며 희수의 자랑에 맞장구를 쳐 주었다. 태석 쪽을 힐끔 바라보자 태석은 아무렇지도 않게 해진과 이야기를 하며 맥주를 마시고 있었다. 순간 아희는 민망해졌다.

'뭐야? 꼭 나 혼자 착각한 것 같잖아.'

아무 일도 없던 것처럼 행동하는 태석 때문에 괜히 혼자 부끄러워졌다.

그냥 의미 없이 눈을 마주친 건가? 아니, 누가 그렇게…… 아무한테나 뜨거운 눈빛을 보내?

큰 음악 소리와 춤추는 사람들 덕분에 주변의 어느 누구도 아희가 씩씩대며 화를 내는 것에 관심을 주지 않았다. 다행이었다. 조용한 곳이었다면 혼자 화내는 미친 여자로 보였을 테니까. 아희는 괜히 허한 기분에 맥주를 사러 갔다.

* * *

  촬영 팀은 방콕에서 가장 유명한 클럽 두 군데에서 촬영을 마치고 거리로 나왔다. 다양한 인종, 다양한 국적의 2, 30대들이 방콕의 열대야를 네온사인 빛으로 물들이고 있었다.

  점프 슈트 안에 나시를 입기를 정말 잘했다. 더위로 땀이 나서 만약 속옷 위에 바로 옷을 입었다면 살이 다 비쳐 보였을 것이다.

  아희는 손으로 머리칼을 슥슥 빗어 내려 팔찌처럼 하고 다니는 헤어 타이로 높게 묶어 둥글게 말아 올렸다. 뒷목이 공기 중에 드러나면서 땀이 식고 커튼 같던 머리카락 안에 고인 열기가 빠져나가 한결 시원해졌다.

  피디는 간간이 들이켠 술 덕분에 기분이 좋아졌는지 실실 웃으면서 촬영 종료를 외쳤다.

  "오늘은 이걸로 끝! 지금부터 자유롭게 놀고 내일 봅시다!"

  촬영 팀 사람들 중 몇몇은 호텔에 장비를 놓고 온다며 우르르 사라졌고 아희는 좀 더 놀다 갈까 싶어서 주변을 둘러보았다.

  다들 꽤 오래 같이 일하기는 했어도 왁자지껄한 회식을 제외하면 따로 모여서 술을 마신 적은 없어서 같이 놀자고 하기엔 어색했다. 그렇다고 주량이 말술인 카메라 팀 노는 데에 끼면 내일 죽어날 것 같고.

'이 시간에 여자 혼자 놀기엔 좀 위험하려나.'

고민하고 있는데 뒤에서 누가 어깨를 툭툭 건드렸다. 희수였다.

"어, 선배. 지금 들어가시게요?"

"아니? 내 앞의 후배님이 같이 마셔 주면 한잔하고 가려고."

희수의 말에 아희는 가볍게 웃으며 크게 고개를 끄덕이곤 희수 들으라고 우스갯소리를 했다.

"정말요? 완전 땡잡았네! 여기서 제일 비싼 술집이 어디죠?"

"술도 잘 못하는 게 비싼 거는 마셔서 뭐 하게."

희수는 아희에게 핀잔을 주며 앞장섰다. 일 때문은 물론 개인 휴가로도 방콕에 자주 오는 사람이라 좋은 술집을 많이 알고 있겠지 싶어 아희는 걱정 없이 희수만 따라갔다.

남은 사람들은 어디 갈까 싶어서 뒤를 돌아보니 키가 큰 태석이 단박에 눈에 들어온다. 눈이 마주쳤는데 씹기는 그렇고 눈인사만 살짝 하니 옆에 있던 해진이 손을 흔들어 온다. 저 둘이 놀겠네. 왠지 모를 아쉬움이 들었다.

"빨리 와. 여기서 길 잃으면 완전 미아 되는 거야."

"네! 가요!"

2. 관계의 전환

아희는 빠른 걸음으로 희수 뒤에 따라붙느라 해진과 태석이 하는 말을 듣지 못했다.

"에이- 누나 가 버렸다. 아쉽겠네요."

"……아쉽기는."

"그렇게 미적거리다가는 내가 확 채 갈 거라니까?"

"네가 퍽이나."

"어허- 열 길 물속은 알아도 한 길 사람 속은 모르는 법."

"시끄러. 여기저기 끼나 부리고 다니는 녀석이."

"형한테 끼는 바라지도 않을 테니까 친절하게라도 대해줘요. 아이 누나는 형이 자기 싫어하는 줄 알걸?"

"……그 정도야?"

"물론이지."

태석은 한숨을 쉬었다. 갈 길이 멀었다.

* * *

"와- 분위기 좋다. 사람도 많이 없네요?"

"응. 내가 찾은 보물이야."

희수가 데려온 술집은 3층 건물의 3층과 옥상을 쓰는 세련된 바였다. 빨갛고 노란 화려한 꽃과 초록 식물들로 장식해 놓은 내부는 세련되면서도 휴양지 특유의 나른하면서도 들뜬 분위기를 조성하고 있었다. 큰 화분들 사이사이에 숨겨 놓은 전등들이 은은하게 빛을 발하고 있었으며 나무로 만든 실로폰인 라나트를 곁들인 태국풍 재즈 음악이 고된 일상으로 긴장한 몸을 이완시켜 주었다.

두 사람은 테라스로 나갈까 하다가 에어컨이라는 인류 최대의 발명품을 포기하지 못하고 그냥 실내에 자리를 잡았다. 가게 중앙에 심긴 커다란 나무의 바로 아래 자리로, 타이밍 좋게 비어 있던 가게의 명당자리였다. 딱 2인용 자리라서 오늘처럼 사람들이 무리 지어서 오는 날이 아니면 자리도 잘 나지 않는다고 한다. 테이블 위에 녹색 그림자를 드리운 나무는 마치 두꺼운 나무가 건물을 잡아먹어 버린 앙코르와트의 풍경을 떠올리게 했다.

사람들이 많이 앉아서 엉덩이와 등 부분이 약간 꺼지고 반들반들해진 라탄 의자에 몸을 기대며 아희는 저도 모르게 흐르는 음악을 따라 콧노래를 흥얼거렸다. 메뉴판을 보고 있던 희수가 피식 웃었다.

"기분 좋아 보이네?"

"네. 좋아요, 이렇게 선배랑 둘이 놀러 오고. 혼자 놀면 위험하지 않을까 걱정하고 있었거든요."

아희의 말에 희수는 눈을 동그랗게 떴다.

"그 말 진심이야?"

"네? 네……. 카메라 팀에 끼면 너무 달릴 것 같아서……."

그녀의 대답에 희수는 이해가 되지 않는다는 듯이 어깨를 으쓱하며 메뉴판을 넘겼다.

"나는 아이씨가 걔네랑 놀러 갈 줄 알았지?"

"걔네요?"

"강태석이랑 이해진. 설마 몰랐어? 걔네가 계속 아이씨만 보고 있던 거?"

그 말에 아희는 말문이 턱 막혔다. 날 보고 있었다고? 어버버 하며 대답을 못 하고 있자 희수는 주문을 받으러 온 귀여운 태국 남자애에게 마음대로 주문을 한 후에 턱을 괴고 혀를 찼다

"뭔가 있긴 있는데 확신할 만한 건 아닌 거야? 썸? 아니면 썸 전 단계?"

"아니요, 정말 그런 건 아니구……."

"아이씨 성격상 간 보는 것도 아닌 것 같고. 남자 쪽이 문제네. 좀 더 지켜봐야겠다."

"……그냥 강태석 씨랑 저랑 한 번씩 주고받았다고 해야 되나……. 서로한테 실수를 한 번씩 했어요. 그래서 분위기가 이상해 보이는 걸 수도 있어요."

아희가 그런 게 아니라며 설명하자 희수는 코웃음을 쳤다.

"싸움도 아무나랑 하는 거 아니야. 기대하는 게 있는 사람이랑 하는 거지."

그 말에는 동의할 수 없다. 아희는 순간 발끈해서 빠르게

쏟아 냈다.

"강태석 그 사람은 완전 싸움꾼인 것 같던데요? 여기저기 싸움 걸고 다니고, 괜히 힘없는 저만 피해 보고!"

희수는 피식 웃으며 작은 핸드백에서 팩트를 꺼내서 화장을 확인했다. 습기와 땀으로 살짝 무너진 화장을 고치며 성의 없게 말한다.

"그럼 강태석이 아까부터 무슨 미어캣마냥 아이씨 보면서 말 걸고 싶어서 동동거리던 건 내가 잘못 본 건가? 내가 보기엔 백 퍼센트 아이씨한테 마음 있어."

"에이, 설마요."

손사래를 치며 아니라고는 했지만 아까의 눈 맞춤이 떠올랐다. 다른 건 몰라도…… 클럽에서의 시선 교환에는 부정할 수 없는 뭔가가 있었다.

아희는 한숨을 폭 쉬었다. 사실 태석과는 사이가 좋기는커녕 모든 스태프들을 통틀어 손에 꼽게 사이가 나쁜 편이라고 생각했다. 그렇지만 아까의 일로 알 수 없어졌다. 그가 자신을 어떻게 생각하는지.

강태석은 촬영 때 자기 맘에 안 차는 구석이 있으면 지랄맞게 굴지만 자기 나름대로 스태프들을 챙기는 모습을 보이곤 했다. 식당과 시장에서 맛있는 걸 먹으면 카메라가 꺼지고 나서 스태프분들도 드시라고 자기가 돈을 지불한 적이 있었고, 첫째 날 저녁에는 자기가 성질을 내서 스케줄이 꼬인 것이 미안했는지 촬영 팀 술자리에 숙소 주방을 빌려서 만든 안주를 몇 접시 가져다줬다고 한다.

확실히 태석 때문에 피디님께 혼나고 나서 그는 안절부절못하며 아희에게 사과하고 싶은 기색을 보이긴 했다. 그런데 그게 다 호감이 있어서 그런 거라고? 확신이 서지 않는다. 그것보다. 내 마음은 어떻지?

고민하는 사이 주문한 칵테일들이 나왔다. 희수는 손뼉을 치며 감탄했다.

"와, 신메뉴길래 그냥 시켜 봤는데 생각보다 더 예쁘네. 아이씨 둘 중에 뭐 먹을래?"

"음…… 이거 먹을게요."

핑크색과 금색의 칵테일 두 잔. 금빛 칵테일은 오리엔탈 블러핑이라는 이름의 바텐더가 개발한 칵테일이라고 한다. 오리엔탈 블러핑(동양식 허풍)이라는 이름다운 이 칵테일은 잔 위로 식용 꽃과 얇고 길게 자른 오렌지, 자몽을 꽃넝쿨처럼 올려 화려함을 뽐내고 있었다. 핑크색 칵테일은 러브 인 방콕이라는 이름으로, 그저 탄산이 들어간 핑크색 칵테일인데 하트 모양의 2인용 빨대가 나온 것이 귀여웠다.

연인용 칵테일인가 싶어서 귀엽기도 하고 선배랑 먹기도 편하겠다 싶어서 핑크색 칵테일을 고른 것인데 희수는 그걸로도 아희를 놀려 댔다.

"핑크색으로 골랐네? 고르는 것도 귀엽다. 연애해야 되겠는데?"

"아, 선배!"

희수는 키득거리며 잔을 들고 건배를 하자는 듯이 까딱까딱 흔들었다. 아희는 얼른 잔을 들어 희수의 잔에 살살 부딪쳤다.

"쨘-!"

"쨘-! 잘 먹겠습니다."

안주로 시킨 연어 스테이크는 양이 적었지만 어차피 두 여자는 수다를 떠느라 바빴기 때문에 적당히 요기만 하는 정도로 나쁘지 않았다. 맛도 나쁘지 않았다.

아희는 연어 스테이크를 먹으며 태석을 떠올렸다. 강태석은 이걸 먹으면 별점을 몇 개나 줄까? 아희는 아주 맛이 별로지만 않으면 그냥 다 평범하게 잘 먹는 편이고 엄청 맛있는 것을 잘 모르는 편이라서 가끔 이렇게 전문가의 의견이 궁금할 때가 있었다.

'아, 또 강태석 생각이네!'

아희는 고개를 도리도리하며 이미 바닥이 보이는 잔에 술 한 방울이라도 남는 것을 용서치 않겠다는 듯이 빨대로 잔의 바닥을 훑었다. 희수는 약간 발그레한 얼굴로 깔깔 웃었다.

"더 시켜 줄 테니까 그만 빨아 먹어!"

"선배 취하셨어요?"

"아니? 그냥 기분 좋아서 그래."

"그래요. 저도 기분 좋아요."

약간 업된 기분으로 희수가 내민 메뉴판에서 이름이 마음에 드는 다른 칵테일을 골랐다.

잠시 화장실을 간다고 일어났다. 화장실을 가는 길이 테라스 쪽 유리창을 지나기에 밖을 내다보았다. 클럽 거리에서 몇 골목만 들어온 것뿐인데 거리는 한산했다. 눈을 들어 좀 더 멀리 내다보니 클럽 거리 쪽에서 색색의 화려한 조명이 번쩍인다.

"방콕 시티 아이 캔 스탑!"

예전에 유행했던 노래를 흥얼거려 보았다. 남자가 없어도 이렇게 신나는데, 남자가 꼭 필요하겠어? 아희는 태석의 생각을 지우려 애를 썼다.

* * *

"선배, 다리에 힘 좀 줘 봐요!"

"으응- 아이씨! 우리 2차 가자 2차! 아니, 3차인가?"

"알았으니까 다리 좀!"

아까 취하지 않았다는 말을 믿으면 안 되는 거였는데! 아희는 눈물을 머금고 그녀에게 매달리는 희수를 다시 고쳐 안았다. 희수는 깡마른 체형이라 무게 자체는 많이 나가지 않는데 키가 크고 팔다리가 길어서 아희가 옮기기 버거웠다. 술에 취해 축 늘어져서 흐느적거리는 긴 팔다리로 아희에게 매달리자 아희는 자칫하다간 희수와 함께 바닥에 나뒹굴 것 같다는 강렬한 예감에 온몸에 힘을 꽉 주고 걸었다. 더운 날씨에 과한 근력 운동까지 하니 바에서 나와서 고작 한 블록을 걸었는데도 온몸이 땀으로 흠뻑 젖었다.

"아휴, 죽겠다!"

결국 잠깐 휴식! 아희는 화단에 희수를 앉히고 서서 손부채질을 했다. 이마와 목은 물론 긴바지를 입은 것도 아닌데 허벅지에서 땀이 주르륵 흘렀다. 야밤의 운동 아닌 운동을 한 아희는 지금 당장 택시를 타 버리고 싶은 심정이었으나 택시를 타려 해도 희수를 부축해서 큰길까지 나가야 했다. 어찌됐든 희수를 달고 걸어야 하는 결론이라서 아희는 퍽 슬퍼졌다. 아까까진 정말 분위기 좋았는데 이럴 일이야? 태평하게 해롱거리는 희수가 원망스러웠다.

이럴 때 딱 우리 일행이라도 만나면 좋을 텐데. 주변을 두리번거리던 아희는 100m도 떨어지지 않은 저편에서 그녀와 희수를 보며 키득거리는 백인 남성 무리를 보았다.

순간 불안한 예감에 온몸에 소름이 끼쳤다. 아희는 문득 그녀가 낯선 나라에 외따로 떨어져 있다는 것을 실감했다.

물론 희수와 함께 있긴 하지만 희수가 제정신이라면 모를까, 술에 취해 자기 몸을 가누지 못하는 여자라는 걸 감안하면 오히려 질 나쁜 남자들의 좋은 먹잇감으로밖에 보이지 않을 것이다.

물론 남자들은 그저 자기들끼리 재밌는 얘기를 하면서 웃고 떠드는 것일 수도 있다. 그냥 '야, 저기 아시안 팔라걸이 있다', '그러게 어느 나라나 술 취한 사람들이 있는 건 똑같구나'라고 수다를 떠는 것일지도. 하지만 만약 남자들이 못된 마음을 먹으면 아무런 방어책 없이 속수무책으로 당할 수밖에 없는 입장으로서 아희는 무척이나 불안해졌다.

"선배, 일어나 봐요. 아직도 못 일어나겠어요?"

최대한 남자들을 의식하지 않는 척, 무서워하지 않는 척하며 아희는 희수를 흔들었다.

"아이씨…… 여기 어디야? 우리 술 더 먹기로 했잖아. 이번엔 맥주 먹자! 우리 취했으니까 도수 약한 걸……."

"취했다는 자각은 있으세요? 선배. 제발 일어나 봐요!"

남자들은 서로에게 말을 건네며 웃음을 터트리다가 아희와 희수 쪽으로 걸어오기 시작했다. 아희는 남자 쪽을 봤다가 서둘러 희수를 일으켜 어깨 위로 희수의 팔을 걸치고 그녀의 허리를 끌어안아 단단하게 붙들었다.

"하하…… 하이……."

불길한 예감이 맞지 않기를. 저 사람들은 그저 술 취한 아시안 여자 둘을 도와주려는 선량한 사람들이기를. 아희는 희수를 붙잡지 않은 다른 손을 들어 살살 흔들며 어색하게 웃고 뒷걸음질 쳤다. 남자들과의 거리는 이제 30m도 되지 않았다.

"Oh, hi?"

이제는 얼굴 표정도 어느 정도 보인다. 아희는 심장이 쿵 떨어지는 것 같았다. 얼굴 표정만으로 사람의 됨됨이를 판단할 수 있다면 그녀는 그들을 경찰에 신고라도 할 수 있을 것이다. 잔인하고 비열하게 웃는 남자들을 보며 아희는 그 자리에 못 박힌 것처럼 서 있었다. 다리가 후들거려서 움직일 수가 없었다. 한 걸음이라도 내디뎠다간 그대로 바닥에 주저앉을 것 같았다.

그때였다.

"여기서 뭐 해?"

아희는 익숙한 목소리에 반사적으로 뒤를 돌아봤다. 강태석이었다. 저 뒤에서는 해진이 뛰어오고 있었다.

강태석은 자연스럽게 아희의 앞에 서서 등 뒤로 그녀를 숨기며 다가오는 남자들에게 적대적인 시선을 보냈다. 뛰어오던 해진까지 합류하자 남자들은 두 손바닥을 보이며 자기들에겐 나쁜 의도가 없었다며 웃었다.

"No offence.(나쁘게 굴려던 건 아니야.)"

"……Just go. They're my company.(그냥 가. 우리 일행이야.)"

남자들은 아쉽다는 듯이 어깨를 으쓱하곤 저들끼리 실실거리며 자리를 떴다. 아희는 다리의 힘이 풀려서 그대로 화단에 털썩 주저앉았다.

"괜찮아요? 하마터면 큰일 날 뻔했잖아요!"

"……고마워요."

화를 낼 줄 알았던 강태석은 조용하고 오히려 해진이 드물게 인상을 쓰고 언성을 높였다. 강태석은 조용히 해진을 말리고는 희수를 둘러업었다. 그리고 해진에게 말했다.

"숙소 가자. 네가 아희 씨 챙겨."

"네. 누나 가요. 누나도 업어 줄까요?"

"아니에요. 혼자 갈 수 있어요."

아희는 후들거리는 다리를 일으켰다. 희수를 업은 강태석이 앞장서고 해진과 함께 강태석의 등을 보며 택시를 타는 곳까지 걸어갔다. 아희는 안도감에 눈물이 나올 뻔했다. 말 없는 등이 소리 없는 투박한 위로를 해 주는 것만 같았다.

* * *

택시를 타고 숙소까지 오는 길에도 해진은 아희에게 약간의 잔소리를 했고 그때마다 태석의 저지를 받았다.

"놀라면 아희 씨가 더 놀랐지 네가 더 놀랐겠어? 걱정한 건 아는데 적당히 해."

"그래도…… 아까 그 자식들 진짜 못되게 생겼었단 말이에요."

"나도 알아. 그러니까 더 아희 씨 탓이 아니지."

'아희 씨 탓이 아니지.'

그 말에 아희는 눈가가 뜨거워졌다. 아까부터 계속 자신의 잘못인 것 같아 쪼그라들었던 심장이 조금 펴진 기분이었다.

태석은 택시에 내려서 희수를 업어다가 두 사람 방의 침대 위에까지 눕혀 주었다.

"아…… 저기……."

그때까지 아희는 고맙다는 말을 하지 못했다. 민폐를 끼친 것 때문에 부끄러워졌다기보다 그냥 신세를 너무 많이 져서 고마운데 이 고마움을 어떻게 표현해야 할지 모르는 것이 더 컸다. 아희는 회의 시간엔 매끄럽게도 움직이는 혀가 왜 이럴 때는 멍청하게 가만히 굳어 있는 것인가 자책했다.

자기를 앞에 두고 어버버대는 멍청한 아희를 보며 태석은 그냥 살짝 웃었다.

"푹 자요. 꿈도 꾸지 말아요. 오늘 꿈을 꾸면 악몽일지도 모르니까."

"네, 네. 태석 씨도요."

태석은 아희에게 문단속 잘하라고 말하고 자기 방으로 돌아갔다.

아희는 태석의 말대로 방문이 잘 잠겼는지 확인을 하고 침대에 대자로 뻗었다. "음냐음냐, 아이씨 우리 한 잔 더 하자……." 희수의 태평한 잠꼬대에 묻혀 울음소리가 들리지 않기를 바라며 아희는 참았던 눈물을 조금 흘려보냈다. 그러나 눈물은 몇 방울 나오지 않았다. 다행히도 큰일 없이 누군가의 도움을 받았기 때문일 것이다. 아희는 말없이 그녀를 묵묵히 지켜 주었던 등을 떠올렸다.

무섭지만 든든한 밤이었다.

* * *

"끙……. 나…… 무, 물……."

"네? 물이요?"

자다가 끙끙대는 신음 소리에 잠에서 깨니 희수가 목이 타는지 괴로워하며 물을 찾고 있었다. 아희는 얼른 미니 냉장고에서 생수 통을 꺼내 갖다주었다. 희수는 그대로 큰 생수 통의 반절 가까이를 비워 냈다. 진짜 목말랐나 보네. 생수 통을 냉장고에 넣고 다시 침대에 누우려니까 희수가 정신을 차렸는지 말을 걸었다.

"아이씨 우리 어제 언제 들어왔어?"

"아예 기억이 안 나세요? 그러게 그만 드시라고 했잖아요."

"그러니까. 원래 필름 끊길 때까지 안 마시는데…… 어제 따라 기분이 좋아서 너무 많이 마셨다."

아희가 침대에 올라가서 이불 속으로 파고들려는 타이밍에 희수가 조금 내밀한 속마음을 꺼냈다.

"나 사실 그때 이후로 아희 씨가 얼마 못 버틸 줄 알았어. 그래서 맘 안 주려고 했었지……."

"그때라면……?"

아희는 설마설마하며 되물었다. 희수가 그때의 일을 알았을 리 없다고 믿으면서. 하지만 희수는 이러니저러니 해도 이쪽 바닥에서 잔뼈가 굵고 뚝심 있게 버텨서 메인 자리까지 올라간 여자다. 관찰력도 좋고 눈썰미도, 눈치도 어느 것 하나 빠지는 것이 없다.

희수는 약간 까끌한 목소리로 대답했다.

"오사카 때."

아…… 아희는 탄식을 삼켰다. 희수는 아주 술에서 깬 건 아닌지 마음에 있던 말들을 술술 뱉어 내기 시작했다.

"그 후로 정신도 영 못 차리고 실수도 잦아서 그대로 그만둘 줄 알았는데 벌써 1년이나 지났네. 내가 사람 보는 눈은 좀 있는 줄 알았는데 틀렸나 봐. 아희 씨도 이제 능숙해져서 곧잘 하고…… 참 장해."

"……감사해요."

"우리 오래 보자……."

"네. 오래 봐요."

희수는 말을 마치고 곧 다시 잠들었는지 새근새근하는 고른 숨소리가 들렸다. 아희는 침대에 누우려다가 누워 봤자 잠이 올 것 같지가 않아서 그대로 이불을 걷고 일기장과 펜을 든 채로 방을 나섰다.

숙소는 작은 관광호텔로, 방콕의 중심부에서 약간 떨어져 있지만 대신 시설에 비해 가격이 저렴한 편이다. 층마다 복도 끝에 벤치와 테이블이 놓인 발코니가 설치되어 있어서 바깥 구경하기도 좋았다. 아희는 첫날 짐을 풀고 숙소 구경을 하다가 아침이나 일정이 다 끝난 밤에 벤치에 앉아 커피나 한 잔 마시면 좋겠다는 생각을 했었다. 지금이 바로 그럴 타이밍이다. 잠이 달아난 김에 거기서 일기나 써야지.

새벽에도 눈이 부시도록 환한 복도를 걸으며 아희는 회상에 잠겼다. 오사카. 오사카라. 그때 일을 희수도 알고 있었을 줄은 몰랐다.

아희는 발코니 문을 열었다. 훅, 하고 아열대 기후의 습한 공기가 차가운 에어컨 바람에 식은 공간으로 들이쳤다.

"어?"

"아희 씨?"

발코니에는 이미 손님이 있었다. 꼭 아희가 했던 상상 속 모습 그대로 한 손에 커피 한 잔을 들고 벤치에 앉아 있는 남자. 강태석.

"……."

"……."

태석과 아희는 서로 뻘쭘하게 마주 보았다. 그러다 아희는 정신을 차리고 자신이 늦게 왔으니까 비켜 주는 게 맞는 거겠지 싶어서 그대로 등을 돌렸다. 발코니를 나가려고 하자 태석이 다급하게 그녀를 붙잡았다.

"그냥 있어요. 내가 비켜 줄게요."

테이블을 보니 커피 잔 받침 외에도 작은 공책과 펜이 있었다. 아희는 그도 자신처럼 일기 같은 걸 쓰는 것인지 궁금해졌다. 잠이 달아나 버린 새벽, 태석이 일기장을 들고 발코니로 나왔다고 생각하니 동질감이 느껴졌다.

고민하던 아희는 짐을 챙겨서 일어서려는 태석에게 말했다.

"그냥…… 같이 있는 건 어때요? 각자 할 일 하면서요."

아희의 말에 태석은 의외라는 듯이 그녀를 보았다. 달빛 때문인가 평소보다 눈이 말갛게 보였고 아희는 그가 눈을 깜빡이는 것을 뚫어져라 보았다. 태석은 고개를 끄덕였다.

"아희 씨만 불편하지 않으면 저야 좋죠."

그가 자신의 편의를 먼저 신경 쓴다는 말에 아희는 고개를 저었다.

"제가 늦게 왔잖아요. 따지자면 제가 불청객이죠."

테이블은 4명 정도가 앉을 수 있는 원목 테이블로, 아희는 어디에 자리를 잡지 고민하다가 태석에게서 반대편 대각선 방향의 자리에 앉았다. 자리도 많은데 옆자리에 앉을 수는 없고 바로 앞에 앉는 건 민망하니 당연한 선택이다. 하지만 그녀가 자리를 잡고 앉자 태석은 작은 한숨을 내쉬었다.

"아희 씨는…… 제가 그렇게 싫어요?"

무슨 소리지? 일기장을 펴려던 아희는 고개를 반짝 들어서 태석을 보았다. 장난처럼 묻는 건가 싶어서 얼굴을 본 건데 보기 전보다 곤란해졌다. 딱딱하게 굳은 그의 얼굴은 화가 났다기보다는 마치 시무룩한 대형견 같았다. 그렇게 싫으냐고 물어 놓고 아희가 '네, 그래요. 당신을 이러저러한 이유 때문에 싫어해요.'라고 말하면 상처 받을 것 같은 표정을 하고 있었다. 아희는 당혹감에 입술이 말라서 급하게 입술을 안으로 모아 적신 후 말문을 열었다.

"딱히 태석 씨를 싫어하는 건 아니에요. 굳이 사람을 좋아하고 싫어하는 거로만 나누자면 좋아하는 쪽이 아니긴 하지만 별로 진지하게 싫어하고 그런 건 아닌데……."

말을 하면 할수록 강태석의 얼굴이 시무룩해지는 게 보여서 아희는 정신이 없어졌다. 이 사람이 갑자기 왜 이러나 싶어서 당황스러웠지만 약간은 기분이 좋아졌다. 자신의 감정이 그에게 몹시 중요한 일인 것 같아서.

"결국 싫어하는 건 맞는 거네요."

"음…… 좋아하게 될 만한 이유가 딱히 없었잖아요. 생각해 보세요."

태석은 허리를 구부정하게 숙이고 침울한 얼굴을 했다. 아니, 아희로선 할 말이 많아서 태석의 그런 태도가 조금 의아했다.

태석은 촬영 때 성질부려서 스케줄 다 꼬이게 했고, 아희에게는 뒤에서만 말을 하는 사람이라고 무안을 줬고, 아주 그의 탓은 아니라지만 어쨌거나 태석 덕분에 아희는 피디님한테 공개적으로 탈탈 털리기까지 했다. 아, 물론 고마울 일도 있다. 바로 오늘 일. 오늘 해진과 함께였지만 태석이 아희와 희수를 도와주지 않았다면 어떤 큰일을 당했을지. 생각만 해도 오한이 들었다.

톡톡, 아희는 손톱으로 테이블을 두드려서 고개를 숙인 태석의 시선을 자신에게로 돌렸다.

"그래도 오늘 일은 정말 고마워요. 아니, 감사합니다. 덕분에 살았어요."

그녀의 말에 강태석은 그냥 가만히 고개를 끄덕였다. 도와준 일에 거드름을 피우거나 하는 태도 없이 태석은 조심스레 말을 골랐다.

"해진이가 아희 씨한테 화를 낸 건…… 많이 걱정해서 그런 거예요. 계속 연락했는데 연락이 안 돼서 걱정했거든요."

"네, 배터리가 다 돼서 몰랐어요."

"제가 걱정을 안 해서 화를 안 낸 게 아니에요. 저도 많이 걱정하긴 했지만 참았어요. 제일 무서웠던 사람은 아희 씨일 테니까."

태석은 머뭇거리다가 테이블 위에 있던 아희의 손 위에 자신의 손을 겹쳤다. 아희가 놀라서 손을 빼려고 하자 조심스럽게 힘을 줘서 감싸 쥔다. 커다란 손은 거칠었지만 따뜻했다.

"혹시 잠 못 잔 거예요? 잠이 안 와요?"

"……."

아희는 입술을 꾹 깨물었다. 대한민국에 살면서 치한 한 번 만나 보지 못했다면 여자가 아니라는 말이 있다는데 아희는 그 말이 과장이라고 생각하며 살았다. 물론 대학을 다니면서 술자리에서 남자들의 도가 지나친 농담을 들어 본 일이 있고, 회식 자리에서 약간 불쾌하게 느껴질 만한 손길을 느껴 보지 않은 것은 아니지만, 오늘 일처럼 직접적으로 성적 희롱과 신변의 위협을 당한 적은 없었다. 그래서 아희는 이번 일에 어떻게 반응해야 하는 것인지 알 수가 없었다. 펑펑 눈물을 쏟으며 오열해야 하나? 아니면 살다 보면 이런 일도 있는 거지! 하며 웃어 넘겨야 하나.

스스로도 갈피를 잡지 못하고 그저 잊어야겠다 싶어서 덮어 놓은 두려움을, 태석은 부드럽지는 않지만 충분히 다정하고 사려 깊은 손길로 어루만져 주려 했다.

"무서워서 그런 거면 같이 있어 줄까요?"

태석의 목소리는 약간의 금속성이 섞인 저음으로, 화를 낼 때면 상당히 위협적이다. 하지만 지금은 아희를 위해 상냥하게 들리도록 애를 쓰고 있었다. 훌쩍! 아희는 글썽이는 눈물에 코가 막혀서 쿨쩍거리며 말했다.

"……자기 싫다는 여자한테 이렇게 잘 대해 주고. 성격도 좋네요."

"그거야 아희 씨를……!"

뭐라고 대답하려던 강태석은 아희가 슬그머니 그의 손을 마주 잡자 말문이 막힌 듯 입만 뻐끔거렸다. 콜록콜록! 사례가 들렸는지 헛기침을 해 댄다.

아희의 손은 여자들 사이에서 작은 편은 아니었는데 커다란 태석의 손에 비하자니 엄청 작고 귀여워 보였다. 아희는 코를 훌쩍이며 키득거렸다. 진짜 여자 손 같네. 태석도 그렇게 느끼는 것인지 잡은 손에 힘을 주려다 확 풀어 버리고는 아희의 손을 덮듯이 감싸 쥐기만 했다.

"큼, 큼. 네, 제가 성격이 좀 좋아요."

아희의 손을 잡지 않은 손으로 자기 얼굴에 손부채질을 하는 태석은 그저 숙맥 같아 보일 뿐이라서 아희는 피식 웃었다. 아희가 웃자 태석도 따라 웃었다.

'내가 뭐 때문에 웃는지는 알고 웃나?'

아희는 태석이 하려던 말을 알았다. 태석은 아마도 '아희 씨를 좋아하니까-!'라거나 비슷한 말을 하려 했을 것이다. 도대체 왜 이렇게 까칠하고 자기를 밀어내는 여자에게 호감을 갖는지는 이해가 되지 않았다.

자신의 마음을 말할 타이밍이 아니라고 생각했는지 하던 말을 삼키고 그저 자신의 성격이 좋다고 말하는 태석이 처음으로 바보 같아 보였다. 하지만 동시에 처음으로 귀여워 보였다.

태석의 상기된 뺨을 보자 가슴 안쪽이 울렁거렸다. 아희는 그날 일기장에 강태석, 그의 이름 석 자 외엔 아무것도 적지 못했다.

* * *

"아희 씨, 일어나!"

"우웅…… 조금만 더요…….'

"일어나라니까? 오늘따라 왜 이러지? 사람 짜증 나게. 일어나!"

이불이 사라지는 느낌에 눈을 반짝 뜨자 약간 짜증을 내는 희수의 얼굴이 보인다. 언제 일어나서 화장까지 다 하셨대? 눈을 비비며 하품하자 희수가 턱짓을 한다.

"그래도 얼굴에 뭐라도 찍어 바를 시간은 있어야지. 얼른 씻어. 20분 있다가 출발이야."

"앗, 네!"

시계를 보고 깜짝 놀라서 욕실로 뛰어 들어갔다. 세수를 하고 얼굴을 보니 술을 마신 데다가 잠을 애매하게 자서 아주 퉁퉁 부었다. 선배는 괜찮던데 나는 왜 이러지. 숙취가 없는 편인가? 아희는 한탄하며 빠르게 씻고 나와서 급하게 로션을 발랐다. 그때 희수가 쑥스러운 얼굴로 일부러 퉁명스럽게 말을 걸었다.

"……어제 같이 술 좀 마셨다고 너무 친한 척하지 마. 촌스러우니까."

"걱정 마세요, 선배."

아희가 웃으며 대답하자 뺨을 긁적이며 화장을 하는 그녀의 앞에 음료수를 놓아 준다.

"에너지 음료야. 어제 나 데려오느라 고생했어."

잘 먹겠다고 말하려고 고개를 드니 희수는 이미 문을 열고 있었다.

"먼저 나갈게?"

"아, 선배 고맙습-."

탁! 말이 끝나기도 전에 문이 닫혔다. 쑥스러워하시나? 아희는 희수가 준 음료를 열어서 꼴깍꼴깍 마시고 열심히 얼굴을 마사지했다. 붓기야, 빠져라, 빠져라!

 출발은 모이기로 한 시간에서 30분은 뒤에야 할 수 있었다. 촬영 팀이 역시나 예상대로 클럽 촬영이 끝나고 부어라 마셔라 난리가 나게 노는 바람에 다들 숙취에 절어서 늦게 나왔기 때문이다. 2차까지만 가고 3차는 안 간 사람들도 있어서 사람들의 얼굴은 각양각색이었다. 술이 안 받는지 얼굴이 누렇게 뜨다 못해 초록색으로 보이는 사람부터 어제 술을 마셨나 싶을 정도로 멀쩡하고 얼굴만 좀 부은 사람까지. 하지만 술을 많이 마신 사람들 덕분에 전세 버스는 싸한 알코올 냄새가 진동했다.

 "선수들이 왜 이러실까? 숙취약 정도는 챙겨 오세요."
 "고마워 아희 씨. 내가 아희 씨 믿고 안 챙겨 오잖아."
 스태프들은 상비약 외에도 다양한 약들을 들고 다니는 아희가 마치 양호 선생님으로 보이기라도 했는지 줄줄이 찾아와서 앓는 소리를 했다. 아희는 이럴 줄 알고 많이 챙겨 온 숙취약을 나눠주면서 태석이 앉은 자리를 힐끔 보았다. 태석은 쌩쌩해 보이는 옆자리의 해진과는 대조적으로 등받이에 머리를 대고 눈을 감고 있었다.

 하긴 어제의 아희는 자다 깨서 발코니에 나간 것이었지만 어제 발코니에서 이미 혼자 커피를 마시고 있던 그는 그때까지 잠을 자지 못한 것 같았다. 뭐 때문에 못 잤을까? 각자 방으로 돌아간 후에는 잠을 자긴 했을까?

어젯밤, 태석의 손을 마주 잡은 후에 아희는 손을 뺄 타이밍을 잡지 못했다. 태석도 손을 빼기 그랬는지 계속 아희의 손을 잡고 있어서 두 사람은 새벽 내내 손을 잡은 채로 이야기를 나눴다.

새벽이라는 시간은 마법 같은 시간이다. 어스름한 빛이 감도는, 어제도 오늘도 되지 않은 준비의 시간. 두 사람은 그 마법 같은 시간 안에 갇혀서 서로의 사소한 이야기들을 주고받았다. 타인으로만 살아오던 시간이 약간이나마 겹쳐졌다. 고작 2시간 남짓의 시간이지만 아희는 태석과 전보다 무척 가까워진 느낌을 받았다. 그는 어떨까.

아희는 숙취약 껍데기를 버리며 문득 자신의 손 위로 태석의 커다란 손이 겹쳐 보이는 듯해서 깜짝 놀랐다. 괜히 뺨이 달아올랐다. 어제의 뜨겁고 굳은살들로 딱딱한 손의 느낌이 떠오르는 것만 같아, 바지에 손을 북북 문질렀다.

연출 감독이 크게 말했다.

"내리세요. 이번 가게 거 분량만 따고 점심 먹을게요."

우르르 버스에서 내리다가 뒤를 돌았다. 태석이 그녀를 뚫어져라 보고 있었다. 아희는 태석이 자신의 생각을 읽은 것인가 괜히 찔려서 한숨처럼 소리를 냈다.

"아······."

그냥 어색하게 눈인사만 하고 얼른 고개를 돌렸다.

"아희 씨 더워? 얼굴이 빨개."

"좀 덥네요. 얼른 들어가요!"

아희는 희수의 팔을 붙잡고 얼른 식당 안으로 들어갔다. 뒤통수로 시선이 느껴지는데 이게 기분 탓인지 정말로 태석이 바라보고 있는 것인지 구분이 되질 않았다. 그녀 혼자만 태석을 의식하고 있는 게 아닐까 하는 민망함에 애꿎은 옆머리만 쓸어내렸다.

* * *

"따로 사 가시게요?"
"네. 이 크레이프 케이크는 진짜 맛있네요."
"그럼 저도 사야지!"

식당 다음으로 디저트 가게의 촬영을 마쳤다. 방콕의 디저트는 빙수라든지 코코넛 밀크를 이용해 만든, 현장에서밖에 먹을 수 없는 것들이 많았는데 이곳은 유명한 크레이프 케이크의 테이크아웃 상품을 따로 팔고 있었다.

태석은 이 집의 크레이프 케이크가 정말 마음에 들었는지 촬영을 하는 내내 열심히 칭찬을 하더니 촬영이 끝나고 지갑을 열어 몇 상자나 샀다. 태국의 전통 차인 타이티로 만든 달콤한 시럽까지 따로 팔아서 그것도 몇 병이나 구입하자 해진도 태석의 말에 솔깃했는지 옆에서 지갑을 열었.

"태석 씨, 그렇게 맛있어?"

"음…… 어느 정도 맛을 예상하시는지는 모르겠는데 제 입맛에는 지금까지 먹었던 디저트들보다 잘 맞네요. 좀 더 살까."

"이미 많이 샀는데?"

"제가 먹을 것도 같이 산 거라 선물용까지 생각하면…… 역시 좀 더 사야겠다."

대체 몇 상자나 사려는 건지. 이미 열 상자나 사 놓고 더 사겠다며 카운터로 가는 태석을 보고 스태프들도 혹하는지 저마다 지갑을 들고 태석의 뒤로 줄을 선다. 까다롭다는 그의 입맛에 맞으면 남들의 입에도 맞겠거니 싶은가 보다. 그렇게 맛있나? 아희도 머뭇거리다가 뒤에 섰다. 사 가서 친구들이랑 나눠 먹어야지.

"음…… 이거랑, 이거요."

"아까 먹어 보니까 저 망고 로띠도 맛있었어요."

어차피 물건을 고르는 거 정도야 손짓으로도 알아들을 수 있으니까 그냥 한국말로 말을 하는데 태석이 옆에 붙어서 말을 걸었다. 아희는 가까이 다가온 그에게 놀라지 않은 척 태연하게 대꾸했다.

"그래요?"

"어떤 맛을 좋아해요? 단거 좋아하시나? 그럼 키위는 좀 별로일 수도 있어요. 약간 시거든요."

그녀의 옆에 아주 가깝지도, 그렇다고 멀지도 않은 거리에 선 태석은 간식을 골라 주며 아희의 옆모습을 지켜보다가 살짝 웃었다. 아희는 그가 웃는 얼굴을 훔쳐보았다. 사나워 보이던 일자 눈매가 부드럽게 풀어지자 왠지 입안에 단맛이 느껴지는 기분이었다. 그 달콤한 시선에 얼굴이 뜨거워지는 것 같아 얼른 고개를 돌려서 카운터 직원에게 현금을 내밀었다.

"줘요. 내가 들어 줄게요."

"별로 안 무거워요."

"그래요. 그럼 무거운 거 들 때 도와줄게요."

태석은 굳이 강요는 하지 않겠다는 태도를 보이고 아희의 옆에서 나란히 걸었다. 버스 앞에서 담배를 피우고 있던 해진이 두 사람을 발견하고 손을 흔들었다.

"뭐예요? 둘이 분위기 좋네요?"

"담배나 꺼."

"앗, 죄송."

"해진 씨 담배 피는구나."

아희와 태석이 다가오자 해진은 구두 뒷굽에 담배를 비벼 끄고 휴대용 재떨이에 담배꽁초를 넣었다. 착해 보이는 해진의 얼굴과 담배는 별로 어울리는 것은 아니지만 연예계는 육체적, 정신적 소모가 크다 보니 담배를 피우는 사람이 많다. 아희가 그의 말에 끄덕이자 해진은 팔꿈치로 태석을 툭 치며 말했다.

"형은 안 펴요. 그러면 안 된다고는 하지만 담배를 피우는 요리사도 많은데 형은 워낙에 독한 남자라."

"담배 안 피는 게 뭐 별거라고."

"별거 맞죠! 형은 피우다 끊은 거잖아요. 아예 안 피운 것도 아니고."

강태석은 내 쪽을 힐끔 보며 헛기침을 했다.

"그냥 맛이 둔하게 느껴지는 것 같아서 끊은 거야. 독하고 그런 거 아냐."

"형은 한다면 하는 사람이거든요. 누나, 이런 진국 어디 없어요."

해진의 말에 강태석은 그만하라는 듯이 해진의 어깨를 아프게 때렸다. 해진은 맞은 팔을 잡으며 과하게 앓는 소리를 냈다.

"아이고, 이 형이 다 좋은데 손버릇이 나쁘네……."

"야! 이해진!"

풋-! 콩트처럼 주고받는 대화에 아희는 결국 웃음이 터져 버렸다. 이 둘은 이렇게 노는구나. 해진이 화난 태석을 달래는 것만 봐서 어떻게 친한지 몰랐는데 이제 보니 의외로 해진이 태석을 놀리는 구도였다. 물론 태석이 어린 해진을 어느 정도 받아 주는 것 같지만 남자들은 서열에 신경을 많이 쓰던데 허물없이 지내는 것 같아서 보기가 좋다.

"해진이 말 농담인 거 알죠? 저 손 올리고 그러는 사람 아니에요."

"알아요. 제가 설마 농담도 구분 못 할까 봐."

곤란하다는 얼굴로 변명을 하는 태석이 우스워서 아희는 키득대며 버스로 들어갔다. 창밖을 보니 해진과 태석이 어린 남자애들처럼 티격거리고 있었다. 귀엽네.

"해변으로 이동하겠습니다."

스태프들이 모두 타고 버스는 해변을 향해 출발했다. 해변의 카페와 스낵바들이 모여 있는 거리를 찍으면 촬영은 끝. 오늘 밤만 지나면 방콕의 일정은 모두 끝이 나고 내일은 한국으로 돌아간다.

* * *

수평선 너머로 지는 태양을 보고 있으려니 가슴이 벅차다. 쏴아아- 쏴아아- 귀를 채우는 이국의 파도 소리. 파도는 끊임없이 땅을 쓰다듬는 바다의 손길이다.

신발을 벗고 해변을 걸으며 기지개를 켰다. 발가락 사이로 모래가 들어왔다 빠져나가며 사박거리는 소리가 들린다. 손에는 샌들을 들고 앞뒤로 흔들었다.

앞을 보고 걷던 아희는 간간히 뒤를 돌아 그녀가 남긴 발자국을 확인했다. 걸은 지 얼마 안 됐다고 생각했는데 벌써 촬영 장소인 스낵바가 저렇게나 멀리 있다. 촬영 끝 무렵이라 딱히 보조 작가가 필요 없는 상황이다 싶어서 몰래 빠져나온 거라서 얼른 들어가 봐야 했다.

"들어갈까 말까. 이대로 확 땡땡이칠까?"

혼잣말을 하며 앞을 보자 붉은 석양에 아름다운 오렌지 빛으로 물든 파도가 부서진다. 발을 담글까 말까 고민하다가 실내로 들어가야 하니 그냥 마른 발에서 모래만 털어 내야겠다 싶어서 나중으로 미뤘다. 해변과 석양에 물든 바다를 향해 발을 내밀고 폰으로 사진을 찰칵찰칵 찍었다. 남는 건 사진뿐이다.

땡땡이를 칠까 고민하기도 했으나 소심한 아희는 결국 촬영장으로 돌아가기로 했다. 돌아가야겠다 생각하니 마음이 급해져서 냅다 뛰어갔다. 이상하게 화장실 가는 척 무작정 나올 때는 마음이 편했는데 돌아가는 길은 급하기만 하다. 슬쩍 빠져나온 걸 들켰을 것 같고, 스태프들이 아희 씨 어디 갔느냐며 화를 냈을 것만 같다. 이런 게 일중독일까.

사실 아희는 자신을 찾아 주길 바라는 마음 반, 그녀 없이도 촬영에 지장이 없었으면 하는 마음 반, 딱 반반이다. 자신이 없어도 촬영이 너무 잘 진행되면 섭섭하지만 그렇다고 진짜 그녀가 필요한 일이 있었을 때 자리를 비운 상태였다면 곤란하니까.

촬영장으로 섭외해 둔 스낵바에 도착하자 조금 분위기가 어수선하다.

"무슨 일 있어요?"

험악한 분위기는 아니라 다행이긴 한데 뭔가 소란스러운 것 같아 물어보니 조명 팀 사람이 말해 주었다.

"분량은 다 땄는데 강 셰프가 갑자기 자기가 요리해 준다고 해서요. 뒤풀이 영상으로 올리게 될 것 같아요."

"요리요? 뭐 만든대요?"

"글쎄 간단한 안주 정도? 기대는 말라던데 기대를 안 할 수가 있어야죠."

조명 팀 사람이 어깨를 으쓱하며 말했다. 그의 말대로 무려 셰프가 해 주는 요리인데 기대를 안 할 수가 있나. 간단한 안주라고는 해도 얼마나 맛있을까. 땡땡이치지 않기를 잘했다고 아희는 스스로를 칭찬했다.

테이블을 향해 오픈된 주방 안에서 태석은 열심히 요리를 했다. 간혹 화르르, 큰 불이 올라오는 걸 보니 간단한 안주라지만 제법 괜찮은 메뉴일 것 같아 기대가 되었다.

태석의 옆에는 해진이 말벗이 되어 주고 있고, 그 둘을 찍는 카메라를 든 VJ와 피디를 빼고는 거의 자유롭게 쉬고 이야기를 하는 분위기다. 좀 더 천천히 올 걸 그랬나? 석양이 지는 해변이 예뻤는데. 아희는 아쉬움에 혀를 찼다.

아희는 스태프들이 모인 소파로 가서 앉았다. 다들 짧은 일정에 대한 아쉬움을 토로하고 있었다.

"아- 이제 한국 가면 완전 헬이겠네요."

"그니까! 편집하기 싫다. 아희 씨는 자막 넣느라 바쁘겠네?"

"왜. 아희 씨도 이제 막내 아니니까 자막 초안은 안 넣겠지."

촬영 팀 사람들이 주워들은 말로 아희에게 말을 건넸다. 아희는 그냥 웃었다.

"막내는 같이 못 왔으니까 자막 넣기 어려울 거예요. 거의 같이 작업할 거 같아요."

"가르치기 귀찮겠다. 나는 초짜들 가르치는 게 제일 싫더라."

"모든 초짜들도 선배한테 배우기 싫어할 거예요."

"이게!"

확실히 같은 팀끼리는 서로 장난을 주고받고 하는 게 다르다. 친밀해 보이는 사람들 틈에서 아희는 희수와 가볍게 웃었다. 두 사람은 모두 함께 오지 못한 막내를 떠올리고 있었다.

휴양지 특유의 분위기일까? 현실에서 두 발자국 뒤로 떨어져서 지금 이 시간만의 즐거움에 집중하는 느낌이 좋았다. 아니, 어쩌면 미래의 즐거움까지 끌어다가 쓰는 것일 수도 있다. 그래. 뭐든 지금 좋으면 되는 거지.

그리고 입에 침이 고이는 맛있는 냄새들이 솔솔 퍼져 나갔다.

"타파스 몇 개랑 스테이크, 간단한 샐러드를 해 봤어요. 나초도 있고."

"와! 이 잠깐 만에 만든 거야? 태석 씨 대단하다!"

태석이 큰 손에 접시를 몇 개씩이나 들고 주방을 나왔다. 접시의 남은 부분에 소스로 무늬를 내 꾸미기까지 했다. 플레이팅까지 완벽!

"이 나초는 제가 만들었어요. 그럴듯해 보이죠?"

해진은 자기가 한 나초 요리라며 직접 작은 접시들에 덜어서 스태프들에게 배달했다. 토마토소스와 야채와 자투리 고기를 얹은, 요리라고 하기엔 약간 부족한 감이 있는 음식이지만 해진은 직접 요리했다며 뻐겼다.

"음, 맛있다!"

태석이 간단히 만들었다는 샐러드는 우리나라로 치면 양푼 같은 커다란 볼에 오이와 토마토를 썬 것과 렌틸콩, 페타 치즈를 넣고 레몬즙과 올리브유를 뿌려 섞은 간단한 그리스식 샐러드로, 사각거리는 식감이 더위로 입맛이 없던 아희와 희수의 입맛엔 딱이었다. 두 사람은 순식간에 한 접시를 비워 버렸다.

"한 접시만 더요!"

남자들은 고기를 흡입하느라 난리여서 샐러드는 온전히 두 사람의 차지가 되었다.

"이래서 여자 평균 수명이 남자보다 긴 거예요. 채소도 좀 드셔야지."

태석은 남자 스태프들에게 핀잔을 주며 고기를 뺏어다 아희와 희수 앞에 놔주었다.

"고마워요."

희수의 말에 태석도 웃으며 "별말씀을." 부드럽게 대꾸했다. 아희는 태석을 보았다. 희수야 태석이 자길 업고 온 것을 기억하지 못하지만 태석은 기억하고 있을 테니 약간 생색을 낼 만도 했다. 하지만 그는 마치 그날 일은 없었다는 것처럼 희수를 배려해 주었다. 생각해 보면 태석은 여러모로 배려심이 있는 남자였다. 사람들에겐 적응 기간이라는 게 필요하다. 태석도 촬영 초기에 적응 기간이 필요했던 걸지도 모른다. 아희는 자신이 태석에게 선입견을 갖고 있었던 것인가 진지하게 고민했다. 강태석, 그는 좋은 남자였다.

"내일이면 한국에 가는데 밤새도록 놀아!"

"훠오! 피디님 최고!"

피디의 말에 모두는 테이블을 치며 환호했고 아희는 같이 마사지 받으러 가자는 희수의 말을 흘려들으며 태석의 얼굴을 몰래 훔쳐보았다. 당신은 어떻게 할 거예요?라고 묻는 듯이. 태석은 아희를 향해 부드럽게 웃었다. 아희의 입술이 달싹거렸다.

'우리가 아직…… 그런 사이는 아닌 건가?'

해가 지고 깜깜해진 해변. 쏴아아- 파도가 부서지는 소리가 아희와 태석 사이를 가득 채웠다. 어느새 방콕의 마지막 밤이 지나고 있었다.

*　*　*

"아희 씨, 자막 다 했어?"
"네, 웹하드에 올려 놨어요!"
"아희 씨! 그때 홍콩 자료 어디다 놨어?"
"웹하드에 정리해 놨어요."
"그거 요약본 뽑아다 내 책상에 좀 놔 줘!"
"……네!"
"아희 씨, 이거 편집한 거 어때 보여? 괜찮을까?"
"아희 씨! 프로그램 홍보 카피 필요한데!"
"아희 씨는 UI 만질 줄 몰라? 이거 외주 맡기기는 아깝네."
"……."

아희는 머리를 벅벅 긁으며 차오르는 화를 꾹꾹 눌렀다. 아오! 짜증 나! 무슨 일만 있으면 다 작가 시키지! 작가가 제일 만만하지! 아니지. 사실 메인 급은 절대 만만하게 볼 수 없다. 아무리 영화, 드라마가 아니라 여행 프로그램이라고는 해도 작가 없으면 돌아갈 수가 없으니까. 그렇지만 메인이 아닌 이상은 거의 심부름꾼이나 마찬가지인 처지다. 다른 스태프들에 비해서 이렇다 할 기술이 없으니까!

"한국 돌아오자마자 완전 일 폭풍이 따로 없네요. 그래도 시차가 큰 데 다녀오신 게 아니라 다행이에요."

막내 승아가 방긋 웃으며 아희를 위로했다. 아, 꽃 같은 우리 막내님. 아희는 우는 시늉을 하며 포스트잇에 승아가 할 일을 메모했다.

"승아 씨, 지금 뭐, 뭐 하는 중이에요?"

"촬영분 섹션 나눠서 정리하는 중이고요, 다 하면 섹션대로 스크립트 만들 예정이에요. 그리고 짬짬이 국내외 다른 여행 프로 방영된 거 요약하고 있어요."

"촬영분 정리를 왜 승아 씨 시키지? 잠깐만 프로그램 홍보 카피 생각하고 있어 봐요."

성큼성큼, 큰 보폭으로 넓지 않은 사무실을 뛰어나가서 편집 팀으로 달렸다. 뒤로 질끈 묶은 머리카락이 등을 때린다. 그래. 차라리 바쁜 게 나을지도 모른다. 바쁘지 않다면 아희는 혼자서 엄청나게 삽질을 하며 땅을 파고 들어갈지도 몰랐다.

방콕에서 돌아온 지 나흘째. 태석에게서는 아무런 연락이 없다.

* * *

"선배님! 밥 시킬 건데 뭐가 좋으세요? 평소처럼 볶음밥?"

"응, 볶음밥이요."

"네!"

아희는 모니터에 얼굴을 처박은 채로 대답했다. 방콕에서 돌아온 바로 다음 날만 풀로 쉬고 그다음 날부터 바로 출근했다.

방콕에서 찍은 길고 긴 영상을 방송용으로 정리하는 동시에 다음 여행지인 홍콩의 스케줄을 짜고 대본을 준비해야 되는 바쁜 일정이다. 그래도 아희야 그나마 짬이 찼다고 제법 익숙하게 진행하는데 막내인 승아는 이리 눈치 보랴 저리 눈치 보랴 바빴다. 아희는 승아에게 지시를 내리고 진행 상황을 파악하고 실수한 게 없나 살피느라 일이 조금 더 늘어난 감도 있었지만 혼자 일하는 것보다 둘이 일하니까 훨씬 좋다고 여겼다.

"선배, 저녁 드세요."

"네. 승아 씨는 짬뽕?"

아희의 물음에 승아는 창밖을 내다보며 끄덕였다. 바깥은 잿빛. 아주 어둡지도 않은 흐린 하늘에서 가랑비가 내리고 있었다.

"비 오니까 괜히 짬뽕이 먹고 싶어서요."

"그러게요. 부침개에 막걸리나 먹고 싶다."

"이따가 회사 앞에 전집이나 갈까요?"

"그거 좋네요. 일만 끝나면요."

전집에 가자며 꼬시던 승아는 아희의 대답에 으으으! 앓는 소리를 내며 울상을 지었다. 일만 끝나면. 대체 일은 언제 끝난단 말인가!

흑흑, 우는 척을 하는 승아를 보며 아희는 빙긋 웃었다. 이래서 막내 막내 하는 것인가 보다. 아희는 승아를 정말 귀여워했다. 155나 될까 싶은 작고 아담한 키에 몸에 비해 오동통한 볼살. 가끔 너무 크게 뜨면 쏟아지지 않을까 싶은 커다란 눈은 작은 표정을 지어도 극적인 효과가 난다. 꼭 만화를 보고 있는 기분이랄까. 아희는 마치 이모티콘 같은 표정을 짓는 승아를 보며 감탄했다.

"승아 씨는 진짜 무슨 캐릭터같이 생겼다. 이런 말 자주 듣죠?"

"자주 들어요. 예전에 라식하기 전에 뿔테 안경 쓰고 다닐 때는 소꿉친구가 저한테 무슨 코스프레하는 애 같다고 놀렸어요."

"귀여워서 그랬나 보다."

"에이, 제가 귀엽긴요…… 다 이 볼살 때문이에요!"

승아는 자기 볼살을 꼬집으며 한숨을 푹 내쉬었다. 승아는 몸에 타고난 애교가 배어 있어서 원래 칭찬을 많이 하는 사람이 아닌데도 좋은 말만 해 주고 싶어진다. 동그란 얼굴로 활짝 웃으면 햄스터나 새끼 고양이처럼 작은 동물을 보는 것처럼 마음이 따뜻해지는 기분이다. 내가…… 귀여웠으면 더 좋았을까? 아희는 조금 자조적인 생각을 했다.

"저는 선배님이랑 작가님처럼 마르고 시크하고 멋진 커리어우먼이고 싶은데요, 가끔 19세 영화 보러 가면 민증 검사할 때도 있어서 짜증 나요."

"오구구, 그래쪄요? 우리 승아 씨 아직 민증 검사받아요?"

"아이! 선배 그만 놀려요!"

승아는 얼굴이 빨개져서 짬뽕 그릇에 얼굴을 처박고 후루룩 짬뽕을 먹기 시작했다. 아희도 숟가락을 들어 볶음밥을 살짝 비벼 크게 한 술 떠서 입에 욱여넣었다. 삽질을 멈추고 싶었지만 마음대로 되지가 않았다.

'아니야, 승아 씨. 잘못 알고 있는 거야. 시크하고 멋진 커리어우먼이라니. 하나도 그렇지 않아.'

아희는 우울한 마음을 감추려 애를 썼다. 그러나 한 번 기분이 하향 곡선을 그리기 시작하자 방향 전환을 하기가 너무 어려웠다.

'왜 연락이 없을까? 그냥…… 여행지에서 잠깐 떠본 걸까?'

누군가의 얼굴이 계속 어른거렸다. 사실 아희는 떠오르는 얼굴을 지우기 위해 열심히 일을 하고 있었다. 아희는 승아를 보며 생각했다.

'나는 흐트러진 마음을 추스르기 위해 일하는 것뿐인걸.

만약 멋진 커리어우먼이 되고 싶다면, 승아 씨는 절대 나 같은 사람이 되어서는 안 돼.'

"……볶음밥 맛있네. 승아 씨도 먹어 봐."

아희는 애써 웃으며 계란이 많은 부분을 떠서 승아에게 먹여 주었다. 다 먹은 그릇을 문 밖에 두고 일을 하는 중에도 모니터 위로 계속 태석의 얼굴이 어른거렸다.

* * *

집에 돌아와서 씻고 침대에 누우니 거의 새벽 3시가 다 되어 간다. 바쁠 줄은 알았지만 이렇게까지 바쁘다니. 이건 뭐, 차라리 방콕에 있을 때가 훨씬 좋았다 싶다. 방콕에서는 에어컨을 마음껏 틀어도 전기세 걱정을 안 해도 되었으니 말이다.

전기세 걱정 없이 에어컨 좀 틀고 싶다! 아희는 침대 위에서 뒹굴며 티브이를 켰다.

〈네! 오늘의 게스트는 강태석 셰프입…….〉

삑!

바로 꺼 버렸다. 왜 하필 티브이를 켜도 강태석이 나오는 재방송 프로그램이 나오는 건데? 정말 기분이 우울해진다.

아희는 슬그머니 폰에 연락이 온 것이 없는지 확인했다. 예상했던 대로 아무 연락도 없었다.

"……에이 씨! 짜증 나!"

아희는 아무런 연락도 없는 핸드폰을 던져 버리려다가 아직 1년이나 남은 약정 기간을 떠올리고 죄 없는 이불만 발로 뻥뻥 찼다. 짜증 나! 짜증 나! 짜증 나아아! 아희는 울 것 같은 목소리로 외쳤다.

"왜 연락 안 하는 건데?!"

사실 강태석과 아희는 방콕에서 번호를 교환하지 않았다. 하지만 두 사람은 서로의 번호를 너무도 잘 알 수 있는 관계다. 제작사 측에서 연락하기 가장 편한 직통 번호가 아희의 번호였으며 강태석의 매니지먼트사에서는 이미 그녀의 번호를 갖고 있다.

아희 역시도 미팅 일정을 잡고 변경 상황을 고지하기 위해 태석의 매니저 번호를 알고 있다. 그래서 그녀는 굳이 번호를 교환하지 않아도 태석이 연락을 해 오겠거니 했다. 사람들 앞에서 번호 따거나 하는 모습을 들키면 모양새가 안 좋아 보일 것 같기도 했고. 그런데 이럴 줄 알았으면 모양 빠지더라도 자신이 먼저 번호를 물어볼 걸 그랬나 싶다.

'괜히 연락을 기다렸어. 이제 와서 연락하기에는…….'

아희는 한숨을 푹 쉬었다.

차라리 돌아오자마자 먼저 연락을 했으면 했지, 이제 와서! 나흘이나 지난 상황에서 '잘 지내세요?' 하며 연락을 하면 너무 웃기지 않은가.

지금 연락을 하면 우스워 보일 것도 같다. '태석 씨가 먼저 연락하길 기다렸는데 연락이 없어서 제가 먼저 해 봤어요. 호호호!' 하고 돌려 말하는 느낌이다. 물론 여자가 먼저 연락하는 게 나쁘다는 뜻은 절대 아니지만 아희는 섭섭함을 느꼈다. 방콕에서의 그의 태도를 보면 그가 먼저 연락을 해 올 줄 알았는데……. 현재 아희는 약간의 배신감과 부끄러움을 느끼는 중이었다. 그리고…… 조금의 마이너스적인 생각을 했다. 멈춰 주는 사람이 없으니 끝도 없이 바닥을 파고들어 갔다.

"……그냥 여행지에서의 일탈 같은 느낌으로 나를 대한 걸까?"

방콕에서 아희와 태석 사이에는 분명하진 않지만 새롭게 싹트는 간질거리는 감정이 있었다. 아희는 분명하게 느낄 수 있었다. 하지만 태석에게 그 감정이란 한국에 와서도 유지할 만한 건 아니었던 걸까.

"……."

나흘 만에 결론을 내리는 것은 너무 성급한 판단일 것이다. 아희가 바쁜 것처럼 태석에게도 무척 바쁜 일이 있을지도 모른다. 이번 주는 급한 일을 처리하느라 연락을 못 해서 다음 주쯤에 연락이 올 수도 있는 일이다. 하지만 그게 아니라면? 정말 태석에게 방콕에서의 일이 별게 아니었다면?

"……어쩌긴. 내가 혼자 접어야지."

아희는 우울하게 중얼거렸다. 불행인지 다행인지 아희는 이런 일을 겪은 게 처음이 아니었다.

처음에 상대방의 일방적인 잠수를 겪었을 때는 무척이나 슬프고 힘들었다. 허무하고, 황망했다. 생각해 보니 당했다고 말하기도 그렇다. 상대방이 그녀에게 갖는 감정이 그거밖에 되지 않았을 뿐이니까. 그렇지만 쌍방향이라고 믿었던 감정이 사실 상대방에겐 별거 되지 않는 무게였다는 걸 알았을 때 그 절망감은 아희를 피폐하게 만들었다. 그때가 바로 오사카 촬영 때였다. 나름 숨긴다고 숨겼었는데 희수가 눈치채고 지금까지 기억하고 있을 정도였다니. 아희는 자신의 상태가 무척 심각했었다는 것을 인정했다.

그래서 그 후로 다시는 프로그램 출연자에게 절대 사적인 감정을 갖지 않겠노라고 다짐했었는데 태석에게 무너져 버렸다. 아희는 자조했다. 결심이란 건 이다지도 얄팍하고 쉬운 걸까.

짜증이 나서 뭐라도 먹을까 싶어 냉장고를 열었더니 방콕에서 샀던 로티 박스가 가득했다. 아희는 박스를 보자마자 자연스럽게 그녀의 옆에 서서 로티를 골라 주던 태석의 얼굴이 떠올랐다.

"이런 젠장! 뭐 되는 일이 없어!"

썸. Some. 조금. 약간. 몇몇의-라는 뜻의 영어 단어. 요새는 사귀기 전 단계에서 상대방과의 약간의 교감이 있는 상태를 말하는 단어. 썸이 설레는 이유는 이제 꽃이 필 것이라는 기대를 하기 때문이다. 그래서 피지 못하고 끝나 버린 썸은 허무하고 슬프다. 두 사람이 서로에게 느끼던 감정에 아무런 이름도 붙이지 못하니까. 아니, 상대방은 그 감정을 인정하지도 않을 수 있으니까.

아희는 박스를 열어서 로티들을 입안에 욱여넣고 우걱우걱 씹었다. 달콤한 맛이 입안에 퍼졌지만 이상하게도 입 안이 썼다.

"······왜 이렇게 맛없지? 방콕에선 맛있었는데."

아희는 중얼거리며 남은 로티들을 냉장고에 넣었다.

시작도 하지 못하고 끝난 짧은 썸에 대단한 의미를 두고 싶지는 않지만, 그래도 약간 울고 싶은 기분이 들었다.

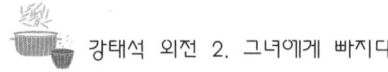 강태석 외전 2. 그녀에게 빠지다

 연애를 몇 번이나 했더라. 나이가 들면서 굳이 숫자에 집착하지 않았다. 몇 명을 만났냐보다 누구를 만났느냐가 더 중요하다. 누구를, 어떤 사람을 만났는가. 그 사람을 진심으로 사랑했는가. 서로 진심을 주고받았는가. 그것이 중요하다. 그렇다고 누가 내게 '넌 그런 연애를 했니?'라고 물으면 글쎄. 쉽게 대답할 수 없다고 하겠다.
 만날 때는 마음과 진심을 나눴다고 생각했지만 지나고 보니 아니었던 적이 많았던 것이다. 그래서 이번엔 다르고 싶었다. 하아희. 그녀와는 좀 더 진지한 관계가 되고 싶다.

그때부터 그녀에게서 눈을 뗄 수가 없었다. 그녀의 눈빛, 몸짓 하나하나를 놓치고 싶지 않았다.

방콕에서 클럽 신을 찍고 메인 작가와 함께 술을 한잔하러 가는 아희를 보고 있자 해진이 말을 걸어왔다.
"에이- 누나 가 버렸다. 아쉽겠네요."
"……아쉽기는."
"그렇게 미적거리다가는 내가 확 채 갈 거라니까?"
"네가 퍽이나."
"어허- 열 길 물속은 알아도 한 길 사람 속은 모르는 법."
"시끄러. 여기저기 끼나 부리고 다니고."
"형한테 끼는 바라지도 않을 테니까 친절하게라도 대해 줘요. 아이 누나는 형이 자기 싫어하는 줄 알걸?"
"……그 정도야?"
"물론이지."
아희는 내가 자기를 싫어한다고 알 거라고? 말도 안 돼. 내가 이렇게나 생각하고 신경 쓰는 여자는 그녀가 처음인데! 하지만 지금까지 내가 한 짓을 객관적으로 생각해 보면 그렇게 오해할 수도 있겠다 싶었다. 시비를 걸고, 말다툼을 하고, 일부러 한 건 아니지만 그녀가 혼이 난 것은 내 책임이었으니까. 입 안이 썼다.

"그렇게 우울한 얼굴 하지 말구요. 술이나 먹으러 가요!"
"그래."

해진이 내 팔을 잡아 이끌자 고개를 끄덕이고 무기력하게 따라갔다.

쿵쿵거리는 비트. 해진이 데려간 바는 바라기보단 클럽에 좀 더 가까운 형태였다. 현지인, 외국인들이 한데 어울려서 바의 가운데 비어 있는 공간에서 음악에 맞춰 춤을 추었다. 나는 술이 강한 편이지만 직업 때문에 술을 잘 입에 대지 않고 해진 역시 그런 편이라 우리는 창가 테이블에 앉아 칵테일 한 잔씩만 시키고 사람 구경을 했다.

"여행 와서 형이랑 친해진 것 같아서 좋네요."
"너야 친한 사람들 많잖아."
"더 많으면 더 좋죠."
"다다익선이냐."

소수의 사람과 깊이 사귀는 나로서는 이해하지 못할 인간관계론이다. 하지만 해진의 성격에는 어울린다. 사람들을 좋아하고 사랑받는 걸 좋아하는 녀석. 하지만 가끔은 누구도 이해해 주지 못할 고민에 밤잠을 설친다. 굳이 내게 말해 주지 않는 것까지 캐물을 생각은 없지만 사람들 사이에 있는 게 누구보다 잘 어울리는 녀석이 그러고 있으면 신경이 쓰일 수밖에 없다. 언제 한번 날 잡아서 술 먹이고 물어봐야 하나.

"어! 저기 아희 누나랑 작가님 있다."

"어디?"

해진이 창밖을 가리키자 길 건너편 건물의 창문 너머로 즐겁게 얘기를 하고 있는 아희와 메인 작가가 보였다. 무슨 얘길 하고 있을까? 즐거워 보이니까 내 얘기는 아니겠지?

그때 해진이 내 허리를 꾹 찔렀다.

"왜?"

"오늘 아희 누나 예쁘죠?"

"……어."

클럽 신을 따고 놀러 갈 거라 그런지 아희는 오늘따라 예쁘게 차려입고 나왔다. 하늘거리는 점프 슈트를 입고, 매번 하나로 질끈 묶고 다니던 머리를 곱게 풀고 예쁘게 화장을 한 모습. 나를 위해 꾸민 것도 아닌데 가슴이 뛰었다. 마치 스무 살 애송이처럼 얼굴을 붉혔다. 아희는 그런 나를 보진 못했지만.

나를 위해 예쁘게 꾸며 주면 좋을 텐데. 나만을 위해. 나만을 의식하고.

"누나의 어디가 그렇게 좋아요?"

"어디가라니……."

나도 모른다. 어느 순간부터 계속 그녀만 생각하고 있었으니까. 첫눈에 반했다라고 하기엔 시작의 감정은 약했다. 호감 정도였다. 하지만 열심히 뛰어다니고 일을 하는 모습을 보면서 그녀가 더 궁금해졌고, 그녀를 돕고 싶어졌다. 나를 의지해 주었으면 하는 생각을 하게 되었다.

"그런 거 몰라. 그냥 좋아."

"……대단하네요. 나는 그런 사람 안 생기려나!"

"생기겠지. 근데 너 연애해도 돼?"

"왜요. 아이돌이라서?"

그 말을 하는 해진의 눈매가 날카로워 보인 것은 내 착각일까. 해진은 언제 그랬냐는 듯이 해사하게 웃으며 능청을 떨었다.

"아이돌 중에 나만 연애 못 하나 봐. 다들 어디서 그렇게 만나는지 원."

"좋은 사람 있으면 만나. 어릴 때 만나야지."

"좋은 사람이야 많죠. 상황이 중요하지."

가끔가다 해진은 굉장히 어른스러운 얼굴을 했다. 내가 저 나이 때는 별생각 없이 주방에서 칼도 못 잡고 잔심부름이나 하며 살았던 것 같은데. 어린애가 너무 어깨에 무거운 짐을 진 것만 같아서 안쓰럽기도 하고. 지나고 보면 그렇게 힘든 일만은 아니라고 위로를 해 주고 싶어서 술을 한 잔씩 더 시켜서 마셨다.

"해진아."

"네?"

"근데 저 둘 언제 나갔어?"

"어? 그러게요? 아까까지 있었는데?"

건너편 건물 안에서 술을 마시던 아희와 작가는 어느새 사라지고 없었다. 술 마신 외국인 여자 관광객 둘이라니. 위험하다. 나는 생각할 겨를도 없이 바에서 뛰쳐나갔다.

"여기서 뭐 해?"

다행히 늦지 않았다. 외국인 남자들에게 둘러싸여 있는 아희를 보고 나서 눈이 뒤집힐 뻔했지만 가까스로 참아 내고 남자들을 위협해서 쫓아냈다. 이럴 때만큼은 내가 키가 커서 다행이라는 생각이 든다.

아희는 불쌍할 정도로 안쓰럽게 떨고 있었다. 그대로 저 작은 몸을 안아 주고 싶었지만 나에게는 그럴 권리가 없다. 나는 입술을 깨물며 뒤늦게 달려온 해진에게 아희를 맡기고 메인 작가를 둘러업었다. 싫어하는 나보다는 해진이 더욱 편하겠지.

"푹 자요. 꿈도 꾸지 말아요. 오늘 꿈을 꾸면 악몽일 것 같으니까."

진심이었다. 새파랗게 질린 아희는 이대로 악몽 속에 갇혀 버릴 것처럼 안쓰러워 보였다. 할 수만 있다면 내가 팔베개를 해 주고 잠이 푹 들 때까지 안아 주고 토닥여 주고 싶었다.

하지만 아까 말한 바와 같이 나에게는 그럴 권리가 없다. 그 권리는 오직 하아희, 그녀만이 줄 수 있는 것. 그녀의 남자가 되고 싶다.

잠이 오지 않아 나가 있었던 호텔 테라스에서 아희를 만난 건 행운이었다. 아희는 아직 내가 사과의 뜻으로 남겼던 음료수와 쪽지는 보지 못한 것 같았지만 우리의 분위기는 상당히 좋았다. 그녀는 내게 고마움을 느끼고 있었다. 고마움 외에도 다른 감정도 느껴 주면 좋겠지만 아직 그건 이르겠지.

"무서워서 그런 거면 같이 있어 줄까요?"

목소리가 떨리진 않았겠지? 제발, 제발 거절하지 않기를! 내 속마음이 들렸을 리 없지만 아희는 내 제안을 받아들였다.

"……자기가 싫다는 여자한테 이렇게 잘 대해 주고. 성격도 좋네요."

"그거야 아희 씨를……!"

어쩔 수 없으니까. 당신이 나를 싫어하더라도 나는 당신을 좋아할 수밖에 없으니까. 그렇게 말하고 싶었다. 하지만 이제야 나를 싫어하지 않게 된 아희에게 그런 말을 하면 부담밖에 되지 않겠지. 나는 그저 속없이 웃으며 대답할 뿐이었다.

"큼, 큼. 네, 제가 성격이 좀 좋아요."

그녀와 같이 있을 수 있는 지금 시간에 감사할 뿐이다.

* * *

한국으로 돌아와서는 정말 눈코 뜰 새 없이 바빴다. 내가 셰프로 있는 레스토랑의 오너가 바뀌면서 갑자기 대대적인 리모델링을 시작하지를 않나, 체인점을 낼 거라며 좋은 사람들을 추천해 달라고 하지를 않나. 바뀐 오너는 공격적인 영업을 하는 사람이라 덩달아 나까지 바빠졌다.

"……."

"연락 올 데 있어요? 계속 핸드폰만 보네."

"……아뇨. 없어요."

없는 게 맞지. 우리는 그 흔한 핸드폰 번호도 교환하지 않은 사이인걸. 하지만 매니저와 회사를 통하면 금방 알 수 있는 게 번호인데. 먼저 연락할까. 아니야. 그날 말 좀 했다고 바로 연락을 하면 괜히 쓸데없이 지분대는 헤픈 남자로 보이지 않겠어?

지금까지의 연애 경험은 다 어디로 간 것인지, 나는 갈팡질팡하며 하루에도 몇 번씩 핸드폰만 들었다 놨다 했다. 물론 일할 때는 핸드폰을 만질 수 없어서 그리 오랜 시간은 아니었지만.

"태석 씨가 총괄로 책임지는 거니까 신경 좀 써 주세요. 그러면 태석 씨 이름도 유명해지고 나는 내 가게들이 잘돼서 좋고. 서로 윈윈 아니겠어요?"

"네. 알겠습니다."

오너가 원하는 대로 나는 일에 매달렸다. 가만히 있으면 온통 그녀 생각뿐이라 차라리 그게 낫다고 생각했다.

"그리고 수염 좀 깎아요. 자유로운 느낌이 나쁘진 않은데 괜히 위생상 태클 거는 사람들이 있을 거 같아서. 새로 내는 체인점에 태석 씨 얼굴 걸 수도 있으니까 이왕이면 잘생겨 보이는 편이 좋지."

"네."

"근데 살 빠졌어요? 보기 좋은데 내가 괴롭혀서 그런 것 같아서 마음이 안 좋네."

"아닙니다."

귀찮아서 기르고 있었을 뿐이지만 꽤나 잘 어울린다는 평을 들었던 수염이었다. 흰 거품을 잔뜩 묻혀서 면도칼로 사각사각 수염을 깎아 내니 정말 오랜만에 맨턱을 보게 되었다.

"살…… 빠졌나?"

약간 턱선이 날렵해진 것 같기도 하고. 힘들어서 그런가. 조금이라도 잘생겨 보이면 좋겠다. 하아희가 내게 반할 수 있게. 하지만 그녀는 언제나 연예인들과 일을 하니까 눈이 높아서 나로는 성에 안 차려나. 이젠 하다 하다 삽질까지 한다. 강태석은 자신감 빼면 시체라는 말도 많이 듣곤 했는데.

"일이나 하자!"

지이잉- 지이이잉-.

그때 세면대 옆에 올려놓았던 핸드폰이 울렸다. 누구지? 혹시 아희 씨? 아닐 걸 알면서도 잔뜩 기대를 하며 전화를 받았다.

"여보세요?"

-어, 태석아. 형인데 다음 주에 홍콩 가는 일정, 미팅 잡혔다.

기대와 아주 다르지는 않으니 다행이었다. 이제 다음 주면 만날 수 있다. 다음 주라니. 어떻게 기다리지? 첫사랑을 하는 애송이처럼 심장이 떨리는 바람에 나는 더욱더 일에 집중해야 했다. 일에 집중하자 시간이 빨리 갔다. 이제 곧 그녀와 만난다.

3. 이번에도 착각인가요?

"아희 씨, 우리 간식 사 놨나?"

"지난번에 사 둔 거 있을걸요?"

"그 뒤로 안 샀어?"

"네."

"그럼 새로 사 와야겠네. 얼마 전에 편집하다가 다 먹어 버렸거든."

"오늘이 회의인데 오늘 말해 주시고. 참 감사합니다?"

"에이, 그래도 30분 전에 말해 주는 게 어디야. 그치?"

"네네. 감사해요."

오늘은 사전 회의가 있는 날. 간식을 미리 체크해 두지 않은 그녀의 잘못이긴 하지만 그래도 다 먹은 걸 미팅 당일에 말해 주다니! 툴툴거리는 아희가 법인 카드를 챙겨 나가려는데 승아가 그녀를 불렀다.

"선배 어디 가세요?"

"간식 사러요."

"아! 제가 어제 없는 거 보고 사 놓으려고 했는데 깜빡했어요. 죄송해요."

"내가 체크 안 했었는데요, 뭘. 혹시 치즈 못 먹거나 하진 않죠?"

"네. 없어서 못 먹죠. 왜요?"

승아는 회의 자료를 인원수대로 한 부씩 복사하느라 용지를 잘 씹어 먹는 구식 복사기와 열심히 씨름 중이었다. 아희는 승아에게 법인 카드를 흔들며 말했다.

"어차피 회사 돈이니까 회의 핑계로 치즈 타르트나 사 오게요."

"와! 설마 저 뒤에 그 유명한 카페에서 파는 거요? 저 그거 사러 갈 때마다 다 팔려서 한 번도 못 먹어 봤는데!"

"나는 딱 한 번 먹어 봤는데 엄청 맛있더라구요. 그거 사 올게요. 마시고 싶은 건 없어요?"

"그냥 커피면 되죠. 커피 무거우실 텐데 제가 따라갈까요?"

위이잉- 위이잉- 콰지직! 복사기는 잘 하다가 갑자기 종이를 씹어대며 덜컹덜컹한다. 아희는 웃으며 고개를 저었다.

"아뇨 복사하는 것만으로도 바빠 보이는데. 그럼 다녀올게요."

"네, 다녀오세요!"

승아의 배웅을 받으며 건물 밖으로 나가자 쨍쨍한 햇볕이 따갑게 몸을 내리쬐었다. 방콕이 더우니까 방콕 다녀오면 한국이 좀 덜 덥게 느껴지겠거니 생각했는데 그건 모두 착각이었다. 한국은 한국대로 더웠다. 생각해 보면 한 달은 무슨 일주일도 다녀오지 않아 놓고 방콕 더위로 한국 더위를 이기려고 한 게 멍청한 생각이었다. 아희는 더위 먹은 개처럼 헥헥거리며 회사 건물에서 걸어서 15분 정도 걸리는 디저트 카페로 갔다.

"치즈 타르트 한 판이요."

"사만 이천 원입니다."

"여기요."

사만 원이 넘는 커다란 타르트를 법인 카드로 긁는 기쁨! 직원이 치즈 타르트를 포장하는 걸 즐겁게 기다리며 아희는 회사 앞 편의점에서 괜찮은 브랜드의 병 커피를 사 가야겠다고 계획했다. 회의 인원을 생각하면 약간 무겁기는 하겠지만 회사 건물 바로 앞이니 괜찮겠지.

"치즈 타르트 나왔습니다."

"감사합니다."

"감사합니다. 또 오세요-."

기분이 좋아서 먼저 감사하다고 말하며 타르트를 받아 들고 나왔다. 여전히 햇볕은 쨍쨍 보도블록은 반짝. 아희는 타르트의 치즈가 물컹하게 녹기 전에 얼른 가야지 싶어서 빠른 걸음으로 길을 걸었다. 에어컨이 쌩쌩한 카페에서 식혔던 몸이 다시 뜨거워진다.

"아, 제발! 겨드랑이는 안 돼!"

분명히 아침에 나올 때 데오드란트를 뿌리고 나왔는데 어째서 겨드랑이에서 땀이 홍수처럼 나는 걸까. 아희는 거의 뛰다시피 발을 놀리며 편의점으로 향했다.

"좀 살겠다……."

편의점의 시원한 에어컨을 쐬면서 천천히 커피를 고르는데 핸드폰이 징징 울렸다. 뭐지?

[선배 어디세요? 이제 금방 회의 시작할 것 같아요ㅠㅠ]

시간을 보니 벌써 회의 시작 5분 전이었다. 아희는 급하게 품에 커피 병들을 가득 끌어안고 카운터로 가서 계산했다.

"봉지 주세요!"

"감사합니다. 또 오세요."

봉지에 커피를 담아서 들자 윽! 봉지를 든 쪽의 어깨가 찌릿했다. 15병 넘게 사서 그런가. 편의점을 나서자 병끼리 부딪혀 절그럭거리는 소리가 난다. 한 손에는 치즈 타르트, 한 손에는 커피 병. 간식치고는 호사스러운 목록이지만 지금은 그저 무거운 짐일 뿐이다. '바로 앞이니까 조금만 힘내자!'라고 속으로 파이팅을 하면서도 머리로는 '이 병 한 개에 300ml니까 15병이면 5kg이네 엄청 무겁다.'는 계산이 떴다.

그래도 택시를 탈 거리도 아니고 이 횡단보도만 건너면 바로 회사니까! 생각하며 파란불을 기다리고 있는데 갑자기 손이 가벼워졌다. 아희가 들고 있던 봉지를 누가 뺏어 든 것이다.

"어?"

"무거운데 왜 혼자 들어요? 누나 막내도 아니라면서."

"해진 씨!"

"오랜만이에요, 누나. 이 주일 만인가?"

오랜만에 보는 해진은 여전히 예쁘고 잘생겼지만 머리색이 달라져 있었다. 이제 컴백 초읽기에 들어간 것인지 머리는 아이보리색에 가까운 금발이다.

"머리색이 바뀌었네요?"

"네. 이제 여기다가 카키색도 붓고, 핑크색도 붓고 난리 날 거예요."

"와. 역시 아이돌은 다르구나. 두피 안 아파요?"

"물론 아프죠. 탈색할 때 완전 울 뻔했다니까요?"

우는 시늉을 하는 해진과 함께 회사로 들어가 바로 회의실로 들어갔다. 해진은 피디님 근처로 앉고 아희는 커피를 돌린 후 탕비실에서 작은 접시들에 타르트 조각들을 덜어서 내왔다. 그녀의 자리는 승아의 옆자리. 그런데 해진의 옆자리가 빈다. 승아가 귓속말로 아희에게 소곤소곤 말했다.

"강태석 씨가 바빠서 약간 늦는대요."

"뭐가 그리 바빠서 회의도 늦는대?"

"친구가 강태석 씨 팬이라 근황을 완전 꿰고 있거든요. 요새 레스토랑 확장 관련으로 요새 바쁜가 봐요."

"⋯⋯그래요?"

이러면 안 돼. 이러면 안 돼. 바쁜 거랑 나한테 연락하지 않은 거랑은 별개야. 바쁘지 않았어도 나에게 연락을 하지 않았을 거야.

아희는 저도 모르게 기대를 갖는 마음을 추스르며 회의에 집중하려 노력했다. 평소에 아희는 회의 내용을 녹음하고 노트에는 핵심만 요약해서 쓰는데 오늘은 괜히 피디와 다른 감독들의 얘기들이 수능을 위한 중요한 팁이라도 되는 양 한 글자도 놓치지 않으며 적었다. 어찌나 열정적으로 적던지, 데스크에 거의 코를 박고 필기를 해 대서 옆에서 감독들과 이야기를 나누던 희수가 팔꿈치로 아희를 툭 칠

정도였다.

그때였다. 대화 소리 너머로 복도에서 뚜벅거리는 구두 소리가 들렸다. 묵직한 소리는 분명 여자의 구두 소리가 아닌 남자의 것이었다. 이쪽으로 향하는지 구두 소리는 점점 커졌고 아희의 두근거리는 심장 소리도 커졌다. 그리고 회의실 문이 열렸다.

"늦어서 죄송합니다."

강태석이다.

"어? 태석 씨 수염 밀었네?"

"네. 어색하죠?"

"훨씬 낫다! 어서 와서 앉아."

피디님의 말대로 태석은 수염을 깨끗하게 밀어 버리고 매끈한 턱을 자랑하고 있었다. 지금까지는 수염에 가려서 몰랐는데 턱선이 꽤 날렵했다. 못 보는 사이 살이 빠진 것인지 이목구비도 더 또렷하고 몸도 부피감이 줄었다. 물론 전에도 뚱뚱한 게 아니라 근육 때문에 체격이 좋은 것뿐이었지만 말이다. 무섭게 찢어져 올라간 눈매는 여전했지만 그 덕분에 강태석에게선 약간 위험한 남자에게서 느껴지는 섹시함이 풍겼다.

안 돼! 접기로 했잖아! 아희는 고개를 좌우로 흔들었다. 심장이 세차게 두근거리고 있었다.

* * *

  회의를 하는 동안 아희는 강태석을 훔쳐보았다. 어떻게 보면 여전한 것 같은데 어떻게 보면 더 날렵하고, 더 날카로워진 느낌이 더 잘생겨졌다. 아니, 더 잘생겨졌다고 하기엔 어폐가 있다. 그녀는 이전까지만 해도 강태석을 보며 잘생겼다고 생각한 적이 없기 때문이다.

  물론 강태석에게 잘생겼다고 하는 여자들은 많다. 강태석은 서바이벌 요리 프로그램 준우승까지 한 실력자에다가 그 뒤로도 다른 출연자들이 예능 프로그램에 출연할 때 진중하게 자기 할 일에 집중하는 것으로 직업 정신이 투철하다는 호평을 샀다.

  TV 출연이 많지 않아 다수의 팬을 보유하고 있다고 하기엔 어렵지만, 양보다는 질. 그의 팬들은 충성도가 무척 높은 편이다.

  아희는 프로그램의 기획 단계에서 다른 셰프들과 강태석을 같은 선상에 두고 조사하고 분석하면서 다른 셰프들도 여성 팬은 많지만 강태석의 여성 팬들은 유달리 강태석을 이성으로서 좋아하는 경향이 많다는 것을 알게 되었다. 키가 커서일까? 아니면 셰프치고, 아니, 평균적인 남자들보다 몸이 좋아서? 통통하지 않은 요리사는 실력이 없다는 속설이 있지만 강태석은 취미가 운동이라 몸 관리를 열심히 해서 그런 것인지 몸이 좋았다.

하지만 강태석의 얼굴은 평소 그녀의 취향과는 동떨어져 있다. 아희의 취향은 곱상하고 예쁜 쪽이다. 항상 듣는 기가 세 보인다는 말이나 언제나 '너 맏딸이지? 그래 보이더라.' 소리를 듣는 외모적, 성격적 콤플렉스로 인한 반발심인지는 모르겠지만 아희는 예전부터 귀엽고 예쁜 남자가 좋았다. 굳이 주변에서 예를 들자면 해진과 가깝다. 해진은 몸매도 호리호리해서 말랐고 이목구비가 오밀조밀하고 눈이 크고 마치 사슴처럼 예뻐서 보고만 있어도 기분이 좋아진다.

그에 비해 강태석은 전형적인 북방계 느낌이 나는 한국 남자 얼굴이다. 옆으로 찢어져 올라간 눈, 약간 매부리코에다가 광대도 살짝 있다. 대개 여자들이 남자답다고 말하는 얼굴이다. 하지만 살이 빠지니까 눈이 더 커 보이고 광대가 도드라져 보이는 것도 덜해서 얼굴이 모난 데 없이 잘생기고 매끈해 보인다. 흔히들 말하는 공룡상인데도 잘생겼다.

이건 내가 이미 강태석에게 어느 정도 마음을 빼앗겼기 때문에 잘생겨 보이는 걸까? 아니면 정말 강태석이 객관적으로 잘생긴 걸까? 아희는 고민하면서 강태석을 훔쳐보았다. 그때 피디님의 말을 집중해서 듣던 강태석이 그녀 쪽으로 고개를 돌렸다.

"히익!"

"선배, 왜 그래요?"

"아냐, 아무것도."

고개를 돌리면서 이상한 소리를 내 버려서 놀란 승아가 무슨 일이냐고 물었지만 아희는 아니라고 얼버무린 후 혼자 숨을 고르며 마음을 다잡았다. 예전에 봤던 영화 제목을 떠올렸다. 〈그는 당신에게 반하지 않았다〉. 정신 차려, 하아희! 저 남자가 날 좋아했다면 진작 연락을 하고도 남았을 거라고!

아희가 혼자 생쇼를 하든지 말든지 회의는 계속 진행되었다. 일단 홍콩에서의 대강의 일정은 정해 놓았지만 편집은 방콕편이 방송된 후에 반응이 어떤가에 따라서 더 추가되고 빠지게 되리라는 것을 피디가 설명했다.

"홍콩은 좁기도 하고 쇼핑하는 일정들이 많을 거라서 방콕처럼 힘들지는 않을 겁니다. 그럼 이만 회의는 끝!"

"수고하셨습니다."

회의실 정리를 하고 나가려는 아희는 그대로 앉아서 사람들이 나가는 걸 지켜보고 있었다. 때마침 갑자기 시야에 불쑥! 누군가 나타났다. 해진이다.

"누나 안 나가요?"

"어어. 우리는 정리 좀 하고 나가려고요."

"이쪽은?"

"우리 막내 작가 승아 씨예요. 승아 씨, 인사해."

"안녕하세요! 언제나 음악 잘 듣고 있습니다!"

"하하. 그래요? 빈말 아니고 진짜죠?"

"그럼요, 팬이에요!"

승아가 벌떡 일어나 목까지 빨갛게 물들이며 조심스럽게 손을 건네서 악수를 청했다. 해진은 승아가 무안해할 정도로 그 손을 물끄러미 보더니 손목을 당겨서 승아를 확 끌어안았다.

"엄마야!"

"팬서비스!"

1초나 될까 싶은 짧은 포옹이었는데도 승아는 거의 실신 직전의 상태가 되었다. 승아가 다리의 힘이 풀려서 그대로 의자에 앉아 버리자 해진은 웃으며 승아의 흐트러진 머리칼을 정리해 주고 내게 말했다.

"누나랑은 반응이 너무 달라서 오히려 신선할 지경이네요."

"……저도 해진 씨네 노래 좋아해요."

원래 아희의 노래 취향이 케이팝이라서 좋아한다기보다는 이번 프로그램에 해진을 캐스팅하면서 조사차 들어 본 것이지만 선의의 거짓말이니 넘어가기로 하자. 그래도 확실히 해진이 속한 큐브의 노래들은 대체로 좋았다. 한국적이면서도 팝송처럼 사운드가 꽉 차 있는데 듣기엔 또 편해서 여러 번 들어도 질리지 않는다. 큐브의 무대를 찾아봤을 때도 귀엽고 산뜻했고. 고등학교 때 봤던 예전 남자 아이돌들은 근육을 열심히 키우고 약간의 노출을 했던 것 같은데 이렇게 발랄한 느낌으로도 활동하는구나 감탄했다.

"무슨 노래 좋아하는데요?"

"음…… 다 좋긴 한데 '그림자 속에서'라는 곡이 특히 좋았어요. 그 비슷한 곡은 또 없어요?"

아희의 말에 해진의 표정이 약간 묘해짐과 동시에 승아가 번쩍 고개를 들며 외쳤다.

"그거 해진 오빠가 작곡한 곡인데!"

"승아 씨. 오빠라니요."

아희가 얼른 덧붙여 말했다. 아무리 팬이라고는 해도 공적인 관계로 만난 건데 오빠라니. 승아는 입을 가리며 해진의 눈치를 보았지만, 해진은 별로 기분 나빠 보이지 않았다.

"괜찮아요. 작가님이 제 팬이라니까 기분 좋은데요? 제가 나이로는 오빠 맞죠?"

"네. 저도 선배처럼 그 노래 엄청 좋아해요. 요새는 작곡 안 하세요?"

"……시간이 좀 없네요. 그럼 전 이만 가 볼게요. 두 분 다 수고하세요."

해진은 평소처럼 예쁘게 웃으며 회의실을 나갔다. 승아는 해진이 나가는 걸 멍하니 보다가 방방 뛰며 빠른 속도로

다 마신 커피 병들을 수거했다.

"선배! 제가 할게요. 쉬세요."

"괜찮은데……."

"아뇨, 제가 너무 기분이 좋아서 그래요! 해진 오빠랑 허그…… 허그를 하다니! 완전 계 탔어!"

승아는 의미는 대강 알겠지만 아마도 아이돌 세계의 전문 용어인 듯한 말들을 쏟아 내며 신나게 회의실을 치웠다.

프로그램 기획 단계에서 몇 번 모인 적이 있었으나 지난번 회의 때는 승아가 방콕에 가는 멤버가 아니기에 회의에 참가하지 못해서 해진을 먼발치에서만 보았다. 하지만 이번 홍콩부터는 같이 가게 되어서 회의에 참가한다고 들떴었는데 이렇게 해진과 1 대 1 대화도 하고, 승아가 말한 대로 '계를 타서' 엄청나게 기뻐 보인다. 전에 아희에게는 그냥 약간 관심 있는 정도라고 말해 놓고서 이렇게 열성 팬이었다니. 좋아하는 가수를 만나고 행복해하는 모습이 너무 소녀 같고 귀엽다.

"그럼 먼저 가 있을게, 다 치우고 와요."

"네! 제가 다 치워 놓을게요."

회의실을 나가며 문을 닫자 얼마 안 있다가 회의실에서 노랫소리가 흘러나온다. 아, 미치겠다. 노래 부르면서 청소하나 봐.

키득키득 웃으며 복도를 걷는데 벽 앞에서 시커먼 그림

자가 튀어나왔다. 아희는 놀라서 두 손으로 얼굴을 가리며 주저앉았다.

"꺄악!"

"아희 씨, 저예요. 저, 강태석이요."

아희가 내지른 비명 소리에 다급하게 설명하는 목소리. 목소리의 주인은 분명 강태석이 맞다. 아희는 얼굴을 가리던 손을 열어 위를 쳐다봤다. 강태석이 몸을 숙이고 걱정스럽게 그녀를 보고 있었다. 자기 때문에 놀란 걸 걱정해 주는 것뿐인데 괜히 그 표정이 다정해 보여서 아희의 심장이 콩콩콩 뛰었다. 그녀는 그것이 분해서 괜히 퉁명스럽게 말했다.

"왜 사람을 놀라게 해요?"

"미안해요. 그러려던 건 아니었는데……."

강태석은 미안한지 눈썹을 늪히며 그녀의 눈치를 보았다. 아희는 무릎을 툴툴 털고 일어나며 떨리는 손을 감추려고 노력했다. 목소리도 떨리면 안 되는데.

"저한테 무슨 볼일 있어요?"

"잠깐 저랑 얘기 좀-."

"어? 선배 아직 안 가셨…… 강태석 씨?"

강태석이 입을 떼는데 회의실을 정리하고 나오던 승아가 두 사람을 발견했다. 강태석은 잠깐 자기 입술을 깨물었다가 표정을 펴고 승아를 향해 인사했다. 그리고 아희를 보며 지그시 시선을 맞춰 온다. 아희의 심장 박동이 더 빨라졌다. 그의 눈빛을 읽을 수 없다. 대체 어떤 감정으로 자신을 보는지 도무지 알 수 없어서, 그 깊은 눈빛에 속절없이 몸이 떨렸다.

"……아니에요, 다음에 말씀드릴게요. 그럼 가 보겠습니다."

가볍게 목례를 하고 뒤를 돌아 걸어간다. 아희는 그가 코너를 돌아 시야에서 완전히 사라지고 난 후에야 깊게 숨을 내쉴 수 있었다. 승아가 감탄을 하며 내게 말했다.

"강태석 씨는 키가 정말 크네요. 사진보다 훨씬 잘생겼는데요? 몸도 좋고. 멋있다!"

그러다 아희의 눈치를 살피며 묻는다.

"근데 두 분 말씀하는 거 제가 방해한 거 아니에요? 죄송해요."

아희는 얼른 멍하던 정신을 추스르고 고개를 저어 승아를 안심시켰다.

"아니에요. 그냥 별 얘기도 안 했는걸. 자, 이제 일하러 갑시다."

"두 분 뭔가 있어 보이던데……."

"에이, 그런 거 아니래두요."

방해씩이나 될 리가 없잖아요. 아희는 승아에게 손사래를 치며 웃었다. 슬프게도 정말로 그녀가 생각하기로, 그녀와 강태석 사이에는 뭔가라고 할 만한 것이 없었다.

* * *

시간이 흘러 첫 방송일이 훌쩍 다가왔다.

편집을 돕고 자막 틀린 거 없나 돌려 보면서 아희는 첫 방송 영상을 수십 번은 보았다. 아니, 수십 번이 뭔가. 수백 번은 봤을 것이다. 게다가 계속 채널에 방송 광고가 뜨고 큰 포털 사이트 배너와 인터넷 기사들로 홍보를 하면서 예고편도 엄청나게 많이 봤고 말이다. 그래도 첫 방송의 떨림은 어디 가지 않아서 다들 흥분을 가라앉히지 못했다. 요새 계속 야근만 했는데 첫 방송은 각자 집에서 보자는 회사 방침에 따라 오늘은 정시 퇴근이었다.

"순살 양념 반 프라이드 반 주세요. 칠리소스 추가해서요."

이런 날은 치맥이지! 집에 오는 길에 자주 가는 치킨집에 들러서 치킨을 샀다. 편의점에 들러서 맥주도 사야지!

"통신사 할인이요."

"네, 15% 할인되셨습니다."

야무지게 통신사 할인까지 받은 아희는 한 손에는 치킨, 다른 한 손에는 맥주를 들고 집에 들어갔다. 왠지 그녀를 반겨 주는 텅 빈 집도 어제와는 달리 외롭지 않은 기분이다.

콧노래를 흥얼거리며 아침에 허겁지겁 먹고 나가느라 너

저분한 상 위를 치우고 치킨과 맥주를 세팅했다. 그리고 노트북을 켜서 밀린 드라마를 보며 치맥을 즐겼다. 아, 나는 언제 저런 인기 프로의 작가가 될까? 예능 프로 작가들이 뭉쳐서 쓴 드라마가 초대박을 쳤다는 전설 같은 이야기를 떠올리며 아희는 치킨 상자를 열었다.

기름기가 좔좔 흐르는 프라이드치킨과 한 치의 빈틈도 없이 양념이 발린 양념 치킨. 코를 자극하는 치킨 냄새에 입안에 군침이 돈다. 차칵-! 캔을 따서 마치 고된 일을 하고 하루 품삯으로 받은 돈으로 주막에서 술을 사서 마시는 막일꾼처럼 호쾌하게 맥주를 꿀꺽꿀꺽 마셨다.

"푸하-! 이게 바로 극락이지!"

턱으로 약간 흐른 맥주를 손등으로 닦아 내고 포크에 치킨을 푹 찍어 한입 가득 치킨을 베어 물자 육즙이 입안으로 퍼지며 탄성이 절로 나온다. 뜨겁다! 그리고 맛있다!

"어? 벌써 10시네. 우리 거 봐야지."

드라마를 세 편 정도 보자 어느새 방송 첫방 시간이다. 아희는 노트북을 닫고 텔레비전을 켰다. 이제 전 프로그램이 끝이 났는지 아직 광고만 하고 있다. 에이 씨, 그럼 오프닝도 아직 안 한 거네. 기다리기 귀찮다.

지잉, 지이이잉!

핸드폰이 미친 듯이 진동하기에 확인해 보니 회사 단체 채팅방이 아주 난리다. 다들 보고 있다는 인증샷을 찍어 올리고 난리가 났다. 그럼 나도 올려야지! 아희는 친구한테 색감이 예쁘다며 추천을 받은 카메라 앱을 켜서 텔레비전을 화면에 담다가 왠지 아쉬운 기분에 아직 마시지 않은 맥주와 치킨 상자를 함께 놓고 사진을 찍어 단체 채팅에 올렸다.

[지금 본인만 치맥 먹는다고 자랑하나? 나는 지금 회 먹는다!]
[어라? 이제 먹방 대결로 변질되나요? 그럼 저는 지금 당장 정육점 가서 고기 사 옵니다······.]

사람들이 신나게 자기가 지금 먹고 있는 것의 사진을 올리기 시작하자 오늘 오랜만에 운동했으니 이러지 말라며 우는 사람도 나오고 아주 난리가 아니다. 먼저 시작한 사람이 이런 말을 하면 안 되겠지만 웃기긴 한데 약간 귀찮아서 'ㅋㅋ'만 몇 번 치다가 단체 채팅방 알림을 꺼 버렸다. 이러다 내일 아침 되면 몇백 개가 쌓일 것 같다. 방송 중간에 메시지를 보내다 보면 천 개가 넘을지도. 그런데 천 개가 넘기도 하나?

치킨 먹은 걸 대강 치우고 남은 맥주와 먹을 안줏거리로 생라면을 꺼내 왔다. 생라면의 4분의 1만 생으로 먹고 나머지는 매운 스프를 넣어서 매콤하게!

아드득 아드득, 라면을 씹어 먹고 있는데 오프닝이 지나갔다. 강태석과 해진이 방콕 시내를 걷다가 음식점으로 들어가서 먹고, 다른 음식점에서 또 먹고, 또 먹는 짧은 영상이 귀여운 CG처리와 함께 흘러갔다. 그리고 카메라를 향해 손을 흔드는 강태석과 이해진을 풀 컷으로 찍으며 뒤로 빠져서 방콕을 화면 가득 보여 준다. 비행기 CG가 지나가면서 나타나는 글씨. 〈가서 뭐 먹지?〉

맞다! 뭐라도 적으면서 봐야지! 아희는 오프닝이 끝나고 광고가 나오는 동안 다시 노트북을 켜서 한글 창을 켜 놓고 옆에 일기장과 펜을 가져다 놓았다. 노트북으로 바로바로 쓰는 게 빠르겠지만 혹시 일기장에 써 놓을 만한 게 있을지도 모르니까 말이다.

지잉- 지이잉-.

"알림 꺼 뒀는데 뭐지?"

폰을 다시 확인하니까 다른 단체 채팅방이다. 이건 희수와 승아까지 셋만 있는 작가 단체 채팅방이라 알림을 살려 두었다. 희수가 '다들 보고 있지?'라고 묻자 승아가 '네! 본방 사수 중입니다~' 하고 인증샷을 보내 놓았다. 승아는 아희에게도 개인 메시지로 떨린다고 여러 이모티콘을 잔뜩 보내 놓았다.

"귀엽기는."

처음 생긴 후임이라지만 아희는 승아를 넘치게 귀여워했

다. 승아는 약간의 실수는 있지만 워낙 노력파고 붙임성이 좋아서 나쁘게 보려고 해도 나쁘게 볼 수가 없는 귀여운 후배다. 그녀는 옅은 미소를 지으며 채팅 목록을 보다가 낯설지만 낯설지 않은 발신인에 깜짝 놀라 두 눈을 크게 떴다. 발신인의 이름은 바로…….

유세준. 요새 가장 핫한 20대 배우이자 강태석 전에 그녀를 힘들게 만들었던 남자였다.

유세준과의 만남은 여느 연예인들과 같았다. 유세준과 아희가 만난 건 그녀가 여행 프로그램 제작 전문의 외주 회사, 즉 지금 회사에 막내 작가로 들어온 지 얼마 안 됐을 때의 일이다.

물론 지금도 아희를 완벽한 작가라고 말할 수는 없지만, 여대생의 옷을 벗고 사회 초년생이라는 아직은 낯설고 불편한 옷으로 갈아입은 그때의 하아희는 정말 어설픔 그 자체였다. 열정과 의욕만은 넘쳤지만 아무것도 모르던 그때. 아희는 그때의 자신을 생각하면 가끔 눈물이 날 것만 같은 감상에 빠졌다. 열정은 넘치지만 너무 어설프고 서툴러서 말이다.

지금의 유세준은 20대 남자 배우, 아니 남녀 통틀어 20대 배우 중에서 탑이라고 해도 과언이 아닐 정도지만 그때만 해도 조연, 서브 남주를 거쳐 포텐을 터트리고 끝없는 수직 상승 곡선을 타는 시기였다. 다행히 아희의 회사와의 계약은 유명 드라마에서 서브 남주로 인기몰이를 하기 바로 직전에 맺어진 것이라 출연료가 엄청나게 비싸지는 않았다.

추운 겨울이었다. 아희는 회사에 처음 입사해서 당시에 진행하고 있던 프로그램의 보조로서 나름대로 성공적인 업계 데뷔 무대를 가졌다고 여긴 후였다.

어리석게도 그녀는 약간의 자신감에 우쭐거리고 있었다. 다들 막내 작가는 글도 거의 안 쓴다더라, 드라마도 아니고 무슨 여행 프로그램 작가냐, 그냥 잔심부름이나 하는 거 아니냐, 차라리 공모전을 준비해라. 별의별 소리를 다 들으며 입사한 것이었는데 생각보다 궁합이 잘 맞고 혼나는 것만큼 칭찬도 적지 않게 받았기 때문이다. 그리고 곧장 들어온 새 기획도 별난 사고가 일어나지 않는 한 평타가 될 만한 아이템이었다. 핫한 배우인 유세준이 캐나다에 가서 화보 촬영을 하며 여행하는 것을 3화에 걸쳐 방송하는 프로그램이라니, 망하려야 망할 수가 없었다.

원래 아희는 과제할 때가 아니고서야 한국 드라마는 킬링타임용으로 가벼운 드라마만 보는 편이라 유세준이 나온 드라마를 본 적은 없었다. 하지만 유세준 메인의 프로그램을 만들어야 하는데 그에 대해 모른다는 것은 직무 유기나 마찬가지였다. 드라마들을 봐야 자막도 재치 있고 센스 있게 넣을 수 있으니 꼭 봐야 했다. 그래서 아희는 유세준의 출연이 확정된 날부터 그가 출연한 드라마들을 정주행하기 시작했다.

특히 한 드라마를 중점적으로 여러 번 보았다. 그 드라마는 바로, 대중에게 유세준의 이름을 널리 알린 드라마였다. 〈너의 기억에 외쳐라〉.

〈너의 기억에 외쳐라〉라는 청춘 드라마는 유세준을 서툴고 고민하지만 한 걸음 조심히 내딛는 흔들리는 청춘남으로 묘사했다. 주인공 커플이 각자의 서브 남녀들을 떨쳐 내고 열심히 사랑을 싹 틔우는 사이 유세준은 서브 여주를 사랑하면서도 자기 어려운 가정 환경 때문에 쉽사리 다가가지 못하며 가슴앓이를 했다. 아희는 그 역할에 꽂혀서인지 그 뒤로 유세준의 다른 드라마를 보아도 유세준은 그때만큼 매력적이지 않았다. 허세가 있지만 귀여운 재벌남, 진중한 노력파 서민 대표로 함축되는 유세준의 연기는 좋았다. 하지만 진정성은 역시 조연으로 나왔던 그 드라마에서가 최고였다.

"안녕하세요, 유세준입니다."

그리고 미팅에서 유세준을 처음으로 봤을 때 아희는 그에게 첫눈에 반해 버렸다. 강인해 보이는 짙은 눈썹 아래로 금방이라도 울 것 같은 위태로운 눈. 그 묘한 부조화는 모든 여자들의 마음에 폭탄을 떨어트렸다. 하지만 일자로 꾹 다문 입술은 유세준이 그리 만만한 사람이 아닌 걸 알려 줬다. 약해 보이지만 강하고, 강해 보이지만 약한 남자. 전

심전력으로 다가가야 할 것만 같은 남자.

 가슴이 떨렸다. 그녀가 푹 빠졌던 드라마 속 남주의 모습 그대로, 아니, 그보다 더 위험하고 묵직한 존재감으로, 심지가 곧지만 위태로운 감정에 휩쓸렸던 드라마 속 캐릭터 모습 그대로, 유세준이 나타난 것이다.

 채팅 목록에 떠 있는 그의 이름을 보자 그때로부터 만 1년도 더 지난 지금, 첫 만남 때 느꼈던 감정이 해일처럼 아희의 가슴을 휩쓸었다.

 하지만.

 그녀는 떨리는 손으로 유세준의 메시지를 눌렀다.

[힘드네요.]

 미리 보기 창으로 보이던 그대로의 메시지를 보자 그와의 어정쩡했던 끝이 떠올랐다. 떨림은 단박에 사라지고 불쾌함이 울컥 치솟았다.

 다른 말은 없이 '힘드네요.'가 끝. 잘못 보낸 건 아닐까? 정말 나에게 보낸 메시지가 맞을까? 너무 어이가 없어서 헛웃음이 나왔다.

 "얘 뭐 하는 거니? 설마 이제 와서 다시 수작을 부리는 거야?"

 수작을 부리는 것이라 해도 설레기는커녕 불쾌하기만 하

다. 나를 자기가 맘대로 갖고 놀 수 있는 장난감인 줄 아는 거야? 화가 치솟았다.

"이거 진짜 웃긴 놈이네. 내가 솔로가 아니면 어쩌려고?"

순간, 섬광처럼 아희의 머릿속에 강태석의 얼굴이 스쳐 지나갔다. 약간의 죄책감과 함께.

"……바보냐. 강태석이 내 남친도 아닌데 뭐."

그녀는 자조적으로 웃으며 고개를 떨궜다. 죄책감? 내가 강태석에게 죄책감을 느낄 이유는 없다. 아니, 그럴 자격이 없다. 나는 강태석과 어떤 사이도 아니니까.

결국 강태석도 유세준도 나와 아무런 사이도 아니다. 결국이라고 해야 할까, 아직이라고 해야 할까? 유세준은 다시 연락이 닿은 게 화가 날 정도의 아무것도 아닌 사이다.

강태석은 아직이라는 말이 어울리는 현재의 인연이다. 하지만 정말 '아직'이라는 말이 어울리는 게 맞을까? 강태석은 아희에게 연락 한 통이 없다. 인연이라는 게 과연 있기나 했을까. 아희는 이제 점점 방콕에서의 일을 잊어 가고 있었다. 아니, 아직은 잊지 못했다. 그저 잊고 싶다고 생각한다. 자신에게만 의미 있는 추억 따위는 나를 쓸쓸하게 만들 뿐이다. 방콕에서의 강태석과 나눴던 시간을 떠올리면 결국 나 혼자만 그 마법의 시간 속에 갇혀 있구나 떠올리게 되니까.

"당신에겐 그게 별거 아닌 일이었어요? 한국에 오면 없던 일처럼 생각해도 되는?"

혼자 중얼거리던 아희는 문득 깨달았다. 그러지 않기로 해 놓고 나는 또 같은 일로 괴로워하고 있구나. 학습할 줄 모르는 병신 머저리. 그게 바로 나, 하아희다.

* * *

마음은 왜 마음대로 되지 않는 걸까. 마음이 마음대로 되지 않는다면 왜 마음이라는 이름이 붙은 걸까. 아희는 말장난 같은 의미 없는 생각으로 시간을 허비하며 오늘도 터덜터덜 출근했다.

"선배, 리뷰 몇 장이나 쓰셨어요?"

"세 장 이내니까 정말 세 장 이내면 돼요. 아주 한 장이면 좀 그렇겠지만."

"그래도 더 써야 할 것 같아서……."

"그거 대체 몇 장이에요?"

"10장이요."

"그렇게까지 안 해도 돼요!"

승아가 들고 있는 종이 뭉치를 보며 아희는 깜짝 놀랐다. 승아는 약간 이런 식이다. 뭐든 열심히 하려고 노력은 하는데 조금씩 핀트가 맞지 않는 느낌? 어차피 리뷰야 희수가 검토한 후에 보완이 필요한 부분에 대해서 회의 시간에 다른 팀과 의견을 조율하는 거라서 대학생 리포트처럼 구구절절하게 많이 쓸 필요가 없다.

"이렇게 줄글로 쓰는 거 말고 항목별로 모아서 쓰는 게 더 좋아요."

했던 말을 또 하고, 또 하고. 희수가 제일 싫어하는 거다. 아희는 가방에서 자신의 리뷰를 꺼내서 승아에게 보여 주었다.

"와, 그림도 넣으셨네요? 깔끔하다."

"다른 프로그램 캡쳐인데 그냥 두 개 비교해서 이런 식으로 하는 건 어떠냐고 방향 제시만 하는 거예요."

"저도 그렇게 할 걸 그랬죠……."

"괜찮아요, 어차피 희수 선배가 보시고 아니라고 하면 그냥 끝인걸."

어깨가 아래로 가라앉은 승아의 기운을 북돋아 주기 위해 고민하다가 해진의 이야기를 꺼냈다.

"맞다, 큐브 중에서 해진 씨를 제일 좋아하는 거예요?"

"아…… 사실 제일 좋아하는 멤버는 다른 멤버인데 해진 씨는 약간 아픈 손가락이에요."

"아픈 손가락?"

아픈 손가락이라는 건 무슨 사연이 있어서 보기만 해도 애틋하고 안타까운, 더 해 주고 싶은 사람을 말하는 것 아닌가? 잘생기고 예능 센스도 좋고 한창 잘나가는 해진을 아픈 손가락이라고 하다니 아희는 이해가 잘 가지 않았다. 승아는 끄덕거리며 짧게 설명해 주었다.

"다른 멤버들이 워낙 예능감이 없어서 해진 씨가 혼자 별의별 예능 다 나가면서 뺑뺑이 돌았거든요. 그렇다고 혼자만 무대 연습 같은 걸 빠질 수도 없는 노릇이라 예전에 과로로 쓰러진 적도 몇 번 있어요. 그러다가 해진 씨 아버님이 돌아가셨을 때 임종을 못 지켰어요."

"……그랬구나."

"네. 그것도 나중에 라디오 나와서 다른 멤버들이 미안하다고 울면서 말해 줘서 안 거예요. 그래서 해진 씨는 큐브 팬이라면 다 안쓰러워하고 미안해하고 그러죠."

방콕에서 강태석이 화를 내는 바람에 눈물을 쏟던 통역 학생을 떠올려 본다. 그리고 해진이 그녀에게 건넸던 위로도. 나이에 비해 어른스럽다고 생각했더니 많은 일이 있었겠구나.

고생 한 번 해본 적 없어 보이던 고운 얼굴과 구김살 없는 밝은 표정이 새롭게 다가오는 것 같았다.

* * *

"에구구, 짐을 이제야 푸네."

원래는 여행 짐을 거의 일주일 전부터 싸 놓고 빠진 게 없나 챙기는 꼼꼼한 성격이지만 일의 특성상 자주 해외를 다니기 시작하자 나는 좀 더 대범하고 게을러졌다. 방콕에 다녀온 지가 3주나 지났는데 짐은 그냥 빨래 정도만 빼놓고 정리를 하지 않았다. 캐리어는 익어 버린 조개처럼 남은 짐을 담은 채로 활짝 입을 벌리고 있다.

"방콕 가서 쓴 게 핫팩이랑 멀미약이랑…… 또 뭐지?"

커다란 비상용 가방은 소모품 위주로 넣어 놓기 때문에 수시로 채워 넣어야 한다. 아직 여름이니까 모기약과 모기향도 더 필요할 것이다.

작은 파우치에서 아침마다 찾던 립글로스와 컨실러가 튀어나온다.

"벌써 립글로스 샀는데 이게 여깄었어?"

이렇게 새로 산 립글로스가 대체 몇 개인지 모르겠다. 이제부터 립글로스를 사지 않아도 지금 있는 것만으로도 10년은 거뜬히 버틸 것 같다. 아희는 투덜거리며 다른 가방을 정리했다.

"어? 이게 뭐지?"

가방에 까만 비닐봉지가 있다. 어디서 난 물건이지 고민을 하는데 클럽 촬영을 가던 때가 생각난다. 클럽을 가기 전에 주어졌던 자유 시간에 잠깐 조는 바람에 급하게 뛰쳐나가던 중 방 문고리에 걸려 있던 비닐봉지를 보고 가방에 넣었었다.

부스럭부스럭- 꼭 매듭을 지어 놓은 봉지의 입구를 풀자 보이는 것은 캔 음료 몇 개와 네모난 껌 상자다. 탁자에 캔 음료를 꺼내 놓는데 봉지 안쪽에 구겨져 있는 작은 쪽지가 보였다.

[좋아하는 것 같길래요.
더 맛있는 건 나중에]

쪽지의 내용은 그게 다였다. 누가 보낸 것인지, 어떤 의도로 쓴 것인지는 내가 파악해야 했다. 하지만 머릿속을 스치고 지나가는 얼굴은 단 하나였다. 강태석.

클럽에 가기 전에 있었던, 자신의 행동 때문에 아희가 피디님께 혼나야 했던 게 미안해서 이런 주전부리들을 방 문고리에 걸어 놨으리라.

아희는 쪽지를 다시 읽으며 피식 웃었다. [좋아하는 것 같길래요. 더 맛있는 건 나중에.]라니. 직접적으로 미안하다고 사과하기는 민망했던 걸까? 아니면 나중에 제대로 사과하고 싶다고 말하는 걸까?

비닐봉지에 들어 있던 껌 상자를 열어 은박지에 감싸인 네모난 껌을 꺼냈다. 그리고 사락거리는 껍질을 까서 알맹이를 입안에 넣었다.

침샘을 자극하는 신맛. 얼른 어금니로 껌을 깨물자 안에서 달콤한 잼이 나온다.

 침대에 벌러덩 누워서 강태석이 줄을 맞춰서 꾹꾹 눌러쓴 쪽지를 계속해서 읽었다. 굳이 내게 따로 쪽지를 남긴 이유를 멋대로 짐작해도 될까. 아희의 눈앞에 태석의 얼굴이 맴돌았다.

[좋아하는 것 같길래요.
더 맛있는 건 나중에]

 이 별거 아닌 쪽지가 단순히 사과만은 아니라고 받아들이면 너무 앞서 나가는 걸까.
 두근거리는 심장을 내버려 둔 채로 맛을 음미하고 있는데 지이잉- 지이잉- 핸드폰이 울렸다. 손을 뻗어 화면을 보니 낯이 익은 것도 같지만 저장되지 않은 번호다. 업무 전화일 수도 있어 아희는 지체하지 않고 바로 받았다.
"여보세요?"
"……아희 누나?"
 짧은 말이었지만 바로 알아들을 수 있었다. 잊을 수가 없다. 이 목소리. 이 애끓는 것처럼 낮게 속삭이는 방식. 이 목소리가 내 이름을 부르는 것 때문에 내가 얼마나 많은 밤을 뜬눈으로 지새웠던가. 결국 그 모든 게 진심이 아니라 호기심으로 흔든 것뿐이었다는 걸 알고 다 허무해졌지만 말이다.

　대체 무슨 악연인지 유세준은 꼭 이렇게 아희가 강태석의 생각을 할 때면 평온을 두드리며 나타났다. 결국 너는 내게서 벗어날 수 없다는 듯이.

　-……지금 나올 수 있어요?

　"……."

　스피커를 통해 들리는 세준의 목소리는 어미를 잃고 다친 짐승처럼 연약하고 가련했다. 그가 보냈던 네 글자의 메시지가 떠오른다. '힘드네요' 힘들다니, 대체 무엇이 힘들단 말인가? 새로 찍는 드라마 일정이 너무 강행군이라서? 아니면 갑작스럽게 떠 버린 자신의 위치가 부담스러워서? 그것도 아니라면 새로운 여자와 잘되지 않아서? 그래서 그녀가 생각이 났단 말인가?

　아희는 화가 치솟았다. 태석이 남긴 쪽지 덕분에 한창 기분이 좋았는데 이 설렘을 깨트린 그가 미웠다.

　'확실히 끝내야겠어.'

　"지금 어딘데요?"

　아희는 힘차게 물었다. 자신에게 미련이 없다는 것을 증명이라도 하듯 말이다. 그녀는 세준을 직접 만나 예전에 제대로 된 시작도, 끝도 내지 못했던 관계를 확실히 정리하겠다고 다짐했다.

　세준은 아주 약간, 정확히는 처음 걸었던 목소리보다 2할 정도 밝아진 목소리로 근처 호프집으로 나오라고 말한 후 전화를 끊었다. 아희는 재빨리 거울 앞으로 가서 얼굴을 확인했다. 설렘 없이 결연한 얼굴이 마음에 들었다. 아희는 성장한 자신에게 밝은 미소를 보냈다.

* * *

"……이제 해진 씨 그룹 컴백 초읽기 들어간다고 일주일 당겨서 바로 다음 주에 다녀오기로 했어. 아희 씨?"

"아 네!"

"내 말 듣고 있어? 정신은 어디다 빼놓고 다녀?"

희수는 감독님들끼리 한 회의에서 급하게 결정된 사항을 전달해 주다가 집중하지 못하는 아희에게 호통을 쳤다. 큰소리에 파드득 놀라서 메모하고 있던 수첩을 떨어트렸다. 희수는 수첩을 주워 주다가 방금까지 쓰던 페이지를 보고 혀를 찼다. 그 페이지는 읽을 수 없는, 아니 읽으려고 쓴 게 아닌 낙서들만 가득했다.

"지금 내 말 녹음해 놓고 있어?"

"네? 아니요……."

"녹음도 안 하면서 안 들으면 어떻게 일 진행하려고? 다음 주에 홍콩 갈 건데 가기 전까지 이럴래?"

"죄송합니다."

"막내 앞에서 이런 말 하게 하지 마."

"네 죄송해요."

얼굴이 뜨겁게 달아오른다. 일에 집중도 못 하고. 프로 실격이다. 아희는 이래선 희수가 자신을 못 미더워할 만도 하다고 생각하며 반성했다.

희수는 바뀐 사항을 전하고 업무 방향을 정해 준 후 우리를 해산시켰다. 아희가 혼난 것 때문에 잔뜩 눈치를 보던 승아가 조심히 그녀에게 다가갔다.

"이거 드세요 선배."

초콜릿과 캐러멜, 사탕이 투명한 비닐봉지 한 팩에 야무지게 들어 있다. 아희는 걱정스러운 얼굴을 한 승아에게 웃어 보였다.

"고마워요. 내가 오늘 정신없어서 못 볼 꼴 보였네."

"아니에요, 이런 날도 있는 거죠. 무슨 일 있으셨어요?"

무슨 일이라. 무슨 일이 있었지. 하지만 아희가 아무리 승아를 귀여워한다 해도 안 지 몇 개월 되지 않은 직장 동료일 뿐, 사생활 이야기는 할 수 없다. 아희는 고개를 저었다.

"별일 아니에요. 운동이라도 다녀야지, 이거 원 체력 떨어지니까 집중이 안 되네."

승아는 아희의 말에 그냥 고개를 끄덕이며 맞장구를 쳐주었다. 더 캐묻지 않아 주어서 고마웠다.

"그러게요. 우리 이제 홍콩 가면 엄청 걸어 다닐 텐데 큰

일이에요. 초콜릿 드시고 힘내세요!"

자기 자리로 돌아가는 승아를 보다가 승아가 주고 간 주전부리 팩을 뜯어 초콜릿 하나를 까서 입에 넣었다.

"어, 이건······."

달콤한 초콜릿을 혀로 녹이다가 어금니로 씹어 부드럽게 뭉개자 안에 새콤한 라즈베리가 씹힌다. 우연이겠지? 이 초콜릿은 유세준이 자주 먹던 초콜릿이다. 팬이 자주 준다고 했나, 하여튼 주머니 가득 가지고 다니다가 그녀에게도 몇 개 줘서 먹은 기억이 있다.

"괜히 기분이 싸하네······."

중얼거리며 입안에 남은 초콜릿을 혀로 훑었다. 다 먹은 줄 알았는데 그 맛이 입안에 남아 계속 맴돈다.

"어제 확실히 정리했어야 했는데."

뒤늦은 후회가 들어 한숨을 내쉬었다.

어제 전화로 아희를 불러냈던 유세준은 딱히 어떤 것도 하지 않았다. 정말 힘들어서 술 상대로 아희를 고른 것인지, 앞에 앉혀 두고 조용히 근황을 물으며 술만 계속 마셨다. 술만 퍼마시는 세준을 보며 말을 꺼낼 타이밍을 잡던 아희는 결국 한 잔 두 잔 함께 마신 술에 알딸딸하게 취해 버렸다.

"얼굴 보니까 좋네요. 가끔 이렇게 부르면 나와 줄 거예요?"

"뭔 소리야. 우리가 왜 또 만나요. 오늘도 안 나오려다가 나온 건데."

"……솔직하네. 아희 씨는 이래서 좋아."

유세준은 눈이 보이지 않도록 크게 미소를 지었다. 하지만 예전이라면 가슴이 떨렸을 그 미소에, 설레는 마음보다 걱정이 앞섰다.

'확실히 내가 미련이 하나도 안 남았나 보네.'

차라리 새벽에 연락하는 전형적인 구남친처럼 지질하고 드럽게 굴어 주면 한바탕 쏘아붙이고 털어 버릴 텐데. 시간이 지나 보니까 나 같은 여자가 없지? 혼자서 뿌듯할 텐데 말이다.

휘청이고 힘들어하는 모습을 보니 방황하는 남동생 같고 안쓰럽고 안타까운 마음이 들었다. 그렇다고 위로를 해 줄 수도 없다. 어떤 일로 힘들어하는지를 모르는데 어떻게 위로한단 말인가.

세준은 지독한 말술인지 택시를 타고 갈 때도 휘청거리는 것이 없이 멀쩡히 제 발로 잘 걸었다. 그 뒷모습이 괜히 눈앞에 어른거렸다.

"……다음에 만나면 꼭 말해야지. 너 그때 나한테 잘못했고, 다신 연락하지 말라고. 에휴, 이제 일이나 해야겠다!"

일단 일이 먼저다. 다음 주 스케줄에 맞는 항공편을 구하기 위해 전화기를 들었다. 홍콩! 쇼핑의 도시! 홍콩 출신 디자이너 브랜드의 제품들이 그렇게 예쁘다던데 알아봐야겠다. 근데 잔고에 얼마나 있지? 간 김에 쇼핑이나 잔뜩 해야겠다 싶지만, 그래 봤자 가방 하나 사면 끝이겠지만. 마음도 통장도 빈곤한 나날들이라니 슬퍼진다.

* * *

—어 하 작가님?

"제 목소리 기억하시네요? 네, 하 작가 맞아요."

강태석은 예능을 한두 개 참여했을 뿐 다른 셰프들처럼 본격적인 연예계 활동을 하는 것은 아니라서 전속 매니저는 없다. 다른 배우를 관리하는 실장급 매니저가 겸해서 관리한다. 그런데도 목소리를 기억해 주다니 기쁜데? 아희는 웃으며 본론을 얘기했다.

"다음 주에 홍콩 가는 얘기 들으셨죠? 확인차 전화드렸어요."

—아아 네네. 근데 태석이가 뭐 물어볼 거 있다고 작가님 번호 가져갔는데 전화 안 갔어요?

"네? 물어볼 거요?"

—걔가 요새 레스토랑 때문에 정신없이 바빠서 일정 관련으로 묻는 거 같더라구.

"일정 관련이라……."

정신없이 바쁘다는 말에 승아가 전해 주었던 말도 생각났다. 맞아, 바쁘다고 했었지. 그냥 뜬소문이 아니었나 보다. 아희는 고민하다가 매니저에게 물었다.

"그럼 제가 먼저 전화해 볼까요?"

-그래 주면야 나야 편하죠. 개인 번호 알려 줄까요?

"개인 번호가 따로 있어요?"

-걔가 일중독이라 업무용 폰이 따로 있거든. 지금 받아 적을 수 있어요?

"아, 네."

매니저가 불러 준 11자리 숫자를 수첩에 적었다. 이걸로 이제 우리는 서로 연락처를 몰라서 연락하지 못했다는 변명 같은 건 할 수 없는 것이다.

* * *

일정을 대강 정리해서 컨펌을 받고 나니 상대적으로 시간이 널널해졌다. 퇴근 시간인 7시까지는 아직 40분 정도 남은 상황. 어떡할까. 지금 전화해 볼까? 폰에 강태석의 핸드폰 번호 11자리를 입력해 놓고 초록색 버튼을 누를까 말까 고민을 했다. 고민을 하는 중에 희수가 자리에서 일어나는 소리에 파드득 놀랐다. 희수는 눈을 크게 뜨고 아희를 보았다.

"뭘 그렇게 놀라? 무슨 죄 졌어?"

"아니에요. 그냥……."

"아직도 정신 놓고 있네. 일 없을 때 빨리 퇴근해. 나는 이만 가 볼 테니까."

"네, 조심히 들어가세요."

"조심히 들어가세요, 선배님!"

"응 수고!"

희수는 구두를 또각거리며 사무실을 나갔다. 폰은 화면이 꺼져서 까맣게 물들어 있다. 이걸 어떻게 할까. 고민하는데 파티션 너머의 승아가 안절부절못하는 게 보였다. 가방을 싸고 내 눈치를 보고 있나 보다.

"아, 미안, 승아 씨. 먼저 들어가 봐요. 나는 뭐 생각할 게 있어서."

"그래도 돼요? 선배 갈 때 같이 가도 되는데."

"됐어요, 난 오래 걸릴 것 같아. 먼저 들어가요."

승아는 진짜 가도 되나 눈치를 보다가 아희가 얼른 등을 떠밀자 못 이기는 척 인사했다.

"그럼 먼저 들어가 보겠습니다. 내일 봬요!"

"응, 저녁 맛있게 먹어요."

텅 빈 작가 사무실. 아희는 고민하다 홀드 버튼을 눌러 화면을 켜고 초록색 버튼을 누르기 위해 손가락을 움직였다.

지이잉, 지이이잉.

"앗, 깜짝이야!"

기껏 마음먹었는데 전화가 올 게 뭐람. 근데 번호가 이상하다. 이 번호는 내가 방금까지 전화를 걸려고 했던 그 번호인 것 같은데? 아희는 전화가 끊어지기 전에 서둘러 통화 버튼을 눌렀다.

"여보세요?"

윽, 삑사리.

─하아희 씨 핸드폰 아닌가요?

"크흠, 네 맞습니다."

─아희 씨, 저 강태석입니다.

"······네."

저도 알아요. 제가 먼저 전화하려고 했었거든요.

목구멍까지 올라온 말을 삼키며 아희는 아무렇지 않은 척, 사무적인 척하는 말투로 되물었다.

"매니저분께 들었어요. 일정 관련으로 조정할 게 있으시다고······."

─아뇨, 사실 그건 핑계예요.

"네? 핑계요?"

놀라서 묻자 강태석은 아무 말도 없다. 전파를 타고 흐르는 두 사람의 침묵. 강태석은 왜 핑계를 대며 아희의 번호를 가져갔을까.

─······네. 핑계요. 아희 씨한테 할 말이 있거든요.

"아, 그때 회의 끝나고도 할 말이 있다고 그러셨죠."

―네. 그때는 타이밍이 나빴죠. 놀라게 해서 미안해요.

회의 끝나고 복도에서 자신을 기다리던 강태석이 떠올랐다. 아희는 단순한 여자라서 그녀가 좋아하는 남자가 할 말이 있다고 하면 일단 설렘이 앞선다. 그녀는 조용히 강태석의 말을 기다렸다. 그가 그녀가 간절히 원하는 말을 해 주기를 바라면서.

―전화로 할 얘기는 아니고, 지금은 그냥 목소리라도 듣고 싶어서 전화했어요.

"……"

―여보세요? 아희 씨. 듣고 있죠?

"……네."

네. 듣고는 있는데 가슴이 터질 것 같아서 대답 못 했어요.

―뭐 하고 있었어요?

"어……"

뭐라고 대답을 해야 할까. 뭐라고 대답을 해야 너무 일에 찌들어 있는 여자 같지 않으면서도 그렇지만 일에는 충실한, 당신 생각을 하느라 하루를 망치지 않은 여자처럼 보일까.

고민을 해 봤지만 알 수가 없었다. 대학을 다닐 때 2번, 졸업하고서 소개팅으로 한 달도 못 되게 만난 1번까지 총 연애 경력 3번의, 평범~평범 이하의 연애 경력을 지닌 아희로서는 솔직하게 말하는 것만이 최선이다.

"지금 태석 씨한테 전화하려고 했어요."

─아, 그래요?

목소리가 약간 들뜬 것처럼 들리는 건 착각일까? 태석의 전화 목소리는 원래 목소리보다 낮고 조용조용한데 아희의 말을 듣고 나서 목소리 톤이 약간 올라갔다.

"네. 매니저분이 태석 씨가 아직 전화 안 했냐고 그러셔서. 일정 관련으로 조정할 게 있으시다고 그러던데요?"

아……. 한숨 같은 대답이 들리고 강태석은 한동안 말을 하지 않았다.

"여보세요? 태석 씨?"

─아, 듣고 있어요. 그냥…….

그냥 뭐? 강태석은 뜸을 들였다.

─아니에요. 신경 쓰지 마세요.

"……네."

또 이런다. 또! 강태석은 이렇게 중요한 말을 할 것 같은 순간에 속으로 삼키는 버릇이 있었다. 매번 그녀를 궁금하게 해 놓고 뒤로 미룬다. 하지만 아희도 상대방이 곤란할까 봐 "그게 뭔데요? 무슨 말을 하려고 했는데요? 말해 주면 안 돼요?" 꼬치꼬치 캐묻는 스타일은 못 되어서 그냥 대화는 흐지부지되어 버리고 만다.

결국 처음 통화를 시작했을 때 그녀가 느꼈던 약간의 설렘과 두근거림은 온데간데없고 두 사람은 몹시 사무적인 태도로 이야기를 나눴다.

"일정은요?"

─아마 별문제 없을 거예요.

"오늘 내일 중에 자세한 여행 일정 회사로 보낼 테니까 확인하시면 되세요."

─그럴게요.

통화를 끝낼 타이밍이다. 하지만 오랜만에 들은 목소리인데 끊기가 망설여졌다. "그럼 안녕히 들어가세요."라는 말이 하기가 싫다. 반대편의 강태석도 그렇게 생각하는 걸까? 두 사람은 아무 대화도 없이 서로의 고른 숨소리를 듣고 있었다.

"……."

"……."

이대로는 안 돼. 무슨 말이라도 해야지! 열심히 머리를 굴리는데 강태석이 준 것이라고 추정되는 음료수와 쪽지가 생각났다.

"아, 저 얼마 전에 봤어요."

─뭐를요?

"음료수랑 쪽지요. 그때는 정신없이 다니느라 가방에 넣고 제대로 확인을 못했는데…… 짐 정리하다 보니까 나오더라구요. 음료수 주신 거 태석 씨 맞죠?"

강태석이 통역 문제로 화가 나는 바람에 피디님께 깨졌던 다음 날. 방 문고리에 걸어 놓은 봉지에 있던 주전부리와 쪽지. 당신이 둔 거죠?

―……네. 이제 봤다니 민망한데요. 진작 보셨을 줄 알았는데.

쑥스러워하는 듯한 목소리가 낯설다. 강태석은 언제나 당당하고 강하게 자기 이야기를 하는 사람처럼 보였는데 이렇게 수줍은 소년처럼 부끄러워하다니. 지금 그는 어떤 얼굴을 하고 있을까? 얼굴을 붉히고 있을까? 손으로 입을 가리고 있을까? 괜히 민망해서 목이나 자기 몸을 긁고 있을까?

"잘 마실게요."

―네. 그때 미안했어요.

분위기는 다시 훈훈해졌다. 이 화제를 꺼낸 것이 다행이다. 아희는 안심하며 다시 작은 용기를 내 보았다.

"음료수도 사 주셨으니까 다음에는 제가 살게요. 제가 신세진 것도 많고."

자, 얼른 대답해. 만약 여기서 네가 거절하면 나는 부끄러워서 쥐구멍에 숨어 버릴 거야. 지금까지 우리 사이에 오간 간질거림이나 긴장감은 모두 진실이었다고, 내가 느낀 게 맞다고 대답해 줘.

아희가 두근거리는 마음으로 기다리는데 강태석이 의외의 말을 했다.

―음료수도 좋지만…… 이제 곧 어머니 생신이거든요. 제가 여자 물건은 잘 몰라서 그러는데 혹시 괜찮으면 같이 선물 골라 줄 수 있어요?

"선물이요?"

같이 밖에서 만나자는 이야기인가? 아희가 되묻자 강태석이 긍정의 답을 말했다.

―네. 이번에 홍콩 가서 자유 시간 때 저한테 조금만 시간 내줘요.

그야 대환영이지! 아희는 크게 외칠 뻔한 걸 가까스로 참고 고개를 끄덕였다. 아니지! 전화 중이니까 그녀의 몸짓은 안 보일 터. 얼른 대답했다.

"좋아요. 나중에 어머니 취향 말씀해 주세요.

―어머니 취향 잘 모르는데…….

"평소 입고 다니시는 옷 색깔 같은 거면 돼요."

―아, 그런 거는 알아요.

"그거까지 모르면 아들 자격 없죠."

―하하. 제가 무심한 아들이라서.

가벼운 농담과 특별한 의미는 없지만 서로의 호감을 확인하는 약간의 대화가 오가고 두 사람은 자연스럽게 전화를 끊었다.

─그럼 좋은 밤 되세요.

"네. 태석 씨도요."

총 53분 17초. 우리는 거의 한 시간 가까이 통화를 한 셈이었다. 감정에 관한 어떠한 말도 하지는 않았지만 아희는 두 사람 사이에 어떤 무언가, 썸띵이 있다는 증거 같아서 약간 감격스러웠다.

통화 기록이 있는 화면을 캡쳐해서 저장한 후 발걸음도 가볍게 퇴근했다. 오늘은 내게 치킨이라는 상을 줘야지! 잘했어, 좋은 통화였어!

* * *

시간은 정말 빠른 걸까 느린 걸까. 한 시간은 60분, 하루는 언제나 24시간, 1년은 365일인데 그 시간들은 언제나 다르게 다가온다. 마치 바다처럼 가끔은 폭풍 속에 거센 파도가 몰아치듯 눈꺼풀을 한 번 깜빡하는 사이에 너무나 빨리 지나가는데 어떨 때는 고요한 잔물결처럼 일정한 듯하지만 너무나 느리게 흐른다. 딱 지금처럼.

"얼른 홍콩 가고 싶다."

"바로 내일이니까 이제 금방이에요!"

승아는 아희가 책상에 엎드려서 징징거리자 웃으면서 그녀를 달랬다. 어른스럽게 달래는 승아도 일로 해외로 가는 것이 처음이라 설레는지 눈이 기대감으로 반짝이고 있었다. 아희가 웃으며 물었다.

"짐은 다 쌌어요?"

"네. 상비약이나 필요할 거 같은 거 나름대로 챙겨 봤는데 잘 챙겼는지 모르겠어요."

"내가 많이 가져가니까 괜찮아요."

"아. 진짜 떨려요! 우리 홍콩 다음에는 도쿄 가는 거죠?"

아희는 승아를 보고 있자니 처음 외국에 가던 생각이 났다. 여행이라곤 제주도 여행이 다였던 그녀가 회사 일로 해외를 나가게 되었을 때 얼마나 신이 났던지. 승아가 느끼는 설렘이 전해져서 시곗바늘이 몇 년 전으로 돌아가는 것만 같았다.

"네. 대만-홍콩-도쿄 이렇게 세 번 가는 거니까요."

"일본 한 번도 안 가 봤는데!"

"홍콩은 가 본 적 있어요?"

"네. 예전에 친구랑 한 번 간 적 있어요."

"그 연예인 한다는 친구?"

승아는 연예인을 하는 친구가 있다고 한 적이 있는데 그 연예인이 무명인 것인지, 아니면 구설수가 좀 있는 사람인지 누구라고는 말해 주지 않았다. 굳이 물어볼 만큼 궁금하지 않아서 묻지 않았는데 이야기를 들어 보면 꽤 친한 것 같다. 승아 또래 연예인이면 너무 많으니까 범위를 좁히기

3. 이번에도 착각인가요? 179

도 힘들지만.

"네. 요새는 일도 없다고 해 놓고 연락도 안 하네요. 나쁜 놈."

"놈? 남자였어?"

"앗…… 네. 근데 뭐 다른 사이는 아니에요! 그냥 워낙 오랜 친구라서! 초등학교 때부터 친구 사이거든요."

"그렇구나. 너무 당황하지 않아도 돼. 누군지도 모르는 데다가 어디다 소문낼 것도 아니고."

너무 당황하기에 토닥여 주니 금세 안심하는 얼굴을 한다. 하긴 남자 사람 친구와 홍콩으로 둘이 여행을 다녀오고 그러는 사이면 보통 사이가 아닐 거라고 생각하게 되니까 당연할 수도.

"휴. 감사해요. 제가 덤벙거려서 이러다 나중에 이름 말할 수도 있는데 걔랑은 진짜 아무 사이도 아니에요. 걔가 마지막으로 침대에 오줌 싼 게 몇 살 때인지까지 아는걸요!"

"그래그래. 진짜 친한가 보네."

사실 아희는 남 일에 그렇게까지 관심은 없다. 좋아하는 연예인이면 다를까? 좋아하는 연예인이라고 생각해도 해진 정도이려나.

일을 하면서 만났던 연예인들 중에는 호감으로 남았던 사람도 있지만 비호감으로 남게 된 사람도 많다. 그렇다고 적극적인 안티가 되는 것은 아니다. 메인 작가도 아닌 그녀가 연예인을 이해한다는 게 웃길 수도 있지만 그래도 이 일을 하다 보면 연예인들이 불쌍해 보이곤 한다.

회사에서 리얼리티를 찍는 연예인들은 보통 지금 당장 반응이 좋은 연예인들이 대부분이다. 인기 드라마의 주연들은 물론이고 비중 있는 조연이라든가. 연예인이라는 직업도 결국 타이밍 싸움이라 물 들어올 때 노를 저어야 한다. 보통은 가장 바쁠 때 리얼리티도 찍게 되는 것이다. 잠도 못 자는 드라마 강행군을 뛰고 온 연예인들은 스태프들을 배려할 만한 정신이 남아 있지 않을 테니까.

"쟤 왜 저래?"

"나흘인가 못 잤다던데요."

"아아……"

이렇게 되는 일이 비일비재하다. 연예인병이라는 말도 있지만 진짜 연예인병에 걸리는 사람은 별로 없다. 그냥 바빠서 잠 못 자고, 다이어트하느라 밥 못 먹고 하다 보면 정신이 나가고 예민해져서 그러지. 이 일을 하다 보면 연예인에 대한 환상은 사라져서 좋다. 그래서 모두에게 친절한 해진이 더 대단해 보인다.

"이제 짐 쌀까?"

"그래도…… 되겠죠?"

어차피 여행 일정은 다 나왔고. 숙소 예약, 레스토랑 예약 등 국내에서 할 수 있는 것들은 모두 끝내 놓아서 할 일이 없다. 수다를 떠니 어느새 6시가 가까워져서 아희와 승아는 그제야 미적미적 가방을 쌌다.

"내일 늦지 않게 공항 오고!"

"네 알겠습니다!"

"막내는 처음이니까 더 신경 써."

"넵! 안녕히 들어가세요."

"응 내일 봐."

퇴근하고 집에 와서 짐을 다시 한번 점검했다. 일로 외국을 자주 다니느라 해외여행에 대한 거부감이나 두려움이 사라져서 아희는 친구들은 물론 혼자서도 훌쩍 해외여행을 다녀오곤 했다. 그래서 짐 싸기만큼은 거의 프로 수준이다.

캐리어를 닫은 후 침대에 누운 아희는 메신저 대화명을 바꾸었다.

잘 다녀오겠습니다!

4. 달콤한 홍콩

"그럼 저희는 이제 홍콩으로 떠나겠습니다. 이따 봐요!"

해진이 상큼한 얼굴로 카메라에 인사를 하자 태석이 뒤늦게 손을 올려 인사를 한다. 확실히 해진은 카메라를 자주 보는 직업이라 그런지 익숙하게 인사를 하고 애교를 부리고 하는데 태석은 한 박자씩 늦다. 그리 멀지 않은 곳에서 아희가 키득대며 웃자 태석이 웃음소리를 들었는지 그녀를 째려보았다. 그리고 긴 다리로 성큼성큼 걸어와서 아희가 손에 들고 있던 커피를 뺏어서 쭉 마신다.

"어!"

"왜요."

"제가 먹던 건데⋯⋯."

"그걸 몰라서 이러는 걸까 봐서요?"

아희는 자신이 먹던 빨대를 그대로 물고 음료를 쭉 빨아먹는 태석을 보자 얼굴이 달아올랐다. 사실 어린애도 아니고 간접 키스 정도야 별거 아닌 일이다. 하지만 이렇게 얼굴이 붉어지고 부끄러운 기분이 드는 건 더 이상 강태석이 자신에게 호감을 숨기지 않고 드러내기 때문일까? 태석과 아희의 사이에는 약 1m에 약간 미치지 않는 거리가 있다. 멀지도 않고 그렇다고 가깝지도 않은 거리. 하지만 태석의 손에는 그녀가 마시던 음료수가 들려 있다. 그와 그녀 사이를 연결하는 끈처럼.

태석은 아희를 보며 웃었다.

"얼마 안 남았으니까 이거 내가 먹고 이따가 새걸로 사 줄게요."

아희가 뭐라 대답하려는 찰나.

"자, 이제 들어갑시다!"

스태프의 외치는 소리에 출국 심사를 받으러 이동했다. 주변에 이상해 보이지 않도록 태석은 해진의 근처로 돌아갔지만, 아희는 그가 음료수를 마시기 위해 빨대에 입을 댈 때마다 얼굴이 화끈거리며 달아오르는 기분이라 계속 손부채질을 해야만 했다.

"선배 더우세요? 저 부채 있는데!"

"응, 고마워."

승아가 커다란 가방을 한참 뒤적이다가 꺼낸 부채를 받았다. 아희는 빨개진 얼굴 때문에 출국 심사 때 술 마셨느냐는 질문을 듣기는 했지만 무리는 별다른 문제 없이 게이트 안으로 들어갔다.

양옆으로 즐비한 면세점들. 출국 게이트 앞에서 보기로 하고 다들 흩어져 각자 쇼핑 및 자유 시간을 보내기로 했다. 희수는 인터넷 면세점에서 미리 구매한 것을 찾으러 가고 아희와 승아는 가볍게 구경하기 위해 화장품 매장으로 들어갔다.

"원래 로드샵 화장품만 쓰다가 이번에 선물 받아서 써 봤는데 좋아서 세트로 사 보려구요."

"그래요. 우리는 면세점 들를 일 많으니까 피부에 맞는 거 찾아 두면 좋지."

다 쓴 기초 화장품을 사고 이제 곧 다가올 명절에 사촌 꼬맹이들이나 줄까 싶어 립글로스 묶음을 샀다. 희수와 합류해서 카페에 잠깐 앉아 있었더니 벌써 출국 시간. 비행기로 들어가며 승무원과 인사하는 건 언제나 즐겁다.

"좋은 비행 되십시오."

"감사합니다-."

신이 나서 자리에 앉으니 희수가 신기하다는 얼굴로 본다.

"참 질리지도 않아. 아희 씨는 비행기 타는 거 안 질려?"

"네! 저는 차라리 외국은 질려도 비행기는 안 질리는 것 같아요. 하늘 보는 것도 좋고."

"아 선배. 그럼 선배가 창가 앉으실래요?"

작가 팀인 우리 셋은 쪼르륵 앉아서 카페에서 못다 한 수다 꽃을 피웠다. 그런데 앞 의자 사이에서 갑자기 젤리 봉지가 불쑥 튀어나온다.

"4시간 동안 잘 부탁드립니다."

요새 컴백 준비로 바쁘다더니 피곤해 보이는 해진이 눈웃음을 치며 불쌍한 척을 한다. 아마도 비행시간이나마 눈을 붙이려는 것 같다. 조용히 하겠다고 대답하려는 순간 희수가 먼저 대답한다.

"4시간인데 이걸로 되겠어요? 더 줘요."

"……어린애 코 묻은 과자를 뺏으면 쓰나요. 여기요."

옆에 있던 태석이 자기가 산 육포를 상납하자 희수가 만족스럽다는 듯 웃으며 입을 다문다. 태석은 의자 사이로 예쁘게 포장이 된 작은 종이 백을 내밀었다. 아희는 얼른 두 손을 내밀어서 받았다.

"이게 뭐예요?"

"맛있어 보이길래 샀어요."

연분홍색 리본 포장을 풀자 종이 백 안에는 작은 마카롱들이 들어 있었다. 우와! 귀엽네요. 승아의 감탄과 나한테는 고기 주고 얘한테는 과자를 주네? 아줌마라고 차별해? 투덜거리는 희수의 불평 속에서 심장이 간지러워서 계속 재채기를 했다. 쫀득한 마카롱을 하나 입에 물자 커다란 비행기는 천천히 이륙을 시작했다. 달콤한 출발이다.

* * *

"드디어 4시간 만에 홍콩에 도착했습니다!"

"홍콩은 쇼핑과 에그 타르트가 유명하죠. 하지만 저희는 이번에 홍콩 구석구석을 다니며 다른 맛있는 다국적 요리들을 먹을 예정입니다. 벌써부터 기대가 되네요."

홍콩! 홍콩을 대표하는 이미지는 역시 에그 타르트, 쇼핑, 새해 불꽃놀이가 아닐까. 하지만 홍콩에는 이 셋 외에도 먹거리, 볼거리가 아주 많다. 1997년까지 영국의 식민지였던 홍콩은 좁은 땅을 활용하기 위해 건물을 높게 올려 모던한 느낌이 물씬 풍기지만 1999년까지 포르투갈의 식민지였던 마카오로 넘어가면 그 분위기는 사뭇 달라진다. 광둥, 상하이, 쓰촨 등 중국 각지의 요리를 맛볼 수 있는 동시에 영국, 프랑스는 물론 포르투갈 요리까지!

맛집은 물론 예쁜 수변 공간들과 유럽풍 건물들도 찍을 수 있고 ppl이 잔뜩 들어간 쇼핑하는 장면까지 넣을 수 있는 홍콩은 이번 프로그램의 꽃이나 다름없다.

"그럼 이제 홍콩에서의 첫 숟가락을 뜨러 갈까요?"

"〈가서 뭐 먹지?〉 홍콩편 본격적인 막을 올립니다."

들을 때마다 이름 참 잘 지었다 싶다. 가서 뭐 먹지? 여행객들이 계획을 짜면서 수십 번도 더 생각하는 말이다. 가서 뭐 먹지? 가서 뭘 먹어야 잘 먹었다고 소문이 날까? 블로그며 책이며 정보가 쏟아지는 이때 이런 프로그램이 한 번 딱! 나와 주니 얼마나 편한가. 이 코스대로만 돌면 되니까!

직업적 성취를 만끽하며 고개를 끄덕이고 있는데 공항 신이 마무리되고 스태프들은 버스 쪽으로 이동을 시작했다. 허둥대며 바닥에 내려놓고 있던 가방을 들었는데 갑자기 손이 가벼워진다.

"이렇게 무거운 걸 맨날 들고 다녔어요?"

강태석이다. 그는 아희의 가방을 어깨에 가볍게 메다가 당황해서 말했다.

"네? 뭐 어쩔 수 없죠."

"가볍게 다니지."

"언제 뭐가 필요할지 모르니까요. 간단한 상비약이랑 공구 같은 거랑……."

함께 걸으며 가방에 넣은 것들을 하나씩 말해 주는데 태석이 기겁한다.

"공구요?"

"네. 예전에 고정대가 고장 난 적 있는데 그때 유용하게 썼거든요. 지금도 밤에 촬영 팀에서 빌려 달라고 하기도 해요."

"그럼 촬영 팀에서 챙겨야죠."

"걔넨 카메라 챙기기도 바빠요."

"그래도……."

걱정해 주는 말이 싫지가 않아서 괜히 발걸음에 힘이 들어간다. 사람은 이렇게 상대방이 마음 써 주는 것만으로도 없던 힘이 생겨날 수가 있구나. 든든해지는 기분이다.

아희는 예전에 아이들이 나와서 아빠에게 '아빠 힘내세요. 우리가 있잖아요!' 하는 노래를 부르는 CF를 보곤 아빠한테 우리를 위해 돈 벌어 오라고 부담을 주는 건가 싶어서 CF의 의미를 알 수 없다며 당황했던 적이 있었다. 하지만 직접 응원과 위로를 받는 입장이 되니까 확실히 기운이 난다. 그저 걱정해 주는 것만으로 지금까지 들였던 노력들이 보상받는 것 같다.

"웬만한 약 다 있으니까 어디 안 좋으면 말씀하세요. 안 아픈 게 제일 좋지만요!"

아희가 큰소리를 치며 말하자 태석이 피식 웃는다.

"아프면 약 말고 다른 거 해 주세요."

"네? 어떤 거요? 저 한방 차도 있는데."

"그거 말고."

짓궂은 얼굴을 하고 태석은 말했다.

 "엄마 손은 약손 해 주세요. 그거면 약도 필요 없을 것 같은데?"

 "뭐라고요?"

 당황해서 언성을 높이자 앞에 가던 사람들이 우리 쪽을 바라보았다. 일부러 뛰듯이 걸음을 빨리해서 태석보다 앞서 걷는데 앞에서 승아와 함께 걷던 해진이 말을 건다.

 "무슨 얘길 그렇게 재밌게…… 어? 누나 얼굴 빨개요. 형이 뽀뽀라도 했어요?"

 "그런 거 아니에요!"

 장난인 게 분명해 보이는 말투인데 그 내용에 당황한 아희는 소리를 빽 지르고 전세 버스로 뛰어들어 갔다. 모태 솔로도 아니고 연애도 몇 번 해 봤는데 이렇게 두근거리고 심장이 떨리는 경우는 처음인 것만 같다. 강태석의 사납게 생긴 얼굴이 자신의 앞에서 부드럽게 풀어지는 걸 보면 마음이 사르륵 녹아 버린다.

 "자 이제 출발합니다!"

 홍콩 첵랍콕 공항에서 침사추이로 출발! 침사추이는 호텔과 식당이 많아 숙소로 정해졌다. 숙소에서 짐을 풀고 첫 번째 맛집을 돌아다닐 생각을 하니 입안에 군침이 돌았다.

* * *

 향나무를 수출하던 항구가 있던 침사추이는 '모래 입구'라는 뜻이다. 주룽반도 끝에 위치하여 바다가 훤히 보여 야경이 무척 아름답다. 영국 식민지 시대부터 현대까지 교통, 관광, 무역이 발달한 침사추이는 질박한 로컬 식당부터 미슐랭 선정에 달하는 고급 레스토랑까지 모여 있는 곳이다. 특히 네이던 로드와 캔톤 로드를 중심으로 많은 음식점들이 모여 있는데 네이던 로드를 중심으로 유서 깊은 상점들이 즐비해 있다. 골목길 건너편의 건물이 보이지도 않을 정도로 빼곡하게 들어찬 한문 간판들을 보는 것도 즐거운 일이다. 읽을 수 있는 글자인가 아닌가 눈으로 더듬다 보면 길을 잃기 쉽다는 단점이 있지만.
 "홍콩까지 와서 체인점 음식을 먹어야 하다니······."
 레스토랑으로 가는 중에 태석이 터트린 한숨에 모든 스태프들이 움찔한다. 일정이나 자유 시간에 관해서는 일말의 불평도 없는 태석이지만 요리와 맛에 관에서는 까다롭다는 것을 이미 방콕에서 겪었기 때문이다. 해진이 불안해하는 스태프들에게 웃어 보이며 태석을 달랜다.
 "한국에 있는 체인점이어도 본점은 맛이 다르겠지."
 피디님이 얼른 말을 보탠다.
 "그래 태석 씨. 이건 광고비 들어온 거라 어쩔 수 없어.

대신 이따 태석 씨 가고 싶다고 했던 데 가잖아."

여전히 불만 가득한 표정이지만 태석은 고개를 끄덕였다.

투명한 유리벽 너머로 바다 건너의 빌딩 숲이 펼쳐진다. 빌딩의 높은 층에 위치한 고급 레스토랑으로 가며 태석은 나를 염두에 두는 듯한 말을 했다.

"제가 짜증 내면 누가 피해를 보는지 아니까 이젠 안 그러려고요."

말을 끝내고 아희 쪽을 보며 싱긋 웃는 태석. 좁은 엘리베이터로 많은 인원이 들어가며 어깨끼리 부딪치는데 태석의 크고 따뜻한 손이 몰래 아희의 손을 감싸 왔다. 그렇게 두 사람은 엘리베이터 안에서 남들의 눈을 피해 손을 꼭 잡고 있었다. 몸의 온도가 1도는 오른 듯 둘의 얼굴이 발갛게 물들었다.

다행히도 레스토랑은 한국에도 체인점을 둔 유명한 체인의 본점답게 맛이 나쁘지 않았다. 육즙이 흐르는 딤섬과 매우면서도 뒷맛을 잡아 주는 훠궈의 국물은 그야말로 감탄이 나오는 맛이었다. 태석도 맛이 나쁘지 않았는지 별말을 하지 않아 스태프들은 다 걱정을 내려놓고 촬영 후 맛있게 식사를 즐겼다.

"이젠 어디로 가요?"

"밥을 먹었으니까 다음은 디저트겠죠?"

"으아! 또 먹어!"

부른 배를 두드리던 해진은 울상을 지었다. 승아가 옆에서 너무 귀엽다고 중얼거렸지만 홍콩에 오기 전에도 해진 얘기만 주야장천 하던 승아를 생각하면 저 정도 반응은 양반이다 싶었다.

"기껏 감량했는데 여기 와서 엄청 찌고 가겠어요."

"아니, 그렇게 말랐는데 뺄 데가 있었어요?"

"물론이죠. 젖은 수건을 꽉 쥐어짜듯 트레이너를 붙여서 쫙쫙 짜낸다구요."

확실히 지금이 전보다 마르긴 했지만 감량 전이라는 그때도 종아리가 내 종아리보다 얇아 보였었는데! 확실히 아이돌은 괜히 아이돌이 아닌가 보다. 하긴 실제로 아무리 말라 보여도 텔레비전에 나오면 30%는 부해 보이니 원. 예전에 같이 작업했던 여배우 한 명은 무슨 카메라로 찍기에 이따위로 살쪄 보이느냐며 항의 전화를 한 적도 있었다.

"고생이 많네요."

"저도 좋아서 하는 일인데요 뭐. 일 년 만에 컴백하는 거라서 신경 많이 쓰고 있어요."

이렇게 해진은 나이는 어리지만 존경할 만한 모습을 많이 갖고 있어서 아희는 순수하게 감탄하곤 했다. 팀을 이끄는 리더라서 그런 걸까? 아니면 천성이 사려 깊고 뚝심 있는 걸까. 고민하고 있는데 뒤에서 태석의 목소리가 들렸다.

4. 달콤한 홍콩 193

"무슨 얘기를 그렇게 재밌게 해?"

아희의 손등에 자기 손등을 살짝 스치며 다가온 태석은 자연스럽게 해진의 어깨에 팔을 감고 가볍게 헤드록을 걸었다.

"아! 하지 마요! 이 형은 은근히 잘 삐져."

"삐져? 지금 이거 삐진 거예요?"

"네. 완전 애가 따로 없다니까요? 자기 빼놓고 우리끼리 얘기하고 있으니까 삐진 거예요. 그죠 형?"

"이게 형한테 못 하는 소리가 없어."

"아아! 힘 빼요, 힘!"

태석이 진심으로 힘을 주지는 않았다고는 해도 근육질의 팔이 목을 조르자 갑갑했는지 해진은 파닥거리며 태석의 팔을 열심히 때렸다. 태석은 웃으며 팔을 풀고는 아희를 보며 말했다.

"그렇게 잘 알고 있는 애가 그러냐?"

말하는 걸 들으면 분명 해진에게 하는 말인데 시선은 자신에게 두니 아희는 혼란스러웠다. 혼란스럽다기보다는, 착각하게 된다. 마치 '나는 질투가 많다'고 말하는 것 같다. 아니, 내가 느낀 게 맞으려나?

태석은 별 의미 없이 한 행동인지도 모르는데 자신만 너무 휘둘리나 싶어 얼굴에 열이 오른다. 괜히 시계를 보며 서둘렀다.

"이제 다음 가게로 갈 시간이에요."

"디저트 가게죠? 거긴 뭐가 유명해요?"

자연스럽게 아희의 옆으로 태석이 붙어 온다. 혹시 다른 사람이 우리를 이상하게 볼까 봐 주위를 살피니 해진은 승아와 함께 가고 있고 각자 이동하는 짐을 챙기느라 바쁘다. 그녀는 안도의 한숨을 내쉬며 자신이 따로 만든 일정표를 확인했다.

"에그 타르트 집이에요? 사진 이쁘네."

"블로그에서 주운 거예요."

다른 사람들의 일정표에는 그저 가게의 상호와 주력 요리 등이 간단하게 한 줄씩 적혀 있지만 아희는 혹시 모를 예외적인 상황에 대비하기 위해 가는 길, 전화번호, 홈페이지는 물론, 피치 못할 사정으로 해당 가게에 갈 수 없을 때 대신 갈 만한 비슷한 가게도 적어 놓았다. 사진과 함께.

다음 가게는 타르트 전문점으로, 홍콩의 디저트 가게답게 에그 타르트가 제일 유명하지만 사과나 다른 과일 타르트도 굉장히 맛있다고 한다.

"타르트 좋아해요?"

"네. 달콤하고, 예쁘잖아요."

"나도 타르트 잘 만드는데."

"······네?"

타르트 잘 만든다고? 커다란 덩치에 의외기는 하지만 그

4. 달콤한 홍콩

리 놀랄 만한 사실은 아니라서, 무슨 의도로 말을 했나 싶어 태석을 올려다보았다. 태석은 민망한지 남자다운 손으로 날렵한 턱을 긁으며 말했다.

"아니. 먹고 싶으면 내가 만들어 줄 수 있다는 뜻이에요. 지난번 회의 때 사 온 간식도 타르트였잖아요. 많이 좋아하나 싶어서."

"……."

약간 감동이다. 회의 때 사 온 간식도 기억하고 있었다니.

"쓸데없는 참견이었다면 잊어버려요. 자, 갑시다!"

감동으로 바로 대답할 말을 찾지 못한 거였는데 태석은 오해를 했는지 바로 말을 돌리며 그녀의 어깨를 살짝 감싸서 어느새 멀리 떨어진 스태프 무리 쪽으로 걸었다. 아, 그게 아닌데. 말을 하고 싶었지만 다른 스태프들이 왁자하게 떠드는 바람에 조용히 얘기할 타이밍을 놓쳐 버리고 말았다.

* * *

시간이 남는다며 디저트 가게를 두 군데나 들러 버려서 태석과 해진은 더 이상은 먹을 수 없다며 백기를 들었다. 여자들은 디저트 배가 따로 있다고 하는데 남자들은 어떠려나?

"소화제 좀 드릴까요?"

"네. 먹어야지 안 그러면 체할 거 같아요."

밀크티에다가 홍차까지 곁들여 마셔서 그런지 아주 토하기 직전이다. 가방에서 소화제를 꺼내 물병과 함께 챙겨 주고 해진에게도 가려고 하자 태석이 아희의 손목을 잡아 왔다.

"어디 가요?"

"아…… 해진 씨한테도 소화제 주려구요."

"걔 챙겨 주지 마요."

"네?"

뭔 소린가 싶어서 태석의 얼굴을 올려다보니까 심기가 불편해 보인다. 자기 장난감을 양보하기 싫어하는, 얼굴에 심술보가 덕지덕지 붙은 일곱 살 어린 남자애 같은 얼굴. 설마 내가 해진 씨 챙겨 준다고 이러는 건가 싶어서 조금 더 반응을 보기 위해 아희는 마음에 없는 말을 했다.

"해진 씨 감량하느라 먹는 양도 줄었을 텐데 많이 힘들 테니까 챙겨 줘야죠. 제가 누나잖아요."

"나이만 누나지 진짜 누난가. 해진이 아는 누나만 몇 명인데요. 아희 씨까지 챙길 필요 없어요."

"푸흡-!"

열심히 참았지만 결국 웃음이 터지고야 말았다. 이건 정말 아니라고 생각하려고 해도 질투가 맞다. 아니, 내가 해진과 따로 단둘이 뭔가를 한 것도 아니고. 스태프로서 출연자를 좀 챙기겠다는 것뿐인데 그게 질투할 일인가? 자기보다 어린 애한테? 우습기도 했지만 한편으로는 기분이 좋은 것도 사실이라서 아희는 입을 가리고 웃으며 태석을 바라보았다.

"……웃지 마요. 애처럼 군 건 알아도 진심이니까."

"하하! 진심이라니까 귀엽긴 한데 더 웃긴 거 알아요?"

민망한지 얼굴을 붉히고 큰 손으로 자기 얼굴에 부채질을 한다. 남자답게 잘생겼고 자기 일도 곧잘 하지만 성격 나쁘고 다루기 어려운 남자라고 생각했는데 이렇게 질투로 얼굴을 붉히며 쩔쩔매는 모습을 보니까 온몸이 간질간질해지는 기분이다. 이 남자, 왜 이렇게 귀엽지?

이제 그만 놀려야지 싶어서 태석에게도 건넸던 소화제를 주며 말했다.

"내가 챙겨 주는 게 싫으면 태석 씨가 갖다줘요. 쇼핑하는 장면 찍고 또 촬영하러 가야 되니까 소화제는 먹어 두는 게 좋아요."

"……알겠어요. 그만 웃어요."

태석은 손가락을 튕겨 가볍게 아희의 이마를 톡 치고는 해진에게 가서 소화제를 건넸다. 뭐라 이야기하는데 해진이 그녀를 보며 고맙다고 손을 흔드는 것을 보아하니 그래도 아희가 챙겼다는 말은 전한 듯싶다. 그런 걸 속일 만큼 쪼잔한 남자는 아니라서 다행이라고나 할까.

솔직히 아희는 무관심한 연인보다는 약간 번거롭고 귀찮더라도 집착하는 편이 좋다. 집착을 위한 집착이면 안 되겠지만 상대를 좋아하고 계속 생각하는 마음에서 나오는 구속은 소속감을 느끼게 해 주는 것이다. 나만 그런 건가? 하긴, 친구들 얘기를 들어 보니 일한다고 했는데도 남자 친구가 계속 답장 하나 보낼 시간이 없냐고 닦달하면 짜증이 난다고 했다. 하지만 태석은 레스토랑을 운영하니까 그렇게 귀찮게 굴지는 못하지 않을까.

"쇼핑 씬 찍으러 이동합니다, 버스 타세요!"

피디가 지하철로 갈까, 버스로 이동할까 고민하시는 것 같더니 결국 버스를 타기로 결정했나 보다.

버스에 올라서 자리에 앉아 창밖을 내다보자 서 있을 때보다 약간 높은 곳에서 내려다보는 오후의 홍콩 풍경이 펼쳐졌다. 마치 왕가위 감독의 영화 중경삼림 속으로 들어온 것만 같다.

* * *

옷부터 간단한 생활용품, 깔끔한 디자인 가구까지 파는 홍콩의 한 브랜드에 들어왔다. 부산과 판교의 백화점에 입점한 브랜드인데 이번에 홍보차 프로그램에 광고를 넣었다. 홍콩점에 와 보니 확실히 디자인도 독특하고 가격도 저렴한 게 꽤 좋아 보여서 태석과 해진이 서로에게 선물할 것을 고르는 중에 아희도 혹시 자신이 살 만한 것도 있나 이것저것 둘러보며 눈도장을 찍었다.

"이제 날씨도 쌀쌀해지는데 바닥에 까는 러그가 좋아 보여서 골라 봤어요. 생활용품 같은 건 잘 못 고르지만 디자인도 예쁜 편이고 발에 닿는 건데 너무 부드럽지도, 너무 거칠지도 않은 소재라 딱인 것 같아서요."

"전 캔들 세트를 골라 봤어요. 태석이 형이 요리사라서 향수는 안 뿌리지만 집에서 향을 내는 것 정도는 좋지 않을까요? 피로를 풀어 주고 긴장한 근육을 이완시켜 주는 효과도 있다고 하니까 일하고 와서 잠깐씩 켜 놓으면 완전 딱이죠! 저는 냄새에 신경 쓰는 편이라 주변에 캔들이나 디퓨저 같은 아이템을 선물하는 걸 좋아해요."

서로를 위해 고른 아이템을 설명하는 신까지 따자 필수적으로 찍어야 하는 신은 끝났고 이젠 설렁설렁 쇼핑센터를 다니는 장면들을 찍으면 된다.

홍콩은 쇼핑의 도시답게 커다란 쇼핑센터 하나에도 수백 가지 종류의 브랜드가 입점하여 입에서 단내가 날 정도로 구경할 수 있다. 물론 우리나라 백화점이나 쇼핑센터도 마찬가지겠지만 우리나라에서 흔히 볼 수 없는 외국 브랜드와 홍콩 출신 디자이너의 브랜드를 볼 수 있어서 그런지 분위기가 약간 달라 둘러보는 맛이 있다. 물론 그것도 어디까지나 쇼핑을 즐기는 사람들의 입장에서지 태석과 해진에게는 약간 피곤한 시간인 듯, 둘은 시름시름 죽어 가고 있었다.

"생활용품점을 한 번 더요?"

"쓸 만한 칼은 다 사서 이제 볼 거 없는데……."

"주변 사람들한테 선물할 것도 다 샀어요!"

"이제 살 거 없어요."

방콕의 시장이야 재래시장이라서 훌훌 둘러보는 것만으로도 충분했다지만 쇼핑센터는 직접 가게 안으로 들어가서 물건을 고르고, 피디가 "어! 그거 입어 보는 장면도 찍자!"고 하면 울며 겨자 먹기로 갈아입기까지 해야 하니 여간 고역이 아닌가 보다.

"음료수 좀 드세요."

"……고마워요."

잠깐 쉬는 시간에 음료수를 사서 태석에게 건넸다. 태석은 진이 잔뜩 빠진 듯 벤치에 앉아서 아희가 건넨 음료수를 쭉쭉 빨대로 흡입했다. 오늘 의외의 모습을 정말 많이 보네. 하기 싫은 거 억지로 하는 여덟 살짜리 꼬맹이 같다.

"그렇게 힘들어요?"

"……아희 씨 스포츠 경기 보는 거 좋아해요?"

"아뇨?"

"아희 씨한테 관심도 없는 야구 경기 열심히 보라고 하면 나처럼 지칠 거예요."

"적절한 비유네요. 근데 그래서 어떻게 어머님 선물 고르려구요?"

"아 그건……."

같이 벤치에 앉아서 얘기하고 있는데 스태프들이 모여 있던 곳에서 웅성웅성 소리가 났다. 무슨 일이지? 혹시 촬영 관련으로 안 좋은 일이 터진 건 아니겠지? 나 안 부르니까 굳이 안 가 봐도 되겠지? 아희가 가만히 앉아 있었는데 스태프들 무리가 홍해 바다가 갈라지듯 열리면서 누군가가 이쪽으로 성큼성큼 걸어왔다.

"……유세준?"

"누나. 여기서 보네요?"

여기서 볼 줄은 꿈에도 생각하지 못했던 얼굴이었다. 아희는 반사적으로 옆자리에 앉은 태석의 얼굴을 바라보았다. 그의 얼굴은 무표정할 뿐이었다.

일단 제대로 인사는 해야겠다 싶어서 일어난 아희가 세준에게 물었다.

"세준 씨가 여기는 웬일이에요?"

"그냥 혼자 여행 왔는데 어떻게 딱 만났네요. 지난번에 만났을 때 홍콩 간다고 얘기 좀 해 주지."

"아아…… 피디님이랑은 인사했어요?"

"지금 막 인사했어요."

지난번에 만났다는 얘기는 왜 굳이 하는 거지? 태석이 별로 신경 쓰지는 않겠지? 아까 보니까 장난 반이라고 쳐도 질투가 없는 편은 아니던데 사귀기도 전에 괜한 오해를 사기는 싫었다. 해진도 그렇고 세준도 그렇고, 직업적인 인맥을 이용해서 어린 남자 연예인들한테 꼬리 치고 다니는 여자로 보지는 않을까. 그런 건 딱 질색이다.

"그래요? 그럼 좋은 여행하세-."

"아희 씨, 쇼핑 다음에 바 촬영 있지? 기왕 세준이 만난 김에 씬 하나 같이 찍자구. 콘티 좀 짜 봐."

"……네."

내가 무슨 힘이 있나. 까라면 까는 거지. 아희는 보이지 않는 한숨을 내쉬었다.

"태석 씨, 그럼 이따 봐요."

"네. 고생해요."

태석의 얼굴을 살펴보았지만 딱히 화가 나거나 질투를 하는 기색은 보이지 않아서 아희는 안심하며 일어났다.

그대로 희수에게로 달려간 아희는 급하게 태블릿 피씨로 만나는 신을 짜기 시작했다. 승아도 부를까 했지만 희수는 급할 때 신입은 방해만 된다며 냉정하지만 어쩔 수 없는 말을 했다.

타다다닥- 급하게 러프한 대본을 치는데 희수가 어딘가

를 보더니 툭 뱉었다.

"아무래도 승아가 친하다는 연예인이 유세준인가 본데?"

"네?"

"승아 어디 갔나 했더니 저기서 유세준이랑 쇼핑하고 있잖아. 엄청 친해 보여."

희수의 시선을 따라가니까 가운데가 뻥 뚫린 건물 구조 덕분에 아래층 옷가게 앞에서 세준과 함께 즐겁게 이야기하는 승아가 보였다. 친한 친구를 대하듯 편한 얼굴을 한 승아. 마찬가지로 편안하지만 다정한 얼굴을 한 세준.

순간 마음이 복잡해지고 타자를 치는 손가락이 느려졌다. 둘이 무슨 사이지? 설마 희수의 추측대로 승아가 자주 얘기했던 친한 연예인이 세준이라면, 둘은 함께 여행도 간 사이라는 뜻이다. 그것도 이곳, 홍콩으로.

"아희 씨, 집중해."

"아, 네!"

어느새 가만히 있던 손을 빠르게 놀려서 대본 초고를 완성한 후에 가방에서 휴대용 프린트기를 꺼냈다. 아희의 가방이 무겁고 커다란 것도 다 이 휴대용 프린트기 탓이다. 휴대용이라고 하기엔 무겁고 크고 불편했지만 가끔씩 이렇게 유용하게 쓰이니까 놓고 다닐 수가 없는 것이다.

쇼핑센터 카페에 앉아 즉석에서 쓰는 대본이라니. 위이잉, 위이잉. 출력을 시작한 프린트기를 보며 희수가 웃었다.

"나 때는 이런 거 없어서 일일이 다 손으로 썼는데."

"네. 요샌 기술이 좋아서 참 다행이죠."

"그렇다기엔 이런 프린트기가 있는 줄도 모르는 애들도 많은걸. 아희 씨가 대단하지."

갑자기 분위기 칭찬합시다? 뜬금없는 칭찬에 당황해서 어버버거리고 있는 사이 희수는 출력된 대본 한 부를 스테이플러로 콱 박아서 피디에게 가져갔다. 자리를 정리하고 촬영 감독님용, 출연자용으로 몇 부 더 뽑은 것을 정리해서 카페를 나왔다.

"역시 우리 작가들은 손이 참 빨라. 이대로 이따가 촬영 진행하면 되겠네."

"네, 그럼 출연자분들께도 나눠 드릴게요."

"근데 막내는 어디서 뭘하고 있는 거야? 아이씨가 이렇게 뛰어다니는데."

"그게……."

"저랑 있었어요."

다시 유세준의 등장이다.

연락처만 주고 간 줄 알았던 유세준이 다시 등장하자 스태프들이 술렁였다. 세준의 뒤에는 당황한 듯한 승아가 있었다. 세준은 싱긋 웃으며 말했다.

"승아랑 제가 동창이거든요. 얘기 좀 하니까 시간 가는 줄 몰랐어요. 죄송해요."

4. 달콤한 홍콩

세준이 피디님께 사과하자 피디님이 오히려 당황하며 손사래를 친다.

"에이 죄송할 일 아니야. 동창이라고? 승아 씨 왜 말 안 했어?"

"그게…… 죄송해요."

"사과받으려고 한 말 아니야. 그냥 세준 씨랑 일하기 편하겠다 싶어서 그랬지. 이따 부를 테니까 더 놀다 와도 돼. 어차피 저녁 촬영 전까지 자유 시간이니까."

"그래요? 그럼 이따 촬영할 때 같이 올게요."

게임 셋. 끝이다.

승아가 옆에서 세준의 허리를 쿡 찌르며 그러지 말라고 하는 것 같았지만 이미 상황은 종료되었다. 둘이 얼마나 친하든 간에 심부름꾼이나 다름없는 막내 작가가, 그것도 회사에 제일 늦게 들어온 막내가 친분을 내세워서 공동 스케줄에서 빠져 버리면 같은 직장 동료로서 곱게 보일 수가 없는 것이다. 게다가 가뜩이나 남자가 많은 직장에서 가장 어린 여자애가 갑의 입장에 가까운 남자 연예인을 등에 업으면 이미지는 그야말로 최악. 남자 믿고 설치는 여자애가 되어 버리는 건 순식간이다.

"아…… 승아 씨 어쩌죠."

"어쩌긴. 자기가 눈치 없는 걸 탓해야지."

희수는 별거 아니라는 식으로 말했지만 직속 선배인 아

희로서는 신경이 쓰일 수밖에 없다. 아니, 이게 정말 직속 선배라서 신경이 쓰이는 걸까? 승아와 유세준이 친한 관계라서 신경이 쓰이는 게 아니고? 스스로 되물었다.

승아는 연예인 친구에 대해서 말할 때 정말 친한 친구에 대해 말하듯 했지만 남녀 관계란 한쪽의 생각만 갖고서 성립되는 게 아니다. 승아가 유세준을 그냥 친구로만 봤어도 유세준이 그렇지 않았다면? 그러면 나는? 유세준은 왜 나한테 연락을 했던 거지? 그리고 나는 지금 강태석을 좋아하는데 왜 이렇게 미묘한 기분이 드는 거지? 엉켜 버린 실타래처럼 생각이 복잡하게 엉킨다. 희수가 아희의 어깨를 툭 건드렸다.

"표정 관리해."

"아, 네!"

희수 선배는 어디까지 아는 걸까? 지금 내가 강태석과 썸을 타고 있다는 것도 눈치챘을까? 만약 강태석과의 사이도 알아차렸다면…… 솔직하게 털어놓고 싶다. 지금의 복잡한 마음을.

"하아…… 뭐가 이러냐."

혼잣말처럼 중얼거렸다. 연애라는 것에 해답지가 있다면 좋겠다. 정확히 말하자면 현재의 아희는 강태석과 유세준 그 누구와도 연애를 하지 않았지만, 그렇기에 더 복잡한 기분이었다. 어디부터 연애로 봐야 하고, 어디까지는 연애가 아닌 것인지.

* * *

저녁에 갈 레스토랑 겸 펍의 예약은 9시. 아직 시간은 7시밖에 되지 않았다. 대본도 다 나눠 줬고 간단한 회의도 끝냈으니 이제부터 진짜 자유 시간인데, 2시간 동안 뭘 하지? 일단 쇼핑센터에만 콕 박혀 있기는 싫어서 아희는 밖으로 나왔다.

"확실히 홍콩이 섬은 섬이구나."

만을 바다라고 보기는 어려울까? 그래도 강은 아니니 바다가 맞지. 쇼핑센터에서도 빅토리아만이 보이긴 했지만, 즐비한 상점가를 약간만 벗어나니 바로 해변 산책로가 보였다. 홍콩이 휴양지는 아닐 텐데도 바다를 보니 휴양지에 온 기분이 물씬 든다. 4면이 바다로 둘러싸인 섬에 사는 기분은 어떨까?

해변 산책로로 걸어가는 길에 뒤에서 누군가 말을 걸었다.

"다들 쇼핑하는 것 같던데 혼자 뭐 해요?"

"아, 태석 씨."

낯익은 목소리에 뒤를 돌아보니 태석이 있었다. 태석은 한 손에 음료수를, 다른 한 손에는 빵을 들고 있었다. 아희는 그 모습에 웃음이 터져 나왔다.

"배부르다면서요?"

"쇼핑하니까 금세 꺼지더라구요. 여행 와서 남는 건 먹는 것뿐이기도 하고."

자요. 하면서 태석은 내게 음료수를 내밀었다. 우윳빛 음료를 담은 플라스틱 컵에는 무슨 글씨인지 모르겠는 한자와 함께 야자수가 그려져 있었다.

"코코넛 주스래요. 유명한 거라니까 의심하지 말고 먹어 봐요."

"의심 같은 거 안 했거든요?"

"딱 의심하는 눈치던데. 이게 뭐지? 맛없어서 나한테 주나? 하는 얼굴이었어요."

놀리는 말투에 웃음을 터뜨리며 태석에게서 음료수를 받아서 눈치를 보다가 컵 뚜껑을 열어 음료수를 마셨다.

"깔끔 떨기는. 간접 키스 하는 줄 알고 설렜는데."

"콜록콜록! 뭐라구요?"

태석은 대답 없이 웃고는 앞장서서 해변 산책로로 걸어갔다. 아희는 손에 든 음료수도 있고, 원래 가려던 곳이라서 얼른 태석의 뒤를 쫓았다.

"태석 씨 이거-."

"바닷바람이 쌀쌀하네요."

태석은 들고 있던 가방에서 카디건을 꺼내서 아희의 어깨에 걸쳐 주었다. 태석의 팔이 길어서 약간 거리가 있기는 하지만 그의 두 팔 안에 아희의 몸이 갇혀 버린 모양새다. 그녀가 어쩌지 못하고 굳어 있자 태석이 빵을 조금 떼서 입에 넣어 주었다.

"계란빵이라는데 맛이 나쁘지 않죠?"

"……네."

빵을 오물오물 씹으니 고소하면서도 달콤한 계란의 풍미가 느껴졌다. 노란 빵 봉지에 성의 없이 담아 온 빵이 이렇게 맛있을 수가. 역시 미식의 도시다운 맛이다.

"나랑 홍콩 여행하면 이것보다 훨씬 맛있는 음식들을 먹을 수 있을걸요? 프랜차이즈 식당 말고."

태석은 우쭐하며 뽐냈다. 확실히 셰프라서 미식 여행을 자주 하나?

"프랜차이즈도 나쁘지 않았거든요?"

괜히 삐죽거리는 말을 던지자 태석이 갑자기 한 걸음 더 다가왔다. 그와 아희와의 거리는 약 15cm. 아희가 발꿈치라도 들면 바로 입술이 닿을 것만 같은 가까운 거리다.

태석이 몸을 숙여 아희에게 시선을 맞췄다. 눈에 심장이 있는 것도 아닐 텐데 그가 뚫어지게 바라보자 갑자기 심장이 쿵쾅쿵쾅 빠르게 뛰기 시작했다.

"어떤 체인점에서 먹을 수 있는 레시피와 그곳이 아니고서는 맛볼 수 없는 레시피는 다르죠."

커다란 손이 아희의 얼굴을 감싸 온다. 크고 거친 손바닥. 불과 칼을 만지느라 딱딱해진 손끝이 뺨과 눈가를 어루만진다. 그의 손목에서 희미하게 샤워코롱 냄새가 난다. 바다처럼 시원하면서도 깊이 있는 남자의 향기.

"앗!"

갑자기 다가온 태석의 얼굴에 눈을 감았다. 쪽- 짧게 입술에 닿았다 떨어지는, 결코 부드럽지는 않은 입술. 하지만 그 입술은 아희의 입술뿐 아니라 심장 깊은 곳에도 닿는 것처럼 뜨거운 자국을 남겨 놓았다.

"……다른 남자 보고 그런 표정 짓지 말아요."

"네?"

두근거리는 심장 소리에 태석의 말이 미처 들리지 않았다. 뭐라고 했냐고 되묻자 태석은 아무것도 아니라며 고개를 젓고는 아희의 손을 단단하게 잡아 왔다.

커다란 손에 잡혀 해변가를 걷자 이제 아희는 강태석 외에는 다른 어떤 사람도 머릿속에 들일 수 없었다.

* * *

"와, 정말 분위기 좋은데요? 따로 또 들러야겠다."

유세준은 정말로 촬영 시간에 딱 맞춰서 펍 앞에 도착했다. 승아와 함께. 막내 작가의 행보로 보면 기함할 일이지만 등에 특별 게스트를 업고 있으니 어쩔 수 있나. 그저 웃는 수밖에. 세준은 그나마 아까 건넸던 대본을 완벽하게 숙지하고 있는지, 피디님과 뭐라 이야기를 하더니 우연히 만난 장면을 따기 위해 VJ와 함께 도로 저편으로 걸어갔다.

"늦어서 죄송합니다, 늦어서 죄송합니다!"

"아니 뭐…… 늦은 건 아니지. 됐으니까 가서 일 봐."

곤란함과 죄송함이 잔뜩 묻어나는 얼굴로 승아가 피디님께 먼저 죄송하다고 사과하고 다른 스태프들에게도 고개를 숙였지만 반응은 싸했다. 사실 싸한 것까진 아니지만 이미 박혀 버린 이미지를 사과의 말 한 마디로는 바꿀 수가 없다는 게 맞는 말이다. 아희는 안쓰러운 마음에 울상으로 걸어오는 승아의 등을 토닥여 주었다.

"신입이 튀는 행동을 하면 안 좋게 보이는 건 어쩔 수 없지. 기운 내."

"……어떻게 안 될까요? 제 탓도 아닌데 미운 털 박혀서……."

제 탓도 아니라니? 그건 좀 위험한 사고방식이다. 물론 자기 탓이 아니라고 생각하는 건 본인 멘탈에는 편리한 방식이지만 그래서는 계속 상사 탓, 주변 탓, 남 탓만 하게 되어서 자기 발전이 없어진다.

"아니지. 승아 씨 탓이 없는 건 아니지. 세준 씨가 데려갈 때 승아 씨가 말렸으면 되는 거였잖아? 친구라면서요."

"아니, 걔는 맨날 자기 멋대로 굴어서……."

"친구 관계라면 승아 씨가 자기 의사를 제대로 말했어야지. 부모님이나 윗사람도 아니고 친구 사이에 끊지 못해서 생긴 일을 승아 씨 탓이 아니라고 하면 피디님이랑 다른 스태프들만 이상한 사람 되는 거잖아?"

"흑……."

승아의 큰 눈에 눈물이 그렁그렁하다. 아희는 직속 후배를 받아 본 게 승아가 처음이라서 여태껏 승아에게 쓴소리 한 번 한 적 없다. 그래서 이렇게 따끔하게 한마디를 하는 건 처음이고 승아도 혼나는 게 처음이다. 일관되게 혼내야 하나 울먹이니까 달래 줘야 하나 갈팡질팡하던 아희는 이게 뭐 별거냐는 생각이 들어서 승아에게 다가갔다.

"승아 씨, 내가-."

"거기 지금 뭐 해요?"

그때 태석, 해진 일행과 우연히 만나는 장면을 찍고 있던 세준이 두 사람 쪽으로 말을 걸며 다가왔다. 촬영을 중단시키고 장소에서 이탈한 것이다. 그러나 다가오는 세준의 얼굴이 너무 딱딱하게 굳어 있어서 아희는 순간 할 말을 잃었다.

"지금 승아 혼내는 거예요? 왜요? 왜 혼내요? 나랑 오느라 늦게 와서? 늦게 온 것도 아니잖아요? 신입은 일찍 와 있어야 돼서 그러나?"

빠르게 말을 쏟아 내는 유세준의 모습이 낯설다.

4. 달콤한 홍콩

아희가 아는 유세준이라는 남자는 기본적으로 혼자 있을 땐 한없이 조용하고 침착하지만 자신에게 다가오는 상대방에게 맞춰 자신을 바꿀 줄 아는, 카멜레온 같은 남자다. 피디와 스태프 앞에선 점잖은 갑의 모습으로 프로다운 모습을 보였지만 사적인 관계에선 달랐다. 썸녀인지 뭔지 모를 아희에게는 애매한 다정함과 함께 자신의 진심인 듯한 속마음 한 자락만을 보여 주었다. 딱 착각하기 쉽도록. 그래서 한때 그녀가 물불 안 가리고 푹 빠졌었다.

그런데 지금의 모습은 낯설었다. 아니, 승아 앞에서의 모습들이 아희에겐 낯설었다. 동창이고 오랜 친구 사이라고는 해도 같이 있을 때 정말 평범한 또래 남자애처럼 웃던 얼굴이 낯설었고, 지금처럼 평상시 자신이 철저히 관리해 온 젠틀한 배우 유세준의 가면을 벗어던지고 성난 짐승처럼 화를 내는 모습이 낯설었다.

"세준아, 그만해. 내가 잘못한 거야."

"네가 뭘 잘못했는데? 뭘 잘못했길래 울 정도로 혼나는데? 누나 설마 지금 예전에 나랑 있던 일 때문에 승아한테 화풀이하는 거예요?"

"유세준! 그만하라고!"

눈물을 글썽이던 승아는 결국 눈물을 터트리며 울었다. 사실 울고 싶은 건 난데. 내가 뭘 얼마나 잘못했다고 좋아했던 사람한테 질투에 눈이 멀어서 애를 잡았느냐는 말까지 들어야 해? 마음이 허하고 서러워서 눈물조차 나지 않았다. 나를 어떻게 보면 저런 말을 할까. 내가 직장에서 어떤 이미지가 되든지 상관없는 걸까. 저게 정말 아무런 사심 없는 친구 사이에서 할 말일까? 아희는 별의별 생각이 다 들었다. 폭풍처럼 몰아치는 생각 때문에 입 한 번 벙긋하지 못했다.

승아가 울자 방금 전까지 크게 소리를 지르며 화를 내던 세준은 태도를 돌변하여 승아를 달래기 시작했다.

"왜 울어. 내가 소리 질러서 그래? 안 그럴게. 울지 마."

스태프들과 아희는 마치 로맨스 영화의 구경꾼이 된 것처럼 둘을 구경할 뿐이었다.

누구도 나서지 못해서 이걸 어쩌지, 하던 그때. 태석이 나와서 자리를 정리했다.

"만나는 씬은 대강 찍었으니 일단 들어가서 음식 나오고 하는 씬부터 찍을까요? 예약한 시간이 있으니 계속 밖에 있을 수도 없으니까요."

"태석 씨 말이 맞지. 자자, 얼른 들어갑시다! 아희 씨는 쟤네 정신 좀 차리면 같이 들어오고!"

스태프들은 장비들을 챙겨 가게 안으로 들어갔다. 승아와 세준은 저 골목 구석으로 갔고 아희는 가게 앞에 덩그러니 서 있었다. 아무도 찾아가지 않는 버려진 개처럼.

"……혼낼 만했다고 생각해요, 난."

"태석 씨, 아직 안 들어갔어요? 얼른 들어가야죠."

그때 아직 가게에 들어가지 않고 남아 있던 태석이 아희에게 다가와서 손을 잡아 주었다. 그의 크고 따뜻한 손이 자신의 손을 잡자 아희는 이제야 내 손이 이렇게 차갑게 식어 있었구나, 새삼 깨달았다.

"메인 작가님이 그러시더라고요. 이럴 때 위로도 안 해 주는 남자라면 아무짝에도 쓸모없는 남자라고."

희수 선배가 그런 말을 했단 말이지? 참 고맙고 따뜻하다. 지친 마음에 위로가 된다. 아희가 살며시 웃자 태석이 그녀의 입가를 쓰다듬었다.

"주방은…… 되게 위험해요. 200도가 넘는 불을 쓰고 시퍼런 칼들을 휘두르는 곳이라서 한 순간만 방심해도 크게 다쳐요. 그래서 전 별것도 아닌 걸로도 막 화를 내요."

"……."

태석이 평소보다 느리게 말을 했다. 느낄 수 있었다. 그가 지금 자신을 위로해 주기 위해 신중히 말을 고르고 있다는 걸. 조금 전에 아희가 잘못한 게 아니라고, 부당하게 혼을 낸 게 아니라고, 나는 안다고. 위로를 해 주는 것이다.

"난 화내고서 그냥 잊어버리는 편이에요. 잘 미안해하지도 않아요. 그때 화를 내야 돼서 화를 냈는데 왜 미안해야 하지?라고 생각해요."

맞다. 혼낼 상황이라 혼낸 거다. 하지만 아희의 마음 한

구석에는 약간의 의구심이 들었다. 내가 정말 정당하게 화를 낸 걸까? 화를 50만 내도 되는 상황이었는데 세준과의 일 때문에, 질투심 때문에 공연히 80까지 화를 낸 것이 아닐까?

"하지만 아희 씨는 내가 아니니까. 마음이 불편하면 막내 작가님이랑 잘 푸는 게 맞는 것 같아요. 사람마다 자기가 편한 방법이 있는 거지."

"……네."

아까는 너무 억울하고 어이가 없어서 오히려 눈물이 말라 버렸었는데 지금 태석의 위로를 들으니 말랐던 눈물이 터져 나올 것만 같았다. 그건 아마 태석이 자신을 인정해 줬기 때문일 것이다. 태석은 아희가 승아를 혼낸 이유를 인정해 주었을 뿐만 아니라, 혼을 내고 혼란스러워하는 그녀마저도 인정해 주었다. 그녀보다 나이가 많고 경험이 많은 것을 핑계로 그녀의 방식을 지적하는 것이 아니라, 있는 그대로의 하아희를 받아 주었다. 그리고 세준이 말했던 '예전에 세준과 아희 사이에 있었던 일'에 대해서도 함구해 주었다.

배려와 인정. 태석이 아희에게 준 것은 애정만이 아니었다. 남녀 간의 이성적인 감정뿐만이 아니라 그녀라는 사람을 사람답게 대하는 그의 태도가 무척이나 고맙고 따뜻하게 다가왔다.

"고마워요. 나 이제 괜찮아요."

"정말요? 나 들어가라고 하는 소리 아니고요?"

"네! 진짜 태석 씨 덕분에 괜찮아졌어요!"

진심이다. 진심으로 태석 덕분에 아희는 괜찮아졌다. 가까스로 아물었던 흉터에 똑같은 상처가 나서 아프고, 자부심을 느끼던 일적인 면에서 자존심 상하는 말을 들었지만 태석의 말에 전부 다 괜찮아졌다. 이렇게 날 알아주는 사람 한 명만 있으면 된다. 추운 날 따뜻한 국밥을 먹은 것처럼 배 속부터 따뜻하고 든든해지는 기분이었으니까.

"그리고 태석 씨는 들어가 봐야죠. 이러다 작가들 때문에 촬영 못 한다는 소리 들을라."

"……알겠어요. 들어갈게요."

태석은 걱정이 된다는 얼굴로 아희의 뺨을 쓰다듬다가 아쉽게 손을 놓았다. 그의 손에 잡혀 있던 동안 따뜻하게 데워졌던 손에 시원한 밤바람이 감겨 들었다. 우리 손이 이렇게 뜨거웠구나.

자꾸만 뒤를 돌아서 아희가 혹시라도 우는지 확인하며 가게로 들어가는 태석에게 손을 흔들어 주었다. 이럴 때 내 편이 있다는 것이 얼마나 든든한지. 희수에게도 감사했다. 희수 역시 아희의 방식을 묵묵히 지지해 준 것이나 마찬가지니까.

"근데 얘네는 무슨 얘길 하길래 이렇게 안 와? 촬영을 하겠다고 하지 말든가."

 아희가 혼잣말을 중얼거리며 세준과 승아를 찾아서 근처 길목을 돌아다니는데 어떤 골목에서 희미하게 말소리가 들렸다. 알아들을 수 있는 말이니까 한국말이겠지. 그 골목으로 가까이 가자 목소리가 점점 더 크게 들렸다. 승아와 세준의 목소리가 맞다.

"내가 잘못한 게 맞는데 왜 네가 나서!"

"네가 뭘 잘못했어? 자유 시간에 친구랑 좀 놀 수도 있는 거지."

"네가 정말 내 친구라면 그러면 안 되는 거 아니야? 내가 곤란해하면 그러지 말아야 하는 거 아니냐고!"

"……."

 세준의 한숨 소리가 들렸다. 아희는 더 다가가도 될지 아니면 여기서 물러나야 할지 갈팡질팡하며 서 있었다. 촬영을 위해서는 둘의 대화를 끊고 세준을 데리고 가는 게 맞지만 둘 사이에 지금 내가 끼어들어도 될까? 고민하며 천천히 골목 쪽으로 걸어갔다.

"그리고 아희 선배랑 옛날에 있었다는 일은 뭔데? 너 아희 선배한테 무슨 짓 했어?"

"……그래. 무슨 짓 했다."

"무슨 짓 했어? 내가 아희 선배랑 얼마나 친한데……!"

"친해? 나 때문에 널 그따위로 대한 여자가 뭐가 그렇게 중요하다고 나한테 화를 내? 너한텐 내가 그거밖에 안 돼?"

"미안하지만 그 생각은 버려 줬으면 좋겠는데."

끼어들지 않으려고 했는데 세준이 하는 말에 울컥해서 어쩔 수가 없었다. 갑자기 들린 아희의 목소리에 승아와 세준은 깜짝 놀라 그녀를 바라보았다. 승아는 얼굴에 눈물 자국이 가득했고 세준 역시 어쩔 수 없는 화가 얼굴에 덕지덕지 묻어 있었다. 아희는 천천히 또박또박 말했다. 감정적인 여자로 보이지 않도록.

"나 세준 씨 때문에 승아 씨한테 화낸 거 아니에요. 승아 씨는 분명히 직장 내에서 부적절한 행동을 보였고 난 선배로서 그걸 교정해 줘야 할 의무가 있어요. 그리고 내가 혼을 낸 게 과했다면 그건 나와 승아 씨가 풀어야 할 문제지 세준 씨가 참견할 문제가 아니에요."

"그치만 나 때문에……!"

"세준 씨가 어느 정도 이유가 됐다고 하더라도 승아 씨가 감당해야 될 문제예요. 세준 씨가 승아 씨 대신 회사를 다녀 줄 건가요? 이미 세준 씨가 두 번째로 돌발 행동을 하는 바람에 승아 씨 입지만 더 안 좋아졌어요. 그 책임은 어떻게 질 건데요? 또 지금처럼 피디님이나 사장님께 화를 낼 건가요? 그러면 해결이 되나요?"

그렇다. 결국 승아를 위해서 나선 세준의 행동은 결론적으로 승아를 더욱 안 좋은 상황에 놓이게 했다. 촬영은 스톱되었고 일단 먼저 찍을 수 있는 장면부터 잘라서 찍게 되었으니까.

가뜩이나 한 번 개인행동을 하느라 찍힌 승아인데 이렇게 크게 찍힐 일이 생기다니. 남자 잘 만나서 좋겠다는 비아냥거림을 들을 수도 있는 사건인 것이다.

타당한 말에 세준이 대답하지 못하고 머뭇거리자 아희는 승아를 불렀다.

"승아 씨, 이미 촬영이 많이 지연됐어. 지금이라도 가야 해요."

"네! 바로 갈 수 있어요!"

"너 그 얼굴을 하고 무슨 일을 한다고……."

"내 일에 상관하지 마. 너는 네 말이나 지켜. 특별 게스트로 출연한다고 했잖아. 얼른 가자, 이런 쓸모없는 말싸움을 할 때가 아니야."

승아는 소매로 젖은 눈가를 벅벅 닦고는 얼른 아희의 옆에 서서 함께 펍으로 걷기 시작했다. 세준은 뒤에 남겨진 채로 얼이 빠진 얼굴을 했지만 아희와 승아가 빠른 걸음으로 걷기 시작하자 얌전히 뒤를 쫓아왔다.

"늦어서 죄송합니다! 촬영에 폐가 돼서 죄송합니다!"

승아는 무릎에 이마가 닿을 기세로 스태프들에게 사과를 했다. 사과를 한다고 나아질 상황은 아니지만 사과를 하지 않는 것보다는 낫겠지.

"죄송합니다!"

아희도 같이 옆에서 머리 숙여 사과하고 세준까지 사과를 한 뒤에야 해진, 태석, 세준, 세 명이 같이 나오는 촬영이 시작되었다. 카메라가 돌아가기 시작하자 셋을 제외한 사람들은 입을 다물었고 그제야 아희는 태석의 얼굴을 마음껏 구경했다. 그녀를 위로해 준 사랑스러운 얼굴을.

* * *

"세준 씨, 좀 더 맛있게 먹어 주세요."
"다시 갈게요."
"평소 웃는 표정으로 먹어 봐요."
"세준 씨!"

일만큼은 프로페셔널하게 하는 유세준의 모습은 어디로 갔는지 세준은 영 촬영에 집중을 하지 못했다. 결국 피디님은 세준을 따로 불렀다.

"어휴! 우리가 세준 씨한테 같이 찍자고 한 거지만 계속 이런 식이면 우리도 곤란해. 이 뒤에 일정이 따로 없어서 다행이지, 아니었으면 그냥 세준 씨 뺐을 거야."

"죄송합니다. 집중할게요."

"내가 세준 씨 믿는 거 알지? 눈 딱! 감고 집중해서 한 큐에 갑시다? 응?"

피디님은 베테랑답게 세준을 어르고 달래서 다시 한 번 만 더 촬영을 하자고 했다. 세준은 긴장한 듯 숨을 깊게 몇 번 내쉬더니 표정부터 달라졌다. 스위치 온. 일 모드로 들어간 배우 유세준의 모습이다.

"진작 저렇게 할 것이지."

꿍얼거리는 승아의 옆에 서서 슬쩍 말을 던졌다.

"이거 촬영 끝나고 세준 씨 좀 잠깐만 빌려줘. 할 말이 있어서 그래요."

"네? 네!"

승아랑도 대화가 필요하긴 하지만 일단 세준과의 정리가 먼저다. 세준의 오해를 먼저 풀어야 승아와의 이야기도 깔끔하게 떨어질 것이고, 그편이 태석과의 관계에도 좋다. 세준이 했던 말 때문에 태석이 오해를 하고 있지는 않을까 걱정이 되기도 한다. 하지만 그러니까, 세준과의 정리가 시급한 것이다.

"그, 근데 저한테 허락 안 맡으셔도 돼요."

촬영에 방해되지 않도록 승아가 작게 속삭였다. 흐음. 허락 맡지 않아도 된다고 하기엔 세준은 촬영이 끝나자마자 아까처럼 승아를 데리고 어디론가 갈 것 같았기에 별로 신빙성이 없었다.

"세준 씨 생각은 다를 거 같은데? 뭐 허락 안 맡아도 된다니 다행이긴 하지만."

잔뜩 곤란한 얼굴을 한 승아를 보며 아희는 그녀 나름대로의 가설을 세워 보았다.

1. 유세준은 승아를 예전부터 좋아해 왔다.

2. 1번의 사실을 알든 모르든 승아는 세준을 친구로만 생각한다.

3. 그래서 세준은 도피하는 느낌으로 나와 썸을 탔고 결국 아닌 것 같아서 잠수를 탔다.

이 후로 얼마 전 힘들다고 아희에게 연락했던 일과 이번 홍콩에서 만난 일을 넣으면 꽤나 그럴듯한 가설인 것 같다. 가설이라고 하기에 승아와 세준이 나눈 대화를 생각하면 확률이 더더욱 높아진다.

"컷! 모두 수고하셨습니다-!"

촬영이 끝이 나자 세준은 마치 지구가 태양 주위를 돈다는 당연한 사실을 이행하는 것처럼 승아에게로 걸어왔다. 아희는 승아보다 먼저 세준에게 가서 말했다.

"우리 얘기 좀 하죠. 승아 씨한테는 말해 놨으니까 걱정 말고요."

"……."

세준은 승아 쪽을 보다가 고개를 끄덕거렸다. 얘기를 하자고는 했으나 촬영이 정리되지도 않았는데 총알같이 튀어나갈 수는 없고 다 해산하고 난 뒤에 만날 수 있을 것이다.

"로밍했죠? 끝나고 연락할게요."

"알겠어요. 적당한 데서 기다리고 있을게요."

승아 앞에서의 낯선 유세준이 아니라 아희가 알던 유세준으로 돌아온 그는 피디님과 스태프들에게 가서 다시 한 번 사과한 뒤 자리를 떴다.

"저 사람이랑 원래 알았어요?"

움찔하며 뒤를 돌아봤더니 해진이다. 태석인 줄 알았네. 아희는 끄덕거리며 대답했다.

"네. 예전에 우리랑 같이 프로그램 하나 찍은 적 있어요."

"누나 연하 취향인 줄 알았으면 내가 좀 더 강하게 대시해 보는 건데."

"네?"

생각지도 못했던 내용이라서 깜짝 놀라 해진을 올려다보자 해진이 장난기 가득한 얼굴로 그녀를 바라보고 있었다. 하지만 그 말을 장난이라고 생각하기엔 그의 눈이 너무 진지하고 무겁게 가라앉아 있어서, 아희는 심장이 바닥으로 뚝 떨어지는 기분을 맛봐야 했다.

"지금은 이미 어느 정도 상황이 정리된 상태니까…… 늦었지만 말이에요."

손가락으로 가볍게 아희의 뺨을 쓸던 해진은 그녀의 등 뒤에서 다가오는 태석을 발견하고 그에게로 뛰어갔다.

"형, 여기 맛있던데 우리 테이크아웃해서 호텔에서 먹으면 안 되려나?"

"안 될 게 뭐가 있어. 근데 너 감량 중이라며?"

"아 몰라! 이미 늦은 것 같아."

해진은 태석에게 애교를 부리며 함께 호텔로 향했다. 해진의 행동을 보지 못했는지, 태석은 아희를 보며 연락하라는 듯이 손으로 전화기 모양을 만들었고 해진은 그런 태석을 무표정한 얼굴로 바라보았다.

아희는 심장이 철렁했다. 해진의 말은 무슨 뜻일까? 그가 나를 좋아한다는 말일까? 아니지, 아니겠지. 해진이 나를 좋아할 만한 이유를 모르겠다. 그저 호감 정도였지 않을까? 하지만 분명한 것은, 그가 말한 것이 절반 정도의 진심을 담고 있다는 것이다.

'지금은 이미 어느 정도 상황이 정리된 상태니까…… 늦었지만 말이에요.'

그의 말이 맞다. 만약 해진이 그녀를 좋아하고 있더라도 그는 이미 늦었다. 아희는 어느새 태석을 위해 세준과의 관계를 깔끔하게 마무리 짓고 싶어 할 정도로 태석을 좋아하고 있으니까.

"뭐 도와 드릴 거 있어요?"

촬영 팀을 도와서 장비 정리를 얼른 마치고 숙소로 돌아왔다. 바로 세준과 만나러 가기에는 너무 피곤해서 뜨거운 물에 샤워를 하고 나왔다.

간단하게 피부 화장에 아이라인, 립 정도만 바르고 편안한 맥시 드레스를 입었다. 이 정도면 신경을 너무 쓴 것도 아니고 아예 안 쓴 것도 아닌 정도니 괜찮겠지.

핸드폰을 들어 세준에게 메시지를 넣었다. 확실히 이제 유세준은 옛 남자라는 건가. 생각보다 떨리지 않았다. 세준과 만나서 옛날 얘기, 즉 내가 약간은 비참했던 이야기를 해야 할 텐데도 슬프거나 아쉽지 않았다.

[어디서 볼까요?]
[나 지금 호텔 앞 카페예요. 이리로 와요.]

작은 손가방과 카디건을 챙기고 호텔을 나섰다. 사계절 없이 온난한 기후의 홍콩이라지만 그래도 밤바람은 어쩔 수 없게도 싸늘했다.

* * *

"그래서 할 말이라는 게 뭐예요?"
"……."

눈에서 콩깍지가 벗겨졌지만 여전히 세준은 근사하다. 요새 대한민국에서 제일 잘나가는 20대 배우답다. 쇄골이 약간 보이는 스트라이프 라운드 넥 티셔츠에 짙은 회색 카디건을 걸친 그는 마치 화보를 찍는 것처럼 자연스러우면서도 정돈된 스타일이다. 그래. 내가 이런 남자랑 썸을 탔다는 게 믿기지 않을 정도지. 아희는 주억거리며 커피를 내려놓았다.

"솔직히 내 착각일 뿐이었다면 이렇게 얘기할 필요도 없을 거예요. 근데 아까 승아 씨한테 하는 얘기 들으니까 착각이 아니더라고요."

"……착각이라뇨?"

시치미 떼는 것 좀 봐. 아까 네가 그랬잖아. '누나 설마 지금 예전에 나랑 있던 일 때문에 승아한테 화풀이하는 거예요?'라고.

그 말이 여자로서, 상사로서 얼마나 자존심이 상하는 말인지 알고 그런 걸까. 세준은 똑똑하고 영리한 남자니까 홧김에 아희의 가장 약한 부분을 공격한 것일 수도 있다. 하지만 그 뜻은 세준도 알고 있다는 뜻이다. 본인이 그녀한테 한 짓이 화풀이를 할 만한 짓이었다는 걸. 그렇다면 세준과 아희와 있었던 일은 단순한 그녀의 착각이 아니라 진짜였다는 뜻이다. 진짜로 두 사람 사이에 보통 사람들과의 관계 이상의 무언가가 있었다는 뜻.

"세준 씨가 직접 말했잖아요. 우리가, 보통 사이는 아니었다고. 물론 출발선까지 가진 못했지만 뭔가 있긴 있었죠."

"……저 아희 누나."

세준이 곤란한 얼굴을 한다. 마치 자기한테 미련 떨면서 바짓가랑이 붙잡는 여자를 보는 듯한 난처한 얼굴이다. 아니거든? 나도 너랑 다시 뭐 해 보고 싶은 마음 없거든? 아희는 딱 잘라 말을 했다.

"이제 와서 다시 시작하자고 그러는 거 아니에요. 원망하려고 그러는 것도 아니고. 그냥 확실히 하고 싶은 거예요. 애매한 건 딱 질색이니까."

아희의 말에 세준이 눈에 보이게 안심을 한다. 이건 이거대로 기분 나쁘지만 그래도 뭐 어쩔 수 있나. 세준과 아희는 감정적으로 갑과 을의 관계였다. 세준이 갑, 아희가 을. 그녀가 세준을 더 좋아했으니 어쩔 수 없었다.

지금 생각하면 세준은 자신을 이성적으로는 조금도 좋아하지 않았을 수도 있겠다. 그때도 승아를 좋아했다는 아희의 가정이 맞다면 말이다.

하지만 이제는 아희가 세준을 좋아하지 않게 되었으므로 세준과 그녀는 갑과 을의 관계가 아닌 동등한 관계가 되었다. 그것을 세준에게 알려 주어야 한다.

"옛날 문제 때문에 아까 세준 씨한테 그런 말 들어서 자존심 상한 것도 있고, 승아 씨가 오해하는 것도 싫어서요. 세준 씨도 승아 씨가 그런 오해하는 거 싫잖아요. 승아 씨 성격에 자기 상사랑 뭐 있었던 친구는 애인으로서 좀 껄끄러울 것 같은데?"

"……눈치챘어요?"

"나만 눈치챘겠어요? 스태프들도 다 눈치챘지."

"하……."

아희의 예상이 맞았다. 세준은 승아를 좋아한다. 아희에게 그 사실을 들킨 세준은 테이블에 철퍼덕 엎어져서 한숨을 푹푹 내쉬었다.

"미안해요. 그때는……. 누나를 가지고 장난치고 그런 건 전혀 아니었어요. 오히려 호감이고 마음이 가니까, 내가 누나를 좋아할 수 있을 줄 알았어요."

"……승아 씨를 언제부터 좋아했어요?"

그래도 확실히 사과를 받으니까 마음이 풀린다. 고마운 마음이 든다. 어떻게 보면 잔인한 말이기도 하다. 나를 좋아할 수 있을 줄 알았다는 말. 결국은 그럼에도 불구하고 좋아할 수 없었다는 말이니까.

하지만 세준을 좋아하며 괴롭고 외로웠던 시간에 그가 정말 아무렇지 않았던 것은 아니라는 말에 안심이 된다. 나 혼자 괴로워하고 슬퍼한 게 아니었구나. 너도 너 나름대로의 아픔이 있었구나.

세준은 손바닥으로 얼굴을 쓸어내리며 말했다. 오랜 외사랑에 지친 얼굴이었다.

"오래됐어요. 중학교 때부터예요. 걘 전혀 모르지만."

"이제는 아주 모르는 것 같지는 않던데요."

"모르겠어요. 아는데도 모르는 척하는 건지. 아니면 어렴풋하게 눈치만 챈 건지."

"힘들겠네요."

"……네. 그만하고 싶어도 맘대로 안 되네요."

지이잉- 그때 폰이 울렸다. 누구지? 화면을 확인하니 태석이다. 아희는 세준에게 양해를 구하고 전화를 받았다.

-아직도 같이 있어요?

"네?"

-나 질투 나려고 해요. 얼른 개랑 헤어지고 나랑 만나줘요.

어딨지? 혹시 내가 이 카페에 들어오는 걸 봤나? 주변을 두리번거려도 태석은 보이지 않는다. 마음이 급해진다. 의심을 샀다는 불안감이 아니라, 그저 그가 나와 함께 있고 싶어서 계속 날 기다렸다는 것이 미안하고 좋아서. 아희는 급하게 가방을 챙기며 일어났다.

"미안해요, 나 먼저 가 볼게요. 고민거리는 다음에 얘기해요!"

얼른 태석 씨를 보고 싶다! 후다닥 문으로 달려가 조급한 손길로 무거운 유리문을 미는데 갑자기 무게가 가벼워졌다.

고개를 들자 태석이 보였다. 태석이 문을 당겨 열어 주고 있던 것이다. 마치 자신에게로 오라는 듯이. 아희는 환하게 웃으며 태석의 품으로 뛰어들었다.

"얘기는 잘했어요?"

"······네."

태석은 지금 어떤 생각을 하고 있을까. 세준에 대해. 그리고 과거에 분명 세준과 뭔가 있었던 것이 분명한, 그리고 방금까지도 세준과 카페에서 단둘이 대화를 한 나에 대해. 태석의 생각을 짐작할 수는 없지만, 단 하나 분명한 것은.

그가 나를 믿고 있다는 것. 믿음이 없는 사람이 이렇게 부드러운 미소를 지을 수는 없기 때문이다. 그는 파티시에가 손으로 수천 번을 휘핑한 크림처럼 녹아들 듯 부드러운 미소를 짓고 있었다.

"방금 카페에서 나왔으니까 또 카페 가기는 그렇고. 잠깐 걸을까요?"

"네. 좋아요."

아희와 태석은 해변 산책로로 나갔다. 분명 낮에도 왔던 곳이었는데 밤이 되니 느낌이 사뭇 달랐다.

도시로부터 뿜어져 나온 밝게 빛나는 빛들이 어두운 모래들을 비추고 있다. 새카만 바다. 그리고 동그랗고 풍만하게 밤하늘을 밝히고 있는 달. 카페에서 흘러나오는 조용한 재즈 음악과 쏴아쏴아 파도들이 부딪치는 소리가 한데 섞여 들어간다.

"사실 만나면 할 말이 많지 않을까 생각했는데,"

태석이 말문을 열었다. 할 말이 많지 않을까 싶었다는 말
은 아희도 동감이다. 아마 세준에 대한 이야기겠지. 그의
말에 동조한다는 뜻으로 고개를 끄덕이며 올려다보자 태석
이 시선을 맞춰 왔다. 할 말 같은 건 이미 서로가 알고 있
다는 듯이.
 "얼굴을 보니까 그런 건 없다는 걸 알았어요. 우리 사이
에 문제는 아무것도 없으니까."
 태석과의 거리는 애매했다. 너무 가깝지도 않고 멀지도
않은 거리. 두 사람의 손등이 걸을 때마다 아쉽게 스쳤다.
아희는 과감히 먼저 태석의 손을 잡았다. 그녀가 손을 잡자
놀랐다는 듯이 태석의 몸이 움찔한다. 아희는 약간 눈을 크
게 뜬 태석을 보며 미소 지었다.
 "맞아요. 안 시간이 길지는 않지만…… 우리는 서로를 알
잖아요."
 두 사람은 멈춰 서서 서로를 보았다. 태석의 눈과 아희의
눈은 진실하게 빛나고 있다. 속이는 것 없이. 모든 가식을
내려놓은 채로 이 홍콩의 밤 속에 있었다. 아니, 서로의 마
음속에 있었다.
 서로 안 지 오래되지 않았다. 같이 있던 시간이 턱없이
짧다. 하지만 두 사람은 안다. 우리가 지금 아무런 벽 없이
교감하고, 상대의 마음을 느끼고 있다는 것을. 하아희와 강
태석 사이에는 누구도 없다는 것을.

"서로를 안다. 좋은 말이에요. 하지만······."

하지만? 사족을 붙이는 태석의 말에 놀라 그를 보자 그의 얼굴이 점점 가까이 다가왔다. 그의 뒤로 보이던 노란 달이 가려지고 아희의 얼굴 위로 그림자가 졌다.

"나는 당신을 더 고 싶어요. 남들보다 많이, 남들보다 더 깊게."

그의 뜨거운 숨이 아희의 입술에 닿았다. 아희는 그녀의 허리를 감싸 오는 단단한 팔을 느끼며 고개를 들어 태석의 목을 끌어안고 눈을 감았다.

"이제 그렇게 될 거예요."

작은 대답은 그의 키스 속으로 녹아들어 갔다.

* * *

"내일 봐요."

"이미 12시 지나서 내일인데."

"그럼 이따 봐요. 이렇게 늦게 보내서 내일 피곤하면 어떡하지?"

커다랗고 거친 손이 세상에서 가장 소중한 것을 만진다는 듯이 부드럽게 아희의 뺨을 쓰다듬는다. 아희는 가만히 태석의 손에 뺨을 기대며 웃었다.

"오늘 촬영이 너무 늦게 끝나서 그렇죠. 괜찮아요."

"씻고 바로 자요."

"태석 씨도요."

아희와 태석은 눈을 맞추며 웃었다.

두 시간도 못 되는 짧은 데이트였다. 촬영이 끝났을 때가 이미 12시에 가까운 시간이었기 때문에 세준과 이야기를 하고 태석을 만났을 때는 1시가 조금 넘은 시간이었다. 하지만 그 두 시간은 두 사람을 이어 주고 교감시켜 주었다.

닿는 곳부터 녹아내리는 것 같던 달콤한 키스를 나눈 두 사람은 내내 손을 잡고 걸었다.

홍콩의 바다 내음과 함께 태석의 샤워코롱 냄새가 섞여서 아희는 그대로 그의 품 안에 뛰어들고 싶은 것을 간신히 참아야 했다. 약간 어둑한 골목이 보이면 얼른 들어가서 입을 맞추고 다시 걷고, 골목으로 들어가 입을 맞추고 다시 걷고를 반복했다. 스무 살 어린애들처럼 눈이 마주치면 계속 서로에게 닿고 싶어서 안달을 냈다.

"들어가요."

"가는 거 보고 들어갈게요."

같은 숙소에 머무는 터라, 두 사람은 계단실 앞에서 서로 먼저 들어가라고 실랑이를 벌였다. 결국은 아희가 이겼다. 태석은 은근히 자신이 져 주는 편일지도 모르겠다는 생각을 했다.

"갈게요."

"네."

둘 다 표현이 풍부하지는 않아서 오가는 대화는 간단명료하기 그지없었으나 서로를 향한 눈빛, 서로에게로 열려 있는 몸의 방향을 보면 누구나 알 수 있을 것이다. 서로가 서로를 사랑하고 있노라고.

타악-. 계단실 문이 닫히고 아희는 한동안 태석의 모습을 가만히 머릿속에 새기다가 방으로 향했다. 태석의 말대로 바로 자야겠다. 내일 오전부터 돌아다녀야 하는데 벌써 3시가 넘었다. 승아와 함께 쓰는 방이라 혹시라도 깰까 봐 복도에서부터 조심조심 발꿈치를 들고 걸었다.

"엄마야!"

숙소 방문을 열자 시커먼 게 문 앞에 서 있어서 아희는 그대로 바닥에 주저앉았다.

"선배, 저예요. 놀라셨어요?"

"아 승아 씨! 나 기절할 뻔했잖아. 왜 불을 안 켜고 있어?"

방을 들어와 불을 켜자 아희는 깜짝 놀라 말문을 잃었다. 승아는 얼마나 울었는지 전혀 다른 사람으로 보일 만큼이나 눈두덩이가 퉁퉁 부어올라 있었다. 얼굴은 온통 얼룩덜룩 빨갛고. 세준과 이야기를 했나? 아니 이야기를 뭘 어떻게 하면 이렇게 애가 울어?

"승아 씨, 잠깐만!"

숙소에 짐을 풀 때 습관적으로 냉장고에 쿨팩을 넣어 놓는 습관이 있다. 희수가 워낙 다리가 잘 붓는 체질이라 자신이 갖고 다니는 일회용 쿨팩을 다 쓰면 와서 찾기 때문에 갖고 다니는 것인데 이게 승아에게 쓰일 줄이야.

차갑게 식은 쿨팩을 꺼낸 뒤 깨끗한 손수건을 덧대어서 승아의 눈에 대 주었다. 가뜩이나 스태프들 사이에서 승아에 대해 말이 많을 텐데 운 게 확실한 얼굴로 나가면 더하겠지.

승아가 보지 못하게 작게 한숨을 쉬고 침대에 걸터앉았다. 아마도 오늘 밤 자는 건 물 건너간 듯하다.

"무슨 일이야? 유세준 씨랑 무슨 일 있었어요?"

"흑, 선배……."

울음기가 가셔서 흰 얼굴로 돌아오고 있던 승아의 얼굴이 다시 붉어지기 시작한다. 아희는 얼른 티슈를 뽑아서 건네다가, 그냥 통째로 승아의 품에 안겼다.

"가능하면 울지 말고 말해 봐요. 이러다 내일 진짜 엄청 붓겠다."

"고, 흑! 맙습니다. 흑……."

자신도 울고 싶지 않았는지 승아는 티슈로 눈물을 몇 번 찍어 누르고는, 깊게 숨을 들이마시고 내쉬며 스스로를 진정시켰다. 그 모습이 퍽 기특해 보여서 아희는 냉장고에 있던 맥주를 꺼내 주기로 했다. 이거 먹으면 한 캔에 몇 달러더라. 지금 마시면 내일 숙취는 또 어떻게 감당하고. 에라,

4. 달콤한 홍콩 237

후배한테 맥주 한잔 못 사는 게 선배야?

치익-! 딱!

캔을 따자 시원한 소리가 조용한 방을 울린다. 승아에게 먼저 한 캔을 내밀고 자신의 것도 땄다. 그리고 이야기를 시작할 준비가 될 때까지 기다렸다.

"……."

한 5분 정도 흘렀을까. 승아는 울먹임을 완전히 멈추고 이야기를 시작했다.

"세준이랑은 초등학교 때부터 친구예요. 볼 꼴 못 볼 꼴 다 보면서 자란 친구라서 저는 세준이를 한 번도 남자라고 생각해 본 적이 없었어요."

흔하지는 않지만 아주 없지도 않은 이야기다. 아희는 계속하라는 듯 고개를 끄덕이며 맥주를 홀짝홀짝 마셨다.

"중학교 때 제 친구들이 다 세준이는 널 좋아한다고 할 때도 안 믿었어요. 걔는 저한테 다정하게 대한다던지 한 적은 없거든요. 오히려 남들한테는 상냥하고 다정하게 굴어도 저한테는 맨날 막 대했어요. 툭툭 치고, 놀리고. 고등학교는 같이 다니다가 나중에 예고로 전학을 가더라구요. 연예인 한다고."

승아는 이야기를 하랴, 손으로 쿨팩을 얼굴에 대랴 약간 산만하게 움직이며 말을 이었다.

"그런데 언제부터인가…… 딱히 무엇 때문이라고 꼭 짚

어 말할 수는 없는데 세준이가 절 좋아한다고 느꼈어요. 근데 그렇게 되니까 세준이가 너무 싫은 거예요. 중학교 때 친구들이 했던 말이 진짜였어? 싶고, 나는 걔를 정말 소중한 친구로 여겼는데 걔는 나를 그냥 여자로만 본 건가 싶고. 그래서 한동안 연락 다 씹었어요."

눈치챘었다니 놀랍다. 보통 소꿉친구 사이의 짝사랑은 다른 쪽은 눈치 못 채는 패턴이 대부분인데. 그것도 어떤 계기 없이 깨달은 것이라면 대체 얼마만큼의 커다란 짝사랑이기에 가능한 것일까. 그랬는데도 오히려 상대방은 그 사랑에 배신감을 느끼고 연락을 끊었다니. 승아의 배신감도 이해가 가긴 하지만 아희는 세준의 길고 외로운 짝사랑 쪽에 동정이 가는 쪽이었다.

"한동안이면……."

"작년 즈음이에요. 결국은 제가 연락을 다시 받게 되었지만……."

작년이라. 어떤 면으로든 두 사람 사이에 있었던 일이 아희 자신과 세준과의 관계에도 영향력을 끼쳤을 거란 생각이, 아니 예상이 든다.

"우리는 암묵적으로 제가 연락을 받지 않았을 때 얘기를 안 꺼냈어요. 그냥 아무 일도 없던 것처럼 지냈죠. 그래서 저는 우리는 그냥 친구구나 안심을 하면서도 한편으로는 걔가 너무 싫기도 하고 미안하기도 하고 복잡한 마음이었어요. 왜 유세준은 나를 좋아해서 내 우정을 배신했을까. 그리고 왜 내가 걔 마음을 받아 주지 못하는 것에 대해서 미안함을 느껴야 하는 건가. 걔는 날 좋아한다는 말 한 마디 꺼내지 않고도 우리 사이를 망쳐 버렸는데 왜 내가 미안함을 느껴야 하지? 엉망진창이었어요."

승아의 말을 가만히 들으며 쇼핑센터에서 세준과 함께 있던 승아를 떠올려 보았다. 즐거워 보였다. 정말 친한 친구, 아니 친구 이상의 관계처럼 보였다. 오히려 세준보다 승아가 더 즐거워하는 것처럼 보였는데. 승아의 마음은 어떤 것일까.

하지만 지금 승아는 누구나 남자 친구로 갖고 싶어 하는 유세준을 정말 '이성'으로 보지는 않고 있는 것처럼 보인다. 최소한 그녀의 말에 거짓은 없다.

"그러다가 홍콩에서 만나고…… 제 직장에서 그렇게 억지를 쓰고 패악을 떠는 걸 보니까 얘는 날 대체 뭘로 보는 건가 하는 마음이 드는 거예요."

승아는 다시 눈물이 나는지 휴지로 눈 밑을 쿡쿡 찍으며 힘을 주면서 말했다.

"그래서 저 이제 유세준, 걔 다시는 안 보려구요. 아까 걔랑 그 말 하고 왔어요."

아아. 내가 가장 행복한 시간을 보내고 있을 때 그는 가장 불행한 시간을 보내고 있었겠구나. 아아. 내가 가장 행복한 시간을 보내고 있을 때 그는 가장 불행한 시간을 보내고 있었겠구나. 유세준의 불행에 아희는 안타까운 마음만 들었다. 유세준의 불행에 아희는 안타까운 마음만 들었다.

* * *

"좋은 아침입니다! 어제는 죄송했습니다. 열심히 하겠습니다!"

날이 새도록 승아는 쿨팩과 냉동실에 두었던 젖은 손수건을 번갈아 얼굴에 대 가며 붓기를 가라앉혔다. 내가 승아의 이야기를 다 듣고 잔 것이 5시였나 6시였나. 하여튼 그나마 아희는 잠깐 눈을 붙이고 일어났는데 승아는 밤새 한숨도 못 잔 얼굴이었다. 아희는 씩씩한 얼굴로 스태프들에게 인사를 다니는 승아의 모습이 안쓰럽고 기특하게 보였다.

"오늘은 유세준 안 오는 거지?"

희수가 아희의 옆에 와서 물었다. 그녀는 고개를 끄덕거렸다. 깜짝 출연이라 어제 만난 1회를 끝으로 세준은 더 이상 등장하지 않기 때문에 굳이 촬영하는 데에 올 일이 없다. 다시 한번 우연히 만나는 것이면 몰라도. 희수는 작게 한숨을 쉬며 말했다.

"걔는 나랑 대체 무슨 악연이길래 딱 둘밖에 없는 내

후배들을 다 들쑤셔 놓는다니. 얼굴값 한번 제대로 하는구나."

희수에게 승아는 말하자면 한 기수를 건너뛴 후배다. 아희가 승아를 무조건 예뻐한 것과는 달리 승아의 행동거지를 객관적으로 보는 것 같았지만, 팔은 안으로 굽는다는 말처럼 그래도 후배는 후배인지 혼잣말로 세준을 까기 시작했다.

"지가 잘나면 얼마나 잘났다고……. 하긴 잘생기긴 했지. 이번에 들어가는 드라마도 시놉 보니까 안 될 수가 없겠던데. 아니, 그래도 어떻게 보면 거래처인데 여직원들한테 손을 막 뻗치고 말이야. 승아는 이번 일로 완전히 찍혔는데 그걸 어떻게 책임질 거야?"

스태프들에게 인사를 하고 온 승아에게 미리 사 두었던 에너지 음료를 내밀었다.

"아, 감사합니다."

"기운 없으면 사람들 안 볼 때 버스에서 좀 자고 그래."

"아니에요! 막내인데 현장에서 일 배워야죠."

헤헤 웃는 얼굴에 더 해 줄 말이 없는 아희는 그냥 승아의 머리만 몇 번 쓰다듬어 주었다.

오늘 일정도 어제와 비슷했다. 다만 방콕 때와 너무 비슷하면 지루할 수 있으므로 오늘은 약간 다른 포맷으로 가게 되었다. 브런치를 먹고 태석과 해진, 두 팀으로 나뉘어 메인 요리와 디저트를 사 와서 스태프들을 대상으로 별점을 받는 대결을 하는 것이다.

"서니 사이드 업이 뭔가 하고 시켰는데 그냥 계란 프라이여서 아쉬웠어요."

"정확히는 반숙 프라이이기는 하지만 모르고 드셨다면 실망할 만하죠. 제 오믈렛은 정말 포근하고 맛있었는데 말이죠."

"놀리지 마세요! 이따 대결은 제가 이길 거예요!"

브런치 촬영을 마치고 해진과 태석의 무리가 갈렸다. 작가진은 세 명. 승아는 해진의 팬이니 해진 쪽으로 보내는 게 좋을 것 같지만 희수가 어디 쪽으로 가느냐가 관건이다. 승아를 단독으로 보낼 수는 없으니 아희나 희수와 동승을 시켜야 하기 때문이다.

해진이 카메라 감독님과 이야기하다가 작가 팀 쪽으로 걸어왔다.

"누나랑 승아 작가님은 누구 쪽으로 가요? 저랑 가요!"

"네!"

해진의 말에 가타부타 다른 말도 없이 바로 대답을 하는 승아. 팅팅 부은 얼굴을 애써 가리려고 하면서도 해진의 말에 싱글벙글 웃는 모양새가 딱 열여덟 살 소녀 같다. 시무룩하던 승아가 웃는 것을 보자 희수도 그렇게 하라며 고개를 끄덕인다.

"그럼 내가 태석 씨 쪽으로 갈 테니까 둘이 해진 씨 쪽으로 가."

"네 그렇게요."

기왕이면 태석에게로 가고 싶었지만 공과 사는 잘 구분해야지 싶어서 딱히 토를 달지 않았다. 태석이 섭섭해하려나? 에이, 설마 다 큰 남자가 그런 걸로 섭섭해할까.

스태프들과 점심을 챙겨 먹고 태석과 해진의 팀이 갈라져서 이동하기 시작했다. 이동하기 전에 태석에게 인사라도 하고 가려고 태석을 찾았지만 남들보다 머리 하나는 더 커서 찾기 쉬운 태석이 도통 보이지를 않는다.

"자, 이제 우리 가요!"

"선배 얼른 오세요-."

"어, 지금 가요!"

해진과 승아의 부름에 결국 인사도 못 하고 무리가 갈렸다. 이따가 다시 만날 거니까 괜찮겠지! 아희는 커다란 짐가방을 어깨에 멘 채로 승합차에 올라타는 무리에 합류했다.

* * *

"진짜요? 촬영 감독님 조개류 못 드세요? 참고해야지."

해진과 함께 탄 버스는 정말 분위기가 좋았다. 화기애애하고 웃음이 끊이질 않았다. 해진 자체가 사람들을 좋아하는 데다가 편하고 기분 좋게 만들어 주고 싶어 해서 분위기가 좋았는데, 조명 감독님과 합이 잘 맞아서 주거니 받거니 별거 아닌 대화를 나눌 때도 웃음이 마구 터져 나왔다.

"에이, 해진 씨. 그렇게 취향을 다 알고서 음식을 고르는 건 반칙이지."

이렇게 조명 감독님이 장난으로 나무라면,

"감독님, 대장금도 안 보셨어요? 거기서 한 상궁이랑 최 상궁이 재대결할 때 한 상궁이 이길 수 있었던 건 다른 상궁들의 입맛을 파악하고 그에 맞게 밥을 지었기 때문이라구요."

해진이 맛깔나게 받아치면서 주변 사람들의 웃음을 자아내는 것이다. 다른 스태프들은 배를 잡고 웃으면서 해진에게 말했다.

"해진 씨, 대장금 엄청 열심히 봤나 봐? 대장금 한 거 완전 어릴 때 아니야?"

"저 그렇게 안 어리거든요?"

승아를 제외하고는 해진이 제일 어린 나이라서 스태프들은 해진을 막냇동생처럼 무척이나 귀여워했다. 해진이 발끈해서 "저 팀에서 나이 제일 많다고 놀림도 많이 받는데!"라고 말하자 턱수염이 부숭부숭 난 조명 감독님이 껄껄 호탕하게 웃는다.

"아직 민증 잉크도 안 말랐겠구만 나이가 많다고 놀림을 받아?"

"아! 감독님!"

비록 이동 시간에 핸드폰을 하거나 쪽잠을 자지는 못했지만 그래도 함께 왁자하게 한바탕 웃고 나니까 사기가 올라간다. 역시 즐겁게 일을 하는 게 최고지.

버스에서 내리며 아희는 해진의 등을 툭 쳤다.

"이거 먹어요."

"뭐예요? 사탕?"

"목 아프지 말라고. 버스에서 말 많이 했잖아요."

"아, 고마워요!"

합! 손바닥에 올려놓은 사탕을 그대로 입에 털어 넣는 모습이 무슨 만화 같다. 귀엽고 재밌어서 키득키득 웃자 해진이 아희의 이마를 꽁 때린다.

"사람을 보고 웃다니."

"귀여워서 웃은 거거든요?"

"나는 귀엽다는 말을 너무 많이 들어서 누나한테는 멋있다는 말을 듣고 싶거든요?"

해진은 상큼하게 윙크를 한 방 날리고 스태프들과 함께 이동했다. 하지만 아희는 그 말에 해진이 어제 그녀에게 했던 말을 떠올렸다.

'누나 연하 취향인 줄 알았으면 내가 좀 더 강하게 대시해 보는 건데.'

그 뒤로 아희는 세준과 대화를 하고 태석과 산책을 하고 승아의 이야기를 들어 주느라 까맣게 잊어버렸다.

그렇지만……. 아주 진심이라고 하기엔 약간 더 가벼운 감정이 아니었을까. 해진이 덧붙인 말을 생각하면 약간 호감이 있었던 것은 맞지만 단념했다는 뜻으로 보였다.

'지금은 이미 어느 정도 상황이 정리된 상태니까…… 늦었지만 말이에요.'

해진의 말을 100% 진심으로 받아들인다면?

'와, 하아희 미쳤다. 로또라도 사야 되는 거 아니야? 내가 어디 가서 연하인 남자 아이돌한테 그런 말을 들어 보겠어. 그것도 썸남은 따로 있는 중에.'

그렇게 생각은 하지만 솔직히 엄청 아쉽지는 않다. 이미 태석을 좋아해 버려서일까. 해진의 말이 진심으로 와닿지 않는 것도 있다. 사람 좋고 착한 해진이 어제 곤란한 상황에 빠져서 힘들어 보이는 자신을 위로하기 위해 가볍게 던진 말일 수도 있으니까. 하지만 그래도 약간은 설레는 건 사실이니까 장난치지 말라고 다음에 얘기해야지.

"아이씨! 왜 안 와!"

"네-! 지금 갑니다!"

언제나처럼 아희는 무거운 가방을 들고 뛰었다. 일단 진심이고 뭐고! 밥벌이가 최우선이니까!

* * *

"홍콩이 확실히 음식 문화가 다양하네요. 저는 마카오가 포르투갈 식민지였던 것도 이번에 오기 전에 홍콩에 대해 알아보다가 알게 됐어요. 스페인은 공연 때문에 몇 번 가 봤지만 포르투갈은 안 가 봤는데. 홍콩에서 포르투갈 요리를 먹다니 되게 신기하고 재밌네요."

작가들에게 조언을 받지 않고 해진이 직접 여행 책과 핸드폰을 찾아서 들어간 식당은 포르투갈 요리로 유명한 집이다.

해진이 시킨 요리들은 문어 샐러드와 크랩 커리. 해진은 자리에 앉아서 음식이 나오기 전까지 조잘조잘 떠들어 댔다. 곧 주방에서 음식이 나오자 엉덩이를 들썩거리며 먹기 시작했다. 하지만 그것도 잠시. 해진은 약간 슬퍼 보이는 웃음을 지으며 식기를 내려놓았다.

"포르투갈 요리는 제 입맛에 안 맞는 걸로……."

푸하핫! 스태프들 사이에서 웃음이 터져 나왔다. 아희도 입을 가리고 키득키득 웃었다. 승아가 해진을 위로하며 말을 건넸다.

"내일 마카오로 가니까 마카오에서 더 맛있는 집을 찾을 수 있을 거예요. 포르투갈 요리 맛있는데…… 여기가 좀 별로인가 봐요."

"네……. 이걸로는 강 셰프님을 이길 수가 없겠어요. 얼른 다른 집으로 가죠!"

태석을 이기겠다는 일념하에 해진은 씩씩하게 일어나서 다른 맛집을 찾아 들어갔다. 다행히 이번엔 그럭저럭 선방. 하지만 아까 집이 맛이 별로 없어서 이번 집이 맛있게 느껴졌던 것일 수도 있다며 해진은 한 군데를 더 찾아갔다. 그 집이 대박이었다. 프랑스 요리와 중국 요리를 다루는 퓨전 음식점이었는데, 중식으로는 탱탱한 새우 살이 일품인 하가우와 슈마이, 매콤한 사천식 볶음밥이 일품이었다. 프랑스 요리로 나온 채소와 닭을 졸여 만든 코코뱅은 기본에 충실하면서도 깊은 맛이 느껴졌고, 그 집의 명물인 대나무 잎에 싸서 구운 포크립은 해진이 자기 것까지 하나 더 시킬 정도였다.

"역시 고집 부려서 한 군데 더 오길 잘했네요! 정말 잘했다! 장하다 이해진!"

양손 가득 음식을 든 해진은 싱글벙글 웃으며 스스로를 칭찬했다. 하지만 대결은 메인 요리뿐만이 아니라 디저트까지다. 시간을 확인한 아희는 해진을 재촉하기 시작했다.

"이제 얼른 디저트 사셔야 해요. 시간이 없어요."

"아, 진짜요? 그럼 빨리 가야겠다! 홍콩에서는 뛰어도 안

잡혀가죠? 그건 싱가폴이죠?"

"싱가폴도 뛰는 걸로 벌금 매기진 않아요……."

"그래요? 그럼 뜁시다!"

싱글벙글 웃는 낯으로 해진은 달리기 시작했다. 헉! 숨을 들이켜는 소리와 함께 해진 밀착 담당의 VJ가 급하게 먼저 달려 나갔고 나머지 촬영 팀들도 팔자에도 없는 경보 및 달리기를 시작했다.

"홍콩까지 와서 이게 웬 뜀박질이야!"

조명 감독님이 한탄을 했지만 저 멀리서 해진이 손을 흔들며 "얼른 오세요! 얼른요!"라고 닦달을 하자 웃으며 "오냐! 얼른 가마!"라고 대답하고 본격적으로 뛰었다. 해진은 사람을 기분 좋게 하는 능력이 있다. 만약 사람이 꽃이라면 해진은 보고 있기만 해도 기분이 좋아지는 해바라기가 아닐까.

아희는 어제 밤을 새느라 기력이 떨어지는지 헐떡대는 승아의 손을 잡고 함께 달렸다.

홍콩에서 뜀박질이라니. 잊지 못할 추억이 될 것만 같다.

* * *

홍콩의 디저트는 역시 에그 타르트와 파인애플 번! 하지만 어제도 먹었던 메뉴이기 때문에 같은 메뉴로는 이길 수 없다고 생각한 해진은 마카롱 집으로 발걸음을 향했다. 제한 시간이 있는 터라 딱 한 집밖에 들를 수 없어서 고르고 골라 들어간 집이었다. 관광객뿐만 아니라 홍콩 현지인들도 무척이나 좋아하는 가게라고.

마카롱으로 유명한 집이라 그런지 소품으로 만들어진 크기가 다른 마카롱 모형들이 아기자기하게 장식되어 있고 인테리어도 궁전처럼 귀엽고 예쁘다.

"코코넛 맛이랑, 기본 딸기랑……. 또오오……."

해진은 머리를 싸매며 열심히 마카롱을 골랐다. 그리고 이 가게에서 유명하다는 로즈 티도 샀다. 마카롱을 먹을 때 같이 두면 더 효과가 있겠지! 신이 나서 기념 선물로 자신의 것도 몇 개 더 사는 것을 보며 스태프들은 아빠 미소를 지었다.

마카롱을 사고 사장님께 로즈 티를 가장 맛있게 먹는 법까지 전수받은 해진은 신이 나서 버스에 올랐다. 아희는 승아에게 소화제를 꺼내 주었다.

"승아 씨. 가서 이거 해진 씨 주고 와요."

"이게 뭐예요?"

"소화제인데, 해진 씨가 아까 맛본다고 많이 먹었잖아요."

"아아……! 선배는 진짜 대단하신 것 같아요!"

승아는 감탄하며 해진에게 가서 소화제와 물을 주고 한동안 붙잡혀서 이야기를 하고 왔다. 태석 쪽의 분위기는 어떴으려나? 설마 신경질을 부린다거나 또 싸우지는 않았겠지? 어련히 알아서 잘하겠거니 싶으면서도 걱정이 된다.

"대결은 호텔 세미나실에서 할 거니까 각자 짐 놓고 바로 오세요."

"네-."

바로라고는 해도 각자 뭉그적거리느라 15분은 걸리겠지. 아희는 방에 들어와서 무거운 가방을 내려놓고 침대에 벌러덩 누웠다.

"아, 피곤해."

"선배 많이 피곤하세요?"

승아가 들어오며 물었다. 승아는 아침에는 다 죽어 가더니 지금은 쌩쌩하네. 이게 바로 젊은이의 저력인가? 부럽다. 하긴 나도 몇 년 전만 해도 철야하느라 며칠씩 잠 못 자고도 일하고 그랬는데. 아희는 감탄하며 되물었다.

"승아 씨는 괜찮아?"

"약간 피곤하긴 한데 쉬면 피곤이 몰려올 것 같아서 그냥 바로 올라가려구요."

"그래그래. 나는 조금만 쉬었다가 바로 올라갈게."

"네-. 먼저 가 있을게요."

그래도 해진 덕분에 같은 차에 타고 있던 스태프들과 승아의 관계는 썩 나쁘지 않게 풀린 것 같다. 촬영 팀과 작가 팀이 그렇게 가깝지 않은 게 선입견을 만드는 데 일조했겠지. 게다가 승아는 방콕 촬영 때 같이 가지도 않았고. 괜히 세준 때문에 승아가 불이익을 보는 일이 없으면 좋겠다. 그런데 왜 이렇게 졸리지……. 너무 몸이 무겁다.

"헉! 지금 몇 시지?"

눈꺼풀이 무겁다 싶었는데 깜빡 잠이 들었나 보다. 화들짝 놀라서 시계를 보자 어느새 30분이 지나 있다. 헉! 미쳤어, 미쳤어! 해진과 태석이 사 온 음식들을 소개하고 스태프들 몇 명을 선정해서 뭐가 더 맛있었는지를 고르면 되는 간단한 대결이지만 그래도 일인데 이렇게 늦으면 안 되는 거다.

허겁지겁 방을 뛰쳐나간 아희는 초조하게 엘리베이터를 기다렸다.

"이럴 때만 엘리베이터가 늦지?"

손님을 태웠는지 1층으로 천천히 내려가는 숫자를 보다가 짜증이 나서 그냥 계단실로 뛰어갔다. 세미나실은 거의 꼭대기 층 근처인데 그래도 머물고 있던 층 자체가 높아서 엘리베이터를 기다리는 것보다 직접 올라가는 게 나았다.

숨을 몰아쉬며 세미나실이 있는 층으로 달려갔다. 여러 개 있는 세미나실 중 우리가 예약한 곳은 소형 사이즈. 촬영에 방해가 되지 않게 조심히 문을 열자 스태프들이 기분 좋게 웃는 소리가 들렸다.

"작가님 큐브 좋아하신다면서요. 제가 앞에서 춤이라도 출까요? 노래 불러 드릴까요?"

"아, 해진 씨. 그렇게 사적인 감정을 이용해서 어필하면 안 되죠!"

테이블에는 해진과 태석이 사 온 음식들이 주우욱 펼쳐져 있었다. 보기만 해도 군침이 도는 요리들. 스태프들 몇 명은 심사를 이미 했는지 음식을 먹느라 불룩해진 볼을 우물거리고 있었다. 승아가 마지막 심사 위원인가? 아희는 조용히 희수에게 다가가 물었다.

"지금 동점인 거예요?"

"응. 5명 뽑았는데 2대 2로 갈려서 막내가 손 들어 주는 사람이 이기는 거야."

앞을 보자 해진은 결국 그룹의 대표곡을 흥얼거리며 몸을 흔들기 시작했고 태석은 반칙이라며 말리기 시작했다. 승아는 얼굴을 가리며 웃었다.

"큐브를 정말 좋아하지만…… 정말 솔직하게 제 입맛에는 강 셰프님이 사 오신 음식이 더 맛있었어요……."

"아아! 너무해요!"

"그럼 2대 3으로 제 승리네요!"

해진은 테이블 위로 쓰러지며 절망하고 태석은 허리에 양손을 얹고 크게 웃으며 승리를 자축했다. 대결의 패자는 내일 마카오 카지노 투어의 비용을 어느 정도 감당하기로 했기에 해진은 울상을 지었다.

"내일 카지노 가서 잭팟 터트려 버릴 거예요! 그리고 아무한테도 안 나눠 주고 나만 가질 거야!"

투정 섞인 해진의 말에 스태프들은 또 배를 잡고 웃었다. 사실 말만 보면 그렇게 웃긴 내용은 아닌데 해진이 워낙 예쁨받는 탓에 분위기가 유하다.

촬영을 마무리하고 스태프들은 해진과 태석이 넉넉하게 사 온 음식들을 먹었다. 요리 여행 프로그램을 찍는다고는 해도 스태프들까지 맛있는 요리를 먹고 다니는 것은 아니다. 오히려 시간에 쫓기느라 대강 길거리 음식으로 때우는 경우도 많다. 영상을 백업하고 어느 정도 초벌 편집을 해 놓느라 촬영 팀은 지금 몇 시간이나 자고 있을지. 그래도 초벌 편집을 해 놓아야 한국에 들어가서의 일들이 한결 수월해지므로 지금 바쁜 것이 차라리 나을 것이다.

"내일은 요리보다는 여행 쪽에 초점을 맞춰서 성당이랑 카지노 씬을 찍을 예정이에요. 비행기 시간 전에 분량 넉넉히 뽑아야 해서 빡셀 텐데 오늘 무리하지 말고 쉬어 둬!"

촬영 감독님이 말하자 스태프들 모두 전부 네!라고 말은 하지만 표정은 그게 아니다. 감독님도 말은 그렇게 해도 다들 숙소를 기어 나가서 쇼핑하고 놀 걸 예상하고 있겠지.

쇼핑을 할까, 관광을 할까 고민하는데 툭, 뒤에서 누가 건드렸다. 아희가 뒤를 돌자 태석이 바로 앞에 있었다.

"우리도 이따 나갈까요?"

"아…… 어머님 선물 사야 하죠?"

깜빡하고 있었다. 태석이 분명 어머님 선물 사는 것을 도와 달라고 했었는데 홍콩에서 일이 너무 많아서 까맣게 잊고 있었지 뭔가. 아희는 그걸 기억해 낸 스스로를 뿌듯해하며 태석을 바라보았다. 태석의 표정은 미묘하게 웃음을 참는 표정이다.

"어머니 선물이야 한국에서 사도 돼요. 사실 그거 핑계였거든요. 아희 씨랑 홍콩에서 같이 있으려고 만든 핑계."

그랬던 거였어? 깜짝 놀라서 눈을 크게 뜨자 태석이 코끝을 톡 치고 귓가에 속삭였다.

"이따 연락할 테니까 예쁘게 하고 나와요."

태석이 멀어지고 아희는 혹시 누가 보지는 않았을까 싶어서 주변을 두리번거렸다. 그러다 입을 쩍 벌리고 얼이 빠진 얼굴을 한 승아와 눈이 마주쳤다.

'봤다! 강태석과 나를 본 게 분명해!'

승아가 갑자기 이쪽으로 달려온다.

"대박! 선배 강 셰프님이랑 언제 그런 사이가 되셨어요?!"

"쉿! 목소리 낮춰!"

"핫, 죄송해요!"

승아는 목소리를 낮추고 양팔을 파닥거리며 흥분해서 물었다.

"언제부터예요? 왜 난 몰랐지? 아, 방콕에서부터였어요? 그래서 내가 몰랐나?"

"아냐, 얼마 안 됐어."

"대박! 강 셰프님 눈에서 완전 꿀이 뚝뚝 떨어지던데요? 와…… 선배 진짜 멋지다……."

꿀이 뚝뚝 떨어져? 정말? 나만 그런 게 아니고?

얼굴이 화끈거린다. 나름대로 비밀리에 만나고 있는 터라 서로의 반응을 객관적으로 볼 수가 없었는데 이렇게 승아가 말해 주니까 뭔가…… 정말 실감이 나는 기분이었다.

"아, 너무 궁금해! 선배, 얼른 방으로 가요! 얘기해 주세요. 네?"

"알겠으니까 그만 보채……."

붉어진 얼굴을 숨기며 아희와 승아는 엘리베이터로 걸어갔다. 엘리베이터에 다른 스태프들과 함께 타서 이야기를 할 수가 없자 승아는 입이 근질거리는지 양손으로 입을 벅벅 긁으며 못 참겠다는 듯 발을 콩콩 굴렀다.

아희 역시 어쩔 줄 모르겠어서 주먹을 쥐었다 펴며 쩔쩔 맸다. 비밀일 때는 혼자 쑥스러워하고, 혼자 설레다가 그냥 말았는데, 남이 이렇게 설레고 신나 하는 모습을 보여 주니 괜히 자신까지 덩달아 부끄럽고 마음이 간질간질해진다. 이래서 주변에 연애 사실을 알리는 거구나.

평소 연애를 소개팅으로 시작한 게 대부분이라서 이렇게

양쪽 다를 아는 사람을 만나니 신기할 따름이다. 아, 그런데…… 자신과 태석이 연애를 하는 게 맞겠지? 비록 언제부터 1일! 이렇게 말하지는 않았지만 연애가 맞겠지? 키스까지 진도를 빼는 썸은 없을 거 아냐. 이런저런 생각을 하는 중에 어느새 승아는 아희를 끌고 방문 앞에 도착해 있었다.

찰칵- 문을 닫고 승아는 눈을 반짝반짝 빛을 내며 물어봤다.

"언제부터예요? 언제예요? 예전에 선배는 강 셰프님 선배 취향 아니라고 했잖아요!"

"뭐…… 지금도 엄청 내 취향은 아니야. 취향이랑 상관없이 좋아진 거니까……."

아희의 대답이 무슨 포인트를 자극했는지 승아는 갑자기 자기 침대로 뛰어들어 양발을 동동 구르면서 베개에 얼굴을 묻었다.

"대박! 선배 그 말 너무 로맨틱한 거 알아요? 누가 작가 아니랄까 봐!"

로맨틱? 내가 로맨틱한 말을 했나? 그냥 진심으로 말한 것인데 승아가 그런 반응을 보이자 얼굴이 괜히 화끈 달아오른다.

"하긴! 그때 회의 끝나고 강 셰프님이 선배 기다리고 있고 그랬었죠. 어머어머, 어떡해! 그때부터 셰프님은 선배 좋아했나 봐!"

"아, 그런 일도 있었지."

생각해 보니 그때 태석이 내게 단둘이 할 말이 있다고 그랬었다. 그 뒤로 전화를 걸어서 교감을 했지. 그러고 보면 중간에 내가 삽질하고 태석이 내게 별 마음이 없다고 생각해서 그렇지, 태석은 나와 방콕에서 얘기한 후로 쭈욱 내게 호감인 상태로 유지되고 있었다는 뜻인가?

그렇게 생각하니 새롭게 심장이 뛰었다. 아희는 한국으로 돌아와서 태석과 연락이 되지 않을 때, 태석이 자신에게 관심이 없어졌나. 사실 여자와 그런 해프닝 같은 썸 정도야 많이 있어서 별거 아닌 일로 넘긴 건가 싶어서 마음고생을 했기 때문이다.

물론 그 뒤에 전화로 이야기를 하고 눈빛을 주고받으며 그게 아니라는 확신을 얻기는 했었다. 그래도 이렇게 확실한 증거가 나오니 마음이 따뜻해지는 것이다.

"와, 선배 지금 표정 엄청 귀여운 거 알아요? 이래서 여자들은 사랑에 빠지면 예뻐진다는 거구나……."

"귀여워? 내가?"

승아의 말에 아희는 부끄러워서 두 손으로 얼굴을 가려 버렸다. 지이잉- 때마침 놀리듯이 메시지가 들어왔다. 아희는 손가락 사이로 핸드폰 화면을 확인했다.

[1시간 뒤에 호텔 뒷문으로 나와요]

태석이다. 시간까지 예고한 데이트 신청. 어떻게 보면 이게 두 사람의 첫 데이트나 마찬가지다.

강태석 외전 3. 이어져 있는 거죠?

다음 여행의 일정이 잡혔다는 소식을 들었다. 홍콩. 주변 사람들에 비해 여행을 썩 많이 다니는 편은 아니지만 홍콩은 몇 번이나 간 적이 있다. 새해에 가족끼리 불꽃놀이를 보러 갔었고 누나가 비행기 표를 사 줄 테니 대신 쇼핑 좀 하고 오라고 한 적도 있었으며, 친한 셰프들 몇이서 일정을 맞춰 미식 여행을 한 적도 있었다.

"아, 이런 데는 너희가 아니라 우리 마누라랑 와야 되는데 말이다."

"그러게. 우리 와이프도 올해 안에 해외여행 안 시켜 주면 정말로 도장 찍자고 난린데 너희랑 와 버렸다."

일반화를 할 수는 없지만 내 주변 셰프들 중에는 유독 일찍 결혼한 사람이 많다. 유학이니 도제 기간이니 뭐니 하면서 어렸을 적부터 사회생활을 시작해서 얼른 안정적인 가정을 꾸리고 싶어 하는 사람들이 많기 때문이다. 그래서 셰프들 모임에 가면 가장 많이 듣는 말 역시 이거다.

"넌 결혼 생각 없냐?"

맛있는 요리는 사람을 기분 좋게 해 준다. 어떻게 보면 요리는 마법과도 같다. 날것 상태의 재료를 각자의 필승법으로 조리하여 한 접시의 '요리'로 만들면 그 요리는 사람의 기분을 나쁘게도 만들고 기분을 좋게도 만든다.

"에이! 돈 버렸네!"

맛없는 요리를 돈 주고 사 먹은 사람의 화는 실로 대단하다. '맛없으면 백 프로 환불!'이라는 말을 괜히 써 놓는 게 아니다. 기껏 비싼 돈을 주고 밥을 사 먹었는데 그게 맛이 없다? 그야말로 천인공노할 일인 것이다.

요리사는 어쩌면 행복을 파는 직업이라는 생각을 해본다. 그것도 셰프면 마치 '이 사람은 확실하게 괜찮은 행복을 파는 사람이야. 내가 보장하지!'라는 품질 보증 스티커를 붙인 사람 정도 될까.

어떤 사람도 그저 굽고 튀기기만 해도 웬만큼 맛이 나는 고기들을 붙잡고 이런저런 소스를 뿌렸다가 담갔다가 뜨거울 때 부었다가 식었을 때 부었다가 하며 어떤 방법이 제일 맛있을지 고민하지 않는다. 어떤 사람도 어떻게 하면 균일한 맛을 유지할 수 있을까 채소의 모양을 하나하나 다르게 잘라서 조리해 보는 실험을 하지 않는다. 오직 요리사들만이 그런 짓을 한다. 그리고 나는 그것이 궁극적으로 더 큰 행복을 만들기 위해서라고 생각한다.

"요리요? 집에 있을 땐 안 하죠."

보통 직업으로 요리를 하는 유부남 요리사들은 집에 있을 때 요리를 잘 하고 싶어 하지는 않지만 기념일이나 특별한 날이면 자신이 칼을 든다. 결론은 하나다. 사랑하는 사람에게 맛있는 요리를 만들어 주고 싶으니까. 맛있게 먹기를 바라니까. 나는 단순히 요리를 하는 것이 즐거워서 요리를 시작했지만 내 안에도 내가 사랑하는 사람들이 내 요리를 맛있게 먹어 주길 바라는 마음이 있다.

"늦어서 죄송합니다."

"어? 태석 씨 수염 밀었네?"

"네. 어색하죠?"

"훨씬 낫다! 어서 와서 앉아."

예를 들면 회의 시간에 늦은 날 보고 있는 저 하아희 씨라든가 말이다. 일을 할 때 민폐를 끼치는 사람을 싫어하는 것은 알지만 그래도 오랜만에 본 건데 저렇게 딱딱한 표정이라니. 심장이 약간 지끈거렸다.

회의를 하는 중에도 나는 간간이 아희 쪽으로 시선을 돌려 오래 만나지 못했던 안타까운 시간들을 보상이라도 받듯이 그녀를 눈에 담았다. 아, 눈이 마주쳤다.

"……."

눈이 마주친 게 그렇게 놀랄 일인가? 너무 티 나게 고개를 돌리는 아희 때문에 나는 약간 안달이 나기 시작했다.

"홍콩은 좁기도 하고 쇼핑하는 일정들이 많을 거라서 방콕처럼 힘들지는 않을 겁니다. 그럼 이만 회의는 끝!"

"수고하셨습니다."

회의가 끝나고 회의실을 나섰다. 건물을 나가는 척 아희를 기다려야지. 둘이서만 이야기를 하고 싶은데 남들 눈에 띄는 것은 좋지 않다. 나야 이 프로그램만 찍으면 회사 사람들을 딱히 더 볼 일이 없다고 쳐도 아희는 계속 이 회사에서 일을 해야 하기 때문이다. 남자 친구가 있다는 것만으로도 성희롱하는 상사들이 많다던데 그런 일을 당하게 하기는 싫다.

"그럼 태석 씨, 나중에 봐요."

"네. 들어가세요."

엘리베이터를 타고 주차장이 있는 지하 1층까지 내려갔다가 조용히 계단으로 다시 올라왔다. 계단실에서 사람들이 지나다니지 않는지 확인한 뒤 복도로 나왔다. 회의실 쪽에서 말소리가 들리기에 멀리서 확인하니 해진과 막내 작가, 그리고 아희가 무슨 얘기를 하고 있었다. 화기애애한 분위기.

확실히 이런 면에서는 해진이 부럽다. 딱히 그의 위치나 인기를 부러워한 적은 없지만 해진은 천성이 사람을 좋아하고 사람들 사이에서 시간을 많이 보낸 터라 처세에 능했다. 물론 계산된 처세가 아니라 착하고 다정한 성격에서 나오는 것임을 알지마는, 사람을 대할 때 너무 무뚝뚝하고 차갑다는 말을 자주 듣는 나로서는 굉장히 갖고 싶은 능력이다.

해진도 지적한 적이 있다.

"형은 주변 사람들한테 절하고 다녀야 돼. 표정도 안 좋고, 그렇다고 말을 다정하게 하는 것도 아니고. 어떻게 지금까지 왕따 한 번 안 당했는지 몰라."

방콕에 다녀와서 한창 바쁜 시간을 보낼 때 해진이 전화를 걸어서 했던 말이었다. 그때 해진은 어떻게 한국 와서 연락 한 통을 안 하느냐고 혼을 냈다.

"근데 형 나한텐 연락 안 했다 치고 설마……."

"설마 뭐?"

"……아니다."

그때 해진이 무슨 말을 하려고 했을까.

"……그러고 보니 걱정 되네."

해진과의 대화를 떠올리니 연락에 무심하다며 날 차던

옛 여자들이 떠올랐다. 그리고 자연스럽게 아희에 대한 걱정을 하게 되었다.

설마 내가 연락을 하지 못한 동안 나에 대해 다시 생각했다든지, 다른 좋은 사람이 생겼다든지 하면 어떡하지?

사실 뭐라고 정의 내릴 수 없는 관계다. 하아희와 강태석은. 간단명료하게 보자면 일 관계라고 볼 수 있지만 나, 강태석은 하아희를 좋아한다. 그렇다면 하아희는?

마지막 방콕의 밤. 새벽 호텔 발코니에서 서로 이야기를 나눈 우리. 그때 우리 사이에는 분명 애정으로 발전할 수 있을 만한 호감이 가득 차 있었다. 나는 그것을 믿고 있었다. 나는 아희를 좋아하고 그녀는 나에 대해 나쁜 감정을 버리고 호감을 갖기 시작했으니까 이제 우리는 잘될 거라고. 하지만 잊고 있었다. 연애라는 건 예상만으로는 되지 않는다는 것을.

"하지만 정말 바빴는걸."

변명 같을 수도 있지만 좀 더 여유 있는 상황에서, 시간에 쫓기지 않고 천천히 그녀와 감정을 쌓아 가고 싶었다. 매일 지친 몸을 이끌고 침대에 쓰러져 잠이 들면서 그녀를 떠올렸다. 비록 내게 웃는 얼굴은 얼마 보여 주지 않은 그녀지만, 그래도 생각만 해도 좋았다. 우리의 시작을 꿈에도 의심하지 않은 채로.

그래서 안달이 난다. 내가 연락을 하지 못하는 동안 그녀의 마음이 변했을까 봐. 그렇게 호감을 표해 놓고 매정하게도 연락이 없는 내게 실망해서 조금 열렸던 마음마저 닫아 버렸을까 봐.

그때 회의실에서 아희가 걸어 나왔다. 얼른 얘기해야해. 내가 그럴 마음이 아니었다고, 얼른……!

"꺄악!"

급한 마음에 빠르게 아희 앞으로 나오자 그녀는 놀랐는지 소리를 지르며 주저앉았다.

"아희 씨, 저예요. 저, 강태석이요."

설마 이런 반응은 예상치 못했던 터라 나는 너무 당황스럽고 미안했다. 주저앉아서 몸을 웅크린 그녀는 무척이나 작아 보였다. 여리고, 약해 보였다. 생각보다 강한 여자라는 것은 알지만, 이렇게 여린 모습도 있는 사람이다. 방콕에서 질 나쁜 남자들에게 둘러싸여 있던 모습이 겹치면서 마치 내가 불한당이 된 듯한 기분이 들었다. 이러려고 기다린 게 아니었는데.

"왜 사람을 놀라게 해요?"

"미안해요. 그러려던 건 아니었는데……."

그녀는 무척이나 놀랐는지 아직도 목소리 끝이 살짝 떨리고 있었다. 아아. 당장이라도 품에 안고 미안하다고 안심시켜 주고 싶다. 그럴 수만 있다면.

"저한테 무슨 볼일 있어요?"

"잠깐 저랑 얘기 좀-."

"어? 선배 아직 안 가셨…… 강태석 씨?"

아희가 먼저 나오기에 막내 작가가 회의실을 정리하는 줄 알았는데 생각보다 너무 빨리 나왔다. 이런 상황에서 둘이 이야기를 하자고 불러낼 수는 없다. 아쉽지만 다음 기회를 기다리는 수밖에.

나는 체념하고 아희에게 말했다. 제발 내게 주었던 호감을 버리지 말고 간직해 줘요. 나는 변하지 않았어요. 오히려, 그때보다 당신을 더 좋아해요.

"……아니에요, 다음에 말씀드릴게요. 그럼 가 보겠습니다."

나는 인사를 하고 등을 돌려 건물을 빠져나왔다. 그녀에게서 한 발자국 더 멀어진 기분이 들었다.

* * *

"하 작가? 하 작가 번호가 왜 필요해?"

"……왜긴. 물어볼 거 있는데 형 통해서 말하면 번거로우니까 그러지."

"그것만이 아닌 것 같은데? 너 하 작가랑 뭐 있냐?"

"그런 거 아냐."

"왜. 하 작가가 뭐 어때서. 좀 날카롭게 생겼지만 이쁘장

하잖아. 문자로 번호 보내 줄 테니까 잘 꼬셔 봐."

"아, 그런 거 아니라니까!"

"아니면 아니지 왜 화를 내고 그러냐? 진지한 거냐? 알았어, 더 안 물을게."

실장 형은 결국 내가 약간 언성을 높이고서야 입을 다물었다. 꼬셔? 꼬실 수나 있으면 다행이지. 날 싫어할 가능성이 제일 높은 여자를 어떻게 꼬시겠는가. 한숨을 쉬고 전화를 끊었다. 곧 문자로 아희의 핸드폰 번호 11자리가 전송되어 왔다. 정작 번호를 받고 나자 전화를 걸 용기가 나지 않는다.

"왜 전화했냐고 물어보면 뭐라고 하지."

잔뜩 고민을 했다. 번호를 받고 며칠을. 그러다가 용기를 내서 전화를 걸었다.

뚜르르- 뚜르르- 흔한 컬러링도 없이 기본 통화 연결음으로 되어 있는 게 재밌다. 이런 거 신경 안 쓰나 보네. 찰칵. 통화가 연결되는 소리가 났다. 긴장을 하니까 손에서 땀이 나기 시작한다.

"하아희 씨 핸드폰 아닌가요?"

-크흠, 네 맞습니다.

목소리를 다듬는 것조차 귀여우면 어쩌란 말인가. 그래도 내가 전화해서 기분 나쁘지는 않은 것 같아 다행이었다.

"아희 씨, 저 강태석입니다."

-……네. 매니저분께 들었어요. 일정 관련으로 조정할 게 있으시다고…….

아. 형이 그렇게 둘러댔구나. 하지만 아닌데. 그것 때문에 전화를 건 게 아닌데. 반사적으로 말이 튀어 나갔다. 진짜 내 본심이.

"아뇨, 사실 그건 핑계예요."

-네? 핑계요?

입술을 깨물고 숨을 고른 후에, 목소리를 냈다. 내 진심이 그녀에게 닿기를 바라며.

"……네 핑계요. 아희 씨한테 할 말이 있거든요."

-아, 그때 회의 끝나고도 할 말이 있다고 그러셨죠.

"네. 그때는 타이밍이 나빴죠. 놀라게 해서 미안해요. 전화로 할 얘기는 아니고, 지금은 그냥 목소리라도 듣고 싶어서 전화했어요."

-…….

그녀의 침묵조차 달콤하다. 핸드폰 너머로 들리는 그녀의 숨소리가 날 행복하게 만들었다.

우리, 이어져 있는 거겠죠?

5. 깊이, 더 깊이

"그럼 다녀오세요!"

"응, 고마워……."

엘리베이터 앞까지 마중 나와서 활짝 웃으며 인사를 하는 승아 때문에 아희는 얼굴이 다 달아올랐다.

지금 입은 옷은 몸매 라인이 다 드러나는 와인색 바디 원피스. 이 옷은 그녀의 옷이 아니라 승아의 것이다.

방에서 아희가 해 주는 간략한 이야기를 들은 승아는, "그럼 셰프님이랑 첫 데이트인 거예요?" 하고 크게 묻더니, 그렇다면 정말 예쁘게 하고 가야 한다며 호들갑을 떨어 댔다.

옷이야 뭐, 대강 한국에서 가져온 원피스를 입으면 되지 않겠냐고 아희가 말하자 승아는 단호하게 검지를 흔들었다.

"댓츠 노노!"

그러더니 자신의 캐리어와 아희의 캐리어를 털어서 가장 예쁜 옷과 신발의 조합을 찾아낸 것이다.

"이거 자유 시간에 쇼핑센터에서 산 옷인데요, 솔직히 보자마자 이 디자인은 저한테 안 어울릴 거 알았거든요? 근데 너무 예뻐서 안 살 수가 없는 거예요! 근데 이걸 선배 첫 데이트할 때 빌려주네! 이러려고 내가 샀나 보다!"

승아는 가격 태그도 떼지 않은 새 옷을 흔쾌히도 빌려주었다. 승아의 원피스는 민망할 정도로 아희에게 잘 어울렸다.

이 옷은 값을 치르고 승아에게 새 옷을 사 주든지 해야겠다. 선배가 되어서 염치가 있지, 후배의 새 옷 첫 개시를 해 놓고 입을 싹 닦을 수는 없으니까. 아희는 중얼거렸다.

"……근데 정말 잘 어울리네."

엘리베이터가 전신 거울은 아니기에 금속 벽에 흐릿하게 비치기는 하지만 분명 이 와인색 바디 원피스는 꼭 그녀의 바디 사이즈를 재고 맞춘 것처럼 몸매를 예쁘게 부각해 주었다.

아희의 몸은 분명 남자들이 좋아하는 육감적인 몸매라기보다는 여자들이 선호하는 마른 스타일이다. 하지만 이 원피스는 쏙 들어간 허리까지 맞춘 듯 딱 맞아서, 나올 덴 나오고 들어갈 덴 들어간 스타일처럼 착시 효과를 주었다.

게다가 원피스의 짙은 와인빛 컬러가 평범한 피부색을 좀 더 하얗게 보이게 만들어 주었다. 정말 최고네. 다만 약간 하나 걸리는 것이 있다.

"……속옷 보이는 거 아니야?"

약간 가슴골이 너무 파인 게 아닐까 싶은 것이 걱정이다. 하지만 지금까지 이런 섹시한 모습은 보여 준 적이 없으니 괜찮지 않을까? 그렇다고 옷이 너무 헤퍼 보이는 스타일도 아니고. 괜찮을 거야!

파우치에서 손거울을 꺼내서 화장이 번지지는 않았는지 확인을 했다. 방콕 때만 해도 피부 화장 외에는 거의 하지 않았는데(클럽 촬영을 갈 때는 화장을 약간 했었지만) 홍콩에서는 태석과의 진전이 있었기에 약간의 음영 화장과 아이라인을 그리는 것 정도는 했다. 하지만 오늘처럼 차려입고 제대로 화장을 한 적은 없었기에 태석의 반응이 궁금하다. 설마 내추럴한 모습이 좋았다고 하면서 화장하고 다니지 말라고 하지는 않겠지? 아희는 떨리는 마음으로 엘리베이터에서 내려서 호텔의 뒷문으로 나갔다.

"딱 시간 맞춰서 왔네요."

"······이게 뭐예요?"

입이 딱 벌어졌다. 호텔의 문 앞에는 태석과 함께 보닛이 높고 길이가 긴 리무진이 기다리고 있었기 때문이다. 설명을 해 달라는 듯 태석을 보자 태석은 어깨를 으쓱하며 그저 웃을 뿐이었다.

두근. 아희는 새삼스럽게도 심장이 뛰기 시작했다. 평소에도 촬영하느라 후줄근하게 입고 다닌 것은 아니지만, 태석은 아희에게 '예쁘게 하고 와요'라고 말한 것처럼 자신도 꽤나 멋을 낸 차림이었다.

꾸민 듯 꾸미지 않은 듯한 캐주얼한 차림새가 아니었다. 각을 잡고 꾸민 스타일이었다. 머리를 세워 이마를 드러내자 남자답고 날렵한 얼굴이 더욱 잘생겨 보인다. 게다가 탄탄한 상체를 감싼 구김 없이 반듯한 셔츠는 흰색도 아니고 검은색. 검은색 셔츠 차림의 태석은 위험할 정도로 섹시하다. 깔끔하게 떨어지는 슬랙스와 약간 귀여운 디자인의 로퍼까지. 태석은 그야말로 완벽한 데이트 룩을 선보이고 있었다. 그리고 그 데이트 룩에 뿅 간 여자는 바로 데이트 상대인 아희다.

"하루 종일 홍콩을 걸어 다녔는데 또 걷게 할 수는 없잖아요. 타요."

태석은 리무진의 문을 열어 주며 아희에게 오라고 손짓했다. 또각또각, 홍콩으로 오는 면세점에서 구두를 사 놓기를 정말 잘했지. 지금처럼 완벽한 순간에 바닥에 달라붙는 듯한 단화를 신고 있었다면 정말 죽고 싶었을 것이다.

또각또각. 그리 많지도 않은 계단인데, 계단을 내려가 태석에게로 가는 시간은 너무나 길게 느껴진다. 태석은 아희에게 손을 뻗었다. 아희는 애써 설레는 마음을 감추며 태석의 손을 잡아 리무진에 올랐다. 태석은 조심스럽게 리무진의 문을 닫아 주고 반대편으로 가서 그녀의 옆자리에 앉았다.

"오늘은 그냥 앉아서 홍콩을 구경하는 거예요. 알겠죠?"

태석은 아희가 반론조차 할 수 없게 그녀의 손을 꽉 잡으며 말했다. 그 따듯한 손은 아희의 손뿐만이 아니라 그녀의 심장까지도 틀어쥔 듯했다.

"네……."

꿈을 꾸는 사람처럼 몽롱하게 대답했다. 아까부터 다른 곳은 보지 않고 그녀만을 바라보는 태석의 눈에 사로잡혀, 아희는 옴짝달싹할 수가 없었다.

부우웅- 리무진은 비싼 몸값답게 흔들림 없이 조용히 출발했고 서로만을 바라보는 아희와 태석의 옆으로 화려한 홍콩의 야경이 흘러갔다.

* * *

  리무진은 홍콩의 도로를 적당한 속도로 달렸다. 낮에 지나쳤던 거리와 건물들을 밤에, 그것도 버스가 아닌 높이가 낮은 차 안에서 보니 느낌이 새로웠다. 처음에는 대체 이런 리무진은 빌리는 데 얼마일까. 비싸지는 않을까. 태석이 너무 돈을 많이 쓴 게 아닐까 하는 걱정이 들었지만 만약 돈이 많이 들었다고 해도 이미 써 버린 돈인데, 아까워하느라 즐기지 못하지는 말자는 생각이 들었다.

  리무진 안에는 샴페인과 간단한 핑거 푸드도 준비되어 있었다. 태석은 날렵한 튤립 모양의 크리스털 잔에 샴페인을 따랐다. 잔을 채우는 황금빛 술이 황홀하다.

"짠 할까요?"

"네."

  두 사람은 서로의 잔을 부딪쳤다. 챙! 작은 소리가 들리며 샴페인의 기포가 터진다. 꼴깍꼴깍. 기사분이 운전을 얼마나 안정적으로 하는지, 아희는 차 안에서 무언가를 마실 때 이렇게 편하게 먹은 적이 없는 것 같았다.

"얼굴이 빨개진 게 샴페인 때문이에요, 나 때문이에요?"

  그 말을 하며 태석은 손으로 아희의 뺨을 살살 쓰다듬었다. 의식하지 못했는데 그녀의 뺨은 태석의 손가락에 비해서 꽤나 뜨거웠다. 아희는 부끄러움에 고개를 숙이며 태석의 손길을 피했다. 태석은 기분이 좋아 보이긴 하지만 여유로워 보이는데 자신만 이렇게 들뜬 것이 민망했다. 나도 좀 더 여유를 갖고 태석을 만날 수 있다면 좋을 텐데.

"고개 숙이고 있지 말고 이거 먹어요. 자, 아-."

"……아아."

입 앞에 대 주는 것을 확인도 하지 않고 먹었더니 입 전체로 달콤 짭짜름한 치즈 맛과 오렌지 향이 확 풍긴다. 딱 한 입 사이즈의 미니 타르트다. 씹을 때마다 더욱 고소해지는 맛에 깜짝 놀라 태석을 보니 귀엽다는 듯이 웃는다.

"맛있어요!"

"내가 나랑 여행하면 맛있는 거 많이 먹을 수 있다고 했잖아요. 이건 맛보기."

은접시에는 타르트, 슈마이, 카나페 등 다양한 핑거 푸드들이 예쁘게 놓여 있었다. 태석이 추천해 주는 것들을 하나씩 먹으며 즐겁게 이야기를 한 지 30분쯤 되었을까. 리무진이 부드럽게 멈추었다. 태석은 차가 멈출 걸 이미 알고 있었는지 자연스럽게 내려서 아희가 앉은 쪽의 문을 열었다.

"내리시지요."

태석이 마치 공주님을 수행하는 기사처럼 팔을 크게 휘둘러 손을 내밀자 아희는 키득거리며 장단을 맞춰 주었다.

"고마워요."

도도하고 새침하게 그의 손을 아주 살짝만 잡고 콧대를

높이 쳐들며 내린 것이다. 하하! 태석은 즐겁게 웃으며 자신의 재킷을 벗어서 그녀의 어깨에 걸쳐 주었다. 그러고 보니 바람이 찼다. 그리고 짠 냄새. 주변을 둘러보았다. 이곳은 비록 불이 꺼져 있기는 하지만, 유람선을 탈 수 있는 선착장이었다.

"밤이라 바닷바람이 쌀쌀하네요."

"그러네요."

아희는 태석의 손을 잡고 그가 인도하는 대로 걸었다. 그는 작은 유람선 쪽으로 그녀를 데려갔다.

불이 꺼진 유람선을 보며 약간 아쉬웠다. 오늘 촬영이 좀 더 일찍 끝났으면 함께 유람선을 탈 수 있었을까?

"이리 와요."

"어? 이 유람선…… 운행 끝난 거 아니에요?"

태석은 아희의 손을 잡고 유람선 위로 올라갔다. 갑판이 연결되어 있기는 하지만 불이 꺼져 있는 것을 보면 분명 운행이 끝난 것 같은데. 이러다가 무단 침입으로 경찰에 잡혀가는 것 아닐까? 불안해하며 유람선에 오르자 갑자기 유람선의 불이 한꺼번에 켜졌다.

"……!"

흘러나오는 아름다운 선율의 음악. 유람선은 아희와 태석, 단둘만을 싣고 아름다운 홍콩의 바다 위를 달리기 시작했다.

태석은 넓은 갑판으로 아희를 데리고 갔다. 그리고 그녀의 손을 놓고 어딘가에서 커다란 장미 꽃다발을 가져왔다.

"……솔직히 이미 우리는 마음이 통했다고 생각해요."

그의 목소리가 살짝 떨리는 것이 느껴진다. 아희는 태석의 얼굴을 바라보았다. 태석은 아까 여유를 부리던 모습과는 다르게 귀 끝이 빨개져 있었다. 설마 아까도 그의 귀 끝은 빨갛지 않았을까? 그녀가 여유를 부린다고 생각했던 모습도, 그가 태연을 가장한 것은 아닐까? 그렇게 생각하니 태석이 너무 귀여워 보이는 아희다.

태석은 열심히 말을 고르는 듯 떨리는 손으로 입을 가리기도 하고 약간 한숨을 쉬기도 했다. 아희는 조용히 그의 말을 기다렸다.

"하지만…… 한 번도 말한 적 없는 것 같아서요. 그리고 말해야 할 것 같아서요. 나는 기념일 챙기는 거 좋아하는 편이거든요."

한 걸음, 한 걸음. 태석은 아희에게로 다가와서 꽃다발을 내밀었다. 그녀가 떨리는 두 손으로 꽃다발을 받자 태석은 그녀의 뺨을 쓰다듬으며 한숨을 쉬듯 고백했다.

"좋아해요. 아니, 내가 아희 씨를 사랑하는 것 같아요."

사랑. 너무 큰 감정이라서 차마 생각조차 하지 못한 감정이다. 눈시울이 뜨거워졌다. 자신이 그를 더 많이 좋아하고, 더 많이 생각하고 있다고 여겼는데 그는 자신을 언제부터 마음에 두고 있었던 걸까. 나에 대한 마음이 언제부터 깊어져서, 그는 지금 사랑을 말하는 걸까.

한 걸음, 한 걸음. 아희는 이미 가까워진 거리를 더욱더 좁혀서 태석을 끌어안았다. 그림자가 하나로 겹쳤다.

"나도. 나도요. 태석 씨, 많이 좋아해요……."

아직 사랑을 말하기는 부끄럽고 조심스럽다. 하지만 오늘부터 우리의 마음은 서로의 애정을 양분으로 삼아 점점 자랄 것이니 걱정할 필요는 없었다.

새카만 밤바다를 달리는 유람선 위에서, 태석과 아희는 서로의 손을 맞잡고 깊은 키스를 나누었다. 사랑의 키스를.

* * *

숙소로 돌아왔을 때 이미 승아는 잠이 들어 있었다. 달칵, 들어와서 문을 닫고 아희는 다리에 힘이 풀려 그 자리에 주저앉았다. 의식하지 않은 새 입이 크게 벌어지는 바람에 두 손으로 입을 막았다.

말도 안 돼. 말도 안 돼! 이렇게 로맨틱한 사건이 내 인생에 일어나다니, 정말 말도 안 된다!

"리무진에…… 유람선에……."

마치 꿈같다. 만약 꿈이라면 깨고 싶지 않다. 이대로 영원히.

나이를 한 살, 한 살 먹으면서 내가 좋아하는 사람이 나를 좋아해 주는 일이 생각보다 어려운 일이라는 것을 깨닫는다. 좋아하는 마음에도 가볍고 무겁고, 그 무게가 달라서 서로 좋아하는 일도 무척이나 어렵다는 것을 알게 되었다. 연인들의 싸움이란 그 양상은 각기 달라도, 근본적으로는 자신이 마음을 준 만큼 받고 싶어서 벌어지는 일들이다. 마음을 이미 많이 줘 버렸는데, 상대방이 자신만큼 사랑해 주지 않는 것 같아서 싸우는 경우도 많다. 조금 더 지나면 내가 사랑한 것보다 더욱 사랑받고 싶어 하기 때문에 싸우게 된다.

하지만 그는. 강태석은.

"더 좋아져 버렸어……."

양 무릎을 세워서 붉어진 얼굴을 묻었다. 나이가 들수록 아는 게 많아지는 만큼 겁도 많아지는 법이다. 그래서 어른들의 연애는 '쿨'이라는 껍데기를 뒤집어쓰고 상대방과 자신이 얼마만큼 주고받는지 치열한 계산을 하게 된다. 하지만 태석은 달랐다. 아희가 그에게 가진 마음의 크기가 어느 정도인지도 모르면서, 뜨거운 사랑 고백을 했다. 그녀를 정말…… 사랑하는 것처럼. 아니, 정말 사랑하니까.

쿵쾅쿵쾅, 이대로 심장이 터지는 게 아닌가 싶을 정도로 빠르게 뛰었다.

'내가 뭐라고. 나의 어떤 점을 그는 사랑스럽다고 느꼈

을까.'

 기쁨과 함께 걱정이 물밀듯 밀려들었다. 자신이 치명적인 실수를 해서 그의 사랑을 놓치면 어떡하나 걱정이 되었다.
 "안 돼! 하아희! 삽질하지 말자!"
 짝짝! 아희는 양 뺨을 약간 아플 정도로 때리며 정신을 다잡았다. 공식적으로 사귀기로 한 첫날이다. 첫날부터 이런 삽질을 하면 안 되지.
 "우웅……."
 침대에서 자고 있던 승아가 아희의 혼잣말이 시끄러웠는지 몸을 뒤척인다. 아희는 그제야 입을 꾹 다물고 화장을 지우기 위해 클렌징 용품들을 들고 욕실로 들어갔다.
 제발! 제발 부탁이야. 피부야, 늦게 잤다고 내일 화장 뱉어 내지 말아 줘! 아희는 속으로 피부에게 거의 빌다시피 하며 화장을 열심히 지웠다. 연애를 하지 않을 때야 몸 상태를 적극 반영하는 피부가 별로 신경 쓰이지 않았는데 태석과 사귀게 된 이상 예쁜 모습만 보이고 싶었다. 특히 내일은 마카오에서 성당과 카지노를 다니며 투어를 할 예정이라서 더더욱. 동화처럼 예쁜 배경 속에서 잔뜩 화장이 들뜬 얼굴로 태석을 보고 싶지는 않다. 아희는 세수를 하고 나와서 스킨로션을 바르고 슬리핑팩을 얼굴에 두껍게 바른 후 잠이 들었다.

* * *

"선배, 셰프님이랑 사귀기로 한 거예요? 오늘따라 얼굴이 완전 광이 나는데요?"

다행이다. 어제 슬리핑팩 하고 자기를 잘했어. 아희는 수줍게 고개를 끄덕이며 대답했다.

"어. 어제 고백받았어. 이게 다 승아 씨가 옷 빌려준 덕분이야! 내가 너무 고맙고 미안하니까 옷 한 벌 사 줄게."

"에이, 아니에요. 그런 거 받으려고 빌려 드린 거 아닌데요."

"그래도 새 옷인데 내가 먼저 입었잖아. 아니면 구두나 가방 사 줄까?"

승아는 고맙다고 웃으며 말했다.

"그럼 그 원피스 선배가 갖고 예쁜 거 사 주세요. 비슷한 가격으로 고를게요."

아희는 장난으로 승아의 허리를 쿡 찌르며 말했다.

"오만 원까지는 더 높게 골라도 돼."

"헤헤, 나중에 후회하지 마세요!"

승아와 아희는 수다를 떨며 짐을 싸 들고 엘리베이터에 탔다. 오늘 마카오 투어를 하고 바로 한국으로 갈 거라서 들고 온 짐을 모조리 가지고 나왔더니 꽤 묵직했다. 게다가 면세점이나 쇼핑센터에 들렀던 터라 원래 가져온 짐보다 약간 많아져서 더욱 그랬다.

띵-! 1층에 도착하기 전 2층 아래층에서 엘리베이터가 멈췄다. 남자 스태프들이 이 층에서 묵었지 아마? 문이 열리자 태석과 해진이 짐을 들고 서 있었다. 태석과 눈이 마주치자 아희는 저도 모르게 시선을 피해 버렸다. 이렇게 갑자기 마주치다니. 아직 마음의 준비가 안 됐다고!

"좋은 아침이에요!"

"네에. 오늘이 촬영 끝이라니 너무 아쉬워요."

아침 인사를 하는 해진에게 승아는 이제 제법 직장 동료처럼 말을 건넨다. 비록 아직도 눈빛은 자기 아이돌 오빠를 보는 반짝거리는 눈빛이지만 입은 일상적인 대화를 할 수가 있게 된 모양이다. 처음 만났을 때 팬이에요! 정말 좋아해요!만 외치던 때가 바로 어제 같은데. 확실히 얼굴을 오래 보는 것이 특효약인 것 같다.

툭툭, 손등을 건드리는 느낌에 고개를 드니 태석이 옆에 서서 살짝 웃고 있다. 아, 태석의 귀 끝이 약간 빨갛다. 태석도 아희를 의식하고 있었다.

"잘 잤어요?"

"네. 태석 씨는요?"

"저도 잘 잤어요."

그것으로 대화는 끝이었다. 하지만 두 사람 사이에는 간질간질하고 몽글몽글한 공기가 흘렀다. 해진과 대화를 하는 데 정신이 팔린 승아는 모르는 것 같았지만 해진은 뒤를 돌아 두 사람을 힐끗 보더니 못 말리겠다는 듯이 고개를 설레설레 저었다. 아희와 태석은 그런 해진을 보다가 서로를 보며 머쓱하게 웃었다. 이제 두 사람은 한 쌍으로 묶이는 게 당연한 '커플'이 된 것이다.

* * *

마카오. 정식 명칭은 중화인민공화국 마카오특별행정구. 홍콩이 영국의 식민지였던 것과는 다르게 마카오는 포르투갈의 식민지였다. 인구의 약 90%가 가톨릭교도인 포르투갈답게 그들은 마카오에 아름다운 성당들을 지었고, 이런 성스러운 풍경은 마카오 정부 재정수입의 50% 이상을 충당하는 카지노 사업과 굉장한 아이러니를 이룬다.

성당과 카지노. 남부 유럽와 중국. 이 정반대의 모습이 한데 어우러진 곳이 바로 마카오다.

홍콩에서 마카오까지는 페리로 50분. 1시간이 안 되는 시간 동안 촬영 팀은 홍콩이라는 세계에서 마카오라는 신세계로 진입했다.

"역시 마카오는 홍콩이랑 또 다른 매력이 있어요. 그쵸? 냄새부터가 다른 것 같아."

흐으읍-! 승아는 크게 공기를 들이쉬며 웃었다. 아희 역시 동의했다.

마카오는 거리부터가 다르다. 석회석을 조그맣게 잘라 동물, 혹은 기하학적인 문양을 새겨 넣은 포르투갈식 포장도로가 시선을 사로잡는다. 스페인에는 가 본 적이 있지만, 바르셀로나는 가 본 적이 없다. 바르셀로나가 낳은 천재 건축가 가우디가 만들었다는 구엘공원이 약간 이런 느낌이지 않을까?

"자자, 일단 성당이랑 광장부터 쫙 돕시다! 카지노까지 가야되니까 빨리빨리 움직이세요!"

방콕편이 방송되고 시청자들의 피드백과 팀원들의 분석 결과, 여행지에서 맛있는 음식을 먹는 것이 프로그램의 취지인데, 너무 여행에 소홀하고 '음식'에만 집중한다는 평이 나왔다. 하긴. 정말 여행지의 맛집만이 궁금하다면 블로그를 뒤지는 편이 낫거나, 요리 기행 프로그램을 보는 것이 맞을 것이다. 이 프로그램을 시청한다는 것은 강태석 셰프나 아이돌 이해진, 둘 중의 한 명에게라도 관심이 있어서 보는 것일 텐데 여행적인 요소가 너무 적은 건 사실이었다. 그래서 팀원들은 홍콩편에서는 쇼핑하는 장면도 넣고 마카오에서 성당과 카지노를 구경하는 장면을 넣기로 한 것이다.

먼저 마카오의 제일 유명한 관광지인 성 바울 성당으로 향했다.

마카오의 랜드마크인 성 바울 성당은 1580년에 지어졌지만 지금은 건물의 건물의 출입구로 이용되는 정면 외벽 파사드와 계단, 일부 뼈대만 남아 있는 성당이다. 물론 아희는 마카오에 처음으로 방문했던 때 제일 먼저 와 보았었지만, 다시 봐도 감회가 새로웠다.

"이게 성당이에요?"

"네. 건물 정면만 남기고 다 타 버렸어요."

"무슨 설치 미술 같아요. 성당이라기보다는 조각 같고……."

태석이 개인적으로 홍콩과 더불어 마카오를 몇 번 와 봤다고 했으니 태석이 해진에게 설명을 해 주는 식으로 구성을 짰다. 실제로도 해진은 성 바울 성당을 처음 보는 것이기도 했다. 아니, 아예 마카오에 처음 온다고.

"아이돌들은 시상식 때마다 홍콩 오지 않아요?"

그렇게 이동 중에 물어보았더니 해진은 해맑게 웃으며 대답했었다.

"도착해서 리허설하고 공연장 바로 옆 호텔에서 자고 공연 끝나자마자 다시 한국으로 돌아가는 일정이에요!"

"아이돌이란 힘들구나."

혀를 내둘렀다. 하루, 아니 반나절만 시간을 주면 볼 수 있는 관광지인데 그냥 시상식만 찍고 귀국한다니. 비행깃값이 아깝기도 하고. 근데 어떻게 보면 비행기를 타는 게 일상이라서, 본전을 뽑지 않아도 되는 느낌이라 부럽기도 하고 신기하기도 하다. 항공사 마일리지는 차곡차곡 쌓이겠네.

400년이 넘는 시간 동안 자리를 지킨 성당의 정문. 이미 건물은 불타 버린 지 오래이기 때문에 성당이라는, 건물을 지칭하는 단어를 쓰는 것조차 꺼려질 정도다. 하지만 400년 전 유럽 사람들이 자신들이 믿는 신을 전하기 위해 중국에서도 남쪽 외곽에 있는 이 마카오에 와서 상당을 짓고, 그 성당이 400년이 넘도록 제자리를 지키고 있다는 것을 생각하면 종교가 없는 아희조차 가슴 한구석이 찡해지는 기분이었다.

인간은 길게 살아야 고작 100년. 그 100년을 살며 무엇을 남길 수 있을까. 너는 아빠 해, 나는 엄마 할게. 그럼 너는 애기 해! 이렇게 소꿉장난을 하며 놀던 어린 시절만 해도 그녀는 미래에 당연히 엄마가 될 줄 알았다. 하지만 지금은 잘 모르겠다.

나이를 먹을수록 삶이 고달파졌다. 고등학교 때는 대학교에 들어가기만 하면 천국이 펼쳐질 줄 알았고 대학생이 되어 보니 그게 아니란 것을 알았다. 오히려 학교에서 졸업하는 순간 좋았던 날들은 끝이라는 예감, 아니 확신이 들었다.

물론 아희는 현재 하고 싶은 일을 하고 있다. 글을 쓰고,

프로그램을 기획하고 만들고, 그 프로그램이 만들어지는 현장을 함께하고. 이런 일련의 과정들은 아희를 무척이나 행복하게 만든다. 하지만 그렇다고 지치지 않는 것은 아니다. 4년제 대학을 나와서 이백만 원도 받지 못하느냐고 한탄을 하는 부모님. 대기업, 혹은 대기업은 아니더라도 탄탄한 중견 기업에 취업을 했다는 친구들. 그냥저냥 평범한 직장을 다니다가 결혼하고 임신하면서 가정주부가 된 선배들.

친척 어른들은 졸업 전에는 언제 졸업하니, 취업은 했니. 꼬치꼬치 캐묻다가 이제 일을 한 지 조금 되니까 다른 질문을 한다.

"결혼은 언제 할 거니?"

요새는 일찍 결혼하는 게 유행이라더라. 만나는 남자는 있냐. 돈 많은 남자를 만나라. 네가 언제까지 그 일을 할 수 있을 것 같냐. 남자 하나 잘 잡는 게 네가 뼈 빠지게 고생한 것보다 백배는 낫다.

현실적인 조언이라는 탈을 쓰고 그저 현재의 모습을 깎아내리기 바쁜 말들을 듣고 있다 보면 그냥 혼자 사는 게 낫겠다는 생각이 들곤 했다. 일단, 결혼은 너무 먼 이야기처럼 들렸다. 지금 당장 생각할 만한 일이 아닐 거라고 여겼다. 하지만 태석과 사귀게 된 순간 슬그머니 걱정이 되기도 했다. 시작하자마자 끝을 생각하게 되는 꼴이지만. 지금까지의 연애처럼 헤어지는 것으로 끝이 날 것인지. 아니면 연인이라는 이름을 벗고 새로운 시작을 기대하게 될지.

"컷! 이제 광장으로 장소 이동하자!"

성당 신을 찍고 세나도 광장으로 이동하는 내내 태석의 얼굴을 훔쳐보았다. 남자답고 날렵한 옆얼굴. 태석은 알까? 사귄 첫날부터 너무 앞서가는 것 같지만 아희는 그와 결혼이라는 동화 속 해피엔딩 같은 결말을 상상하기도 했다는 걸. 그녀가 전 남자 친구들과 사귈 때는 결혼이라는 엔딩을 생각조차 하지 않았다는 걸.

"아희 씨? 내 얼굴에 뭐 묻었어요?"

태석이 아희의 노골적인 시선을 느꼈는지 약간 당황한 웃음을 지으며 자신의 얼굴을 매만졌다. 지금 자신을 바라보며 웃는 저 얼굴이 영원히 자신의 것이면 좋겠다고, 아희는 생각했다.

'이런 생각을 하는 내가 너무 낯설다는 걸 당신은 알까.'

모르는 게 당연한데도 조금은 아릿한 마음이 들었다.

* * *

카지노! 마카오의 부는 카지노로 쌓아 올렸다 해도 과언이 아니다. 마카오의 화려한 호텔은 물론 무료로 운행되는 호텔 리무진과 관람차 등, 관광객을 홀려 호텔 아래의 카지노로 유인한다.

카지노가 미디어에 노출되는 것도 관광객 유치에 도움이 되기 때문에 촬영 팀은 여러 제한 사항을 안내받은 뒤 촬영을 허가받을 수 있었다. 물론 본격적인 도박을 할 수는 없지만.

"카지노에 가기 위해 이렇게 차려입으니까 제가 꼭 제임스 본드가 된 기분이네요."

"전 도둑들이요! 영화 도둑들 촬영을 마카오에서 했다던데!"

해진과 태석이 화려한 카지노 건물의 정면 앞에서 대화를 나누는 장면을 카메라로 담았다. 둘은 지금까지의 여행 중에서 가장 멋진 차림이다. 흰 드레스 셔츠와 정장, 그리고 구두까지. 손목에는 협찬받은 비싼 시계까지 찼다.

카지노에 들어가기 위한 특별한 복장 규정은 없다. 반바지와 샌들은 안 된다고는 하지만 온난한 기후의 마카오에서는 딱히 그 규정을 엄격하게 지키지 않는다. 하지만 해진과 태석은 좀 더 분위기를 내기 위해 라인이 잘 빠진 블랙 슈트를 입었다. 머리까지 깔끔하게 넘기고 말이다.

약간의 메이크업까지 더하니 두 사람의 얼굴에서 빛이 뿜어져 나온다. 근처를 지나가던 관광객들도 걸음을 멈추고 구경을 한다. 평범한 사람들 속에서 키가 크고 늘씬한 두 사람을 보고 있자니 마치 홍콩 영화 속 한 장면 같다.

상대적으로 나이가 어린 해진이 태석에게 물었다.

"카지노에 가 본 적 있으세요?"

"네. 해외여행을 하러 나오면 가끔씩 구경하곤 해요."

오, 그건 의외네. 태석은 해진이 도박꾼 아니냐고 몰아가자 당황하며 손을 내저었다. 약간 아희를 의식하며 하는 발언이었다.

이제부터는 구경도 못 하게 해야지. 차라리 바람을 피우면 피웠지 도박은 절대 안 된다. 도박은 한 사람뿐 아니라 주변 사람의 인생까지 피폐하게 만든다. 아희는 결연하게 다짐했다.

"원래 카지노는 촬영이 되지 않는데 저희는 미리 카지노 측에 양해를 구해 놓고 찍는 거니까 혹시 여행 가셔서 카지노 찍다가 쫓겨나지 않도록 주의하세요!"

당부의 말을 끝낸 해진과 태석은 카지노 안으로 들어갔다. 모든 인원이 카지노로 들어가지는 못했다. 태석과 해진을 제외한 5명 정도의 인원만이 들어갈 수 있도록 허락을 받았다. 그 5명 중에 굳이 작가가 들어갈 필요는 없어서 아희는 주변 스태프들과 함께 바깥에서 기다렸다.

먼저 들어가 있던 촬영 팀이 카지노 안으로 들어가는 해진과 태석을 찍었겠지? 아, 화려한 카지노 안으로 입장하는 태석의 샷이라니. 너무 멋있을 것 같다. 보고 싶다.

호텔에서 15분 간격으로 해 준다는 분수 쇼를 멍하니 보고 있자니 희수가 아희의 옆구리를 툭 쳤다.

"우리도 들어갈까?"

"네? 5명만 들어갈 수 있다고……."

"고객 입장으로 들어가자는 거지. 적어도 1, 2시간은 걸릴 거라서 지금 다른 사람들도 좀 돌아다니다 온다는데?"

"……그럴까요?"

"막내는 어떻게 할래?"

"아, 저는……."

평소 같으면 바로 좋다고 끄덕할 승아가 바로 대답을 않자 아희와 희수는 바로 가기 싫어하는구나 알아챘다. 이럴 때 같이 안 간다고 꼬투리 잡을 것도 아니고. 하지만 승아는 아희가 전에 개인행동을 한 것으로 혼냈던 것 때문인지 쉽사리 말을 하지 못했다. 아희는 승아가 충분히 이해할 수 있도록 달랬다.

"괜찮아. 다른 데도 아니고 카지노인데 가기 싫을 수도 있어. 그리고 이건 다른 사람들이랑 합의하에 자유 시간을 갖는 거니까 승아 씨도 승아 씨대로 하고 싶은 거 하면 돼. 그냥 연락 잘 받고 이따 모이자고 할 때 늦지만 않으면 될 거야."

승아는 아희의 말에 눈에 띄게 안심하며 끄덕였다.

"감사해요. 예전에 카지노 구경 갔다가 난동 피우는 사람 봐서 좀 무서운 이미지거든요."

"첫 이미지가 중요하지. 근데 혼자 있어도 되겠어?"

"혼자는 아니에요. 세준이가…… 지금 마카오라고 해서……."

그렇게 싸우는 모습을 보였는데 만난다고 하는 게 민망했는지 승아는 아희와 희수의 눈치를 봤다. 희수는 워낙 쿨한 사람이라 그게 뭐 어때서?라는 표정으로 승아에게 말했다.

"승아 씨. 그런 거 눈치 보지 마. 우리가 승아 씨 엄마도 아니고 승아 씨도 성인이니까 하고 싶은 대로 하면 되는 거야. 그때 아희 씨가 혼냈던 건 일에 영향을 줬기 때문이고. 그렇게 눈치 보면 우리가 꼭 군기 잡는 못된 선배들 같잖아."

"앗, 그런 거 아니에요!"

"승아 씨가 우리 그렇게 안 보는 거 알아. 당당하게 행동하라는 뜻이야. 가뜩이나 촬영 팀에 치이고 홍보 팀에 치이고, 죽어라 치이고 사는 작가 팀인데 우리끼리도 눈치 봐야 되면 얼마나 일하기 짜증 나겠어? 우리 편하게 살자."

희수는 승아의 바로 위 선배가 아니라 아희가 승아를 잘 가르치도록 방임하는 편이다. 그래서 승아는 희수가 이렇게 자신을 신경 써서 말해 주니 굉장히 기뻐 보였다. 활짝 웃는 얼굴이 밝다.

"네! 그럴게요!"

"그럼 잘 놀다 와. 우리는 한탕 벌이고 올게."

어깨를 툭툭 두드리고 희수는 아희의 팔에 팔짱을 꼈다. 두 사람은 발걸음도 씩씩하게 카지노로 향했다.

"자, 가자! 잭팟 터트리는 거야!"

……이 선배가 승부사 기질이 있나?

카지노에 입성했다고 해도 내가 아는 게임이 별로 없다 보니 할 수 있는 게임은 한정적이었다. 슬롯머신과 식보 게임 정도.

식보란 주사위 3개로 하는 게임으로 그 합의 홀짝을 맞춘다든가 합의 크고 작음(대소)을 맞춘다든가 하는 아주 간단한 방식부터 도미노, 숫자 일치 등 다양하면서 복잡한 방식이 있다. 아희는 물론 홀짝과 대소만 할 수 있었다.

하지만 역시 카지노는 슬롯머신이 최고지!

"슬롯 먼저 하게?"

"네. 선배도 괜히 혼자 가서 잃지 말고 저처럼 안전하게 슬롯이나 하세요."

"……그럴까."

들어오기 전보다 확실히 희수의 기세가 죽었다. 몇 시간째 카지노에 있는지 모를 사람들이 그저 얇디얇은 카드 몇 장, 작은 주사위 몇 개에 한국 돈으로 수백만 원씩 배팅을 하는 것을 보면 압도될 수밖에 없는 것이다. 그들의 재력에

압도되는 것이 아니라 그들 눈에 희미하게 스민 광기에.

얼마를 내서라도 따겠다, 이기겠다는 살벌한 눈빛은 이제 막 카지노에 들어온 두 여자를 무섭게 압박했다.

"저기는 이제 식보 하나 보다."

홀에서 무료 음료수를 받아 들고 슬롯머신으로 가는 길에 태석과 해진이 식보 테이블 앞에 앉은 것이 보였다. 가서 구경을 하고 싶기도 했지만 촬영 중이라 그런지 카지노 직원이 몇 명이나 옆에 붙어 있어서 갔다간 일행인 걸 들켜 버릴 것만 같았다.

촬영에 지장이 가면 안 되지. 그런데 멀리서 봐도 참 잘생겼다. 돈이 많아 그저 취미로 놀러 나온 것으로 보이는 중국 아주머니들이 해진과 태석을 힐끔거리며 구경한다. 직원에게 누구냐고 묻기도 했다.

"저렇게 입혀 놓으니까 정말 그림이 되네."

희수의 감탄에 아희도 말없이 동조하며 슬롯머신으로 걸어갔다.

"이게 확실히 딜러 없이 혼자 할 수 있으니까 부담이 없고 편한 것 같아."

"맞아요. 옷가게에서 점원 없이 구경하는 것처럼 편하죠."

"옷가게랑은 다르지! 난 옷가게에서 직원이 나 방치하면 화나던데. 돈 안 쓸 것 같나? 싶어서 괜히 자존심 상하고."

직원이 안 와서 자존심이 상하다니. 아희는 역시 희수가 참 특이한 캐릭터라고 생각하며 웃었다. 나는 사람이 없어야 편하게 구경하고 좋던데. 직원이 필요한 때는 상표에 가격이 안 쓰여 있을 때나 내 사이즈가 있는지 물어볼 때, 그리고 계산을 할 때뿐이다.

두 사람은 각자 슬롯머신 앞에 앉아 동전을 넣었다. 슬롯머신이 좋은 건 적은 돈으로 부담 없이 베팅을 할 수 있다는 거겠지. 머신에는 온통 한자라 어려워서 대강 아무거나 누르며 시간을 보냈다.

우리나라 돈으로 거의 십오 원밖에 안 되는 십 센트짜리 슬롯머신이라서 정말 가벼운 마음으로 동전을 넣었다. 도박을 처음 하는 사람들이 이런 마음으로 시작했을까 생각하면 무서운 기분이 드는 것도 사실이지만 한 시간 있으면 촬영하러 가야 되는걸!

5번쯤 넣었을까? 그림이 뜨는 액정이 아까와는 달랐다.

"어? 이게 뭐지?"

"뭔데 그래?"

"어…… 저 됐나 봐요!"

그림 5개 중 4개가 똑같은 그림이 나오며 WINNER! 승자라는 표시가 떴다.

"뭐야! 이거 얼마야?"

아희는 얼떨떨한데 희수가 더 신이 났다. 5개가 다 맞으면 오천 달러가 넘는다는데 4개는 천 달러라는 것 같다. 홍콩 달러 환율 계산은 익숙하지가 않아서 얼마인지 감이 안 왔다.

"천 달러면 십오만 원이네. 이왕 딴 거 더 해 봐!"

"십오만 원이요? 좋다. 이걸로 밥이나 먹을까요?"

"에이, 운은 몰아서 온다잖아. 빨리 한 번 더 해 봐!"

초심자의 운으로 한 번 됐으면 끝일 것 같은데 희수의 재촉에 동전을 몇 번 더 넣었다. 5번이 넘어가자 희수도 구경을 그만두고 자신의 머신을 돌리기 시작했는데 몇 분이 지났을까. 아희의 머신이 또 일을 냈다.

"대박!"

"이번엔 5개가 맞았어?"

"네. 왜 이러지, 무섭게?"

아희는 괜히 무서웠다. 소시민인 그녀는 괜히 이런 행운이 따르면 겁부터 났다.

그림 5개가 맞아서 약 오천이백 홍콩 달러. 계산을 해 보니 한국 돈으로 팔십만 원쯤이다. 십오 원 몇 번 투자했다고 순식간에 거의 백만 원 돈을 벌다니. 기쁘다기보다는 무섭다. 마치 도박의 신이 자신을 발견하고 이리 오라며 손짓한 것 같아서 말이다.

"와! 내 것도 됐어!"

그때 희수도 그림 4개짜리의 당첨이 터졌다.

"축하드려요!"

"나도 몇 번만 더 하면 5개가 터질지 몰라."

희수는 눈을 빛냈다. 이러다 도박에 빠지시는 건 아니겠지? 괜히 싱숭생숭한 기분이 들어서 아희는 주스를 더 가지고 오겠다고 자리에서 일어났다.

"아, 저희 연예인 맞다니까요?"

그때 해진과 태석이 앉아 있던 테이블에서 큰소리가 들렸다. 뭐지? 깜짝 놀라 그쪽을 보자 해진이 약간 화가 나서 인상을 쓰고 있고 태석이 카지노 직원들에게 조사를 받는 것인지 양손을 들고 있었다. 나는 놀라서 컵을 떨어트릴 뻔했다. 무슨 일이 일어난 거야, 대체?

가서 물어봐야 하나. 내가 가도 될까. 고객으로 들어왔고 촬영도 하지 않고 있으니까 괜찮지 않을까. 아희는 갈팡질팡 고민을 하다가 카지노 직원이 태석을 어딘가로 데려가려 하자 참지 못하고 뛰어갔다.

"무슨 일이에요?"

"어, 하 작가! 잘 왔어!"

피디님이 다행이라는 듯이 안심을 하며 직원들을 멈춰 세운다.

"혹시 지금 우리 방송 영상 갖고 있는 거 있어?"

"네, 있어요."

"그거 좀 틀어서 얘네 보여 줘 봐. 계속 태석 씨가 연예인 맞느냐고 그러잖아."

"네? 이미 얘기 다 끝난 사항인데……."

당황해서 핸드폰 잠금을 푸는 손이 덜덜 떨렸다. 잠금을 풀고 폰에 넣어 놓은 우리 프로그램 풀 영상을 틀었다. 그리고 오프닝 부분의 태석의 소개 영상을 보여 주며 통역과 가이드를 맡아 주는 현지 코디에게 잘 좀 말해 달라고 설명을 했다. 현지 코디도 굉장히 당황한 눈치였다.

"원래 직업은 셰프고 요리 여행 프로그램이라 남자 아이돌과 같이 왔다고 말 좀 잘해 주세요. 여기 한국에서 방영하고 있는 프로그램이라고."

현지 코디는 고개를 끄덕거리며 직원들과 뭐라뭐라 길게 이야기를 나누었다. 직원들은 굳은 표정으로 대화를 하더니 영상까지 본 후에야 겨우 납득한 듯했다. 아희는 그사이 발을 동동거리며 태석을 보았다. 태석도 제법 놀랐는지 얼굴이 딱딱하게 굳었다. 너무 미안했다. 이런 건 자신이 확실히 처리를 해 놨어야 했는데……. 외국에 와서 갑자기 험악하게 생긴 데다가 말도 안 통하는 카지노 직원들에게 끌려갈 뻔했으니 얼마나 놀랐을까.

그때 현지 코디가 태석을 데리고 와서 약간 어이없다는 얼굴로 설명을 해 주었다.

"태석 씨가 카지노 블랙리스트에 오른 사기꾼 타짜랑 닮았대요. 미리 통화나 문서 주고받은 것도 있고 해서 그냥 지켜봤는데 태석 씨가 식보에서 좀 땄거든요. 그랬더니 그 타짜가 와서 촬영이라고 짜고 치는 거 아니냐고 확인하려고 한 거래요."

"뭐라구요? 얼굴이 좀 닮을 수도 있지 그것 때문에 그렇게 무섭게 끌고 가려고 해요?"

드물게도 해진이 목소리를 높이며 화를 냈다. 바로 옆에 있으면서 태석이 끌려갈 뻔한 것을 막지 못한 것 때문에 무척이나 화가 나고 속이 상했던 듯하다. 이게 무슨 일인가 싶어서 무섭기도 했겠지.

"블랙리스트에 오를 정도면 엄청나게 해 먹은 모양이에요."

현지 코디가 화가 난 스태프들을 달랬지만 스태프들은 이미 화가 날 대로 난 상태다. 아희라도 스태프들을 달래야 했으나 그녀마저 너무 화가 나고 어이가 없어서 손이 부들부들 떨릴 지경이라 나서지 못하고 혼자 분을 삭이고만 있었다. 오히려 난데없이 봉변을 당한 태석이 스태프들을 달랬다.

"괜찮아요. 제가 좀 눈이 째졌잖아요. 한국에서도 가끔 조폭으로 오해받고 그래서 익숙해요. 제가 생긴 게 좀 범죄자 같은가."

상황이 좀 심각해 보였는지 태석이 어울리지 않게 넉살을 부렸다.

"기분 나쁘니까 얼른 촬영하고 가요. 제가 딴 돈으로 뭐라도 쏠게요."

"아니야, 태석 씨. 우리가 미안하지."

피디님이 태석에게 진심으로 사과를 했다. 블랙리스트에 오른 사기꾼과 태석이 닮았을 줄은 스태프들도 예상을 못한 것이지만, 그래도 촬영 팀에서 충분히 보호해 줬어야 했다. 태석에게 미안한 마음과 카지노 측을 향한 화가 뒤섞여서 스태프들이 어쩔 줄 모르는데 당사자인 태석이 얼른 촬영을 다시 시작하자고 말해 주니 스태프들은 주섬주섬 다시 카메라를 확인하며 촬영 준비를 했다.

그때 카지노 사무실 쪽에서 카지노의 책임자로 보이는 남자가 걸어왔다. 그리고 현지 코디를 통해 피디에게 사과의 말을 전하면서 호텔 숙박권 및 상품권 등을 잔뜩 내밀었다.

"됐다 그래! 우리가 거지인 줄 아나."

피디는 화가 나서 거절했지만 태석이 그냥 웃으며 받았다.

"안 받으면 손해예요. 피디님 이걸로 사모님 스카프라도 하나 사 가세요."

"태석 씨가 이러면 내가 미안해서 어떡해. 태석 씨가 받아. 나 주지 말고."

태석과 피디님은 한동안 실랑이를 벌였다. 아희는 그런 태석을 보며 새삼스럽게 그가 많이 달라졌다는 걸 느꼈다.

분명 방콕 여행을 할 때만 해도 요리가 요리 같지도 않다며 화를 내서 촬영 일정을 꼬이게 하고, 통역이 제대로 일을 못 한다며 통역 학생을 울리기도 했는데 이제는 부탁하지 않아도 먼저 나서서 스태프들을 달래기까지 한다. 심지어 자신이 하나도 잘못한 것 없이 피해를 입은 입장인데도 말이다.

"저 진짜 괜찮으니까 얼른 촬영해요."

태석은 그 말을 하면서 아희를 바라보았다. 그녀가 불안하고 미안해하고 있다는 것을, 그가 다 알고 있다고 안심시켜 주듯이.

* * *

카지노 신을 찍고 나오자 어느새 주변은 어두워지고 있었다. 안에 있을 때 지연된 시간 때문에 다른 스태프들에게 끼니를 때울 음식을 사다 달라고 부탁해 놓았다. 마카오에서 홍콩으로 넘어가서 비행기를 타야 하기 때문에 시간이 촉박했다. 해진과 태석은 정장을 입은 그대로 카지노에서 나와 페리로 이동했다.

"이대로 페리를 타는 건가요? 진짜 재벌 같네."

카지노에 있을 때만 해도 태석이 오해를 받은 일 때문에 굉장히 화가 나 보였는데 지금은 아무 일도 없었다는 듯이 밝게 웃는 해진. 그의 프로페셔널한 모습은 정말 감탄스러울 정도다. 오히려 태석이 약간 지친 듯 녹초가 되었다.

"페리에서는 별일 없겠죠? 얼른 어디든 앉아 있고 싶어요."

"당연하죠. 하지만 셰프님의 주머니는 조심해야 될 것 같아요. 아까 대체 얼마나 딴 거예요?"

그러고 보니 태석이 대체 얼마나 땄기에 사기꾼이 아니냐고 의심까지 한 거지? 해진의 말에 궁금해져서 태석을 보자 태석은 별거 아니라는 듯이 손사래를 쳤다.

"솔직히 많이 딴 것도 아니었어요. 그냥 한국 돈으로 육백만 원쯤……."

"육백만 원이요?! 충분히 많은데요?"

"적은 돈은 아니지만 사기꾼으로 의심받을 정도는 아니에요. 마카오 카지노에서 겨우 육백만 원으로 저를 사기꾼으로 몰다니요."

유, 육백만 원……! 나도 슬롯머신으로 거의 백만 원 정도 따기는 했지만 육백만 원이라니. 그것도 태석은 슬롯머신이 아니라 주사위를 던지는 식보 게임을 했으니 좀 더 본격적인 도박으로 돈을 딴 느낌이라 굉장히 얼떨떨했다. 저렇게 운이 좋은 사람이 있구나 싶은 기분?

옆에 있던 희수도 그렇게 생각했는지 툴툴거렸다.

"난 그 뒤로 그림 4개짜리만 한 번 더 터져서 삼십만 원

번 게 다인데. 아이씨랑 태석 씨는 많이 벌었네."

희수의 눈에는 그녀나 태석이나 그게 그거로 보이나 보다. 아희는 키득거리며 희수를 달랬다.

"그래도 벌긴 벌었잖아요. 삼십만 원이면 적은 돈 아니에요. 제가 한국 가면 선배랑 승아 씨한테 한턱 쏠게요."

"맞아. 원래 쉽게 들어온 돈은 쉽게 써야 하는 법이야."

그래도 신기하기는 하다. 그저 버튼 몇 개 눌렀을 뿐인데 십오 원이 백만 원이 되어 돌아오다니. 약간 허무하기도 했다. 백만 원이면 월급의 반이 넘는다. 이래서 사람들이 도박으로 한탕 벌려고 하는 건가. 하지만 한탕을 버는 사람은 신화 속 주인공처럼 사람들의 입에서만 오르내릴 뿐, 그 실체가 존재하는지도 확인하기가 어렵다. 그런 사람이 있으면 영화로 만들어지겠지. 차라리 도박할 돈으로 주식을 하는 게 나아 보이기까지 할 정도다. 주식도 패가망신의 지름길이라고는 하지만 도박은 똥 묻은 개고, 주식은 겨 묻은 개쯤 돼 보이니 말이다.

아희가 혼자 생각을 하는 사이에 태석과 해진은 멘트를 마무리 지었다. 현지 코디가 스태프들의 인원수대로 페리 티켓을 샀고 우리는 페리로 올랐다.

해진은 아희의 앞자리에 앉아 뒤를 돌아서 등받이에 턱을 괴고 그녀를 보았다. 바람에 해진의 머리칼이 부드럽게 흩날린다.

"아, 이제 홍콩에 가면 바로 한국으로 가겠네요. 왜 방콕 때보다 더 짧게 느껴질까요?"

"스태프들이랑 많이 친해졌어요? 원래 재밌으면 더 시간이 빨리 가는 것처럼 느껴지잖아요."

해진은 생각하는 듯 고개를 갸웃거리다가 배시시 웃었다. 분명 제 나이 또래로 보이던 잘생긴 얼굴이 웃는 순간 두세 살은 더 어려 보인다. 둥글게 접히는 눈이 귀엽고 예뻤다.

"스태프들이랑은 친해졌는데…… 정작 친해지고 싶은 사람이랑은 못 친해진 것 같아요. 더 노력해야지."

그 말을 하고 해진은 몸을 돌려 앞을 보았다. 아희는 또 헷갈렸다. 해진의 '친해지고 싶은 사람'이라는 게 바로 그녀를 뜻하는 것인지 말이다.

사실 해진은 지금 비겁하게 굴고 있었다. 차라리 관심이 있다면 관심이 있다, 확실하게 말해 주면 아희가 알아서 선을 긋고 거리를 둘 텐데 아닌 척하다가 한 번씩 이렇게 그녀를 찌르니까. 못 먹는 감, 찔러나 보자는 심보인가? 그렇게 못돼 처먹은 성격은 아닌 걸로 보이는데.

물론 아희도 자신이 어리고 잘생기고 키도 큰 데다 능력까지 좋은 해진을 거절할 만한 주제가 아니라는 것쯤은 알았다. 하지만 그녀에게는 지금 태석이 있다. 그것도 태석은 사귀기로 한 지 24시간도 지나지 않은 애인이다. 그런 아희에게 지금 이렇게 알 듯 말 듯한 행동을 하는 해진이 좋게 보일 리 없었다.

"어, 선배 왜 아무것도 안 들고 있어요? 이거 드세요."

그때 승아가 아까 스태프들이 사 온 빵을 아희에게 나눠주었다. 아희는 빵을 으적으적 씹으며 승아와 대화를 나누는 해진을 노려보았다.

'또 한 번만 헷갈리게 굴어라. 그러면 누나가 아주 아작을 내 줄 테니까!'

사람들을 실은 페리는 넘실거리는 바다를 건너 홍콩으로 도착했다. 그리고 다시 공항으로 이동하여 홍콩에서 대한민국으로 가는 비행기를 기다렸다.

사람들은 단단한 땅에 발을 밟으며 산다. 그렇지만 가끔은 답답함을 느낀다. 땅은 너무 단단하고, 빌딩은 너무 높고, 도시는 너무 좁다. 도시에서 올려다보면 하늘마저도 작다.

그렇기에 사람들은 여행을 떠난다. 여행을 떠나는 길은 평상시 딛는 땅보다 물렁물렁하다. 몇 시간을 단단한 땅 위가 아닌 기차와 버스에서 보내고, 바다 위를 떠다니고, 하늘을 난다. 일상을 보내는 곳이 아닌 다른 장소에 닿으면 우리는 비로소 세상이 넓다는 것을 깨닫게 되는 것이다. 내가 사는 세상도 이 넓은 세계의 일부라는 것을, 나의 일상도 다른 누군가에게는 여행이 된다는 것을 깨달으며 집으로 돌아간다. 하지만 집으로 돌아온 나는 여행을 떠나기 전의 나와는 분명히 다르다.

연애도 그렇다. 나 혼자서만 지내다 보면 가끔씩 답답함을 느낄 때가 있다. 누군가는 외로움을, 누군가는 허전함을 느낀다. 물론 외롭고 허전한 마음만으로 연애를 하는 것은 결국은 상대방과 나 자신 모두를 상처 입히는 일이다. 하지만 타인을 만나는 것은 다른 세계를 만나는 일이다. 상대방을 알아 가며 내 세상의 지평을 넓히고 새로운 경험을 할 수 있다. 어쩌면 타인과의 교류는 일종의 '탐사'나 '모험'과도 같을 수도 있겠다.

아희와 태석은 이제 막 서로를 향한 탐사를 시작한 셈이다. 우리는 애정을 기반으로 서로의 어린 시절, 좋아하는 음악, 가족 관계, 학창 시절 즐거웠던 추억 등의, 사람의 뿌리를 이루는 사소하지만 중요한 기억들을 공유하며 서로를 향한 탐구를 멈추지 않을 것이다.

"이리 줘요. 내가 올려 줄게요."

태석은 아희의 짐을 뺏어서 기내 선반에 올려 주며 아무도 모르게 슬쩍 그녀의 손을 잡았다 놓았다. 아희도 자리에 앉기 전에 손가락으로 태석의 손바닥을 간질였다. 태석이 놀라서 그녀를 보자 고개를 돌려 모른 척을 했다. 주머니에서 사탕을 꺼내서 태석에게 건넸다.

"짐 올려 줘서 고마워요."

"아니에요. 사탕 잘 먹을게요."

일상적인 대화지만 두 사람의 관계는 이미 달라져 있다. 태석과 아희는 애정 어린 시선을 교환했다. 한국에서는 다른 사람들 눈치 보지 말고 마음껏 사랑합시다. 말하지 않아도 서로의 생각을 알 수 있었다.

강태석 외전 4. 쌍방향 화살표

 드디어 홍콩으로의 여행. 방콕 때와는 느낌이 사뭇 다르다. 그때는 일방적으로 아희에게 호감을 느끼고 나 혼자 신경 쓰는 입장이었는데 이제는 아희가 나를 살피고 내 행동에 수줍어하는 모습을 보인다.
 하지만 촬영이란 언제나 힘이 든다. 셰프들 중에서도 촬영이 체질인 사람들이 있곤 하지만 최소한 나는 아니다. 사람들을 만날 때마다 첫인상이 안 좋다, 화난 줄 알았다는 평을 들어서 나도 내 표정이 썩 좋지 않다는 것을 알고 있기 때문에 마음의 부담감이 크다. 그래서 해진과 함께 나와서 얼마나 다행이라고 생각하는지 모른다. 해진이 방긋방긋 웃으며 촬영을 부드럽게 이어나가 주고 카메라를 향해 말을 할 때면 나는 그제야 안심이 되는 것이다. 나보다 여덟 살은 어린 애한테 의지하는 꼴이 민망하긴 하지만 그래도 뭐 어쩌겠는가. 해진이 방송 면에서는 나보다 훨씬 선배인 것을.

공항 신을 따고 걱정을 한시름 놓고 있는데 작은 웃음소리가 들렸다. 아희다. 아마도 내가 오랜만에 촬영을 하느라 카메라에 낯을 가리고 있던 것이 퍽 우스운 듯했다. 아희가 웃는 걸 보는 것만으로 나는 기분이 좋아졌지만 괜히 심술을 부리는 어린애처럼 불퉁한 표정으로 다가가서 그녀가 들고 있는 커피를 뺏어 먹었다.

"어!"

"왜요."

"제가 먹던 건데……."

"그걸 몰라서 이러는 걸까 봐서요?"

그 말에 아희가 멍하니 나를 본다. 아, 그렇게 순진한 표정으로 날 보면 당장이라도 잡아먹고 싶어지잖아. 남자는 모두 늑대라구요, 하아희 씨.

"얼마 안 남았으니까 이거 내가 먹고 이따가 새걸로 사줄게요."

그녀를 보고 있으면 나도 모르게 웃음이 나온다. 마음을 손으로 만질 수 있다면 마치 풍선과도 같은 재질이지 않을까, 하는 생각을 한다. 지금 내 마음은 공기를 주입하는 풍선처럼 크게 부풀고 있으니 말이다.

비행기에서 미리 만들어 두었던 마카롱을 아희에게 주고 나는 자는 척 안대를 썼다. 홍콩에서는 무슨 일이 있을까. 내 나름대로의 계획을 세워 봤는데 그녀가 좋아해 주면 좋겠다고, 떨리는 마음을 안고 억지로 눈을 감았다.

* * *

아희를 보며 느낀 것이 있다. 생각해 보면 어린아이도 알 법한 것인데 나는 그걸 너무 늦게 깨달아서 민망할 뿐이다. 그래도 더 늦기 전에 깨달아서 다행이라고 해야 할까. 그건 바로 모두에게는 각자의 사정이 있다는 것이다.

내가 음식에 관해서 까탈스럽게 따지는 것이 나만의 사정이듯이, 다른 사람들도 그 나름대로의 직업 정신과 직업의식이 있다. 내가 더 뛰어나다고 할 수가 없는 것이다. 나는 화를 내고 따지는 것이 내 직업의식에 맞는 것이라고 생각했지만 아희는 그런 나를 참아 내고 비위를 맞춰 촬영을 계속 진행하는 것으로 직업의식을 발휘했다. 내 고집만 부려서는 안 된다. 아희가 내게 그걸 깨닫게 해 주었다.

그래서 유명한 중식 체인점의 홍콩 본점에 가면서 혹시라도 내가 짜증을 부려서 촬영에 영향이 가지 않을까 우려의 말을 건네는 피디님께 아희를 의식해서 말을 했다.

"그래 태석 씨. 이건 광고비 들어온 거라 어쩔 수 없어. 대신 이따 태석 씨 가고 싶다고 했던 데 가잖아."

"제가 짜증 내면 누가 피해를 보는지 아니까 이젠 안 그러려구요."

이렇게 직접적으로 말하는 것이 약간은 유치할지 몰라도 나는 확실한 것이 좋다. 아직도 아희가 나 때문에 피디님께 혼이 난 것에 대해서는 미안한 마음뿐이다. 프로그램의 스태프들은 나를 위해서 일하는 것이 아니다. 이곳은 내 주방이 아니다. 모두 협력해서 좋은 프로그램을 만들자는 한뜻으로 일하는 것인데 나 혼자 생짜를 부릴 수는 없다. 이게 그들의 최선이겠지 하는 마음으로 나는 이번 촬영의 모든 변수들을 받아들이기로 했다.

"You make me want to be a better man."

이 대사가 떠오른다. 옛날 명화 〈이보다 더 좋을 수 없다〉의 명대사. 영화 속에서 내내 괴팍한 성질머리로 여자 주인공을 괴롭히던 남자 주인공은 여자에게 고백한다. 당신은 나로 하여금 더 좋은 사람이 되고 싶게 만들어요. 나는 그 대사를 실감하고 있었다. 지금까지 아무리 너 성격 좀 바꿔라, 좀 더 살갑게 굴 수 없냐. 다른 사람을 배려할 수는 없냐는 말을 들었어도 바꾸고 싶은 생각은 없었다. 하지만 아희를 만나고서는, 좀 더 좋은 사람이 되고 싶어졌다. 커다란 가방을 그 작은 어깨에 지고 씩씩하게 뛰어다니는 그녀를, 지켜 주고 소중히 아껴 주고 싶다. 그녀의 무조건적인 이해자가 되고 싶다. 그녀도 나를 무조건적으로 이해해 주고 사랑해 주는, 내 사람이 되어 주길 바란다. 어쩌면 이런 나의 바람은 최근에 부모님이 별거를 시작한 것과 관련이 있지 않나 하는 생각이 든다.

"이제 너랑 네 누나도 다 컸고, 우리 따로 살려고 한다."
"태석이 네가 아직 결혼을 안 했으니까 이혼은 안 할 테니 걱정 마라."

나와 누나를 불러다 놓고 부모님이 한 말이었다. 누나는 어느 정도 짐작하고 있었는지 별로 충격을 받지 않았다. 사실 나도 부모님의 사이가 아주 좋지는 않다는 것쯤은 알고 있었다. 하지만 별거라니. 티격태격 싸우면서도 함께 살아가는 것이 부부인 줄로만 알았다. 아무리 요새 이혼 가정이 많다고는 해도 우리 집은 아닐 것이라고 생각했다. 하물며 나와 누나가 다 장성한 후에 별거라니? 차라리 이혼을 하는 게 낫겠다는 생각이 들었다. 내 핑계를 대지 말고 그냥 이혼하세요. 말하고 싶은 것을 꾹 참았다.

올해로 내 나이는 서른세 살. 누나의 나이는 서른일곱 살. 40년에 가까운 부모님의 부부 관계가 별거라는 허무한

단어로 끝이 나는 걸 보며 나와 누나는 아무 말도 하지 못했다. 아무리 생때같은 자식들이라도 부모님 사이에 결정적인 영향력을 미칠 수 없는 것이다. 부모님도 결국은 한 사람의 여자와 남자. 둘 사이의 감정이 가장 중요하다. 나는 아버지와 나를 비교해 보았다.

아버지와 나 사이에는 많은 공통점들이 있다. 일단 외모가 비슷했고 아버지가 나보다 작기는 하지만 키가 큰 것도 비슷하다. 그리고 성격. 내 고집과 욱하는 성격은 아버지에게서 온 것이다. 어쩌면 나도 아희를 만나지 못했다면 아버지와 똑같은 성격이 되었을 수도 있겠지.

"너는 네 아버지를 똑 닮았구나! 정말 강씨 남자들이란……!"

가끔 질린 듯이 말하는 어머니의 말이 떠오른다. 아버지는 어머니를 많이 사랑했지만 그만큼 표현하지 못했다. 나는 다르다. 나는 아버지와는 다르다. 나는 내 마음을 적극적으로 표현할 것이다. 굳게 다짐했다. 나는 사랑하는 사람을 잃고 싶지 않으니까. 그래서 아희에게는 다른 여자들에게 해 본 적 없는 말을 건네기도 했다.

"에그 타르트 집이에요? 사진 이쁘네."

"블로그에서 주운 거예요."

"타르트 좋아해요?"

"네. 달콤하고, 예쁘잖아요."

달콤하고 예쁘다니. 너무 귀여운 말이 아닌가. 홍콩이 에그 타르트로 유명하지만 홍콩에 오기 전 미팅 때 그녀가 사 온 치즈 타르트가 생각이 나 타르트를 좋아하는가 싶어서 한 질문이었다. 물론 가게에서도 디저트를 내갈 때 예쁘게 플레이팅하는 것을 신경 쓰기는 하지만, 여자들은 음식도 예쁜 걸 좋아하는구나. 신기했다.

"나도 타르트 잘 만드는데."

"······네?"

그래서 괜히 어필해 봤다. 당신이 원하는 것을 내가 다 해 줄 수 있다고 말이다.

"아니. 먹고 싶으면 내가 만들어 줄 수 있다는 뜻이에요. 지난번 회의 때 사온 간식도 타르트였잖아요. 많이 좋아하나 싶어서."

"······."

대답이 없네. 내가 너무 오그라들게 만들었나? 이런 말도 해진처럼 많이 해 본 사람이나 하는 것인가 보다. 나는 머쓱함에 턱을 긁으며 그냥 가볍게 한 말인 척했다.

"쓸데없는 참견이었다면 잊어버려요. 자, 갑시다!"

역시 송충이는 솔잎을 먹고 살아야 하나. 하지만 무뚝뚝한 나라도 아희에게는 좋은 것만 해 주고 싶고 다정하게 대해 주고만 싶다.

* * *

　유세준. 연예인을 잘 모르는 나도 아는 남자 배우다. 얼마 전 여성 잡지에서 '요리하는 섹시한 남자'인 요섹남 특집으로 촬영을 해서 잡지를 받았는데 그 잡지에 유세준의 화보가 있었다. 그런 핫한 배우가 프로그램에 특별 출연을 해 준다니, 피디님으로서는 분명 반길 만한 일일 것이다. 하지만 나는 아희의 태도가 영 꺼림칙하게 느껴졌다.
　"……유세준?"
　"누나. 여기서 보네요?"
　"세준 씨가 여기는 웬일이에요?"
　딱딱한 말투와 굳은 표정. 아마 전에 함께 일을 해서 아는 사이 같은데 그렇다기엔 아희의 태도에서 그를 약간 개인적으로 꺼리는 게 느껴진다.
　"그냥 혼자 여행 왔는데 어떻게 딱 만났네요. 지난번에 만났을 때 홍콩 간다고 얘기 좀 해 주지."
　지난번에 만난 적도 있고 말이다. 사실 전에 만난 적이 있는 건 별문제가 없는데 세준의 그 말에 아희가 움찔하며 약간 내 눈치를 보는 모습에서 약간 감이 왔다. 둘이 전에 뭔가 있었구나. 최소한 썸 정도의 무언가가 있었을 것이다. 그게 아니라면 아희가 유세준의 앞에서 내 눈치를 볼 이유가 없다.

"아아…… 피디님이랑은 인사했어요?"

"지금 막 인사했어요."

"그래요? 그럼 좋은 여행하세-."

"아희 씨, 쇼핑 다음에 바 촬영 있지? 기왕 세준이 만난 김에 신 하나 같이 찍자구."

"……네."

피디님의 말에 아희의 얼굴이 좀 더 어두워졌다. 같이 촬영을 하는 게 싫어서라면 나에게는 좋은 일이다. 유세준이라는 남자와는 그 정도 사이였다는 것이니까.

"태석 씨, 그럼 이따 봐요."

"네. 고생해요."

아희가 급하게 새로운 대본을 치기 위해 자리를 뜨자 나는 약간 생각이 많아졌다. 유세준과 아희가 뭔가 특별한 사이였다면 아희 혼자만 저렇게 쩔쩔맬 이유를 알 수가 없어서다. 다른 남자와 있는 모습을 내게 보여 주기 싫어하는 것은 분명 반길 만한 일이지만 너무도 당당하게 친한 척을 하는 유세준의 모습은 이상하다.

지금에 와서 그녀가 내게 갖는 감정에 대해 의심하는 것은 아니지만 둘은 정상적인 애정을 주고받은 관계는 아니었던 것 같아서 약간 궁금해졌다.

"유세준 씨, 우리 막내 작가님이랑 친구인가 본데?"

그때 해진이 와서 새로운 소식을 전해 주었다. 나는 그제야 저 멀리서 메인 작가님과 아희만 대본을 치는 것을 깨달았다. 그러고 보니 저기에 막내 작가님이 없구나.

"그래?"

"지금 30분간 자유 시간이잖아요. 둘이서 쇼핑하고 있더라고."

해진은 그렇게 말하며 내게 레모네이드를 내밀었다. 아까 아희가 건네준 음료수를 먹은 후라서 목이 마르다고 생각하지는 않았지만, 촬영 덕분에 팔자에도 없는 쇼핑을 질리도록 한 상태라 그런지 단박에 반 정도를 비워 냈다.

"베테랑 두 명이서 대본을 치는 게 빠르다고는 하지만 막내 혼자 저렇게 개인 행동하는 게 좋게 보이진 않네요."

"……맞다, 너 리더지."

예쁘장하게 생긴 겉보기와는 다르게 해진은 자신보다 어린 남자애들을 통솔해야 하는 아이돌의 리더로서 책임감을 굉장히 중요시하는 타입이다. 나는 아희가 막내 작가까지는 필요 없어서 놀게 해 줬겠거니 하고 넘어갔지만 해진은 그게 잘 이해되지 않는 모양이다.

"할 건 없어도 옆에서 어떻게 하는지 보고 배워야 되는 것 아닌가?"

"네 말이 맞아."

군기가 쫙 잡힌 주방이나, 데뷔 연차가 확실한 아이돌계나 비슷하려나. 나는 해진과 비슷한 의견을 주고받으며 유세준과 막내 작가가 즐겁게 떠들고 있는 모습과 대비되는, 이마에서 땀까지 흘려 가며 열심히 키보드를 두들기는 아희를 바라보았다.

* * *

지루하다. 하품을 하며 대본을 살폈다. 유세준이 함께할 특별 촬영의 대본은 대사보다는 간단한 상황 위주로 돌아갔다. 어차피 세준과 만나게 된 이야기, 잠깐의 근황 소개가 추가된다 뿐이지 음식을 먹는 부분에 있어 달라질 것은 없기 때문에 회의는 간단하게 진행되었다. 그저 회의 내내 한 번도 본 적 없는 표정을 짓고 있는 아희에게만 신경이 쓰였다.

"내가 우리 작가들만 믿고 이렇게 막 상황 추가하고 그러잖아. 휴대용 프린트기를 들고 다니는 작가가 어디 있어? 정말 어린데도 열정이 대단해."

"그러게요. 작가님들 대단하네요."

피디님의 말에 맞장구를 쳐 주면서도 한숨이 나왔다. 휴대용 프린트기를 들고 다니게 만드는 상황이 나쁜 거지. 사람을 얼마나 들들 볶았으면 자기 몸무게의 반이 넘을 것 같은 그런 무거운 가방을 들고 다니나.

회의가 끝나고 자유 시간이 되자 아희는 복잡한 표정을

한 채로 건물 밖으로 나갔다. 나는 그대로 아희의 뒤를 쫓았다.

"형, 어디 가요?"

"나도 표현이라는 걸 좀 적극적으로 해 보려고."

"네?"

"그런 게 있어."

어리둥절한 표정인 해진을 남겨 두고 건물 밖으로 나갔다. 아까부터 아희의 얼굴이 계속 신경이 쓰였다. 유세준과 뭔가가 있었다는 걸 안다. 제일 신경 쓰는 사람이니까, 제일 오래 보고 관심 있게 본 사람이니까 어느 정도 표정을 보면 알 수 있다.

그래서 안다. 그녀에게 지금 의미 있는 사람은 유세준이 아니라 나라는 걸. 그녀가 유세준보다는 내게 현재 진행형으로 움직이는 관심과 호감을 보이고 있다는 걸. 하지만 나도 어쩔 수 없는 남자란 생물이기에 질투가 난다. 좋아하는 여자가 내가 아닌 다른 남자의 생각으로 머릿속이 복잡하다는 사실에 참을 수 없는 유치한 감정들이 치솟는 것이다.

"……그래도 예쁘다."

해변 산책로로 걸어가는 아희의 뒷모습을 보며 나도 모르게 바보 같은 말이 튀어나왔다. 무슨 이런 팔불출 같은 말을. 하지만 뒤에서 지켜보는 그녀는 생각이 많은 모습조차 아름다웠다. 꼭 안아 주고 싶을 정도로 위태롭기도 했다.

그녀의 앞으로 펼쳐진 푸른 바다에서 해풍이 불어온다. 나부끼는 바람에 머리칼이 흩날리며 그녀의 얼굴선과 목선이 드러났다. 길게 드리운 속눈썹이 깜빡인다. 손끝이 저릿하고 심장이 쿵쿵 빠르게 뛰었다.

서툰 핑계를 만들기 위해 주변 노점상에서 먹을거리를 사서 아희의 뒤를 쫓았다. 바람에 흔들리는 뒷모습을 보며 나는 생각했다. 그녀의 어깨에 무거운 짐이 있다면 내가 나눠 들고, 힘든 고민이 있다면 내가 같이 해결책을 찾아 주고 싶다고. 그리고 비록 지금은 내가 먼저 다가가더라도, 언젠가는 그녀가 내게 먼저 손을 내밀 수 있는, 그런 사이가 되고 싶다고 말이다. 힘들 때, 기쁠 때, 맛있는 것을 먹을 때 제일 먼저 생각나는, 그런 사람이 되고 싶다.

"다들 쇼핑하는 것 같던데 혼자 뭐 해요?"

가볍게 뛰느라 벅찬 숨을 아닌 척 천천히 내쉬며 지금 방금 나온 것처럼 말을 걸었다.

"아, 태석 씨."

아희는 내 손에 들린 코코넛 주스와 계란빵을 보며 작게 웃음을 터트렸다. 왠지 오랜만에 웃는 걸 보는 것 같다. 유세준이 등장한 이후로는 계속 복잡한 표정만 짓고 있던 터라 작은 웃음조차 내겐 크게 다가올 수밖에 없었다.

"배부르다면서요?"

"쇼핑하니까 금세 꺼지더라구요. 여행 와서 남는 건 먹는 것뿐이기도 하고. 코코넛 주스래요. 유명한 거라니까 의심하지 말고 먹어 봐요."

요리사들의 안 좋은 점은, 웬만한 문제라면 뭐든지 요리로 해결하고 싶어 한다는 점이다. 기분이 나빠? 그럼 맛있는 걸 먹자! 속이 안 좋아? 그럼 속이 편한 요리를 먹자! 화가 났어? 그럼 맛있는 거 먹으러 갈까? 정말 단순 무식한 방법이다. 하지만 의외로 이 방법은 생각보다 많은 문제들을 해결해 준다.

머리를 많이 쓰면 칼로리가 빨리 소모되고 배가 고파지고, 배가 고프면 사람은 예민해진다. 예민해지니까 다른 사람의 행동에 한결 날카롭게 반응하게 되고. 복잡한 일이 있을 때도 맛있는 걸 먹으면 배가 든든해지고 몸에 열이 돌기 때문에 긴장이 풀리게 된다. 세상 모든 일이 기분이 나아진다고 해서 해결되는 것은 아니지만, 오히려 해결되지 않는 일들이 많기에 기분이라도 좋아야 하지 않겠는가. 그래서 나는 아희에게 맛있는 걸 먹이고 싶었다.

"의심 같은 거 안 했거든요?"

아희는 내 말에 밉지 않게 눈을 흘기며 음료수를 받아서 컵 뚜껑을 열어 마셨다. 나는 다 들리도록 크게 하는 혼잣말에 장난 70에 진심 30을 섞어 말했다.

"깔끔 떨기는. 간접 키스 하는 줄 알고 설렜는데."

"콜록콜록! 뭐라구요?"

콜록콜록 기침을 하는 아희가 귀엽다. 확실히 어리긴 어리다 싶으면서도 그 귀여운 반응에 마음이 녹는다. 자신에게 관심 있는 남자가 하는 짓궂은 장난에 저렇게 얼굴이 빨개져서야 더 장난을 치고 싶어지잖아. 나는 그 자리에 계속 있으면 더 놀리고 싶어질 것 같아 앞장서서 해변 산책로로 걸어갔다. 뒤에서 들려오는 발소리에 그녀가 나를 따라오고 있다는 것을 알았다. 이렇게 계속, 그녀가 나를 쫓아와 주면 좋겠다. 내가 더 많이 좋아하고, 더 많이 사랑할 테니 그저 내가 가는 길을 쫓아오기만 해 달라고. 그녀에게 말하고 싶다.

"바닷바람이 쌀쌀하네요."

하지만 나는 마음을 숨기고 천천히 그녀를 기다려야 한다. 이미 내 마음이 훨씬 더 크기에, 그녀가 부담스러워할 수 있으니 천천히 맞춰 줄 것이다. 나는 가방에서 카디건을 꺼내 아희의 마른 어깨에 걸쳐 주었다. 어깨도, 품도, 소매도 모조리 다 커서 그녀는 어른 옷을 입은 소녀처럼 귀여웠다.

아희와 말을 주고받으며 나는 계속 내 마음을 흘렸다. 내게 호감이 있다면 알아들어 주기를.

"어떤 체인점에서 먹을 수 있는 레시피와 그곳이 아니고서는 맛볼 수 없는 레시피는 다르죠."

어떤 남자나 줄 수 있는 호감과 내가 줄 수 있는 애정은 정말 많이 달라요. 당신이 만약 내 손을 잡아 준다면 나는 당신을 세상에서 가장 행복한 여자로 만들어 줄 자신이 있어요.

나를 바라보는 아희의 커다란 눈에는 약간의 기대감과 떨림, 그리고 애정이 깃들어 있다. 그리고 작은 두려움도. 그 사랑에 대한 두려움은 누가 만든 상처인가요. 나는 조심히 아희의 뺨을 감싸 어루만졌다. 그리고 치밀어 오르는 애정을 참지 못하고 그녀에게 입 맞췄다.

"앗!"

다행이다. 그녀가 놀란 소리를 내지 않았더라면 이 자리에서 바로 깊게 키스해 버리고 말았을 것이다. 나는 정신을 다잡고 그녀의 부드러운 입술에 도장을 찍듯 내 입술을 찍고 아쉽게 떨어졌다. 그리고 그녀의 머리카락을 쓸어내리며 말했다.

"……다른 남자 보고 그런 표정 짓지 말아요."

사실 나는 독점욕이 강한 사람이에요. 당신이 그 남자를 볼 때 얼굴에 한 가닥의 애정이라도 남아 있었다면 나는 미쳐 버렸을 거야. 하지만 당신의 눈은 나를 보고 있으니까 나는 참을 수 있어요. 나는 많은 말들을 삼키며 아희의 손을 꼭 잡아 그 작은 몸을 품에 안았다. 나의 온몸으로 느끼는 그녀의 체온과 향기는 고된 작업 끝에 먹는 한 입의 마카롱보다 훨씬 달콤했다.

* * *

 최악이다. 승아를 위해 촬영을 중단시키고 등장한 유세준의 표정은 살기등등해 보였다. 그래 봤자 뭐가 달라질까. 아희는 스태프들의 얼굴을 빠르게 훑었다. 양해 없이 난장을 피우기 시작한 유세준 때문에 표정이 썩은 것이, 승아가 아주 단단히 독박을 쓰겠구나 싶었다. 해진과 아희는 눈빛을 교환하며 고개를 절레절레 흔들었다. 유세준이 낮은 목소리로 화를 내기 시작했다.
 "지금 승아 혼내는 거예요? 왜요? 왜 혼내요? 나랑 오느라 늦게 와서? 늦게 온 것도 아니잖아요? 신입은 일찍 와 있어야 돼서 그러나?"
 "세준아, 그만해. 내가 잘못한 거야."
 "네가 뭘 잘못했는데? 뭘 잘못했길래 울 정도로 혼나는데? 누나 설마 지금 예전에 나랑 있던 일 때문에 승아한테 화풀이하는 거예요?"
 "유세준! 그만하라고!"
 아주 가관이다. 지금 저놈이 무슨 자격으로 아희한테 화를 내지? 헛웃음이 터져 나올 지경이었다. 친구라면서 친구 곤란하게 만드는 건 자기면서, 좋은 마음으로 후배를 혼내는 선배를 이렇게 뻔히 스태프들이 다 보는 장소에서 창피를 줘? 미친 짓이다.

솔직히 아희가 막내 작가를 혼낸다는 것 자체가 막내 작가를 좋게 보고 있다는 뜻이다. 이미 다른 사람들 모두에게 밉보인 막내를 굳이 혼낼 필요가 없지 않은가. 그냥 안 되겠다 싶으면 앞에서는 웃고 일에서 배제해 버리면 간단한 일이다. 그러면 막내는 끈 떨어진 뒤웅박 신세가 되어 이리저리 헤매다가 몇 달 못 버티고 알아서 퇴사를 하게 되는 것이다.

그런데 기껏 가르치겠다는 선배에게 친구라는 놈이 바락바락 소리를 질러? 그것도 옛날 사적인 일을 들먹이면서? 사람을 무시해도 정도가 있는 거다. 나는 속이 부글부글 끓는 것을 참으며 주먹을 꽉 쥐었다.

이렇게 보기만 하는 나도, 내가 창피를 당하는 것처럼 얼굴에 열이 오르는데 아희는 지금 어떤 기분일까. 다들 이 상황에 끼는 것을 꺼려하는 것이 보여서 결국 내가 중재를 나섰다.

"만나는 씬은 대강 찍었으니 일단 들어가서 음식 나오고 하는 씬부터 찍을까요? 예약한 시간이 있으니 계속 밖에 있을 수도 없으니까요."

내가 말을 꺼내자 그제야 피디님이 끼어든다. 기회주의자 같으니라고. 유세준과 또 일을 할 수도 있는데 괜히 얼굴 붉힐 일을 만들기 싫어서 그런 것이다.

"태석 씨 말이 맞지. 자자, 얼른 들어갑시다! 아희 씨는 쟤네 정신 좀 차리면 같이 들어오고!"

상황은 빠르게 정리되었다. 사실 정리라고 할 것도 없다. 다들 눈으로는 흥미진진하게 구경하고 있었지만 몸은 이미 빨리 촬영을 해야 한다고 생각하고 있었을 테니까. 나는 아희를 바라보았다. 막내 작가와 유세준은 어디론가 이야기를 하러 가고 다른 스태프들은 펍 안으로 들어갈 때 그녀는 길 위에 홀로 서 있었다.

어떻게 해야 하지. 지금 그녀가 어떤 심정일지 가늠을 할 수가 없다. 내가 가서 위로를 해 줄 수 있을까. 혼자 마음을 추스르는 게 좋지 않을까? 고민을 하고 있는데 누가 내 팔을 툭 쳤다. 메인 작가님이다.

"작가님?"

"아까는 잘했어요. 그리고 지금도 아까처럼 할 때예요. 이럴 때 도움 안 되는 남자는 아무짝에도 쓸모없으니까."

"……고맙습니다."

메인 작가님이 우리 사이를 어떻게 알고 있든지 그건 중요한 게 아니다. 나는 아희에게로 달려가서 그녀의 손을 잡았다. 싸늘하게 식은 손에 마음이 아팠다. 어떤 말로 위로를 해 줄 수 있을까. 작가로서, 그리고 선배로서의 모든 행동을 단 한 마디의 말로 짓밟힌 그녀에게.

"혼낼 만했다고 생각해요, 난. 주방은…… 되게 위험하거든요. 200도가 넘는 불을 쓰고 시퍼런 칼들을 휘두르는 곳이라서 한 순간만 방심해도 크게 다쳐요. 그래서 전 별것도 아닌 걸로도 막 화를 내요."

 말주변이 없는 나는 내 이야기를 천천히 말했다. 그녀가 오해하지 않도록. 내 진심 어린 위로가 그녀에게 닿도록.

 "난 화내고서 그냥 잊어버리는 편이에요. 잘 미안해하지도 않아요. 그때 화를 내야 돼서 화를 냈는데 왜 미안해야 하지?라고 생각해요. 하지만 아희 씨는 내가 아니니까. 마음이 불편하면 막내 작가님이랑 잘 푸는 게 맞는 것 같아요. 사람마다 자기가 편한 방법이 있는 거지."

 인간관계에서. 아니, 인생에서 맞는 방법이라는 건 없다. 다 각자의 방법을 찾아가는 것이다. 요리도 그렇다. 최선의 레시피란 없다. 사람마다 입맛은 다르고 사람마다 조리 방법이 다르니까 가장 자신에게 맞는, 그리고 먹는 사람에게 가장 맞을 레시피를 찾아 나가는 것이다. 그것이 최선이다. 나는 그 말을 하고 싶었다. 하아희, 당신은 잘하고 있다고.

 "······네."

 내 말이 닿았을까. 고개를 숙인 아희의 머리를 보며 나는 내가 좀 더 말을 잘하는 사람이었으면. 좀 더 위로를 할 수 있었으면 하고 자책을 했다.

 "고마워요. 나 이제 괜찮아요."

 "정말요? 나 들어가라고 하는 소리 아니구요?"

 "네! 진짜 태석 씨 덕분에 괜찮아졌어요! 그리고 태석 씨는 들어가 봐야죠. 이러다 작가들 때문에 촬영 못 한다는 소리 들을라."

"……알겠어요. 들어갈게요."

정말이겠지? 기분 탓만은 아닌지 아희의 표정이 아까보다 한결 나아 보였다. 나는 다시 한번 그녀의 손을 꼭 쥐었다. 내 체온이 그녀의 손을 녹여 줄 수 있도록.

"늦어서 죄송합니다! 촬영에 폐가 돼서 죄송합니다!"

"죄송합니다!"

그녀의 말을 따라서 펍으로 들어가 촬영에 집중하던 나는 막내 작가와 함께 스태프들에게 사과를 하는 그녀를 보며 안심했다. 다행이다. 당신에게 내 위로가 닿았구나.

 6. Romance in Seoul

"집이다!"

허겁지겁 신발을 벗고 침대로 뛰어들었다. 푹신한 침대의 느낌에 아희는 앓는 소리를 냈다. 고작 2박 3일간 집을 비웠을 뿐인데 오랜만에 오는 기분이다. 아무리 좋은 방에서 자고 좋은 음식을 먹어도 여행은 여행. 돌아갈 곳은 집뿐이다. 역시 내 집이 최고야!

"짐 정리 언제 하냐."

침대에 누워서 두 발을 위로 들어 올려 빠르게 털었다. 비행기와 공항 철도에 오래 앉아 있느라 팅팅 부어 버린

다리에 내리는 신속한 처방이다. 1분 정도 다리를 털자 피가 돌지 않는 느낌에 얼른 다리를 내렸다. 풀썩! 침대 위로 다리를 떨어트리고 멍하니 천장을 바라보았다.

홍콩에서 있었던 일이 꼭 꿈만 같다. 태석과 리무진을 타고 홍콩 시내를 돌아다닌 것과 작은 유람선을 통째로 빌려 함께 시간을 보냈던 일들이 머릿속에 파노라마처럼 지나간다.

정말? 꿈이 아니고 내가 강태석과 정말로 사귀는 거야?

비죽비죽 입꼬리가 올라간다. 얼마만의 연애인가 싶다. 물론 연애 자체가 중요하다기보다는 누구와 연애를 하느냐가 중요하지만 말이다. 태석은 함께 있으며 자신을 존중하고 배려해 주는 모습을 많이 보여 주었다. 처음에는 민폐덩어리 셰프로밖에 보이지 않았는데 언제 이렇게 이미지가 달라졌을까.

아까도 태석은 공항에 도착해서 아희에게 차로 데려다주겠다고 했었다. 그러나 아희가 거절했다. 원래도 데이트가 끝나면 각자 헤어지는 걸 좋아하는 스타일이다. 왜인지는 모르겠으나 남자가 집 앞까지 데려다주고 그러는 게 별로인 아희다. 혼자 음악을 듣고 오늘 있었던 일을 정리하면서 버스를 타고 들어가는 게 좋다.

아희가 이런 얘기를 하면 친구들은 "네가 차 있는 남자를 안 만나 봐서 그래!"라고 말하곤 했지만, 아희는 혼자만의

'충전 시간'이 꼭 필요하다. 남들과 함께 있는 게 싫다는 건 아니지만 에너지를 쓰는 일처럼 느껴지기 때문이다.

그래서 아희는 데려다주겠다는 태석을 좋게좋게 달래서 거절하고 혼자 집으로 돌아왔다. 지하철에서 졸기도 하고 핸드폰을 하기도 하면서 집에 도착! 여행에서 돌아왔다는 실감이 난다.

지이잉- 지이잉-.

울리는 핸드폰 소리에 화면을 보니 태석이다.

"여보세요?"

—잘 도착했어요?

"네. 방금 도착했어요."

—오래 걸렸네. 그러게 내가 데려다준다니까.

"됐어요. 태석 씨도 피곤할 텐데 쉬어야죠."

—내 여자 친구 데려다주는 건 안 피곤한 일이라 괜찮은데.

"……!"

내 여자 친구. 내 여자 친구라는 말에 아희의 얼굴이 빨개진다. 방금까지 우리가 정말 사귀는 건가 실감이 안 난다고 생각하고 있었는데 그런 그녀의 마음을 어떻게 알았는지 이렇게 전화까지 해서 확인을 시켜 준다. 아희는 광대 쪽으로 솟아오르는 입꼬리를 애써 내리며 말했다.

"저는 제 남자 친구가 저 때문에 무리하는 거 싫어해요.

태석 씨도 집이에요? 맞다, 집은 어느 쪽이에요?"

―저도 지금 도착했어요. 집은 레스토랑 때문에 대치동이에요.

"이야- 대치동 사는 남자네. 저는 마포 쪽인데."

두 사람은 각자 대치동과 마포구에 위치한 서로의 집에서 신나게 떠들었다. 아직 서로에 대해 모르는 것도 많고 말할 이야기들이 너무 많으니까. 이제 막 시작한 연인이니까 말이다.

* * *

"오랜만에 장 좀 보고 그래야지. 냉장고가 텅텅 비었네."

열심히 홍콩까지 날아가서 촬영을 하고 온 만큼 남은 목요일, 금요일은 모조리 쉬는 날이다. 게다가 토요일, 일요일은 원래 회사를 가지 않는 날이니까 완전한 자유! 그래서 희수는 홍콩에서 한국으로 넘어오지 않고 자비로 한국행 티켓을 사서 귀국하겠다며 홍콩에 더 머무르기로 했다. 메인 작가가 되면 나도 저렇게 자유롭게 행동할 수 있을까? 아희는 승진을 꿈꿨다.

프로그램 하나의 메인 작가 급이면 어디든 불러 주는 곳이 많다. 물론 아희도 이제 막내 작가에서 서브 작가가 되었기 때문에 이직을 하려면 할 수는 있겠지만 작가 팀은 경력을 많이 보니까 이제 2년 차는 다른 곳에 가 봤자 막내 신세를 벗어나기 어려울 것이다. 특히 작가 팀의 인원수가 많다면 더더욱. 이직을 하려고 해도 3, 4년 경력은 채우고 포트폴리오를 만들어 놔야지 이대로면 죽도 밥도 안 된다.

"버스 타면 금방 가는 줄 알았는데 꽤 머네."

집 근처 마트에 가려다가 운동이나 할 겸해서 대형 마트로 걸어가는데 생각보다 멀다. 10분을 걸었는데 아직 반도 못 오다니. 올 때는 꼭 버스 타고 와야지. 너무 많이도 못 사겠네. 터벅터벅 걷는데 주변에 보이는 간판들은 모조리 한글이거나 드문드문 영어 간판이 있었다. 아, 간판을 읽을 수 있다는 건 얼마나 큰 축복인가. 콧노래를 흥얼거리자 발걸음도 알아서 가벼워지는 기분이다.

"사야 되는 게 일단 파스타 소스랑, 파스타 면이랑, 라면이랑…… 대파랑……."

커다란 마트를 돌아다니면서 대중없이 물건을 고르다 보면 십만 원도 훌쩍 넘게 고를 것이 분명해서, 입구로 들어와 구석에 서서 폰 메모장을 켰다. 일단 생각나는 대로 적어 본다.

파스타. 라면. 집에서 간단히 해 먹으려면 역시 면만큼 간단한 게 없다. 물론 밥이 제일 편하긴 하다. 간장계란밥! 너무 편하다. 신선한 날계란, 혹은 프라이팬에 약불로 반숙을 한 계란 프라이와 간장, 참기름만 밥에 넣어서 비벼 먹는 메뉴! 고소하고 간간하고 맛있다. 명란젓도 꽤나 좋은 밥도둑이 된다. 명란젓과 마요네즈는 의외로 궁합이 좋아서 너무 짜지 않게 잘 맞춰서 밥에 비벼 먹으면 그것도 꽤나 든든한 한 끼 식사가 된다.

하지만 계속 그렇게 간단하게만 먹기는 지루한 법. 가끔은 집에서도 파스타처럼 이름 있는 음식을 해 먹고 싶을 때가 있다.

"파스타 소스는 역시 토마토지."

크림파스타야 우유와 치즈를 적당히 넣어서 만들어 먹을 수 있는데 토마토소스는 직접 만들 수가 없으니까 역시 병으로 된 소스를 산다면 토마토소스다.

"계란 한 판도 사야하고. 무거우니까 반판만 살까?"

계란 한 판. 여자들에게 계란 한 판이라는 말만큼 끔찍한 소리가 또 있을까. 서른 대체 뭐라고 주변에서는 그렇게들 들들 볶는지 모를 일이다. 물론 아희는 아직 서른이 되려면 약간 시간이 남았다. 어영부영한 것도 없이 휴학하고 학원에 다니다가 졸업한 게 스물다섯 살. 여기저기 적성에 맞지 않는 사무 보조로 조금씩 회사를 다니다 지금 회사에 정착해서 1년을 일하고 나니 어느새 스물일곱 살.

스물일곱 살이 별로 많은 나이라고 생각하지는 않는다. 오히려 가장 활력 있게 일할 수 있는 나이라는 생각도 든다. 나이라기보다는 경력이? 원래 일한 지 2, 3년 차가 이제 자신이 어떤 일을 하는지 알겠고 목표와 장기적인 계획도 짜면서 의욕적으로 일할 때 아닌가. 그래서 나이가 많다는 생각, 늦었다는 생각은 한 번도 해 본 적이 없다. 하지만 남들이 보기엔 다른가 보다.

"너 대체 언제까지 연예인 뒤 쫓아다니는 일이나 하고 살래?"

"……."

지난 명절 때 아희가 부모님께 들었던 이야기다.

"너도 이제 정신 차리고 좀 안정적인 일을 해서 시집가야지."

"그래, 요새 공무원 준비들 많이 한다더라. 저기 그 엄마 동창 딸은 이번에 회사 다니면서 공부해서 9급 붙었다는데 너도 좀 해 봐라."

연예인 뒤 쫓아다니는 일이라니. 서러움이 밀려왔다. 방송 작가라는 직업을 인정해 주고 이해해 주시는 줄 알았던 부모님의 생각은 결국 이거였다. 한때일 뿐인 직업. 안정적이지 못하고, 남의 뒤나 쫓아다니는 직업.

공무원? 공무원 좋지. 아희도 하고 싶은 일이 없었다면 남들처럼 공무원 준비를 하고 있을지도 모른다. 공무원이 나쁘다는 이야기가 아니라, 그만큼 좋은 직업이라는 걸 알기 때문에 하는 생각이다. 일을 하면 할수록 내가 대체 언제까지 이 일을 할 수 있을까, 그런 생각을 하게 된다. 쥐꼬리만 한 월급에 고된 업무 강도. 그렇다고 대우가 좋은 것도 아니다. 작가가 동네북이지 아주. 지쳐서 나가는 사람들만도 수십이다.

그럴 때면 주변에서 공무원 준비를 한다는 친구들이 이해가 간다. 공무원 월급이라고 높은 건 아니지만 그만큼 연금이 보장되니까. 길게 일할 수 있으니까. 애를 낳으면 육아 휴직을 할 수도 있고, 갔다 와도 내 의자가 없을 거란 생각을 하지 않아도 되니까.

하지만 그럼 내가 하고 싶은 일은요? 나는 아직 지치지 않았어요. 하고 싶은 일 때문에 지치면, 그때 되면 다음 일을 생각할게요. 왜 벌써부터 인생의 말년 걱정을 해야 하나요?라고 소리 지르고 싶은 것을 꾹 참았다. 그녀를 걱정해서 하는 말임을 아니까. 물론 부모님의 면을 세워 주기 위한 것도 있겠지만, 그래도 꽤 많은 부분은 딸을 걱정해서 하는 말이니까.

―너도 이제 곧 서른이다. 만나는 남자는 없니?

전화 통화를 하면 엄마가 매번 하는 말이다. 남자 없으면 죽나? 그리고 요새 누가 서른에 결혼을 해?

서른. 서른. 서른! 질리는 숫자. 서른이 넘으면 뭐 인생이 끝나는 것도 아니고! 대체 왜 그렇게 나이에 깃발을 꽂아 놓고 그 나이에 그 깃발을 꺾지 못하면 실패한 것처럼 말을 하는지 모르겠다. 서른 넘어서도 계속 작가 할 거고, 그때 아니다 싶으면 그때부터 다른 일 찾아보면 되는 것이다. 하물며 공장에 들어가거나 편의점 알바라도 뛰면 목구멍에 거미줄은 안 치겠지. 제 몸 하나 건사하기만 하면 되는 것 아닌가?

"그러니까 계란은 반 판만 사야지."

기대 수명은 늘어나는데 대체 왜 나이에 대한 기준은 점점 엄격해지는 것만 같으냐고 속으로 푸념하고 카트를 밀며 마트를 돌기 시작했다.

"시식해 보고 가세요-! 맛있는 수제 갈릭 소시지예요."

초록색 이쑤시개로 잘 익은 소시지를 하나 콕 집어서 입에 넣고 씹자, 약간 간간한 맛과 함께 육즙이 퍼지면서 향긋한 마늘 냄새가 입안에 가득 찼다. 역시 괜한 생각을 한 건 배가 고파서였군.

"지금 원 플러스 원 행사도 하고 있어요."

"하나 주세요."

"감사합니다-. 맛있게 드세요."

카트에 소시지를 담고 신이 나서 앞으로 밀었다. 메모 따위 알 게 뭐란 말인가. 지금 배가 고프고 먹고 싶은 게 눈앞에 널렸는데. 카르페 디엠. 오늘을 즐기자! 나는 아까 적어 두었던 메모 따윈 거들떠보지도 않은 채로 마음 가는 대로 카트를 운전하며 먹고 싶은 것들을 담았다. 대형 마트

6. Romance in Seoul 339

는 이런 충동구매를 촉진하는 행사 상품들로 가득했다!

* * *

"어휴, 아가씨가 이렇게 무거운 걸 혼자 들고 올 생각을 했어?"

"하하. 제가 힘이 세서 괜찮을 줄 알았어요."

결국 짐이 너무 많아서 버스도 못 타고 택시를 탔다. 요새 한국에서 택시를 영 타지를 않아서 서울 택시 기본료가 삼천팔백 원인 줄도 몰랐는데! 다행히 집까지의 거리는 가까워서 기본료만 낼 수 있었다. 양손에 잔뜩 든 짐에 택시 기사분이 웃어서 민망했는데, 오히려 "그럴 때 타라고 있는 게 택시지!"라고 말해 주셨다.

"으쌰! 어휴 힘들어."

냉장고에 장 본 것들을 내려놓고 침대에 털썩 누웠다. 힘이 다 빠져서 요리를 할 수가 없다. 오늘은 방금 사 온 과일 푸딩 몇 개나 먹고 말아야겠다. 기껏 장을 봐 오고 먹는 게 푸딩이라니 웃겨서 키득거리고 있는데 지이잉, 메시지가 왔다. 태석이다.

[지금 뭐 해요?]
[장 보고 와서 쉬고 있어요]

[많이 샀어요? 무겁진 않았고?]

[무거워서 택시 탔어요ㅋㅋ]

[뭘 그렇게 많이 샀길래요?]

[계란이랑 파스타 할 거랑 소세지 같은 거?]

그때 갑자기 태석으로부터 전화가 왔다. 무슨 일이지? 깜짝 놀라 바로 전화를 받자 약간 억울하다는 듯한 태석의 목소리가 들린다.

—파스타 먹고 싶었어요? 그런 거면 나한테 말하지. 내가 해 줄 텐데!

맞다, 내 남자 친구가 요리사지.

"푸하하!"

—뭐야? 왜 웃어요?

"아니에요, 그냥 내가 너무 바보 같고 웃겨서요. 하하!"

아희는 깔깔대고 웃으며 침대를 굴렀다. 맞다. 내 남자 친구는 강태석이야! 그리고 셰프라고! 나한테 파스타 정도는 그냥 해 준대! 이제야 실감이 좀 나는 것 같아서 절로 웃음이 나왔다. 내 남자 친구는 요리사! 무슨 cf 문구도 아닌데 입에 착착 붙는다. 아희는 그날 밤 계속 실실 웃었다. 잠들기 전까지.

띠띠띠- 띠띠띠띠-! 째지는 핸드폰 알람음에 눈을 뜨자 이미 해는 중천에 떠 있었다. 몇 시지? 시계를 보니 12시가 넘었다. 11시에 일어나도록 알람을 맞춰 놓았는데 12시가 되도록 듣지 못한 것이 분명하다. 흐아암! 하품을 하면서 일어나서 물을 마셨다. 일어나자마자 물을 마시는 것은 아희의 습관이다.

[아직 자요? 나는 출근……. 아 출근하기 너무 싫다!]

태석에게서 와 있는 메시지를 보며 키득키득 웃었다. 태석은 자신의 레스토랑을 운영하는 오너 셰프가 아니라 월급을 받는 셰프로, 오너가 체인점을 내자고 기획하는 바람에 여행 오기 전까지 지독한 야근에 시달렸다고 한다.

원래도 밤 9시 이후부터 12시까지는 와인 바로 바뀌어 영업하는 바람에 늦게까지 일했는데 추가로 야근까지 한다니. 물론 방송 일이 제일 힘들 거라는 생각을 해 본 적은 없지만 셰프도 어지간히 극한 직업이겠다 싶었다. 하루 종일 불 앞에서 씨름하지, 조금만 딴생각하면 칼날이 손을 썰 수도 있지, 재료는 비싸서 무섭지. 보통 고된 작업이 아닐 것이다. 아희는 혀를 내두르며 답장을 찍었다.

[바로 출근해서 어떡해요ㅠㅠ 많이 피곤하겠다……. 휴일

은 언제예요?]

 바로 답장이 올 거란 기대는 버리고 아점을 준비했다. 아점이라고는 해도 12시가 넘었으니 그냥 점심이나 마찬가지다. 하지만 좀 전까지 자서 그런지 입안이 깔깔해서 밥알이 넘어갈 것 같지가 않다.
 "빵…… 어제 식빵 사 왔는데."
 냉장고에 넣지 않아도 되는 식품들은 그냥 비닐봉지에 넣어 두었더니 영 복잡하다. 라면, 짜장라면, 캔 참치, 캔 연어, 식빵, 파스타면, 3분 카레 등등의 자취 생활의 필수품들을 정리하고 토스터를 꺼냈다.
 식빵 두 장을 토스터에 넣어서 빵을 굽는 동안 프라이팬에는 계란을 올렸다. 역시 밥알이 안 땡길 때는 빵이 최고지! 계란이 익을 동안 냉장고에서 딸기잼과 우유를 꺼내 놓고 얼마 전에 충동구매로 산 심플한 패턴의 북유럽풍 접시를 식탁에 세팅했다. 치이익- 계란을 뒤집으며 나는 소리에 입에 군침이 돈다. 띵, 철커덕! 토스터가 노릇하게 익은 식빵을 뱉어 내자 식빵 한 쪽에 딸기잼을 발랐다. 다 바른 후에 가스레인지를 끄고 살짝 덜 익은 계란을 딸기잼을 바른 식빵 위로 올린 뒤에 나머지 한쪽으로 덮었다. 맛있는 냄새가 솔솔 풍기는 계란 딸기잼 토스트를 보며 든 생각은 딱 하나다.

'이거 하나로 될까……?'

다른 여자들은 양이 어떤지 모르겠지만 아희는 몸에 음식이 안 받을 때는 이틀이고 삼 일이고 잘 먹지 않지만 한 번 입맛이 돌면 한 번에 약간 많다 싶은 양을 먹는다. 밥버거도 두 개. 토스트도 두 개. 파스타도 직접 만들어서 거의 2.5인분을 한 번에 해치운다.

결국 토스트 하나를 게 눈 감추듯 해치워 버린 아희는 계란 프라이를 하나 더 하기 위해 가스레인지 앞으로 갔다.

"여행에서도 잘 먹었는데…… 이제 가을 됐다고 살찌려고 그러나."

살이 좀 찌겠다는 생각은 들지만 맛있는 걸 포기할 수는 없지! 나중에 운동하면 될 거라고 생각하지만 운동은 개뿔. 올 초에 딱 한 달 끊었다가 4번 나가고 만 것이 올해 운동의 끝이다. 집에서 스트레칭 정도는 해 주지만 운동량이 절대적으로 부족하다.

완성된 토스트를 담은 접시와 우유를 따른 컵을 들고 텔레비전 앞으로 갔다. 티브이를 켜자 하필 나오는 것이 운동기구 홈쇼핑 광고다.

〈이 접이식 싸이클은 소음이 적어서 아주 편해요. 싸이클 할 때 텔레비전 소리를 키우지 않아도 되는 모델이 생각보다 별로 없거든요!〉

〈맞아요. 게다가 접이식이라 금방 고장 날 것 같다고 불

안해하시는 분들 많은데 이건 절! 대! 고장이 안 납니다.〉

〈이제 곧 추워지는데 헬스장 한 번 가기가 쉽나요? 휴일에는 집에만 있고 싶지, 일 끝나고서 기껏 집에 왔는데 또 나가기 귀찮지. 그럴 때 하루 30분만 이 싸이클을 타 주시면 됩니다!〉

〈이 모든 구성이 팔만 구천구백 원!〉

광고를 보고 있으니까 정말 헬스사이클을 꼭 사야 할 것만 같은 기분이 들어서 얼른 채널을 돌렸다. 우물거리면서 토스트를 씹으며 화면을 보자, 이건 또 뭐냐. 한국형 막장 드라마다. 장모님은 내 형수님? 무슨 저런 제목이 다 있어?

배도 채웠겠다 시간이야 많겠다, 티브이 앞에 누워서 폰을 만지작거리고 있는데 메시지가 왔다.

[지금 통화 가능해요?]

태석이다. 바로 통화하기를 눌러 전화를 걸었다.
"여보세요?"
―어. 바로 거네. 집이에요? 난 이제야 브레이크 타임이 돼서 숨 좀 돌리고 있어요.

헉. 시간을 보니 벌써 3시다. 나 지금까지 뭐 했지? 깜짝 놀라 누워 있던 자세를 일으켜 앉았다. 태석은 바쁘디바쁜 점심시간을 보내고 이제 잠깐의 휴식에 들어간 듯했다. 약간 지친 목소리는 평소보다 낮아서 섹시하게 들렸다.

―나 죽을 뻔했어요. 아희 씨랑 연락하고 싶은데 셰프가 폰 붙잡고 딴짓할 수도 없는 노릇이고. 시간이 너무 느리게 갔어요.

태석이 전화로 투정을 부리자 아희는 실없이 웃음이 나왔다. 어떤 표정으로 이 말을 하고 있을지 너무도 궁금하다.

"목소리 들으니까 이젠 안 죽을 것 같아요?"

―아니. 목소리 들으니까 이번엔 보고 싶어서 죽을 것 같아.

"푸하핫!"

―웃지 마요. 진심이니까!

결국은 웃음이 터져 버렸다. 태석이 억울하다는 듯이 웃지 말라고 하자 아희는 얼른 말을 덧붙였다.

"비웃는 거 아니에요. 너무 귀여워서 그래. 나도 태석 씨 엄청 보고 싶다. 내 앞에서도 이렇게 애교 부려 봐요."

―애교? 내가 애교 부렸어요?

"응. 방금 엄청 애교 부린 건데? 태석 씨 귀여워서 웃은 거예요."

―나 엄청 무뚝뚝하다는 소리만 듣고 살았는데…….

"아니야. 엄청 귀여워요."

생긴 것만 보면 무뚝뚝하고 냉혈한 같은데 사귀면 애교가 넘치는 스타일인가 보다. 아니면 전 애인들한테 무뚝뚝하다는 소리를 들었다는 뜻인가? 그렇게 생각하니 전에 어떤 연애를 했는지가 궁금해졌다. 혹시라도 질투하면 안 되니까 전 연애에 관해 묻지 말아야지. 다짐하면서 태석에게 말했다. 아침부터 가볍게 하고 있던 생각이었다.

"퇴근이 12시랬죠? 이따 내가 갈까요?"

—…….

11시쯤 가서 혼자 와인 한잔하면서 기다리다가 같이 퇴근하면 좋을 것 같아서 물었는데 대답이 없다. 싫은가? 태석은 그냥 빈말로 보고 싶다고 한 건데 내가 너무 오버했나 싶어서 아희는 민망해졌다.

"아, 오늘은 너무 급한가? 곤란하면 괜찮아요. 그냥 내가 쉬니까……."

—아니! 그런 게 아니라 약간 감동해서. 그리고 내 몰골 좀 확인하느라고 대답 못 했어요. 아희 씨가 와 주면 나야 좋지. 언제 오게요?

별거에 다 감동을 한다. 아희는 피식 웃으며 대답했다.

"11시쯤 갈까 하는데 괜찮아요?"

—딱 좋죠. 근데 좀 혼자 있어야 할 수도 있는데.

"응. 태석 씨 일하는 시간에 가는 거니까 그건 알아요."

그러다 아차 싶어서 물었다.

"근데 나 레스토랑 사람들한테 보여 줘도 돼요?"

—응? 안 될 게 뭐 있어요?

6. Romance in Seoul

"사귄 지 얼마나 됐다고 벌써 데려오나 말이 나올 수도 있으니까."

아희야 레스토랑에 잠깐 들렀다 가는 거지만 태석은 레스토랑에서 온종일 일하는데, 직장 동료들에게 여자 친구 얼굴을 들키는 것이 약간 꺼려지지 않을까 해서 물은 것이었다. 여자들은 남자 친구 있다고 하면 상사에게 별의별 말을 다 듣기 때문이다.

기분이 안 좋아 보이는 날엔 "어제 남자 친구랑 싸웠어?"라고 묻고. 치마를 입으면 "오늘 데이트 있나 봐?"라고 묻고, 심지어 여행을 다녀왔다고 하면 "오오, 남친이랑 좋은 시간 보냈어?"라고 묻는다. 왜 당연히 남자 친구랑 갔다고 생각하는 건데? 물론 아희는 상사가 같은 여자인 희수라서 그런 일을 당한 적은 없지만, 같이 입사했다가 지금은 일을 그만둔 편집 팀 동기 여자애가 그런 일로 많이 힘들어했다. 하긴 태석은 남자에다가 자기가 주방의 1인자인 셰프라서 그럴 걱정 없으려나?

―괜찮아요. 10년을 사귀든 결혼하든 다 1일부터 시작하는 건데요. 그런 말 할 애들은 사귄 지 몇 년이 되어도 뒷말할 거예요.

맞는 말이네. 아희는 끄덕이며 시계를 봤다. 별 얘기는 하지도 않은 것 같은데 30분이 훌쩍 지나 있었다. 소중한 브레이크 타임인데 태석도 쉬어야지. 그녀는 통화를 마무리했다.

"그럼 이따가 11시쯤에 맞춰서 갈게요. 드레스 코드 같은 건 없죠?"

─없어요. 그냥 편하게 와요. 맛있는 와인 골라 놓을게요.

"기대할게요. 이따 봐요."

전화를 끊으려다가 왠지 아쉬워서 전화기에 대고 쪽! 소리를 냈다. 그러자 아희가 끊기를 기다리고 있던 태석이 깜짝 놀라 말을 더듬었다.

─지, 지금 뭐 한 거예요?

"아무것도 아니에요. 이따 봐요!"

─잠깐만 아희 씨!

아희는 쑥스러움에 못 이겨 그냥 그대로 전화를 끊어 버렸다. 내가 이런 짓을 다 해 보네. 스무 살 난 어린애도 아니고. 민망함에 볼을 긁는데 지잉, 지이잉거리면서 핸드폰이 미친 듯이 울리기 시작했다. 태석의 메시지다.

[뽀뽀한 거죠? 맞죠?]
[내가 애교를 부리기는. 아희 씨가 애교 엄청 부리네.]
[그렇게 끊어 버리면 어떡해요! 몇 번 더 들려줘야지.]
[한국인이라면 삼세번은 해 줘야죠!]
[다음부턴 통화할 때 녹음도 해 놔야겠다. 다시 듣고 싶다ㅠ]

침대에 누워서 이리저리로 굴러다녔다. 중학생 때도 이런 짓을 안 해 본 것 같은데 태석이 귀엽게 구니까 나도 이런 유치한 짓을 하게 된다.

"그래도 좋긴 좋다!"

봄바람이 꽃잎을 몰고 와서 온몸을 간질이는 느낌이다. 쑥스럽고 민망한 대신 눈앞이 온통 핑크빛이 되었다.

"씻고 나갈 준비 해야지!"

준비할 시간도 많고 서울에서 만나는 것은 처음이니만큼 신경 써서 예쁘게 하고 얼굴을 보고 싶다. 아희는 태석의 메시지에 입술 스티커만 커다랗게 날려 주고는 욕실로 들어갔다. 이왕 직장에 가는 거, 공들여서 때 빼고 광낸 모습으로 찾아가서 입이 귀에 걸리게 해 줘야지!

평소에도 샤워를 그리 빨리 끝내는 편은 아니지만 오늘은 아주 작정을 하고 오래 씻었다. 머리를 감고 트리트먼트를 듬뿍 발라 헤어 캡을 쓴 상태로 팔다리 제모를 다시 싹 해 주고 뜨거운 물에 몸을 불려서 때를 밀었다. 얼굴에는 쌀겨 팩을 두껍게 올려 뽀얀 피부를 만들었다. 이제 셀프 관리는 필수다.

예전에는 다 같이 관리를 받지 않는 추세였으나 이제 친구들이 하나둘씩 직장에 다니고 안정적인 수입원이 생기면서 피부 관리를 받는 애들이 많아졌기 때문이다. 아희는 한숨을 쉬었다. 관리받을 돈이 없으니 셀프로라도 해야지 어떡하겠어!

 장장 1시간 30분에 걸친 오랜 목욕을 끝내고 나와서 깐 달걀처럼 탱글탱글한 얼굴에 오천 원짜리 마스크팩을 착 붙이고 퍼퓸드 바디 버터를 발랐다. 면세점에서 산 유명한 바디 버터로, 향이 좋은 만큼 가격도 비싸서 사놓고도 아까워서 못 발랐던 제품이다. 바디 버터를 바르자 몸에서 달짝지근한 꽃냄새가 폴폴 풍긴다. 특히 목 부분에서는 양손으로 타다다닥 중력을 거스르듯이 위로 끌어올리며 발랐다. 목주름은 연예인들도 어쩌지 못한다니 미리미리 관리해야 한다.

 20분이 지나서 마스크팩을 떼고 남은 영양액을 얼굴에 흡수시켰다. 거울을 보자 확실히 오래 자고 공들여 씻은 티가 난다.

 아희는 뿌듯하게 웃은 뒤 족집게로 삐져나온 눈썹 몇 개를 뽑아냈다.

 "벌써 6시가 다 됐네."

 한 거 없이 하루가 갔다. 머리 말리고 책이라도 읽어야지. 드라이어로 머리를 말린 후 발열 헤어롤로 머리를 말아 고정하고 침대에 누워 책을 꺼냈다.

 지금의 직업은 방송 작가. 물론 지금 직업이 싫다는 것은 아니다. 하지만 내가 언제까지 방송 작가로 일할 수 있을지에 대한 고민은 하고 있다. 요새는 예능 작가들이 드라마 작가가 되기도 하는 시대니까, 미리미리 다른 쪽도 준비해 놔야 한다.

"역시 범죄물이 좋아."

작가는 소설을 많이 읽을 거라 생각하는 사람들이 많지만 아희는 비문학 서적을 좀 더 좋아하는 편이다. 그것도 범죄물. 세상에 이런 일도 있구나, 대체 왜 이러는 거지? 궁금해하는 마음으로 글을 읽다 보면 평범한 일상도 다르게 느껴지곤 한다. 실제 일어났던 살인 사건을 보며 이 이야기를 드라마로 쓰면 어떨까 생각을 해 볼 수도 있고 말이다.

"오래 씻어서 그런가. 졸리네……."

눈을 감았다 뜨는 속도가 느려지고 하품이 나온다. 약간 배가 고프긴 한데 태석의 레스토랑에 가서 와인을 마시며 간단한 요깃거리를 할 테니 굳이 뭘 먹고 싶지는 않고. 아직 6시밖에 안 됐으니까 조금만 자다가 나갈까? 아까까지만 해도 '벌써 6시'라고 생각해 놓고 졸리니까 '아직 6시'라고 말하는 스스로가 너무 웃겨서 피식 웃다가 책을 덮고 이불 안으로 들어갔다. 역시 천하장사도 이길 수 없는 게 눈꺼풀이라는 말은 맞는 말인 것 같다.

* * *

눈을 떴다. 잠깐. 이 싸늘한 기분 뭐지? 꿀잠을 자도 너무 꿀잠을 잔 느낌에 벌떡 일어났다.

"지금 몇 시지?!"

핸드폰을 보자 다행히 9시다. 10시까지 준비를 해서 출발하면 무난하게 11시까지 도착할 수 있을 것이다. 안도의 한숨을 내쉬며 침대에서 내려와서 화장대 앞에 앉았다.

"뭐야! 머리가 왜 이래!"

발열 헤어롤을 머리에 달고 자서 머리는 거의 르네상스 시대의 빠글빠글 가발을 쓴 사람처럼 아주 탱탱하고 동그랗게 말려 있었다. 빗으로 미친 듯이 빗었지만 이미 3시간을 열로 고정해 버린 머리는 중세 귀부인처럼 너무도 탱글탱글했다.

"머리는 묶어야겠네."

싱크대로 가서 손바닥에 대강 묻힌 물로 머리를 적셔서 웨이브를 죽였다. 화장대로 가서 수분 크림을 듬뿍 떠 얼굴에 바르고 옷장으로 뛰어갔다.

"뭘 입지?"

장소는 청담의 분위기 좋은 레스토랑이다. 게다가 시간대도 11시로 와인 바를 운영하는 시간이고.

수분 크림이 빨리 흡수되도록 얼굴을 토닥이며 고민하다가 블랙 미니 드레스를 꺼냈다. 허벅지 중간까지 오는 기장의 민소매 드레스는 깔끔하면서도 너무 정장 느낌은 아니다. 카디건 하나 걸치면 되겠지? 밝은 회색과 잿빛이 섞인,

샤넬 재킷 느낌이 나는 카디건을 꺼내서 매치하니 완벽할 것 같다.

"아! 목걸이랑 팔찌도! 귀걸이!"

허겁지겁 액세서리 상자를 뒤져 목걸이와 귀걸이를 하면서 머릿속으로는 구두를 골랐다. 여자라서 일상생활에서 피곤한 게 많기는 해도 마음에 드는 원피스를 입고 그에 맞는 액세서리를 하고 완벽하게 화장을 한 모습을 전신 거울에 비출 때 얻는 짜릿한 기분은 어디서도 찾기가 힘들다. 자신을 잔뜩 사랑하고 꾸며서 남들 앞에서 선보이는 느낌이다. 지금 상대는 남자 친구지만.

드라이어로 젖은 머리를 대강 말리고 하나로 모아 높이 묶었다. 포니테일 스타일로 묶으면 갑자기 목과 얼굴 주변이 휑해서 괜히 추운 기분이 들지만 가는 뒷목에 닿는 남자들의 시선을 의식하게 된다. 태석은 묶은 머리를 좋아할까, 푼 머리를 좋아할까?

얼굴에 메이크업 베이스만 얇게 펴 바른 채로 원피스를 입었다. 허리 아래부터 등까지 지이익, 지퍼를 올렸다. 이제 밋밋한 얼굴에 그림을 그릴 시간이다.

* * *

진정한 맛집은 역 주변에 있지 않다. 발품을 팔아 골목

사이를 걸어가고 또 걸어가야만 나온다. 지도를 찾아보니 태석의 레스토랑도 맛집의 법칙을 따르는지 역에서부터 은근히 거리가 있어서 택시를 탔다.

"여기 내려 주세요."

"네, 안녕히 가세요."

택시를 보내고 나서 건물을 올려다보았다. 레스토랑은 약간 언덕진 길에 서 있었다. 네모난 박스가 약간 어긋나게 층층이 쌓인 디자인의 3층짜리 건물은 무척이나 모던해 보인다. 짙은 잿빛의 콘크리트 벽과 벽돌을 연상시키는 붉은 기둥들이 조화를 이룬다.

밤 11시. 9시부터 시작한 와인 바도 이제 마감 시간인 12시를 향해 달려가고 있기에 레스토랑 안으로 새롭게 들어가는 손님들은 아희를 제외하고는 없었다.

또각또각- 아희는 많이 걷는 날에는 절대 신지 못하는 스틸레토 힐을 신고 레스토랑 안으로 들어갔다.

"어서 오세요. 자리는 어느 쪽으로 준비해 드릴까요?"

"창가 쪽으로 부탁드려요."

깔끔하게 차려입은 웨이터의 안내를 따라 창가로 걸어갔다. 저 테이블에 앉은 남자가 자신을 보는 게 기분 탓일까? 아니면 오늘 꽤 공을 들여 꾸몄기 때문일까? 그저 가게에 들어온 손님을 본 것일 수도 있는데 괜히 스스로 너무 의식하는 것 같아서, 아희는 고개를 꼿꼿이 들고 주변을 바라보지 않은 채로 창가 자리에 가서 앉았다.

밤이 내린 거리는 실내보다 어두워서 창문은 거울처럼 그녀의 모습을 비춰 주었다.

한국에서의 첫 데이트라고, 아희는 오늘 특히 더 예뻤다. 높게 올려 묶은 머리는 얇은 목과 턱선을 원래보다 더 가늘게 강조했다. 밤이라 약간 과감하게 그린 아이라인은 원래도 고양이 같다는 말을 듣곤 하던 눈을 좀 더 날카롭고 새침하게 만들어 주었다. 눈두덩이에 바른 펄 섀도가 은은한 조명에 반짝였고, 눈을 깜빡일 때마다 마스카라를 두 겹이나 바른 속눈썹은 뺨 위로 그림자를 드리웠다.

"너무 과했나."

아희는 괜히 혼자 오버한 것 같아서 민망해졌다. 하긴 생각해 보면 태석은 오늘 그저 평소처럼 일을 하러 나왔을 뿐인데. 그녀라도 그냥 출근했다가 애인이 퇴근 시간에 맞춰 회사 앞으로 찾아왔는데 쓰리 피스 정장에 풀 세팅을 하고 오면 좋긴 하지만 약간 부담스러울 것도 같다.

아. 괜히 이렇게 꾸몄나? 이 드레스는 왜 입은 거야?

지금 입은 블랙 미니 드레스는 스물네 살 때 친구들과 클럽 파티에 갈 때 충동적으로 샀던 드레스다. 민소매라서 4계절 모두 입기 좋고 기장도 적당해서 여기저기 편하게 매치할 수 있는 것은 좋았지만 가슴 쪽이 약간 파인 것이 단점이다. 지금처럼 화려한 화장을 한 상태에서는 너무 야

하게 보일까 봐 걱정이 든 것이다.

"목걸이를 더 큰 걸로 할 걸 그랬나."

그랬다면 목걸이 쪽으로 시선이 분산되니까 가슴이 덜 파여 보였을 텐데. 아희는 후회하면서 작게 목에서 달랑거리는 큐빅 목걸이를 매만졌다.

"근데 왜 메뉴판 안 가져다주지?"

혼자 생각에 빠져 있다가 고개를 들어 웨이터를 부르려는데 키친 쪽에서 태석이 나오는 것이 보였다. 태석은 접시를 들고 아희 쪽으로 다가왔다. 쿵쿵. 아희는 태석이 자신 쪽으로 다가올 때마다 심장이 점점 크게 뛰는 것만 같았다.

오늘 처음으로 얼굴 보는 건데 첫마디로 무슨 말을 해야 할까. 고민하는데 태석이 쟁반을 내려놓으며 불쑥 말했다.

"……약속 있었어요?"

"……네?"

약속 있었냐는 게 무슨 뜻이지? 오기 전에 누구 만났느냐는 뜻인가? 질문의 의도를 파악하기 위해서 잠깐 고민하고 있는데 태석이 민망하다는 듯이 말했다.

"나 보려고 이렇게 예쁘게 차려입은 거 맞죠? 너무 예뻐서 순간 화날 뻔했어요."

"뭐요? 합!"

뭐요라니! 너무 얼토당토않은 말에 공격적인 어조로 말이 튀어 나갔다. 아희는 입을 막고 있던 두 손을 떼서 발갛

6. Romance in Seoul 357

게 달아오른 얼굴에 부채질을 했다.

"오늘 좀 신경 쓰긴 했는데 그 정도는 아니거든요?"

"그 정도가 아니긴. 아까 아희 씨 들어올 때 남자들 다 아희 씨만 보던데."

아희는 고개를 돌리며 새침하게 그를 노려았다. 태석의 말은 신기하다. 뻔히 아부인 걸 알면서도, 저 말이 진짜가 아닌 걸 알면서도 태석이 그렇게 말하니까 정말 그렇다고 믿고 싶어진다.

태석은 팔에 걸치고 있던 담요를 펼쳐서 아희의 다리에 덮어 주었다.

"치마 입고 다리도 막 꼬고 말이야. 나 미치게 하려고 작정했죠?"

"……아니거든요."

민망함에 태석이 준 담요로 야무지게 다리를 가렸다. 태석은 약간 한숨을 쉬며 가져온 음식들을 세팅하기 시작했다. 스테이크 샐러드와 간단한 치즈 카나페다. 태석은 세팅 후에 앞자리에 앉았다.

레스토랑의 수셰프가 와서 아희와 태석의 앞에 와인 잔을 세팅해 주고 와인을 디켄터에 따랐다. 병목 부분이 오목하게 들어간 크리스털 디켄터는 마치 예술품처럼 곡선이 우아했다.

수셰프는 와인을 따라 준 후, 아희에게 한 마디 말을 던지고 자리를 떴다.

"아름다우십니다, 형수님."

형수님! 형수님이라니! 키친으로 돌아가는 수세프를 황망하게 보다가 태석을 보자 태석은 큰 손으로 입을 가리고 웃고 있었다. 민망함에 포크로 소리가 나지 않게 접시를 때리며 태석에게 항의했다.

"형수님이라고 부르라고 시킨 거예요?"

"그래요."

"왜요! 형수님이 뭐예요. 무슨 조폭처럼……."

"요식업계의 위아래도 거의 조폭 수준이거든요?"

태석은 다정하게 웃으며 와인 잔을 들어, 내게 기울였다.

"아희 씨 나한테 코 꿰였어요. 이제 큰일 났다."

코 꿰였다는 말에 왜 설렐까. 그리고 나만 코 꿰인 거 아니거든요? 나는 지기 싫어서 얼른 포크를 내려놓고 와인 잔을 들어 태석의 잔에 부딪쳤다.

"태석 씨도 마찬가지예요. 큰일 났네, 나한테 코 꿰여서."

챙! 와인 잔이 맑게 부딪치는 소리가 나며 우리는 서로를 바라보며 웃었다.

밤은 반짝거리는 빛들과 함께 다가왔다. 서울의 밤은 노랗고 주황빛으로 빛나는 야경들이 별들을 대신한다.

태석의 차에 앉아 도로를 달리자 평상시엔 아무런 생각

도 들지 않던 가로등들이 까만 밤하늘에 떠 있는 별처럼 아름답게 보여서 아희는 이런 게 꿈결처럼 몽환적인 기분인 걸까, 감상적인 생각이 들었다.

"무슨 생각 해요?"

그때 뜨거운 손이 아희의 손을 잡았다. 아, 운전하는 사람을 옆에 두고 내가 딴짓을 했네. 아희는 태석의 손을 꼭 잡으며 태석 쪽으로 몸을 기울였다.

"그냥 야경이 예뻐서요."

"자는 줄 알았어요. 아직 얼굴도 빨갛고."

운전을 해야 되는 태석은 와인을 쥐고 있기만 하고 마시지는 않았는데 아희는 분위기와 사람에 취해서 와인을 꽤나 많이 마셔 버렸다. 게다가 와인과 함께 안줏거리를 주워 먹겠지 생각하고 점심을 먹은 후로 아무것도 먹지 않았던 탓에 술기운이 평소보다 빨리 올라와서 얼굴이 불그스름해졌다.

"태석 씨가 날 어떻게 할 줄 알고 자요."

목소리에 웃음을 잔뜩 섞어서 말을 건네자 태석이 움찔하며 약간 굳었다.

"어? 뭐예요 그 반응?"

태석이 볼을 붉히며 말했다.

"내가 딱 그렇게 생각했단 말이에요. 아희 씨 큰일 나려고 술 마시고 차에서 막 잔다고. 근데 자기 입으로 그렇게 말하니까 내가 너무 변태 같잖아."

"변태 같긴요. 변태 맞네."

아희가 키득거리면서 태석의 손등을 찰싹찰싹 때리자 태석은 얼굴을 붉힌 채로 아무 말도 하지 못했다. 어지간히 민망했는지 그녀 쪽은 보지도 않고 앞만 바라본다.

"자는 거 아니면 치마 좀 내려요. 다리 다 보이잖아."

"네?"

얼른 고개를 내려 다리 쪽을 보자 원래도 기장이 그리 길지는 않은 치맛자락이 앉느라 올라와서 허벅지를 한 뼘도 가리지 못하고 있었다. 잘도 이런 옷차림으로 그런 말을 했구나. 아희는 민망해서 얼른 치마를 아래로 잡아 내리며 헛기침을 했다. 큼큼!

"뒤쪽에 내 옷 있으니까 그거 걸쳐요. 목이 너무 훵해서 추워 보여요."

"알겠어요."

아희는 선생님에게 혼난 어린아이처럼 순종적으로 대답을 한 후에 몸을 반쯤 일으켜 운전석과 보조석 사이의 틈으로 팔을 뻗었다.

"아희 씨! 뒤! 뒤 가려요!"

"네?"

뒤를 돌자 룸미러로 내 모습이 보였다. 차 내부가 넓어 차 뒷좌석에 있는 옷이 잘 잡히지 않아서 운전석과 보조석 사이로 몸을 깊게 넣었는데, 그 포즈가 마치 약간 몸을 엎드려서 엉덩이만 내밀고 있는 것 같았다. 아까 내렸던 치마는 내린 보람도 없이 어느새 바짝 올라와 엉덩이만 가까스로 가리고 있었다. 엉덩이에 딱 달라붙은 치맛자락 아래로 체형에 비해 약간 통통한 허벅지가 고스란히 보였다.

"꺅!"

깜짝 놀라 손으로 엉덩이를 가리며 급하게 조수석으로 주저앉자 태석이 한 손으로 빨개진 얼굴을 가리며 한숨을 쉬었다.

"내가 해 줄 테니까 가만히 앉아 있어요. 별로 안 취한 줄 알았는데 지금 보니 엄청 취했네."

빨간 신호를 받았을 때 태석은 뒷좌석에 있는 자신의 겉옷을 가져다가 아희의 몸을 덮어 주었다. 옷을 덮고 있지 않았을 때는 몰랐는데 덮으니까 알겠다. 자신이 지금 약간 노출을 하고 있다는 걸. 태석의 겉옷이 목부터 무릎까지 완벽하게 가려 주니까 꽤나 따스한 느낌이다.

"옷 엄청 크네요."

"나한테는 그냥 딱 맞는 옷인데. 아희 씨가 말라서 더 그러지."

지금까지 만났던 남자 친구들의 옷을 입었을 때도 이렇게 크지는 않았던 것 같은데 신기해서 아희는 또 망언을 했다.

"아! 태석 씨 체격이면 진짜 태석 씨 와이셔츠가 나한테는 원피스겠네요! 모든 남자들의 로망이라면서요. 여자 친구가 자기 셔츠 입는 상황!"

"……."

"……."

망할! 아희는 말을 뱉은 뒤 후회했다. 여자 친구가 자기 옷을 놔두고 남자 친구의 셔츠를 입을 일이 뭐가 있겠는가? 당연히 자고 난 후지. 가뜩이나 태석이 자신의 옷차림을 의식하고 있는 상황에 이런 말을 하다니. 유혹하는 걸로 보였을까? 조금 쉬운 여자로 여겼으면 어쩌지? 아희는 태석이 자신을 어떻게 볼지 걱정이 되었다.

* * *

침묵의 시간을 견디자 마침내 태석의 차가 집 앞까지 도착했다. 하지만 이대로 바로 내릴 수는 없다. 태석이 운전기사도 아니고 두 사람은 연인 사이니까. 하지만 말실수를 했던 아희는 더 이상한 말을 할까 싶어서 다른 말은 꺼내지도 못했고 태석은 무슨 생각인지 아주 조용히 침묵을 지켰다.

아희는 우물쭈물하면서 말을 꺼냈다.

"오늘 즐거웠어요. 태석 씨 레스토랑도 구경하고."

그녀의 말에 그제야 태석은 굳었던 얼굴을 풀고 핸들을 놓고 아희의 얼굴을 보았다.

"나도 오늘 즐거웠어요. 아희 씨 예쁜 모습도 보고 술에 취한 것도 보고."

태석은 손을 들어 아프지 않게 아희의 이마를 살짝 때렸다.

"이제 취하게 하면 안 되겠어. 아희 씨가 아니라 내가 죽겠네."

"하하, 기분이 들떠서…… 네. 이제 조금만 마실게요."

변명을 하며 입술이 바짝 마르는 기분이라 살짝 혀를 내밀어서 입술을 핥았다. 아희를 보며 웃고 있던 태석의 표정이 약간 딱딱하게 굳는다.

애인의 옷차림을 의식하는 남자. 남자 친구. 애인. 태석이 아희를 의식한다는 것을 깨달은 후부터 아희도 태석을 무척이나 의식하고 있었다. 남자로. 애인으로.

아희는 침을 꼴깍 삼키고 조심히 입술을 열었다.

"나 집에 보내기 전에…… 우리, 할 일이 있지 않아요?"

아희의 말이 끝나기도 전에 태석의 몸이 그녀에게 가까이 다가왔다. 뭉클, 부딪치는 입술을 느끼며 아희는 그대로 눈을 감았다.

태석의 뜨거운 혀가 그녀의 안으로 들어와 남아 있는 와인 향을 모두 거두어 가기라도 하겠다는 듯이 샅샅이 핥았다. 아희는 두 팔을 뻗어 태석의 목을 끌어안으며 그에게로 몸을 기울였다. 태석의 단단하고 두꺼운 팔이 그녀의 얇은 허리를 감아 운전석 쪽으로 바짝 끌어당겼다.

"앗!"

몸을 움직이다 태석의 옷이 스르륵 몸에서 미끄러져 떨어졌다. 무리하게 태석 쪽으로 몸을 기울인 탓인지 치마는 아까처럼 허벅지를 한 뼘만 겨우 가린 상태였다. 태석은 애써 참는 얼굴로 아희의 다리에서 시선을 떼고 허리를 더 단단히 끌어안았다.

'더 만져도 되는데.'

고개를 꺾어 아희의 입술에 입 맞추는 태석. 아희는 태석의 왼손을 잡아서 자신의 허벅지 위에 올려놓았다.

약간 놀란 듯 움찔하던 태석은 아희의 허락을 알아듣고 큰 손으로 허벅지를 더듬기 시작했다. 평상시라면 스타킹을 신었을 텐데 지금 신은 구두는 스타킹을 신으면 앞으로 쏠리는지라 발톱이 아파서 스타킹을 신지 않은 채였다. 맨살에 느껴지는 태석의 뜨거운 손바닥 감촉에 아희는 의식하지 않은 신음을 터트렸다.

"흐읏……!"

뚝! 하는 소리가 난 것도 아닌데 아희의 작은 신음에 태석의 동작이 모두 멈추었다.

태석이 입술을 떼고 고개를 숙이고 있자 아희는 당황해

서 태석을 바라보았다. 너무 교태를 부리는 것 같았나? 이런 거 싫어하나? 태석의 반응에 우왕좌왕하고 있는데 태석이 고개를 들었다.

"나 고문하는 거죠? 지금도 죽을 것 같은데 그렇게 야한 소리나 내고."

"네? 아니에요! 소리는 나도 모르게……."

"미치겠다, 진짜."

그 말과 함께 태석은 약간 거칠게 아희에게 달려들어 키스했다. 숨 쉴 틈도 주지 않고 급하게 몰아붙이는 키스에 아희가 숨이 막혀서 할딱거리자 큰 손이 허벅지 안쪽으로 파고들었다.

"으응…… 훗!"

허벅지를 주무르며 더듬는 손길에 아랫배에 힘이 들어간다. 태석은 거친 키스로 부어 버린 아희의 입술을 핥으며 어느새 목으로 내려오고 있었다.

장난으로 바람을 훅 불기만 해도 깜짝깜짝 놀라는 예민한 목에 태석의 뜨겁고 축축한 입술이 닿자 아희는 몸을 비틀며 태석의 품 안으로 파고들었다. 허리를 안고 있던 태석의 오른손이 위로 올라가 아희의 뒷목을 섬세하게 어루만졌다. 땀으로 약간 젖은 손바닥이 사슴처럼 길고 우아한 목을 쓸어내리자 아희는 마치 골골거리는 고양이처럼 기분 좋은 신음을 흘렸다.

"으으응-. 태석 씨……."

태석은 목을 핥다가 귓가로 올라왔다. 뜨거운 혀가 귓불을 핥자 아희는 태석의 목을 안고 있던 팔에 힘을 주었다. 아찔한 감각이었다. 태석은 입으로는 그녀의 귓불을 빨고 깨물고 핥으면서도 손으로는 아희의 허벅지를 더듬고 어루만졌다. 더 안으로 들어가도 되는지 가늠하기 어렵다는 듯이.

"아희 씨……."

귓가에 바로 닿는 태석의 목소리에 찌릿! 전율이 흐른다. 아희는 목마른 아이처럼 태석의 입술을 찾아 그의 온 얼굴에 입술을 문질렀다.

"태석 씨, 키스…… 키스해 줘요."

응석부리는 듯한 목소리에 태석은 귓가에서 입술을 떼고 바로 아희의 입술을 덮었다. 아까만큼 격렬하지는 않지만 충분히 뜨거운 키스가 이어졌다. 혀가 질척하게 뒤엉키고. 뜨거운 몸이 맞닿은 채로 맥박 쳤다.

두 사람은 말없이 합의를 나눴다. 지금은 너무 빠르다고.

태석은 아희에게 키스하며 팔을 뻗어 떨어진 겉옷을 주워서 그녀의 다리를 가려 주었다. 말려 올라간 치마는 속옷을 미처 가리지 못하고 있었다.

두 사람은 천천히 서로의 입안을, 아니 속마음을 탐색하듯 키스하다가 입술을 거두었다. 태석은 엄지로 아희의 젖은 입술을 쓸어내리며 웃었다.

"잘 자요, 아희 씨."

"태석 씨도 잘 자요."

아희는 그 말을 마지막으로 차에서 내려 집 건물 안으로 들어갔다. 태석은 차에서 내려 집으로 들어가는 그녀를 진득한 눈으로 지켜보며 손을 흔들어 주었다.

아희 역시 집으로 들어와 창문 밖으로 태석이 차가 사라질 때까지 지켜보았다. 그의 입술이 닿았던, 그의 손길이 닿았던 몸의 모든 곳이 뜨겁게 두근거렸다.

"하아…… 여자가 성욕이 약하다는 건 다 거짓말이야."

한숨처럼 혼잣말을 하며 침대로 쓰러졌다. 라면 먹고 갈래요? 커피 한잔하고 갈래요? 튀어나오려던 말을 가까스로 눌러 참았는데, 이제 와서 생각하니 굳이 참았어야 했나 싶어서 후회가 물밀듯이 밀려왔다.

그때 휴대폰이 드르륵드르륵하며 몸을 떨어 대기 시작했다. 손을 뻗어 폰을 들자 아희를 욕망의 도가니로 밀어 넣은 남자의 이름이 보였다.

"여보세요?"

ㅡ…….

"태석 씨?"

왜 전화를 걸어 놓고 말이 없담? 속으로 꿍얼거리는데 "하아." 작은 한숨 소리에 귀에 난 솜털까지 쭈뼛 서는 기분이었다. 휴대폰 너머로 전해지는 그의 숨소리가 너무도 축축하고 뜨거웠다. 마치 온도가 느껴지는 것처럼.

'태석 씨도…… 나랑 같아.'

그렇게 생각하자 온몸이 잘게 떨렸다.

분명 아까 차를 타고 떠나는 것을 보았는데, 아직 집에 도착할 시간이 아닌데 지금 이렇게 내게 전화를 걸고 있다. 지금 어디까지 갔을까? 갓길이나 골목에 차를 멈춰 세우고 내게 전화를 하는 걸까? 지금 당장 집으로 부르면 안 될까?

수만 가지의 고민이 뇌를 점령하는 사이, 태석이 먼저 입을 열었다.

—문…… 열어 줄 수 있어요? 나 집 앞인데.

"……아."

맙소사. 가다가 돌아온 거야?

"조금만 기다려요."

휴대폰을 거의 내던지듯 내려놓고 총알처럼 현관으로 뛰어나갔다. 다급한 손길로 문을 열자 태석이 덩치와 달리 번개처럼 빠른 움직임으로 아희를 덮쳤다.

"으읍!"

놀란 비명을 내지를 틈도 없이 그대로 입술이 잡아먹혔다. 아니, 말을 정정한다. 입술을 잡아먹은 것이 아니라 '입술부터'였다.

태석은 그날 아희의 온몸을 잘근잘근 씹어 먹어도 모자

란다는 듯이 굴었으니 말이다.

머리부터 발끝까지. 정말 말 그대로, 발가락 끝까지 그는 아희를 온통 달콤하게 녹이고 해체해서 '강태석의 하아희'로 재조립했다.

이보다 더 사랑받을 수 있을까? 아희는 그의 품에서 울었다. 달콤함에 익사할 정도로 사랑받았다. 어떻게 이런 마음을 숨기고 있었을까? 말없이 퍼부어지는 애정에 아득해질 정도였다.

실오라기 하나 걸치지 않은 알몸을 감싸는 단단한 팔. 아희는 자신의 안에서 아직 완전히 떨치지 못한 불안의 구름을 그의 팔이 다 훑어 버리는 것을 느끼며 눈을 감았다.

태석이 주는 격정적이고 안온한 애정에 중독될 것만 같았다.

강태석 외전 5. 그대를 위해서라면

 달콤한 키스가 입가에 맴돈다. 나는 오랜 시간 불과 칼을 만지느라 딱딱하고 거칠한 손으로 내 입술을 쓰다듬었다. 아직 아희의 감각이 남아 있는 듯하다. 나는 뜨거워지는 얼굴을 애써 가라앉히며 어제 일을 떠올렸다.
 유세준과 만나고 있을 아희를 기다리는 것은 생각보다 초조한 일이었다. 아희가 내게 호감을 갖고 있는 것은 분명한 사실이지만, 옛 남자가 외로운 마음에 아희를 세게 흔들어 버리기라도 하면 어떡하지. 최대한 평정심을 유지하려다가 전화를 걸었다.

"아직도 같이 있어요? 나 질투 나려고 해요. 얼른 걔랑 헤어지고 나랑 만나 줘요."

끊고 나서 후회했다. 내가 이렇게나 유치한 사람이었다니! 하지만 아희는 나를 위해 바로 유세준과의 약속을 정리하고 나와 주었고 나의 불안함은 그녀의 눈을 바라보는 순간 눈 녹듯이 사라졌다. 그녀와 나는 확실히 이어져 있었다.

"사실 만나면 할 말이 많지 않을까 생각했는데, 얼굴을 보니까 그런 건 없다는 걸 알았어요. 우리 사이에 문제는 아무것도 없으니까."

"맞아요. 안 시간이 길지는 않지만…… 우리는 서로를 알잖아요."

서로의 눈을 바라보며 나눴던 대화. 그리고 급하지 않기에 더욱 서로를 느낄 수 있었던 키스. 계속 생각했다. 나와 아희는 마음이 통하기는 했지만 정식으로 사귀자거나, '오늘부터 1일!'이라고 선언한 상태는 아니었다. 하지만 무턱대고 손을 잡고 "우리 사귀는 거죠?"라고 묻기에는 너무 유치해 보이고. 그래서 생각한 것이 정식으로 사귀자고 말하자는 것이었다.

"어떻게 말하는 게 좋을까……."

지금까지 했던 연애를 떠올려 보았다. 여자 쪽에서 먼저 호감을 보이면 내가 밥을 먹자거나 그쪽에서 밥을 먹자거나 해서 몇 번 만나다가 자연스럽게 사귀는 관계가 되었던 것이 대부분이다. 내가 이렇게 고민을 한 적이 별로 없구나. 이렇게 생각하니 하아희라는 사람이 참 새삼스럽다.

언제 이렇게 좋아하게 됐을까. 처음엔 내 취향이다 생각했었고, 그 뒤로는 약간 신경이 쓰인다 싶었는데 정신을 차려 보니 꿀통에 빠져서 나갈 수 없게 된 벌처럼 이미 푹 빠져 있었다.

나를 이런 천하의 팔불출 멍청이로 만든 그녀에게 어떤 고백을 해야 할까. 일단 걷는 것은 이제 그만. 우리는 너무 많이 걸었다. 홍콩은 워낙 작아서 이동하는 동안 차를 탈 일이 별로 없었기에 그녀는 그 무거운 가방을 들고 하루 종일 걸어 다녔을 것이다. 그러니 나와의 데이트에선 걷지 못하게 해야지. 그리고 이번 여행에서 본 홍콩이 아닌 색다른 홍콩을 보여 줘야겠다. 홍콩에 다시 오면 내 생각이 나도록. 나는 검색을 해서 제일 맨 위에 뜨는 홍콩 여행사에 전화를 걸었다.

"네. 혹시 리무진이랑 유람선 빌리는 것도 연결해 줍니까? 비용은 상관없습니다."

100일, 1000일. 모두 잊지 못할 단 하루뿐인 날이지만 그 100일과 1000일을 맞이하기 위해서는 1일. 시작의 날이 가장 중요하다. 최고의 시작을 선사할 자신은 없다. 황제를 위한 특별한 식사인 만한전석을 대접해도 같이 먹는 상대방에 따라 그 맛이 다르게 느껴지겠지. 그러니까 아희가 어떻게 느낄지는 모르더라도 나는 지금 최선을 다해서 우리의 첫 데이트를 요리해야 한다. 부디 맛있게 한입을 먹어 주기를 바라는 마음으로.

"형! 우리 이제 나가야 돼요."

"어 알겠어. 먼저 나가."

숙소 앞 집합 장소로 나가며 나는 열심히 데이트를 계획하기 시작했다. 이제 해진과는 제법 합이 잘 맞는 데다가 브런치는 이미 예전에 와 봤던 곳이라 예상대로 나쁘지 않아서 아침 촬영은 무난하게 잘 넘어갔다. 그런데 다행인지 불행인지. 나와 해진이 벌이는 대결에서 아희가 해진의 팀으로 갔다.

"메인 작가님이 저희 쪽이세요?"

"왜. 하 작가가 아니라 마음에 안 들어요?"

"아니, 그건 아니고……."

지난번에 아희를 위로해 주라고 등을 떠밀 때 이미 알고 있다고 생각은 했지만, 이 메인 작가는 나와 아희의 사이를 언제부터 눈치챈 거지? 별 상관은 없다. 이 메인 작가는 워낙 마이웨이로 유명하고 소문을 내거나 연애 문제로 아희에게 불이익을 줄 것 같지도 않으니.

"자 그럼 우리도 출발합시다!"

피디의 말에 이동하며 아희를 한 번 찾다가 그냥 버스로 올라탔다. 차라리 아희와 떨어져 있을 때 데이트 일정을 다 짜 놓는 편이 낫겠다 싶었다.

"하하하! 역시 태석 씨가 셰프님이라서 그런지 맛집을 엄청 잘 아네? 이따 우리만 호강하겠어!"

몇 번 여행을 오면서 기억해 두었던 익숙한 현지 맛집들로 촬영 팀을 이끌자 피디님은 티 나게 좋아했다. 제보단 젯밥이라고, 내 모자란 촬영 분량이야 해진에게서 뽑으면 되니까 맛있는 거라도 많이 먹자 싶었던 것 같다. 사람들에게 맛있는 걸 먹이고 싶은 건 요리사의 본능. 나는 원래 사려던 것보다 약간 많이 음식들을 샀다.

"고생하셨으니까 먹고 싶은 거 하나씩 고르세요. 제가 살게요."

"어 정말? 우리가 얻어먹어도 되나?"

고개를 끄덕였다. 아희를 포함한 작가 팀이 모두 마르긴 했지만 촬영 팀 쪽도 상황은 마찬가지다. 말랐거나 아니면 아주 통통하거나. 이게 다 일이 불규칙적이고 철야가 많아서겠지. 다른 촬영을 할 때는 딱히 스태프를 챙겨야겠다는 생각도 안 해 봤는데 아희가 이쪽이라 그런가. 괜히 마음을 더 쓰게 된다.

"연애하면 마음이 넓어진다는 게 이런 건가……?"

혼잣말을 중얼거리며 양손 가득 음식을 들고 평가를 위해 호텔로 돌아왔다. 맛있는 냄새가 승합차 안을 가득 채우자 사람들이 입맛을 다시는 소리가 곳곳에서 들렸다. 맛있는 요리와 사랑. 내 마음을 풍족하게 채워 주는 것들.

* * *

"큐브를 정말 좋아하지만…… 정말 솔직하게 제 입맛에는 강 셰프님이 사 오신 음식이 더 맛있었어요……."
"아아! 너무해요!"
"그럼 2대 3으로 제 승리네요!"

맛집 대결은 역시나 나의 승리! 당연하다. 이런 것에서 지면 셰프의 명성이 아깝지! 울상을 짓는 해진을 건성으로 위로해 주고 아희에게 다가갔다. 그리고 데이트 신청을 했다. 우리의 정식 첫 데이트.

"우리도 이따 나갈까요?"
"아…… 어머님 선물 사야 되죠?"
"어머니 선물이야 한국에서 사도 돼요. 사실 그거 핑계였거든요. 아희 씨랑 홍콩에서 같이 있으려고 만든 핑계. 이따 연락할 테니까 예쁘게 하고 나와요."

1시간 뒤에 호텔 뒷문으로 나와요. 나는 1시간 동안 유람선 예약을 다시 확인하고 데이트를 위해 옷을 갈아입고 머리를 매만졌다. 미리 호텔 밖에 도착해 있는 리무진으로 들어가서 아까 디저트 가게에서 샀던 디저트들을 세팅했다.

샴페인과 손으로 집어먹을 수 있는 간단한 핑거 푸드가 이미 리무진에 준비되어 있었지만 아희에겐 더 맛있는 것들로만 준비해 주고 싶었다. 즐거워하는 얼굴만 보고 싶다. 바쁘게 움직이니 어느새 약속 시간 5분 전. 리무진 밖으로 나가 시계를 보며 아희를 기다렸다.

또각또각- 건물 안쪽에서 작은 구두 소리가 들린다. 설마 기다림의 떨림이 만들어 낸 환청은 아니겠지. 조금 기다리자 아희가 문 쪽으로 걸어와 호텔 밖으로 나왔다. 나는 잠깐 말문이 막혔다.

예쁘게 하고 나오라고는 했지만 기대 이상이다. 저 옷은 원래 있던 옷인가? 쇼핑할 시간도 없어 보였는데. 원래 저렇게 예쁜 옷을 갖고 있었단 말이야? 나 말고 다른 사람이 저 옷을 입은 아희를 본 건가? 이렇게 말도 안 되는 이유로 화가 날 정도로 아희는 예뻤다. 몸에 적당히 달라붙어 야리야리한 몸 선이 드러나는 와인색 원피스가 평상시 일 때문에 캐주얼한 옷을 입을 때와는 전혀 다른 분위기를 만들어 주었다.

"……딱 시간 맞춰서 왔네요."

목소리가 떨리지는 않았겠지? 스스로가 너무도 멍청하게 느껴지는 순간이다.

"이게 뭐예요?"

아희는 호텔 뒷문 앞에서 대기하고 있는 리무진을 보고

깜짝 놀라 물었다. 놀란 얼굴을 보니 뿌듯해진다.

"하루 종일 홍콩을 걸어 다녔는데 또 걷게 할 수는 없잖아요. 타요."

달칵- 리무진의 문을 열고 아희를 기다렸다. 나는 오늘 당신의 충실한 기사가 되고 싶고 당신의 하나뿐인 왕자도 되고 싶다고 생각하며 손을 뻗어 에스코트했다. 나와 아희를 태운 리무진은 조용히 홍콩을 누비기 시작했다. 꿈을 꾸는 듯한 아희의 얼굴 위로 홍콩의 야경이 흐릿하게 번진다.

시간은 1초도 되돌아가지 않고 끝없이 흐른다. 흘러간 강물을 되돌릴 수 없는 것처럼 흘러간 시간도 되돌릴 수 없다. 그러니 나는 우리의 시간을 끝없이 흘려보내, 거대한 호수와 바다가 되도록 하고 싶다. 매 순간 순간을 기념하면서.

긴 튤립 모양의 잔에 우리 둘의 시간을 기념하는 샴페인을 따라 아희에게 내밀었다.

"짠 할까요?"

"네."

우리는 가볍게 잔을 부딪쳤다. 그 소리는 내게 꼭 경기 시작을 알리는 총소리처럼 들렸다. 영원히 끝나지 않기를 바라는 마라톤이 시작되었다.

* * *

 직접 사 온 디저트들과 업체 측에서 준비해 준 핑거 푸드를 먹으며 적당히 시간을 보냈다. 그리고 이제 고백의 순간. 리무진이 항구에 멈추고 나는 아희의 손을 잡고 예약해 둔 유람선으로 이끌었다.
 "이리 와요."
 "어? 이 유람선…… 운행 끝난 거 아니에요?"
 맞아요. 하지만 내가 우리를 위해 빌렸죠. 나는 말을 아끼며 아희를 데리고 유람선 위로 올랐다. 새카만 바다 위의 불이 꺼진 유람선. 마치 세상에 우리 둘만 있는 기분이다.
 그때, 유람선의 모든 불이 환하게 켜지고 조용한 음악이 흘러나온다. 나는 아희의 손을 잡고 넓은 유람선 갑판 위로 올라섰다.
 유람선을 당일에 급하게 섭외해서 평소보다 더 비쌌다든지, 내 요구 사항에 맞추기 위해서 인건비를 내야 한다든지 하는 건 아무런 문제가 되지 않았다. 셰프라는 직업이 일반인들의 생각에 비해서 엄청나게 돈을 잘 버는 것은 아니지만 집안 환경과 개인적으로 굴리는 재테크로 나름대로 풍족한 생활을 하고 있었고, 혹여 그렇지 않더라도 사랑하는 여자 한 명을 기쁘게 해 주는 일에 돈을 아끼고 싶지는 않았다.

붉은 장미 꽃다발을 들고서 그녀의 앞에 섰다. 이 붉은 장미를 내 마음으로 생각해 주길 바라는 마음으로. 내 마음을, 소중히 여겨 주길 바라는 마음으로.

 "······솔직히 이미 우리는 마음이 통했다고 생각해요."

 우리는 이미 마음이 통했다. 우리는 서로의 감정을 알고 있다. 하지만 어느 정도로 알고 있을까? 적어도 나는 당신이 짐작하는 것보다 당신을 훨씬 좋아하고 있는데. 아니, 사랑하고 있는데.

 "하지만······ 한 번도 말한 적 없는 것 같아서요. 그리고 말해야 될 것 같아서요. 나는 기념일 챙기는 거 좋아하는 편이거든요."

 한 걸음, 한 걸음. 나는 아희에게로 걸어가 꽃다발을, 내 마음을 내밀었다. 그녀는 두 손으로 꽃다발을 받았다. 내 마음을 받아 주었다.

 "좋아해요. 아니, 내가 아희 씨를 사랑하는 것 같아요."

 사랑. 알아주기를 바란다. 나조차도 가늠할 수 없는 이 깊은 마음을 당신만은 알아주길. 내 조악한 말재주로는 당신에게 충분히 설명할 수 없으니 지금부터의 내 행동을, 내 눈빛을 보고 내 마음을 알아주기를 바란다.

 그런 내 마음을 알고 있다는 듯이 아희는 내게로 다가와 떨리는 내 몸을 따뜻한 품으로 안아 주었다.

 "나도. 나도요. 태석 씨, 많이 좋아해요······."

우리는 다시 한번 달콤한 키스를 나눴다. 입술을 맞대고 말을 만들어 내는 혀를 얽으며 우리는 계속 말없이 사랑을 속삭였다. 가장 아름다운 홍콩의 밤이었다.

7. 조금 더 가까이

 남아 있는 아희의 휴일은 금, 토, 일. 삼 일이나 되는 것에 비해 태석은 주로 주말에 일하고 평일에 번갈아 쉬기 때문에 휴일이 없었다. 특히 방송 촬영 때문에 레스토랑을 비운 것이라서 비어 있던 자리를 재정비하는 것도 필요했고.
 "이럴 때 같이 놀아야 하는데. 내가 미안해요."
 "아니에요. 그리고 뭐 레스토랑 확장 때문에도 바쁘다면서요."
 "확장은 아니고 체인점을 내느냐고……. 아 얼른 끝내고 아희 씨랑 놀고 싶다."

전화로 앓는 소리를 내는 태석을 달랜 뒤 아희는 동네 도서관을 향해 걸었다. 오랜만에 책 냄새 좀 맡고 싶기도 하고 휴일인데 집에서만 보내기는 아까웠기 때문이다.

동네 도서관은 크기는 크지 않았지만 지역 내에 대학교와 출판사들이 많고 유동 인구가 많은 마포구라는 지리적 위치 때문인지 예술 서적이나 SF, 젊은 층이 좋아할 만한 서적들이 다양하게 구비되어 있었다. 표지가 마음에 드는 사진집 1권, 시집 1권, 여행 에세이 1권을 빌리자 빈 가방이나 다름없던 에코백이 묵직해졌다. 아희는 가방을 어깨에 지고서 카페 골목을 구석구석 누볐다.

"여긴 사람이 많고, 여긴 너무 밝네."

적당히 사람이 없고 적당히 어둑한 카페를 찾아서 자리를 잡았다. 함께 챙겨 나온 일기장을 옆에 꺼냈다. 일기는 어제도 조금 쓰고 자기는 했지만 근래에 일어난 사건들이 워낙 많아서, 다 적지 못하고 잠들어 버리고 말았다.

"카페 라테 한 잔이요."

"아이스로 드릴까요?"

"으음. 아니요, 따뜻한 걸로 주세요."

분명 프로그램을 기획할 때만 해도 여름이었는데 이제는 가을 색이 완연하다. 아직은 스타킹을 신지 않은 맨다리로 버틸 수 있지만 신발장에서 샌들은 집어넣어야 한다. 어떻게 딱 옆구리 쓸쓸한 가을에 남자 친구가 생겼네. 아희는 웃으며 직원에게서 따뜻한 카페 라테를 받아 들고 자리로 가서 앉았다.

팔락팔락, 사진집을 한 장 한 장 넘긴다. 다양한 일상 속에 춤을 추는 무용수들을 배치하여 일상의 역동성을 보여주는 사진집이다. 레스토랑 앞은 물론 야구장, 식당, 심지어는 수술실에서까지. 사람들은 춤추며 뛰어오른다. 마치 그것이 의무라는 듯이.

오색찬란한 색감의 사진을 바라보며 아희는 빙그레 웃었다. 삶은 그저 살아가기만 하면 안 된다. 그래서 사람들은 해마다 12월까지 쓰지 못할 것을 알면서 다이어리를 사고 플래너를 산다. 일, 취미, 인간관계. 삶의 질을 높여 주는 것들은 사람마다 다양하다. 하지만 사람들은 흔히들 '연애'를 하면 얼굴이 핀다고 한다. 그래서 얼굴이 좋아 보이면 "너 연애하냐?"고 쉽게들 묻곤 한다. 아희는 괜히 손거울을 꺼내서 얼굴을 확인했다. 나도 지금 그렇게 얼굴이 좋아 보일까?

지이잉- 지이잉-. 갑자기 핸드폰 진동이 울리고 반사적으로 전화를 받았다.

"여보세요?"

―어-. 아희야. 오늘 저녁에 시간 돼?

"응? 뭔 소리야?"

―채팅방 안 봤어? 유미가 이러다 내년에나 얼굴 보겠다

고 오늘 당장 되는 사람끼리라도 보자고 찡찡거려서 되는 애들 모으고 있어.

대학 친구 선영이다. 취업하기 전에는 얼굴을 자주 봤는데 취업이 된 후로는 각자 일이 끝나는 시간이 달라서 영 얼굴 보기가 힘든 탓에 두 달 전에 만났던 게 마지막이었다. 다른 동기 애들은 말할 것도 없다. 올 2월에 잠깐 봤나? 그러고서 다 같이 모이지를 못했다. 유미는 워낙 친구들을 좋아하고 정이 많은 애라서 이렇게 오래 얼굴을 못 본 것이 퍽 서러운 듯했다. 아희는 웃으며 대답했다.

"어떻게 이렇게 딱 맞췄냐. 나 오늘 오프인데. 다음 주부터는 완전 죽어나고."

-진짜? 딱이네. 그럼 보고 시간 맞춰서 와! 나도 오늘 칼퇴하고 바로 갈 테니까.

"응. 이따 봐."

전화를 끊고 단체 채팅을 확인했다. 약속 시간은 7시 신촌. 신촌이면 여기서도 가깝고 지금 4시니까 7시까지는 완전 넉넉하다. 카페에서 좀 더 놀다가 집에 가서 옷 갈아입고 애들 만나러 가야지. 사진집을 훌훌 넘기다가 일기장을 펼쳤다.

일기장은 원래 주저리주저리 쓰는 것이 재미라고는 하지만, 아희는 일 때문에 하도 기획서를 써내다 보니까 앞에 점을 찍고 요점만 딱딱 쓰는 것이 버릇이 되어 버렸다.

그래서 일기장도 무슨 요점 정리 노트처럼 간결하다. 일기장 위에 오늘 날짜를 쓰고 이 전에 있던 일들을 정리해서 썼다.

*홍콩 첫날-유세준과 카페/ 태석과 밤 산책
*홍콩 둘째 날-태석과 1일/ 리무진, 유람선 관광
*홍콩 셋째 날-마카오 투어/ 귀국
*목요일-태석 레스토랑 와인 바 데이트
*금요일(오늘)-도서관/ 대학 동기 모임

이렇게 써 놓으면 나중에 이때 무슨 일이 있었지 하며 일기장을 뒤적일 때 긴 글을 다 읽지 않아도 된다. 하지만 약간 삭막하기는 하니까 이 아래로 자세하게 있었던 일과 그때 느꼈던 감상을 세세하게 적는다. 핸드폰이나 패드에 일기를 쓰는 사람도 있지만 아희는 약간 아날로그 방식을 선호했다.

아희는 어제 태석과 와인 바에서 데이트한 것을 일기장에 적으며 얼굴이 붉어졌다. 와인 바 데이트 자체는 별문제가 아니었으나 차에서 나눴던 깊은 키스와 그 이후의 밤이 떠올랐기 때문이다.

"……도대체 연애를 얼마나 많이 한 거야? 키스 진짜 잘하던데."

지금까지의 남자 친구들을 보면 키스를 잘하는지, 못하는지를 판단하지 못했는데 태석과는 어제 키스를 나누는 순간 알았다. 진짜 잘하는구나.

  홍콩에서 가볍게 키스를 할 때는 잘 몰랐는데 어제 흥분해서 거침없이 몰아붙일 때는 정말 혼이 빠져나가는 줄 알았다. 숨 쉴 타이밍을 놓쳐서 할딱거리는데도 아랑곳하지 않고 허리를 더 끌어안아 밀착해서 키스를 퍼부었다. 그 커다랗고 딱딱한 손이 허리와 등을 쓰다듬을 때 느껴지던 기분 좋은 오싹함. 잡아먹을 것처럼 바라보는 뜨겁고 짙은 눈.

  "아…… 보고 싶다."

  한숨을 쉬다가 태석에게 메시지를 보냈다. 보내기 전에 여러 번 고쳤는데 보내고 나니까 영 어리광 부리는 것 같고 애 같아서 민망했다. 너무 어린 티를 내는 것도 안 좋을 것 같은데 싶지만 이미 보냈으니 어쩔 수 없지.

  [나 이따 대학 동기들이랑 만나기로 했어요! 쉬는 시간에 셀카 찍어서 보내 주세요~]

  나름 애교랍시고 이모티콘을 잔뜩 붙여서 보냈는데 약간 후회가 된다. 그래도 셀카 찍어서 보내 달라는 게 무리한 부탁은 아니겠지? 에라, 모르겠다. 집중도 안 되는데 그냥 집에나 가자!

아희는 짐을 챙겨 일어나서 카페를 나섰다. 태석은 아직 메신저 앱을 업데이트하지 않았는지 메시지 전송 취소 버튼이 없었다. 아니, 왜 무료로 앱을 업그레이드해 주겠다는데도 업데이트를 안 하는 거야? 투덜거리면서 혹시라도 진동을 놓칠까 봐 손에 핸드폰을 꼭 쥐고 집까지 걸었다. 하지만 태석은 열심히 일하는 중이었는지 답이 없었다.

* * *

"하아희 진짜 오랜만에 본다!"
"이게 몇 달 만이야?"

왁자지껄한 치킨집으로 들어가자 일찍 도착해서 미리 자리를 잡은 애들이 반겨 준다. 지금 모인 인원은 나까지 합해서 총 6명. 원래 모임은 9명이라 3명이나 못 온 것이긴 하지만 급하게 모은 것치고는 많이 모인 편이다.

"너 오기 전에 그냥 메뉴 시켰어. 맥주만 시키면 돼."
"잘했네. 나는 아무거나 시켜 주는 거면 돼."
"여기 생맥 6잔이요!"

알바생이 거품이 찰랑거리는 맥주잔을 가져다주었고 우리는 각자 잔을 하나씩 손에 쥐고 모두의 잔에 부딪혔다.

"짠!"

"위하여!"

유미가 의미 없는 "위하여!"를 외치자 다른 애들이 킥킥거리고 웃는다.

"뭘 위하는 건데?"

"뭐긴. 우리의 만남이지! 자 다 같이 외치자."

"알겠어, 알겠어."

유미의 고집에 우리는 결국 따라 주기로 한다.

"오늘 우리의 만남을……."

"위하여!"

여자 여섯 명의 쩌렁쩌렁한 목소리가 치킨집을 울리자 다른 테이블 사람들이 힐끔힐끔 쳐다본다. 우리는 이런 유치한 행동에 마치 대학 시절로 돌아간 듯한 기분이 들어서 서로를 보며 웃었다. 그때도 의미 없이 "국문학과를 위하여!"를 외치며 주변의 이목을 잔뜩 사곤 했었다.

"주문하신 메뉴 나왔습니다."

"와! 맛있겠다!"

"너희 세 개나 시켰어?"

"그럼. 2인 1닭이 기본 아니야?"

생맥주 잔들과 물 잔들 사이로 갈릭, 칠리소스, 로스트 치킨 등 각종 다양한 양념 치킨들이 반반씩 섞여 세 접시가 올라오자 테이블이 꽉 찬다. 오랜만에 만났지만 언제나 어제 헤어진 것처럼 반갑고 즐겁고 어색하지 않은 우리.

다들 고등학교 때 친구들이 평생 친구고 대학교 때 만든 친구들은 오래 가지 않는다고들 했지만 우리는 그 말의 예외다. 공무원, 선생님, 평범한 회사원, 기자, 외주 회사 방송 작가, 편입해서 그래픽 디자이너가 된 친구까지. 우리는 다른 분야에서 다른 직업을 갖고 일하고 있지만 대학 시절의 추억 하나로 끈끈히 묶인 친구 사이다.

"기분 탓인가? 아희 얼굴이 좋아 보이네."

촉이 좋은 경미가 묻자 아까 나와 통화했던 선영이 대신 대답해 준다.

"얘 오늘 오프였대. 늦잠 잔 듯."

"헐! 완전 부러워! 난 오늘 칼퇴하느라 완전 눈치 봤는데!"

현정이 정말 부럽다는 듯이 앓는 소리를 냈지만 경미는 고개를 저었다.

"아냐. 저건 단순히 오래 잔 것만으로 좋아 보이는 얼굴이 아니야. 저 얼굴은 남자의 양기를 받은 얼굴이다!"

"남자의 양기가 뭐냐? 아 진짜 최경미 진짜 웃겨!"

경미의 말에 다른 애들이 테이블을 탕탕 치며 뒤집어져라 웃었다. 하지만 경미가 넘겨짚은 대로 아희는 정말 남자 친구가 생겼기에 놀란 얼굴을 감추지 못했다. 유미가 물었다.

"어? 하아희 저거 진짜 뭐 있나 보네? 남친 생겼어? 아니면 썸? 누구야? 누군데에?"

아희는 볼을 긁적이며 말했다.

"남친 생긴 지 일주일도 안 돼서 말하기가 민망하다 야."
"생겼다는 게 중요하지! 누군데? 어떤 사람이야?"

선영이 궁금하다는 듯이 묻자 아희는 그래도 태석이 방송도 나오는 사람인데 이렇게 쉽게 친구들에게 말해도 될까 싶어서 머뭇거렸다. 그런데 생각해 보니 태석의 레스토랑 사람들도 자신이 태석의 여자 친구인 것을 알고 있었으니 그냥 말해야겠다고 결심했다. 그때였다.

지이잉-.

"너 메시지 왔어. 어? 어어? 태석? 너 설마 그 강태석이랑……!"

"뭐? 선영이 너 어떻게- 헉!"

옆에 앉아 있던 선영이 진동이 요란한 아희의 핸드폰 화면을 보더니 화들짝 놀랐다. 선영의 입에서 태석의 이름이 나와서 깜짝 놀라 핸드폰을 보니, 이제야 그녀가 보낸 메시지를 봤는지 태석이 보낸 답장이 화면 한 가득 떠 있었다.

[나 보고 싶어서 셀카 보내라고 한 거예요? 여기 대령했습니다!]

민망한지 쑥스럽게 웃고 있는 윙크 셀카. 방송 속 까칠남 이미지와 180도 다른 귀여운 셀카에 친구들은 모두 멍해서 아희의 핸드폰 화면만 바라보고 있었다. 아희는 어쩔 줄 모르다가 태연한 척 어깨를 으쓱했다.

"어쩌다 보니 그렇게 됐어."

* * *

"이년아! 꼭 새끼 쳐 줘야 해!"

"내가 이 셰프 진짜 사랑하는 거 알지……? 파프리카쇼 캡쳐한 것만 폰에 천 장이 넘는다. 잘되면 소개 좀……."

딱 기분 좋을 만큼 맥주에 취한 우리들은 각자의 집으로 헤어졌다. 아희는 웃으며 친구들을 배웅한 뒤 버스 정류장을 향해 걸었다.

"2차! 2차 가자!" 왁자지껄 아직도 흥겹게 만남을 이어가고 있는 사람들의 무리를 지나치면서 약간은 한적한 길로 빠졌다. 번화가에서 주택가로 빠지는 길이다. 아직 11시라서 태석의 일이 끝나기엔 시간이 남았다. 아희는 모임이 끝났다는 메시지만 보내 놓고 버스를 타고 집에 들어왔다.

"아. 진짜 귀엽게 찍었다니까?"

씻기 위해 옷을 벗으며 태석이 보냈던 셀카를 다시 한번 보았다. 어설프게 윙크를 하고 있는 표정이 어린애처럼 어설프고 귀엽다. 이거 한 번에 찍었을까? 잘 못 찍어서 여러 번 다시 찍은 걸까? 고민하다가 태석의 셀카를 태석과의 채팅창 배경 화면으로 지정해 놓고 씻으러 욕실로 들어갔다.

* * *

즐거운 토요일! 하지만 태석은 오늘도 레스토랑에 나가야 한다. 그래도 어제 통화를 하면서 오전에라도 보자고 약속을 해서 아희는 간단하게 브런치를 먹으며 태석과 짧은 데이트를 했다. 태석은 정말 미안한 얼굴을 하며 내 뺨을 쓰다듬었다.

"주말인데도 이렇게 잠깐 보고. 미안해요."
"아니에요. 일하는 태석 씨가 더 힘들지."

사귄 지 그리 오래된 것도 아닌데 아희는 벌써 태석의 손길이 익숙해졌다. 커다란 그의 손에 얼굴을 기대자 표정이 부드럽게 풀어졌다.

태석의 손바닥은 칼과 냄비를 잡느라 굳은살이 박여 있어 딱딱했다. 하지만 아희는 그의 노력을 고스란히 보여 주는 손이 참 좋았다. 태석의 손바닥에 얼굴을 기대고 살짝 웃자 태석이 헛기침을 하면서 손을 뺀다. 그리고 몸을 아희 쪽으로 수그려서 작게 말했다.

"그런 표정 하지 마요. 이 자리에서 확 뽀뽀해 버리고 싶으니까."

평상시의 아희라면 아마도 "네? 뭐라구요?"라는 식으로 못 들은 척 대답했을 것이다. 얼굴을 붉히면서. 하지만 주말인데 데이트를 못 하는 것도 약간 아쉬운 데다 태석을 놀려 주고 싶어서 아희는 괜히 센 척을 해 보았다.

"흥. 어차피 진짜 하지도 못하잖아요?"

아희의 말에 태석이 벙하자 아희는 헛기침을 했다.

"방금 뭐라고 했어요?"

"농담이에요."

아희는 입을 벌리고 멍하니 자신을 바라보는 태석에게 키득거리면서 메이플 시럽에 푹 적신 팬케이크 조각을 먹여 주었다. 태석은 우물우물 기계적으로 씹으며 약간 억울하다는 듯이 눈을 흘겼다.

"내가 뽀뽀 못 할 줄 알아요?"

"하지 마요. 공공장소에서 심하게 애정 행각 벌이는 민폐 커플이 되고 싶진 않으니까."

아희는 어깨를 으쓱하고는 얼른 먹으라며 접시를 밀었다.

조금이라도 더 같이 있고 싶어서 태석의 레스토랑 앞까지 함께 걷는 길이었다. 태석은 입을 살짝 내밀고 툴툴거리며 말했다.

"아희 씨는 정말 종잡을 수가 없어요. 나를 막 들었다 놨다 하는 것 같아."

아희는 그 말에 터질 뻔한 웃음을 꾹 눌러 참고 대답했다.

"그래서 싫어요?"

"……아니요."

"안 싫으면 됐지."

"이거 봐. 완전 선수네, 선수. 솔직히 말해 봐요. 나 전에 남자 친구 몇 명이나 만났어요?"

아니, 갑자기 과거를 묻다니? 째릿, 태석을 노려보았다. 내가 하고 싶은 말을 다 자기가 하네. 아희는 '그러는 태석 씨는 얼마나 여자를 많이 만났으면 키스를 그렇게 잘해요?'라는 질문이 목 끝까지 튀어나왔으나 차마 사귄 지 얼마 안 된 사이에 할 말은 아닌 것 같아서 눌러 참았다. 그냥 잡고 있던 손만 싹 빼 버렸다. 손을 빼자 태석이 놀란 눈으로 아희를 본다.

"어?"

"이제 다 왔잖아요. 들어가요."

"아희 씨 삐졌어요?"

"아뇨? 들어가요. 나 갈게요."

흥흥 콧방귀를 잔뜩 뀌면서 뒤를 돌아서 태석에게서 멀어졌다. 정말 오픈 시간이 얼마 안 남아서 태석은 아희를 잡으러 가지는 못했다. 아희도 그것을 아주 잘 알고 있고. 하지만 아희는 자신이 먼저 뒤돌아 놓고 태석이 잡아 주지 않은 게 약간 섭섭해져서 애꿎은 돌멩이만 발로 찼다.

* * *

 이대로 집에 가기는 왠지 자존심이 상하는 기분이라 아희는 근처 아무 카페에나 들어가 자리를 잡았다. 청담동이라 그런지 길거리에 있는 카페도 분위기가 제법 좋다. 인디 영화나 분위기 좋은 뮤직 비디오에 나올 것 같은 그런 카페다. 카페의 전체적인 가구들이 빈티지풍으로 자연스럽고 편안한 분위기를 준다. 소품에도 신경을 많이 쓰는지 테이블 위를 비추는 알록달록한 스테인드글라스 전등이 점심 무렵의 따사로운 햇빛을 받아 영롱하게 빛났다.
"예쁘다……."
 핸드폰 카메라로 카페 내부를 몇 장 찍었다. 나중에 인화해서 일기장에 붙여야지. 태석과 일찍 헤어질 것을 이미 예상하고 있었기에 읽을 책을 챙겨 왔다.
 책을 꺼내서 몇 장 보고 있는데 카페 문으로 누군가 들어오면서 약간 시끄러워졌다. 무슨 일이지? 그때 직원이 다가와서 양해를 구했다.
"손님 잠시 카페에서 인터뷰를 할 거라서 양해 부탁드릴게요. 일행은 따로 없으시죠?"
"네."

순간 궁금해져서 물었다.

"근데 누구예요?"

"아이돌이에요."

직원이 인터뷰 상대 이름을 잘 모르는 것인지 아니면 알면서도 말하지 않는 것인지 그냥 아이돌이라고만 말하고 갔다. 아이돌? 아희는 아이돌 쪽은 잘 몰랐다. 기껏해야 해진네 그룹 정도만 알 뿐이다.

스태프들이 와서 테이블과 조명을 세팅하자 직원이 말한 아이돌이라는 사람이 걸어 들어왔다.

"어?"

"어? 누나? 여기서 만나네요?"

인터뷰를 한다는 연예인은 바로 아희가 아는 아이돌 큐브의 리더인 해진과 같은 그룹의 멤버인 나건이었다. 나건은 큐브에서 해진 다음으로 말을 많이 하는 멤버였기에 얼굴과 이름을 정확히 기억하고 있다. 해진은 스태프들이 주변을 정리하는 동안 아희에게 다가와서 말을 걸었다.

"책 읽어요? 역시 작가님이네. 아 맞다. 여기 태석이 형 레스토랑 주변인데! 이따 태석이 형 만나려고 기다리는 거예요?"

전부터 말하는 뉘앙스가 아희와 태석 사이를 대강 알고 있는 것 같기는 했지만 이렇게 돌직구로 물어보다니. 왠지 해진은 남동생 같은 느낌이라서 아희는 마치 친동생에게 연애사를 들킨 누나가 된 듯 머쓱해졌다.
"기다리는 건 아니고…… 태석 씨는 출근 전에 잠깐 봤고 바로 집에 가기 아쉬워서 그냥 책 읽고 있었어요."
"아아. 그럼 다른 일정은 없는 거예요?"
"네."
다른 일정이 없냐고 물은 해진은 아희에게 방긋 웃었다. 잡지 인터뷰라 그런지 부담스럽지 않게 곱게 메이크업을 한 얼굴이 화사하다.
"그럼 나 기다려 줄래요? 같이 밥이라도 한 끼 먹어요."
"……."
내가 왜요?라는 말이 순간적으로 나올 뻔했지만 해진은 촬영 때 이래저래 도움받은 게 많아서 내가 밥을 한 번 사기는 해야 했다. 일단 고개를 끄덕였다.
"알겠어요. 이거 몇 시간 정도 걸려요?"
"길어 봐야 2시간이면 끝날 거예요. 세 페이지 정도 들어가는 거라서. 그럼 기다려 주세요!"
손을 팔랑팔랑 흔들고 해진은 스태프들이 세팅해 둔 자리로 가서 앉았다. 아직 완벽하게 인터뷰가 준비된 것이 아니라 그런지 나건은 해진의 옆에 앉지 않고 뒤에 서서 핸드폰만 만지작거렸다. 해진은 나건의 팔을 잡아당기며 이쪽으로 오라고 손짓했다. 앞으로 있을 인터뷰 내용에 대해 이야기를 나누고 싶어 하는 듯했지만 나건은 해진의 손을 팩 뿌리쳤다.

"아, 알겠다고 좀!"

갑자기 언성을 높인 나건 때문에 스태프들의 이목이 순식간에 두 사람에게 꽂혔다. 그리고 재빠르게 흩어졌다. 해진은 당황하지 않은 척 오히려 활짝 웃으며 큰 소리로 말했다.

"얘가 긴장을 했나 갑자기 형한테 큰소리를 내네. 스태프들 오해하실라."

해진이 그러거나 말거나 나건은 꼿꼿이 서서 핸드폰을 손에서 놓지 않았다. 매니저가 가서 나건에게 뭐라고 혼을 내는 것 같았지만 인상만 찡그릴 뿐 딱히 매니저의 말대로 하려는 기색은 없다.

카메라 앞에서는 하하 호호해도 카메라가 꺼지면 사이가 안 좋은 경우야 흔하다. 이런 이야기는 얘깃거리도 안 될 정도로 널리고 널린 이야기들이라 스태프들은 아마 신경도 안 쓸 것이다. 인터뷰에 지장만 되지 않는다면 말이다.

하지만 당사자 입장에서는 그렇게 생각하기가 쉽지는 않을 터. 지금 인터뷰를 찍으러 온 스태프들만 열 명이 넘는데 그 사람들의 입에 자물쇠가 달려 있으리란 생각을 어떻게 할 수 있겠는가.

아까에 비해 확연히 표정이 좋지 않은 해진의 얼굴을 보며 아희는 안쓰러운 마음이 들었다. 해진도 충분히 어린 나이인데 더 어린 애들의 리더 노릇을 하느라 고충이 많을 테지.

"그럼 인터뷰 시작할게요. 녹음하겠습니다."

시작하기 바로 직전에야 자리에 앉은 나건은 에디터의 말에 바로 표정이 바뀌었다. 짜증이 가득하고 신경질적이던 얼굴이 언제 그랬냐는 듯 밝고 명랑하게 바뀐다. 꼭 한 번도 화를 내 본 적 없는 사람처럼.

에디터는 탁자에 녹음기를 두고 인터뷰를 따기 시작했고 카메라 몇 대가 해진과 나건의 얼굴을 찍었다. 요새는 잡지사에서도 홍보를 위해 SNS 계정에 프리뷰를 띄우는 것이 필수 관행처럼 자리 잡혀서 짧은 인터뷰에도 영상은 필수다.

"나건 씨는 이제 브라운관을 통해 연기 데뷔를 할 예정이라고 들었어요."

"네. 많이 부족하지만 오디션을 통해 주말 드라마에 출연을 하게 되었습니다."

겸손을 떨면서 수줍게 웃는 나건은 천진난만하고 사랑스러웠다. 그런 나건을 해진은 뿌듯하게 바라보고 있었다. 어떻게 저럴 수 있을까. 방금까지 자신한테 짜증을 냈던 동생인데 말이다. 심지어 자기보다 세 살이나 어린 놈인데.

"해진 씨는 지금 방영되고 있는 〈가서 뭐 먹지?〉가 엄청난 호평을 받고 있는데요, 요즘 요리하는 섹시한 남자가 유행이잖아요? 본인은 평소 요리를 즐겨 하시는 편인가요?"

"요리 예능에 얼굴을 많이 내비치기는 했지만 실제로 제가 요리를 잘하는 편은 아니에요. 그냥 먹을 만하게 하는 정도? 자주는 해요. 멤버들이 다 어리고 애기 같아서 뭐 먹고 싶다고 하면 레시피를 봐서라도 만들어 주려고 노력하고 있어요."

"정말 착한 리더네요!"

인터뷰는 처음의 나건의 연기 데뷔를 묻는 것 외에는 모두 해진의 위주로 진행되었다. 책을 읽는 내게 들려오는 화기애애한 웃음소리 중에 나건의 목소리는 없었다. 아희는 깨달았다. 아, 그래서 짜증을 냈구나. 자기 위주로 돌아가는 인터뷰가 아니니까.

하지만 인터뷰를 따는 입장에서는 더 화제성이 있는 인물 위주로 인터뷰를 할 수밖에 없다. 아희는 나건의 상황도 이해가 되고 인터뷰어 쪽의 입장도 이해가 되고, 해진의 상황도 안쓰러웠다.

"그럼 잘 부탁드립니다!"

인터뷰가 끝나고 에디터에게 밝게 웃으며 허리 숙여 인사하는 해진을 보니 안쓰러움이 몰려왔다. 꼭 맛있는 밥을 사 줘야지.

* * *

[아까 나 때문에 삐졌죠? 내가 잘못했어요ㄲㄲ]

태석에게서 온 메시지를 보고 그냥 무참히 씹어 버렸다. 선수? 선수는 무슨! 아무리 생각해도 억울하다. 아희는 태석에 비해 나이도 몇 살이나 어린 데다가 또래 친구들과 비교해 봐도 그렇게 연애 경험이 많은 편이 아니었다. 그런데 선수 소리를 듣다니!

'내가 왜 선수야? 따지자면 자기가 선수지!'

홍콩에서도 그렇다. 리무진에 유람선에……. 그 번쩍번쩍 호화로운 데이트들을 생각하면 이전 여자 친구들에게도 이렇게 해 줬겠거니 싶어서 마음이 옹졸해지는 것이다.

"무슨 생각을 하길래 그렇게 무서운 얼굴을 해요?"

메시지를 보고 가라앉았던 화가 다시 치솟는 찰나 해진의 목소리에 정신을 차렸다.

"아무것도 아니에요."

"아무것도 아니긴. 눈이 완전 이렇-게! 삐죽 올라가 있던데요?"

해진은 손가락으로 자신의 눈꼬리를 잡아 위로 당겨 올리며 방금 전 아희의 흉내를 냈다. 푸흡! 단순한 손짓 한 번에 동그랗고 큰 눈이 일본 전통 인형처럼 쭉 찢어지는 모양이 되자 웃음이 터졌다. 해진은 아희를 보며 뿌듯하게 웃더니 메뉴판을 내밀었다.

"자, 골라요."

"해진 씨 먼저 골라요. 오늘은 내가 살게요."

"어어? 내가 먹자고 했는데 왜 사 주세요?"

"원래 처음 같이 먹는 밥은 연장자가 내는 거예요. 그러니까 골라요."

아희는 자신 쪽으로 온 메뉴판을 해진에게 도로 밀어주었다. 그리 크지 않은 레스토랑인데 룸이 있어서 신기했다. 확실히 얼굴이 알려진 아이돌이라 룸으로 많이 다니겠다 싶었다. 연예인들의 목격담이 왜 자주 안 뜨는지, 업계 비밀을 알게 된 기분이었다.

해진이 같이 밥을 먹자고 해서 온 이 한식당은 단체손님들을 위한 룸보다는 기껏해야 4명이 앉을 수 있는 크기의 작은 룸들이 많았다. 영화에서 보는 접대용 일식집 같은 느낌은 아니지만 그렇다고 격이 떨어져 보이는 허름한 식당도 아닌, 딱 조용히 오기 좋은 식당이다. 그만큼 가격도 싸진 않겠지만……. 아희는 흔들리는 마음을 고쳐먹었다. 해진에게 워낙 신세 진 것이 많으니 이쯤이야 쏠 수 있어! 카지노에서 딴 것도 있고!

"먹고 싶은 거 다 골라요. 오늘은 누나가 쏜다!"

아희가 허세를 부리며 외치자 해진이 키득키득 웃으며

메뉴판을 내밀었다.

"전 다 골랐어요."

"뭐 골랐는데요?"

"그냥 육회비빔밥이요."

"에이. 내가 사 주는 건데 좀 비싼 거 먹지. 정식 종류라든가."

"아니에요. 홍콩 다녀오기 전보다 몸무게가 약간 늘었다고 감량해야 돼서 어쩔 수가 없어요. 고추장도 안 먹을 거예요."

"아……."

남자 아이돌이 이렇게 체중 감량에 신경 쓰는데 여자 아이돌은 대체 얼마나 고되게 관리하는 걸까. 아희는 고개를 끄덕이며 자신의 메뉴를 골랐다.

"그래도 이건 괜찮은 축이에요. 예전에 저 살쪘을 때는 감량시킨다고 아메리카노도 못 마시게 했다니까요?"

"아니 아메리카노는 0칼로리 아니에요?"

"그러니까요!"

아희는 불고기 백반을 골랐다. 고기 추가해서 해진에게 조금이라도 더 먹여야지. 지금도 웬만한 여자만큼이나 말랐는데 여기서 뭘 더 빼야 된다고 하는 건지 이해가 안 된다. 하긴. 연예인들이야 워낙 마른 사람이 많으니 상대적으로 부해 보이겠지.

"여기 불백이랑 육회비빔밥이요. 비빔밥은 고추장 따로 주시구요."

고추장 없는 비빔밥이라. 아희는 주문하면서도 메뉴가 조금 우습다고 생각했는데 점원은 그런 요구를 제법 받는 것인지 군말 없이 주문을 받고 룸을 나갔다.

룸의 문이 닫히자 해진은 편하게 자세를 풀며 테이블에 엎드려 버렸다.

"으아아! 누나 아까 다 봤죠?"

아까라면 분명 나건이 해진에게 짜증을 부리는 모습을 말하는 것이겠지. 고개를 끄덕였다.

"응. 다 봤어요."

"원래 그렇게 짜증 내는 애는 아니에요. 그냥 요새 연기 연습이 생각처럼 잘 안 되니까 혼나고 눈치 보고 피곤하고. 인터뷰도 원래 건이 혼자 하는 거였는데 내가 예능 들어가느라 갑자기 나랑 건이랑 같이 하자고 말을 바꾼 거거든요. 그래서 그런 거예요."

"그랬구나."

그런 사정이라면 짜증 날 만도 하지. 하지만 사람을 만나는 일이라는 게 그렇다. 그 사람이 어떤 사정으로 그런 행동을 했는지는 별로 중요하지 않다. 그렇게 사람이 많은 곳에서 '짜증'을 냈다는 것 자체가 중요하다. 잘 모르는 사람들은 보이는 것만을 진실로 받아들이니 말이다. 아희도 해진의 말을 듣기 전까지는 나건이라는 애가 무척 싸가지 없는 애라서 해진이 무척 고생한다고 생각했으니 말이다.

해진은 엎드려서 아희를 올려다보며 물었다.

"스태프분들이 안 좋게 봤겠죠?"

"……아마 그렇겠죠."

"아, 역시나! 그래서 내가 가서도 짜증 내지 말라고 차에서 계속 얘기했는데!"

해진은 인터뷰 때문에 예쁘게 세팅한 머리를 거칠게 헤집으며 소리쳤다. 아희는 해진이 테이블 위로 뻗은 팔을 토닥이며 위로의 말을 건넸다.

"뭐…… 안 좋게 봐도 그렇게 소문이 나진 않을 거예요. 이쪽 일 하다 보면 성격 나쁜 사람도 많이 보고, 그 인터뷰 잠깐으로 성격 나쁘다고 하기엔 뭐 별거 안 했으니까."

"그러면 다행이에요."

하아. 해진은 한숨을 쉬며 넋두리를 했다.

"아이돌은 겉으로는 친해 보여도 안에서는 기 싸움이 심하다, 그룹 내에서도 친한 애, 안 친한 애 갈린다. 별의별 말이 다 있지만 그래도 남자애들끼리는 거의 친해요. 우리 그룹도 그렇고요. 우리 애들 특히 다 착한 편이에요. 뭐, 친하고 착한 거랑 일을 잘하는 건 다른 것 같긴 하지만요. 나는 혹시나 우리가 어디서 잘못 보일까 봐 전전긍긍하는데 애들은 그런 게 없어요! 나만 그런 구설수가 무섭나? 사실은 안 그러면 뭐 해. 대중이 한번 그런 애라고 찍어 놓으면 그 편견에서 벗어나기가 얼마나 힘든데요."

대강 고개를 끄덕이며 들어 주었다. 아희 같은 경우는 주변 시선을 많이 신경 쓰는 편이 아니다. 일단 그녀를 감싸고 있는 주변 환경 자체가 크지가 않다. 기껏해야 회사 동료들과 아주 넓게 보면 업계 사람들. 그리고 가족들과 친척 정도? 하지만 해진은 다를 것이다.

해진의 주변인은 해진과 같이 일하는 소속사 사람부터, 직접적인 관계는 없지만 해진의 얼굴과 커리어를 모두 아는 대중들까지로 넓어진다.

요새는 전 국민이 SNS를 사용한다고 봐도 무방하기에 SNS에서 꼬투리 하나라도 잡히면 몇천, 몇만 명의 사람들이 본다. 말실수 하나만 해도 걷잡을 수 없게 퍼져 나가는 것이다. 아이돌인 데다가 인기 있는 예능에도 제법 나갔으니, 관계없는 사람들로부터 얼마나 별의별 말을 다 들었을까. 그래서 해진의 넋두리에 쉽사리 공감은 해 줄 수 없었지만 열심히 맞장구를 치며 들어 주었다. 이렇게라도 속을 풀라는 마음으로.

"시키신 불고기 백반과 육회비빔밥 나왔습니다."

문이 열리고 음식이 세팅된다. 그런데 육회비빔밥의 채소 사이로 붉은 색깔이 보였다.

"저기요. 혹시 비빔밥에 고추장 넣으셨어요?"

"네. 넣었는데요."

"아까 시킬 때 고추장 넣지 말아 달라고 말했는데요."

"아, 그러세요? 음······. 그럼 지금 바꿔다 드릴게요."

뭐야, 지금? 아희는 직원이 뜸을 들이는 것에 기분이 조금 나빠졌다. 바꿔 주는 건 당연하고, 일단 자기가 실수한 거니까 사과부터 해야 되는 것 아닌가? 그녀 혼자 있는 자리였다면 분명 짚고 넘어갔을 문제지만 같이 온 해진이 방금 전까지도 사람들의 구설에 대해 하소연을 하던 차라 차마 직원에게 따질 수가 없었다.

그러자 해진이 재빨리 고개를 저었다.

"괜찮아요. 그냥 먹을게요."

"아니에요, 바꿔다 드릴게요."

"기다리기 싫어서 그래요. 고추장이야 그냥 떠내면 되고. 감사합니다."

직원은 비빔밥을 바꿔다 준다고는 했지만 얼굴에 잔뜩 귀찮다는 기색이 묻어나는 상태였다. 그 얼굴에 화가 난 아희와는 달리 해진은 실수한 직원에게 컴플레인을 걸기는커녕 오히려 달래 주는 듯이 감사의 인사를 했다. 결국 직원은 훨씬 누그러진 태도로 룸을 나갔다.

직원이 나가고 난 뒤에야 아희는 화를 가라앉혔다. 동시에 해진에게 약간 미안해졌다. 결국은 해진에게 뒷수습을 시킨 것이나 마찬가지니 말이다.

"미안해요. 괜히 더 신경 쓰이게 만들었네."

해진은 손사래를 쳤다.

"아니에요. 그냥 보내면 제가 더 신경 쓰여요. 어디다 악플 다는 거 아닌가 싶어서요. 오히려 누나가 먼저 말해 주니까 나는 착한 역할만 하고 좋은데요?"

"착한 역할이라뇨. 뒷수습한 거지."

아희는 해진의 비빔밥에서 채소를 옆으로 치우고 조심조심 고추장을 걷어 냈다. 밥알에 묻은 것은 어쩔 수가 없어서 밥알까지 함께 걷어 내려고 하는데 해진이 그런 아희를 만류했다.

"괜찮아요. 이 핑계로 고추장 맛이라도 볼래요. 맨밥에 채소만 어떻게 먹어요."

"이걸로는 고추장 냄새도 안 나겠어요."

고추장의 흔적만 남은 비빔밥을 해진에게 내밀자 해진은 아희에게서 고추장이 묻은 숟가락까지 뺏어서 야무지게 비빔밥을 비볐다. 숟가락에 고추장이 약간 남아 있다고는 해도 적은 양이라 밥은 거의 흰 쌀밥 그대로 보였다.

"누나도 얼른 먹어요. 불고기 백반에 고기 추가한 거."

"고기 좀 먹어요. 일부러 고기 추가한 건데."

"알겠어요."

한동안은 음식을 먹느라 말이 없었다. 재밌는 일이다. 원래 아희는 음식을 먹는 해진을 카메라 너머에서 지켜보는 입장이었는데 이렇게 함께 밥을 먹다니. 물론 태석도 마찬가지긴 하지만 태석은 연예인이라기보다는 원래 직업이 셰프이고 이제는 남자 친구니까. 해진은 아직 연예인이라는 느낌이 강해서 느낌이 달랐다.

아희가 밥을 먹으며 웃자 해진이 물었다.

"왜 웃어요?"

"그냥 재밌어서요. 저는 원래 해진 씨가 먹는 걸 보기만 했었으니까."

"같이 밥 먹는 거야 별거 아니잖아요."

"그렇죠. 이렇게 우연히 만나서 먹기도 하니까요."

여기 불고기 백반은 제법 맛이 있다. 가끔 아무 데서나 불고기 백반을 시키면 싸구려 고기를 써서 무슨 고무처럼 질경질경 씹히면서 잘 끊어지지 않는 경우가 많다. 하지만 이곳의 고기는 양념이 적당히 배어 있으면서 고기 맛이 잘 느껴진다고나 할까. 씹을 때마다 육즙이 흘러나오는 것이 맛있다. 후후- 뜨거운 음식을 잘 먹는 편이 못 되어서 열심히 불어 가면서 먹는데 해진의 시선이 느껴졌다.

"왜요?"

"······나 방금 거짓말했어요."

"네? 무슨 거짓말이요?"

해진은 숟가락도 내려놓고 턱을 괴고 뭐라 말할 수 없는 표정으로 아희를 보았다. 이미 체념해서 아쉬운 것 같기도 하고 당장이라도 달려들 것 같기도 한 표정이다. 무슨 거짓말을 했기에 저런 표정을 하는 걸까. 중요한 말을 하려는 것일까 싶어서 아희는 숟가락을 내려놓고 해진을 보았다.

"나 사실 아무나랑 같이 밥 먹는 사람 아니거든요. 누나라서 같이 밥 먹자고 한 거예요."

덥석! 해진이 아희의 손을 잡았다. 깜짝 놀라 해진을 보자 해진은 싱긋 웃으며 말했다.

"누나. 남자 친구 있어요?"

약간 차갑고 보드라운 손. 따뜻하지만 거칠고 딱딱한 태석의 손과는 전혀 다르다. 아희가 해진의 손에서 자신의 손을 빼내며 대답했다.

"네. 있어요."

"태석이 형이죠?"

다 알고 떠본 건가? 무슨 의도로 방금처럼 손을 잡고 남자 친구 있느냐고 물어본 것인지 모르겠어서 약간 불쾌해졌다. 보통은 '아무 사람과 밥을 먹는 편이 아니다, 누나라서 같이 먹자고 했다'라는 말을 하면서 손을 잡고 남자 친구 있느냐고 물어보면 상대에게 마음이 있다는 뜻일 것이다. 하지만 해진은 자신과 태석이 최소한 썸 이상의 관계라는 걸 알고 있다.

'날 시험해 본 걸까? 자신의 유혹에 넘어오는지 아닌지 보려고?'

아희는 좋은 마음으로 해진과 밥을 먹은 것인데 이런 식으로 구니까 짜증이 솟구쳤다.

"내가 남자 많이 만난 것처럼 보여요?"

"네?"

"남자 친구 있는 거 알면서도 손잡고 이러는 게, 내가 남자한테 환장한 년처럼 보여서 그러는 건가 싶어서요."

아까 농담이지만 자신에게 '선수네, 선수'라고 말하던 태석의 말도 생각나서 필요 이상으로 화가 났다.

아희는 외모만으로 약간의 편견을 사는 편이다. 치켜 올라간 눈꼬리 때문인지 고양이상의 얼굴 때문인지 사람들은 아희를 까칠하게 보았다. 연애 문제에 관해서도 남자를 쥐잡듯 잡을 것 같다, 너무 도도해 보이고 까다로워 보인다 등등 좋은 소리는 못 들었다. 사귀고 나서 생각보다 부드럽고 여성스러워서 의외라는 소리도 몇 번 들었다. 눈 화장을 하면 얼굴에 티가 확 나서 되게 노는 애인 줄 알았다는 말도 많이 들었다.

아희로서는 해진의 언행에 민감하게 반응할 수밖에 없었다.

"아니에요! 누나를 그렇게 생각한 게 아니에요."

해진은 그 말에 깜짝 놀라 부정했지만 그렇다면 더 의문이다. 그렇게 생각한 게 아니라면 방금 행동은 무슨 의도를 갖고 한 것이란 말인가?

"그럼 뭔데요? 왜 나한테 이런 건데요?"

"그, 그건……."

해진은 쩔쩔매며 말을 잇지 못하다가 한숨을 푹 쉬었다. 아희와 해진은 둘 다 밥을 반도 먹지 못한 상태였지만 딱히 더 먹을 기분은 아니었기에 수저를 내려놓았다.

"오해받기 싫으니까 솔직히 말할게요. 나 누나한테 약간 호감 있었어요. 그냥 인간 대 인간 사이의 호감 말고 이성적인 호감이요."

"……그래서요?"

놀라운 사실이지만 예전에 해진이 아희가 연하 취향인 줄 알았으면 대시했을 거라는 말을 한 적이 있어서 그리 놀랍지 않기도 했다. 도대체 아희는 자신의 어떤 면이 어리고 잘생긴 남자 아이돌에게 어필을 했는지는 궁금했다.

"저는 제 직업을 무척 의식하는 편이거든요."

해진의 직업. 아이돌. 아이돌은 보통 연애하면 안 된다고 생각한다. 그리고 오랜 기간은 아니지만 해진을 옆에서 지켜본 결과, 해진은 거의 완벽의 가까운 아이돌이다. 분쟁을 싫어하는 성격도 그렇고 언제나 사람들을 기분 좋게 만들어 주는 웃음도 그렇고.

"데뷔 전에는 잠깐 연애한 적 있지만 데뷔 후로는 연애해 본 적 없어요. 일부러도 안 했구요. 우리 팀이 많이 알려지긴 했지만 그래도 탑 급은 아니라서 더 노력해야 하고……

그래서 그냥 혼자 접었죠."

 담담하게 혼자 접었다고 말하는 해진에게 아희는 조금 안쓰러움을 느꼈다. 팀의 리더인 해진의 고충은 오늘 인터뷰 때도 잘 보았다. 본인을 챙기는 것만이 아닌 멤버들을 추슬러야 하는 입장은 얼마나 힘들까. 그래 봐야 해진도 이제 고작 스물 중반인 어린애인데 말이다.

"그러다 태석이 형을 보는데 누나한테 엄청 호감을 보이는 거예요. 그래서 처음엔 둘이 잘되게 도와줄까 싶기도 했는데 내 주제에 누굴 도와요. 딱히 돕지 않아도 둘이 잘되는 것 같고. 근데 또 둘이 잘되는 걸 보니까 마음이 이상하더라구요. 나는 잘될 생각도 못 했었는데라는 생각이 들고 괜히 억울해서."

 물컵을 들어 물을 마시는 해진의 손이 약하게 떨리고 있었다.

"그래서 누나한테 좀 심술부린 거예요. 시작도 전에 접은 내 마음 좀 알아 달라고."

 해진은 약간 아프게 웃으며 말을 덧붙였다.

"진짜 잘될 자신도 없으면서 그냥 찔러만 보는 게 지질하죠?"

"……지질하진 않아요. 오해해서 미안해요."

"아니에요. 오해할 만했는걸. 내가 더 미안해요."

 두 사람은 대화를 마치고 억지로 숟가락을 들었다. 해진은 누가 봐도 별로 생각은 없지만 어색한 기운을 없애려는 사람처럼 의욕적으로 비빔밥을 먹었다. 그런 해진의 노력에 맞춰서 아희도 열심히 밥을 먹었다. 그리고 고기를 해진의 그릇 위에 올려 주었다.

"고기 먹어요."

"네, 고마워요."

해진은 웃었다. 습관처럼 웃는 얼굴이 약간은 슬퍼 보인다면 기분 탓일까. 아희는 언젠가 해진이 억지로 웃지 않아도 되는 상대를 만나서 힘껏 사랑을 할 수 있다면 좋겠다고 속으로 바랐다. 지금 해진은 연애를 할 준비가 되어 있지 않다. 해진이 준비가 되면, 정말 좋은 사람이 해진의 앞에 나타나면 좋겠다.

"영수증 드릴까요?"

"네."

"감사합니다, 또 오세요."

자기가 사겠다는 해진을 말려서 가까스로 결제했다. 비빔밥에 불고기 백반치고는 약간 비싼 가격이지만 그래도 그럴 만한 가치가 있다. 해진의 솔직한 이야기도 들었으니까 이건 내가 내야지. 아희는 약간 시무룩한 해진의 어깨를 툭툭 두드렸다.

"다음엔 해진 씨가 사요."

"……다음에도 같이 먹어 줄 거예요?"

"네. 해진 씨는 어차피 나랑 잘될 생각 없으니까 마음 편하겠다 싶네요."

해진이 너무 의기소침해하기에 약간 농담으로 승화시켜 보았다. 다행히 해진은 아희의 말이 퍽 기분 나쁘지 않은 것인지 활짝 웃었다.

"그래요. 어차피 한번 지질해진 거, 이젠 그냥 마음 편히 누나한테 다 얘기해야지. 누나는 이제 내 대나무 숲이에요."

"대나무 숲이라니. 약간의 수위는 지켜 줘요."

가게 앞에서 약간 수다를 떨고 있자 해진의 매니저가 승합차를 끌고 해진을 데리러 왔다. 차 안으로 들어가는 해진에게 손을 흔들며 말했다.

"별 도움은 안 되겠지만 힘든 일 있거나 하면 언제든지 전화해요."

"……고마워요. 역시 사람은 솔직한 게 최고라니까. 잘 가요! 못 데려다줘서 미안해요."

드르륵- 차 문이 닫히고 해진이 탄 차량은 능숙하게 사람들 사이를 요리조리 피해 가며 사라져 갔다.

아희는 해진의 말을 곱씹었다. 솔직한 게 최고라. 아까 태석에게 섭섭한 티를 냈던 게 마음에 걸린다. 태석이 한 말은 충분히 농담으로 넘길 수 있는 수준의 말이었는데 괜히 자신이 다른 사람들에게 들었던 말 때문에 태석에게 화풀이를 했다.

머리를 긁적이며 시계를 보았다.

"끝날 시간은 멀었으니까 일단 집에 가야겠다."

지하철역으로 향하며 아쉬움의 한숨을 내쉬었다. 만나고 싶을 때 만날 수 있는 게 제일 좋지만 그건 대학생 때도 어려웠던 일이다. 서로 일하는 시간이 다른 직장인이 되니 더더욱 불가능해졌고.

'이제 주말이 지나가면 나도 바빠질 텐데 어떻게 데이트를 해야 하려나.'

덜컹거리는 지하철 안에서 아희는 복잡한 생각들을 창문 밖 한강으로 모두 던져 버리고 싶다고 생각했다.

* * *

집에서 한바탕 대청소를 하고 침대에서 책을 읽다가 깜빡 잠이 들었다. 눈을 뜨자 옆에 놓인 핸드폰이 징징거리며 진동으로 춤을 춰 대고 있었다. 누가 걸었는지 확인도 안 하고 전화를 받았다.

"여보……세요?"

윽. 다 갈라진 목소리. 목소리를 가다듬으려 기침을 하는데 전화기 너머에서 약간 화가 나기도 하고 안절부절못하는 태석의 목소리가 들린다.

─아희 씨! 왜 이렇게 전화를 안 받아요.

어떻게 대답해야 하지? 솔직하게 잤다고 말해 버리면 실망하지 않을까 싶어서 잠에서 막 깨어나서 몽롱한 머리를 열심히 굴리는데 태석이 무슨 오해를 했는지 절절매며 말을 했다.

─오늘따라 너무 바쁘고 예약도 많아서 중간에 연락을 못 했어요. 많이 화났어요?

"아니에요. 화 많이 안 났어요."

갈라진 목소리는 수습이 됐는데 목이 잠겨서 평소보다 몇 톤 낮은 목소리가 나온다. 태석이 아희의 목소리를 듣고 화가 났다고 생각하는 것도 당연했다.

─나와요. 나와서 얘기해요. 지금 아희 씨 집 앞이에요.

"네? 집 앞이요?"

전화기를 귀에서 떼고 시간을 확인하자 새벽 1시가 가까워지는 숫자가 보였다. 태석이 퇴근을 하고도 남는 시간. 집 앞에서 안절부절못하며 아희가 받을 때까지 전화한 것이 분명했다. 아희는 서둘러 일어나서 거울로 내 몰골을 확인하며 태석에게 말했다.

"금방 나갈게요."

전화를 끊고 화장대 앞에 앉았다. 그래도 낮에 태석을 만나느라 화장을 해 둔 상태여서 아주 못 볼 꼴은 아니었다.

기름종이로 얼굴의 기름기를 걷어 내고 코 주변을 파우

더로 약간 눌러 주었다. 눈 밑이 번진 것을 면봉으로 지워 주고 붓펜 아이라이너로 아이라인만 아주 살짝 덧그렸다. 핸드폰을 들고 뛰쳐나가자 차 앞에서 태석이 약간 불안한 듯 서성이고 있었다.

"태석 씨!"

이름을 부르자 화들짝 놀라며 아희를 본다. 잔뜩 긴장한 표정은 아희가 별로 화난 것 같지 않자 안심했다는 듯 확 풀어졌다.

태석은 아희가 차를 탈 수 있게 조수석을 열어 주었다. 차 문이 열리자 꽃향기가 확 풍겼다. 조수석 의자에 놓인 소담한 꽃다발. 아희는 꽃다발을 들고 태석을 향해 웃었다.

"이 시간에 꽃집이 열어요?"

"어떻게든 구해야죠."

태석은 아희가 차에 타자 문을 닫아 주고 운전석으로 들어와 앉았다. 그리고 꽃다발에 코를 묻고 향기를 맡는 그녀에게 약간 핀잔 섞인 투정을 했다.

"연락 한 통도 없어서 진짜 화난 줄 알았어요."

"내가 왜 화난 건지는 알아요?"

아희가 묻자 입을 딱 다물고 당황한다. 모르는구나. 그래. 이제 천천히 맞춰 가야지.

아희는 꽃다발을 무릎에 내려놓고 태석에게 몸을 기울여 입술에 키스했다. 태석의 입술에선 커피 맛이 났다. 태석이 급하게 허리를 안으려는 것을 못 안게 밀어내며 말했다.

"내가 된다고 할 때까지 만지지 말아요. 이거 지금 벌주는 거예요."

키득키득 작게 웃으며 다시 태석에게 입 맞췄다. "아, 아희 씨. 진짜 너무해요." 중얼거리는 태석의 말을 무시하고 태석의 목을 끌어안아 키스했다. 이제 보니 태석이 한 말이 맞는 것 같기도 하다. 의식하지 않고 태석을 들었다 놨다 하는 자신이 약간 고단수처럼 느껴지니까. 나 완전 선수네, 선수.

강태석 외전 6. 말할 수 없는 마음

사실 걱정을 많이 했다. 촬영을 하면서야 여행하는 내내 얼굴을 보고 이어져 있다는 느낌을 받을 수 있었지만 문제는 한국에 돌아와서니까. 요리사라는 직업은 생각보다 노동 강도도 높고 일하는 시간도 일반 사무직원들에 비해 월등히 길다. 나야 지금은 셰프니까 월급도 높고 원래 집이 유복한 편이라 유학 가서도 힘들지 않게 생활했지만 키친 막내들은 가까스로 생활비를 댈 정도일 것이다. 우리 레스토랑은 내가 열심히 챙겨 주기는 하지만. 높은 업무 강도에 비해 터무니없이 적은 돈. 완전 3D 직업이지 않은가. 오로

지 열정과 보람으로 이루어지는 직업이다. 요새 안 그런 전문직이 어디 있겠냐마는.

회사원들이 연애를 퇴근 후와 주말에 한다는 것쯤은 알고 있다. 하지만 우리 레스토랑은 밤이 되면 와인 바도 운영하고 주말은 레스토랑의 제일 중요한 수익 시간대이기에, 난 보통의 회사원들처럼은 연애를 할 수 없다. 그것이 걱정이었다. 여행에서 돌아와서 그 뜨거운 감정을 유지하지 못하고 띄엄띄엄 만나다 보면 푸시시- 마음이 식어 버리지 않을까.

"괜찮아요. 나도 뭐 마감되고 방송 바로 전에는 엄청 야근해요. 편집 팀만큼은 아니지만. 그리고 나는 태석 씨랑 하는 프로 끝난 이후로도 계속 일 때문에 해외 왔다 갔다 할 텐데 뭐. 나도 아주 일반적인 회사원은 아니니까요."

걱정하는 마음을 약간이나마 아희에게 털어놓자, 그녀는 명쾌하게 정리를 해 주었다. 자신도 아주 일반적인 회사원은 아니라고. 그녀는 내 손을 잡으며 말했다.

"미리미리 조심하는 것도 좋겠지만 우리는 이제 시작한 지 얼마 안 됐으니까. 겪으면서 서로 불만이 생기면 그때그때 말하고 고칠 수 없는 건 서로 양보하면서 맞춰 가요."

방긋 웃는 그녀의 얼굴을 보자 내 마음속 염려가 혀에 떨어진 솜사탕처럼 사르르 녹아 사라졌다. 사실 내가 당신처럼 좋아한 여자는 난생 처음이라 많이 두렵고 떨려서 그 랬다는 말은 꺼내지 않고 간직해 두었다. 너무 입에 발린 말을 하듯이 하고 싶지 않았다. 이전 여자들과 비교하는 것 처럼 들리지 않았으면 했다. 그저 당신은 내게 참 특별한 사람이라는 걸 알아주기만 하면 되니까.

[아직 자요? 나는 출근……. 아 출근하기 너무 싫다!]

아희에게 메시지를 보내 놓고 나는 출근하러 집을 나섰 다. 홍콩 촬영이 끝나고 서울에 와서도 나는 다음 날부터 일을 나가야 했다. 아희는 목, 금에 휴가를 받고 주말은 원 래 노는 날이라 나흘을 쭉 쉰다고 하는데 레스토랑의 금, 토, 일요일은 완전 피크 시간대다.

주방 일이라는 게 매일 똑같은 메뉴를 요리하니까 굳이 셰프가 없어도 되지 않느냐고 생각하는 사람들도 있는데 그건 틀린 말이다. 그날그날 오는 손님이 다르고 불길도 조 금씩 다르고 재료도 다르다. 게다가 요리사마다 고쳐야 하 는 각자의 버릇들도 있어서, 셰프라는 무소불위의 권력형 관리자가 없으면 금세 흐트러진다. 절대 같지가 않다. 그래 서 촬영으로 비워 둔 시간 동안 흐트러진 요리사들을 빠른 시간 내에 재정비해야 하는 것이다.

게다가 체인점 일도 있다. 디자인 컨펌 같은 거야 디자이

너들이 나보다 더 잘 알 텐데 젊은 오너는 꼭 내게 마지막 컨펌을 맡겼다.

"태석 씨는 이게 어때 보여? 둘 중에 뭐가 더 나아?"

"음…… 오른쪽이 더 나은 것 같아요. 근데 색깔은 왼쪽이 더 나은 것 같기도 하고."

"그래? 그럼 그렇게 다시 만들지 뭐."

이런 식으로 체인점의 로고 시안만 몇 번이나 바뀌었다. 레스토랑이야 맛으로 승부를 하는 곳이고 로고야 웬만큼 구리지만 않으면 괜찮을 텐데. 요리사 출신이 아닌 오너가 레스토랑 문제에는 개입하지 않으려고 하고 내 의견을 충분히 묻고 반영하려는 태도를 보여 주는 것은 고마웠지만 그만큼 내게 쓸데없는 업무까지 가중된 느낌이다.

"오너가 셰프님 엄청 좋아한다니까요? 팬이래요, 팬. 원래 요식업에 관심 없는 사람인데 셰프 때문에 이쪽 일에 뛰어들었다는 말도 있어요."

"내 팬이면 나 일 좀 그만 시키라고 해. 연애를 못 하겠네, 연애를."

"셰프님 연애하세요?"

브레이크 타임에까지 오너에게 불려 갔다가 와서 애들과 이야기하다가 연애를 한다는 말을 해 버렸다. 사실 실수로 말한 것은 아니다. 약간 자랑하고 싶은 마음도 있었으니까. 나는 어깨를 으쓱하며 말했다.

"이제 막 시작했다."

"와! 우리는 셰프님 요새 너무 바쁘셔서 걱정했는데 여자는 또 언제 꼬셨대!"

"전쟁 중에는 애 안 태어나냐?"

농을 던지고 아희 생각이 나서 메시지를 보냈다. 전화하면서 목소리를 들으면 나머지 시간에도 힘내서 일할 수 있겠다 싶어서.

[지금 통화 가능해요?]

메시지를 보낸 지 얼마 안 돼서 바로 전화가 왔다. 나는 애들이 그 사람이냐고 묻는 것을 피해 내 사무실로 피난을 갔다.

—여보세요?

"어. 바로 거네. 집이에요? 난 이제야 브레이크 타임이 돼서 숨 좀 돌리고 있어요."

고생했다, 쉬지도 못해 안쓰럽다며 나를 위로하는 그녀의 목소리에 입꼬리가 올라가서 광대가 터질 듯이 부풀어 오른다. 나는 이런 내 스스로가 민망해서 고개를 숙이면서도 웃음을 참지 못했다. 한 번도 남에게 아쉬운 소리나 푸념 따윌 해 본 적이 없는데 그녀에게는 어리광을 부리고 싶어지기까지 한다.

"나 죽을 뻔했어요. 아희 씨랑 연락하고 싶은데 셰프가 폰 붙잡고 딴짓할 수도 없는 노릇이고. 시간이 너무 느리게 갔어요."

―목소리 들으니까 이젠 안 죽을 것 같아요?

"아니. 목소리 들으니까 이번엔 보고 싶어서 죽을 것 같아."

―푸하핫!

"웃지 마요. 진심이니까!"

아아. 이런 내가 낯선데도 그녀의 웃음소리에 지쳐 있던 세포들이 하나하나 다시 살아나는 느낌이다. 이래서 인간 비타민이라는 말이 있구나. 그녀를 생각하고 그녀의 목소리를 듣자 기운이 난다.

―비웃는 거 아니에요. 너무 귀여워서 그래. 나도 태석 씨 엄청 보고 싶다. 내 앞에서도 이렇게 애교 부려 봐요.

"애교? 내가 애교 부렸어요?"

―응. 방금 엄청 애교 부린 건데? 태석 씨 귀여워서 웃은 거예요.

"나 엄청 무뚝뚝하다는 소리만 듣고 살았는데…….

―아니야. 엄청 귀여워요.

내가 귀엽다니. 내가 너무 우스워 보였나 싶으면서 그래도 그녀 눈에 무섭게 보이는 것보다 귀엽게 보이는 게 낫겠지 싶었다. 마누라가 귀여우면 처갓집 말뚝에도 절을 한다는 말이 있지 않은가. 내가 귀여워 봐야 얼마나 귀엽겠냐마는 그녀가 나를 귀엽게 여겨서 날 더 좋아하기만 한다면 뭐든 상관없을 것 같다.

　-퇴근이 12시랬죠? 이따 내가 갈까요?

　"……."

　와. 귀여운 거 해 볼 만한데?

* * *

　시간이 너무 안 간다. 아희는 11시쯤 오겠다고 했는데 아직도 9시. 와인 바에서 일할 때 입는 옷은 또 달라서 옷을 갈아입는데 탈의실에서 애들이 놀렸다.

　"벌써 형수님이 레스토랑에 와요? 완전 뜨거우신가 보다."

　"보고 싶다니까 와 준대."

　"네? 셰프 그런 말도 할 줄 알아요?"

　경악에 가득 찬 애들의 얼굴을 보며 나는 그저 어깨를 으쓱할 뿐이었다. 보고 싶은 걸 보고 싶다고 하는 게 뭐가 어때서.

　"자, 나가서 일하자."

　열심히 일하다 보면 11시가 되어서 내 여신님이 강림해 주시겠지. 알아서 일거리를 찾아 정신없이 움직이며 일부러 시계를 보지 않으려 노력했다. 하지만 내 마음 한구석은 그녀의 생각으로 가득 차서 어딘가 약간 붕 뜬 사람처럼 행동했다. 그러다 한참 뒤에 수셰프가 내 허리를 꾹 찔렀다.

"혹시 저분이 형수님이세요?"

"뭐?"

급하게 고개를 돌려 입구 쪽을 바라보았다. 나는 잠깐 말을 잇지 못했다. 마치 영화 속 한 장면처럼 그녀만이 선명하고 주변이 흐려져 잔상을 남기며 흩어지는 사람들 속에서 그녀만이 또렷하게 걸어왔다.

"형수님 되게 예쁘시다. 뭐 하시는 분이에요?"

"……그건 네가 알 것 없고."

웨이터가 그녀에게 다가가서 자리를 안내하는 것을 보며 나는 순간 울컥하는 감정을 참아야 했다. 나 외에 다른 남자들이 그녀의 근처에 맴도는 것도 싫다. 뒤늦게 주변을 살피자 몇몇 남자들이 그녀를 바라보고 있었는데 나는 하마터면 그녀에게서 눈 떼라고 크게 외칠 뻔했다.

"여기요. 셰프가 아까 준비해 놓은 거."

"아, 고맙다."

막내가 아까 내가 여자 친구 오면 내간다고 준비해 놓았던 쟁반을 가져다주었다. 나는 쟁반을 들고 아희에게로 걸었다. 걸어갈수록 그녀가 더욱 아름다워진다. 머리를 묶으니 작은 얼굴과 긴 목이 더욱 도드라진다. 높게 올려 묶어 길게 늘어트린 머리칼은 그녀가 작게 움직일 때마다 찰랑거려서 가느다란 뒷목이 드러났다가 다시 가려지곤 했다.

내가 다가오는 것을 눈치채고 내 쪽을 보며 살짝 미소를 짓고 있는 그녀는 마치 화려한 밤 고양이 같다. 까만 미니 드레스에 카디건을 걸친 차림은 단정하다 싶게 깔끔한데 툭 치며 부러질 것 같은 가느다란 힐과 약간 화려하게 화장한 얼굴이 조합되니 금욕적인 섹시함이 풍긴다. 테이블에 쟁반을 내려놓으며 입을 여는데 나도 모르게 퉁명스러운 말이 튀어 나갔다.

"……약속 있었어요?"

"……네?"

고개를 갸웃거리며 다시 묻는 그녀가 너무 귀여워서 순간 욕이 나올 뻔했다.

"나 보려고 이렇게 예쁘게 차려입은 거 맞죠? 너무 예뻐서 순간 화날 뻔했어요."

"오늘 좀 신경 쓰긴 했는데 그 정도는 아니거든요?"

"그 정도가 아니긴. 아까 아희 씨 들어올 때 남자들 다 아희 씨만 보던데."

내 말을 그냥 아부성 멘트라고 생각했는지 얼굴을 붉히며 손으로 부채질을 하는 그녀가 사랑스럽다. 하지만 진짜

다. 나는 얼른 가져온 담요를 아희에게 건네, 그 아찔한 다리를 아무도 볼 수 없게 가려 버렸다. 테이블을 세팅하고 아희의 앞자리에 앉자 수셰프가 나와서 와인을 따라 주었다.

"아름다우십니다, 형수님."

그녀에게 웃으며 말하고는 내게 장난스러운 윙크를 하고 도망가는 수셰프 녀석에 그녀가 당황했는지 눈이 동그랗게 커졌다.

"형수님이라고 부르라고 시킨 거예요?"

"그래요."

"왜요! 형수님이 뭐예요. 무슨 조폭처럼……."

"요식업계의 위아래도 거의 조폭 수준이거든요?"

사실 굳이 시킨 건 아니지만 자연스럽게 그렇게 부르는 분위기니까. 굳이 이제 와서 호칭을 고칠 생각도 없고. 그냥 다만 그녀를 형수님으로 지칭할 때마다 그녀와 진짜 결혼을 한다면 좋겠다는 상상을 하게 돼서 곤란할 뿐이다. 아직 1년은커녕 한 달도 안 만났는데 이런 생각을 하는 걸 알고 부담스러워하면 어쩌지? 그래도 형수님이라는 호칭에 불쾌해하는 건 아니라 다행이다.

"아희 씨 나한테 코 꿰였어요. 이제 큰일 났다."

"태석 씨도 마찬가지예요. 큰일 났네, 나한테 코 꿰여서."

약간 떨리는 마음으로 던진 말을 그녀가 받아 주었다. 당신이 내 코를 꿰어 준다면 기쁘게 내어 드리죠. 아, 결혼하고 싶다. 대체 프로포즈는 언제쯤 해도 되는 거지? 나는 아희와 와인 잔을 부딪치며 이게 결혼식 피로연의 샴페인 잔이면 좋겠다는 생각을 했다.

8. 맛있는 요리보다 당신

결국 오지 않기를 간절히 바랐던 월요일이 오고야 말았다. 아희는 채팅창에 'ㅠ'자를 가득 채우며 울었다. 친한 대학 동기 단체 채팅, 고딩 동창 단체 채팅 등 월요일이라고 슬피 우는 사람들이 아주 많았다. 친구의 추천으로 '일하러 가야 해'라는 노래를 듣는데 듣다가 욕이 나올 뻔했다. 딱 내 마음이잖아! 일하러 가고 싶지는 않은데 밀린 일들은 많고 먹고 살고 데이트도 하려면 돈이 있어야 하니 말이다. 그나마 아희는 회사 근처에 집을 얻어서 아침마다 지옥철을 타지 않아도 되니 다행이었다. 값비싼 월세는 다

달이 나가지만.

"선배, 좋은 아침이에요!"

"좋은 아침······."

누가 봐도 좋지 않은 아침을 맞이한 게 분명한 얼굴로 아희는 자리에 가방만 놓고 바로 탕비실로 직행했다. 그리고 언제나 구비되어 있는 에너지 드링크를 단박에 마셨다.

꿀꺽꿀꺽, 목구멍으로 약간 시고도 찌릿한 맛의 에너지 음료가 넘어감과 동시에 온몸에 활력이 도는 기분이다. 이래서 담배를, 아니 에너지 음료를 못 끊는다니까!

"선배 많이 피곤하세요?"

승아가 걱정스러운 얼굴로 물었다. 아희는 절레절레 고개를 흔들고 캔을 입 위로 들어 올려 마지막 남은 한 방울까지 남김없이 비웠다.

"아니! 원래 월요일이 그렇잖아. 할 일이 없는 것보단 있는 게 낫지."

으쌰으쌰 힘내자! 아희는 승아의 어깨를 두드리며 탕비실을 나왔다.

이제 할 일이 정말 많다. 태국편은 총 4편으로 편성되었는데 이제 2회까지 방영되었고 나머지 3, 4편이 한 주에 한 편씩 방영될 예정이다. 그러니 홍콩과 마카오편을 3주 내에 만들어 내야 한다. 물론 이것도 최대 3주지, 나중에 무슨 문제가 생길지 모르니 미리미리 만들어 놔야 했다. 물론 홍콩과 마카오는 3편짜리이기 때문에 방콕편보다는 보여 줄 내용이 많으니 다행이지만.

게다가 편집만 한다고 다가 아니다. 이제 또 일본을 다녀와야 하기 때문이다. 〈가서 뭐 먹지?〉의 마지막 편인 도쿄편! 도쿄야 워낙 먹을 데가 많으니 분량은 상관없지만 또 일정을 맞추고 하다 보면 회의가 끝도 없이 늘어지게 될 것이다.

"좋은 아침!"

"좋은 아침입니다."

9시가 되자 사람들이 속속 오기 시작했다. 그들도 역시 아희처럼 탕비실로 가서 에너지 드링크부터 마셨다. 심지어 두 캔을 마시는 사람도 있다! 승아는 의자를 살짝 끌고 아희에게 와서 속삭였다.

"저건 몇 년 차부터 마셔요?"

"……우선 1년 꽉 채우면 먹게 되어 있어."

에너지 드링크 먹는 습관을 약간 멋있다는 듯 보는 승아가 귀여워서 머리를 쓰다듬어 주었다. 그리고 컴퓨터 앞에 앉아서 가볍게 허리와 손목, 목을 가볍게 돌리며 일할 준비를 했다. 그리고 모니터 전원을 on!

"자, 이제 시작해 볼까?"

하 작가님, 출격이다!

* * *

"이번 주는 아니겠지만 다음 주부터는 야근할 준비해. 다음 주면 촬영 러프본 나온다니까 일단 기본 자막 깔아 놓고 거기서 쳐 내야지."

"네. 알겠습니다. 승아 씨는 MC들 일정 받아 놨어?"

"아직 확정 안 된 게 몇 개 있어서 내일 모레까지 그쪽에서 보내 주기로 했어요."

"그쪽에서 보내 준다고 하면 언제까지 늘어질지 모르니까 내일 한 번 확인 전화해 봐."

"네!"

초식 동물들은 육식 동물들의 습관을 아주 동물적인 감각으로 예리하게 캐치한다고 한다. 사냥당하지 않기 위해서는 적의 특성을 잘 알아야 하는 것이다. 물론 사람은 사냥감은커녕 최상위 포식자이지만 언제나 퇴근을 하고 싶어 하는 직장인으로서 상사의 습관이나 버릇을 잘 캐치하고 있어야 한다.

희수가 안경을 벗었다. 저 신호는 바로 이제 그녀가 안경을 집어넣고 퇴근을 하겠다는 뜻이다. 퇴근 시간을 30분이나 넘긴 작가 회의가 끝이 날 모양이다. 아희는 두근거리는 표정을 애써 숨기며 괜히 스케줄러에 적어 놓은 글씨 위에 글씨를 다시 썼다.

"그럼 오늘은 여기까지. 다들 퇴근해."

"감사합니다!"

자리로 돌아가서 가방을 싸니 시간은 6시 50분. 7시가 아닌 걸 다행으로 생각해야지 하며 사무실을 나섰다.

"정말 평일엔 만나기 힘들겠구나……."

태석의 브레이크 타임은 3시부터 5시까지. 그리고 8시 30분부터 9시까지 잠깐. 그나마 후자의 30분은 와인 바 세팅을 준비하는 시간이기에 쉬는 시간이라 보기 힘들다고 했다. 그래도 와인 바는 평상시 인원이 다 필요한 것이 아니라 비번을 정해 가며 쉰다고 하니 잘하면 평일에 볼 수 있는 날도 있겠다.

"아! 그렇다고 주말에 보기 쉬운 것도 아니잖아?"

그러고 보니 태석은 휴무일을 받아도 평일이지 주말은 아니다. 그럼 아희가 연차를 내지 않는 한은 하루 종일 같이 있는 게 힘들다는 이야기다. 약간 아쉬웠다. 아쉽다기보단, 시무룩해졌다. 얼굴 보고 싶고 같이 있고 싶은데. 홍콩에서 같이 있었다고는 해도 촬영을 하고 다른 스태프들과 함께 있느라 둘만 같이 있던 시간은 몇 시간 되지가 않았다. 질릴 정도로 같이 있고 싶다.

"에휴. 이게 직장인의 비애지."

아희는 한숨을 푹 내쉬며 회사를 나왔다. 뭐라도 먹고 들어갈까 하다가 평소에 자주 가던 수제 함박 스테이크집이 떠올랐다. 원래 자주 가는 곳인데 요새는 마감이다 촬영차 여행이다 하느라 통 가지를 못했다. 좋아어! 바로 결정을 하고 빠르게 걷기 시작했다. 인기가 많은 집이라 이미 사람들이 줄을 섰을지도 모른다.

"아, 진짜 맛있겠다."

다행히도 가게에 사람이 많지 않았다. 월요일이라 다들 집에 갔나? 테이블이 많이 남지는 않았지만 괜히 장사가 안 돼서 문을 닫기라도 할까 무섭다. 아희는 폰을 꺼내서 카메라로 찍고 SNS에 사진을 올렸다. 태그도 걸었다. #혼밥 #혼밥_최고 #수제함박스테이크

아직도 철판에서 김이 모락모락 나는 함박 스테이크는 수제라는 이름답게 두껍고 컸다. 그런데도 안까지 고르게 익어 있는 것이 포인트다. 게다가 함박 스테이크만으로도 황홀한데 그 위를 장식하는 살짝 구운 파인애플과 반숙 계란 프라이까지! 아희는 나이프로 고기와 파인애플, 계란 프라이까지 야무지게 썰어서 크게 한 입에 넣었다.

"으음!"

너무 맛있어! 혀에서 살살 녹는 이 맛에 다리를 바둥대며 흰 쌀밥을 얼른 입에 넣었다. 그리고 알바생을 불렀다.

"여기 맥주 하나만요!"

이럴 때는 역시 맥주지!

혼자 먹는 밥이지만 맥주를 곁들이니 약간 느긋하게 먹

었다. 식당에서 나오니 시간은 7시 40분. 집까지 걸어가면 8시겠다. 그래도 태석의 휴식 시간까지는 30분이나 남는다.

아아. 연애가 무엇이기에 나를 이렇게 만드나. 아희는 하루 종일 태석의 연락만 기다리는 똥강아지가 되어 버렸다. 아까 런치 타임 후 브레이크 타임에는 화장실을 가는 척 몰래 사무실을 나와서 통화를 하기까지 했다.

-통화해도 돼요? 일하는 중 아니에요?

약간 놀란 듯한 태석의 목소리에 아희는 큰소리를 치며 괜찮다고 호언장담을 했다.

"그럼 괜찮죠! 내가 얼마나 열심히 일을 하는데 통화 한 통 한다고 뭐라고 하겠어요?"

통화한 지 얼마 지나지 않은 기분이었는데 금방 15분이 지나 버렸다. 전화를 끊고 아쉽게 사무실로 들어오자 왠지 승아와 희수 선배가 이상한 표정으로 자신을 보는 것 같았지만 알 게 뭐야. 나는 너무 짧게 통화해서 슬프다고.

그럼에도 불구하고 슬픔을 열정으로 승화시켜 열심히 일한 아희는 정말 프로페셔널한 직장인이었다.

"……맥주나 사 가자."

집 앞의 편의점에 붙어 있는 '수입 맥주 4캔 만 원'이라는 전단지에 홀리듯 편의점으로 들어갔다. 수입 맥주 4캔을 고르고 안주도 사고, 이왕 사는 김에 내일 아침에 먹을 간식도 사자 싶어서 이거 저거 채워 넣자 금방 삼만 원어치 장이 되어 버렸다. 아희는 편의점을 나오며 구시렁거렸다.

"저 편의점만 아니면 내가 적금을 하나 더 들었겠다."

아희가 사는 집은 큰 골목에 난 작은 골목을 꺾어 조금만 들어가면 바로 있는 건물이다. 주택가라 눈이 부셔서 그런지 가로등은 그다지 많지 않다. 약간 어둑어둑한 골목을 걸으며 겨울을 걱정했다. 지금이야 아직 해가 빨리 떨어지지는 않는데 겨울이 되면 약간 무섭겠다. 작년엔 어떻게 살았지.

"아희 씨."

"엄마야!"

골목에서 갑자기 들린 목소리에 아희는 화들짝 놀라며 뒤로 넘어질 뻔했다. 넘어지려는 그녀를 단단하면서도 익숙한 팔이 끌어안아서 지탱했다. 팔의 주인은 당연하게도 태석이다. 태석은 당황스럽고 미안한 얼굴로 그녀를 일으켜 주었다.

"미안해요. 놀랐어요? 미리 기척 좀 낼걸."

"그러니까요. 이러다 나 간 떨어지겠네."

태석은 아희가 놓쳐 버린 봉지를 주워 들다가 봉지 안에 든 맥주를 봤는지 피식 웃었다.

"나 올 줄 알고 있었어요? 맥주를 뭐 이리 많이 샀어."

"고작 네 캔인데…… 아, 근데 여기 어떻게 왔어요? 레스토랑은요?"

"촬영 다녀왔는데 쉬지도 못하고 비번도 너무 월말에 있다고 오늘 나가서 놀래요. 애들이 시간 만들어 줬어요."

"좋다! 동료들이 배려해 줬네요. 차는 어디다 댔어요?"

"저기예요."

태석은 아희가 걸어온 방향이 아닌 반대 방향의 골목 끝을 가리켰다. 그리고 우물거리며 그녀에게 물었다.

"음, 짐 두고 올래요? 드라이브나 할까요?"

왠지 민망해 보이는 태석의 얼굴. 아희는 그가 지금 무슨 생각을 하는지 알 것만 같았다. 아희의 집에 들어가고 싶기는 한데 만난 지 얼마 안 돼서 벌써 집에 가자고 하긴 좀 그러니까 그냥 포기하고 드라이브나 가자고 하는 것이다. 아희는 손으로 입을 가리고 킥킥 웃었다. 태석이 찔리는지 괜히 얼굴을 붉히며 물었다.

"왜 웃어요?"

아희는 태석의 팔에 야무지게 팔짱을 꼈다.

"맥주 먹고 갈래요?"

아희의 말에 태석은 멍하니 그녀를 보다가 혹여나 마음이 바뀔세라 얼른 세차게 끄덕였다. 태석과 아희는 그대로 건물 안으로 들어갔다. 아니, 들어가려고 했다.

"아. 깜빡했다."

아희의 말에 태석이 불안한 얼굴로 그녀를 본다. 이제 와서 청소 안 했으니까 그냥 가라는 말은 아니지?라는 얼굴이다. 와. 하아희, 완전 독심술사 다 됐네. 무슨 생각을 하는지 전혀 모르겠던 그의 얼굴이 이제는 답안지처럼 잘 보인다. 아희는 눈을 감으며 얼굴을 내밀었다.

"나 집 앞 가로등 아래서 키스하는 로망 있거든요. 키스해 주세요."

"아…… 진짜, 아희 씨."

태석은 어쩔 수 없다는 듯, 하지만 기쁘다는 듯이 웃으며 아희를 끌어안으며 키스했다. 차가운 밤공기에 식었던 입술이 태석의 입술과 닿으며 따뜻하게 열이 오른다.

"거기서 잠깐만 기다려요!"

문밖에 태석을 세워 두고 혼자만 집에 들어온 아희는 문을 닫고 집 안을 재빠르게 확인했다.

일단 방 안에 말려 둔 빨래를 걷어다 장롱에 처박고 건조대를 접어서 원래 자리에 뒀다. 설거지는 별로 안 쌓였군. 패스. 화장실에 들어가서 손빨래해 둔 브래지어를 서랍장에 넣고 침대에 엉망으로 헝클어져 있는 이불을 반듯하게 펼쳤다.

식탁 위에 어지럽게 흩어져 있는 종이들은 마구잡이로 집어 하나로 정리했다. 그리고 빗자루로 바닥의 까끌한 모래만 대강 쓸어서 현관으로 털어 버렸다. 이거면 되겠지! 다행히 머리카락은 어제 택배 스티커로 한 번 훑어 놔서 보이지 않았다.

전광석화처럼 움직인 아희는 태연한 척 몰아쉬는 숨을 정리하고 현관문을 열었다.

"이제 들어와도 돼요."

"풋, 네."

살짝 웃은 태석은 들어오며 집 안을 둘러보고 말했다.

"깨끗한데요, 뭐."

삐리릭- 오토락이 잠겼다. 자신의 신발 옆에 커다란 태석의 신발이 가지런히 놓인 것을 보자 그녀는 괜히 기분이 묘해졌다.

"깨끗함의 기준이 낮은데요? 태석 씨도 혼자 산댔죠? 얼마나 더럽길래 우리 집 보고 깨끗하다고 해요?"

"나야 아주머니가 오시니까······."

"어? 사람 써요?"

내 말에 태석은 아차, 하며 민망한 듯 머리를 긁으며 말했다.

"네. 집안일에 별로 신경 쓰고 싶지 않아서 이 주일에 한 번쯤 오세요."

"그렇구나······."

약간 신기했다. 물론 태석의 집이 잘사는 것쯤이야 약간은 눈치채고 있었다. 홍콩에서 리무진이나 유람선을 빌리는 거야 본인이 돈을 잘 벌면 되는 거라도 쳐도, 가족끼리 다녀왔다는 해외여행 이야기라든지 아버지가 차를 바꾸셨다든지 하는 이야기를 들으면 대강 느껴졌기 때문이다. 태석 본인의 차도 셰프 연봉으로는 약간 어렵지 않을까 싶은 외제 차이기도 하고 말이다. 우리 아빠는 이제 퇴직이 코앞이라 뭐 해서 먹고 살아야 할까 걱정인데. 집에 빚이 있는 건 아니지만 그래도 막 넉넉한 편은 아니라 태석의 이야기를 들으니 약간 괴리감이 느껴졌다. 마치 드라마 속 가난한 여주인공이 된 기분?

"여기 앉아도 돼요?"

생각에 잠기느라 태석을 그냥 세워 뒀다. 태석은 작은 소파를 가리키며 물었다. 아희는 얼른 끄덕거리며 부엌으로 갔다. 사실 원룸이라 부엌까지 몇 걸음 되지도 않는다.

"커피 마실래요?"

"커피 마시면 잠 못 자는데. 나 안 재우려구요?"

태석의 농담에 아희는 괜히 콜록콜록 기침을 하며 포트에 물을 담아 끓였다. 커피 외에도 다른 티 종류가 몇 개 있으니 그걸 주면 되겠지. 물이 끓는 동안 예쁜 머그잔을 꺼내고 티백을 꺼내서 태석에게 보여 주었다.

"그럼 커피 말고 뭐 마실래요?"

"그거 빨간 거는 루이보스티예요?"

"네."

"그럼 그거 줘요."

그럼 나도 루이보스로 마셔야지. 머그에 티백을 넣고 포트를 껐다. 포트 주둥이에서 하얀 김이 모락모락 올라왔다. 쪼르륵 머그컵에 물을 따르는데 언제 왔는지 태석이 등 뒤에서 끌어안아 왔다.

"방에서 아희 씨 냄새나요. 되게 좋다. 그땐 몰랐는데."

허리를 완벽하게 안는 팔에 얼큰 배에 힘을 줬다. 요새 잘 먹어서 살찐 것 같은데 갑자기 만지면 안 되는데! 아희는 약간 긴장한 채로 마저 물을 따르며 대꾸했다.

"그 냄새가 설마 홀아비 냄새는 아니죠?"

그 말에 태석은 하하! 크게 웃으며 아희의 뒷목에 코를 묻고 숨을 들이마셨다. 그의 숨결이 목을 간질이자 약간 움츠러들었다.

"당연히 아니죠. 달콤하고…… 좋은 냄새예요."

태석은 살 냄새를 맡는 것인지 아희의 머리카락을 한쪽 어깨로 치우고 귀 뒤쪽에 코를 가져갔다. 오늘 아침 출근 전에 뿌린 향수 냄새가 아직까지 남아 있을 리가 없지만 그 향기가 남아서 좋은 냄새만 나면 좋겠다. 태석이 자신에게서 좋은 냄새만 맡을 수 있도록 말이다.

"샴푸…… 뭐 써요?"

아, 샴푸 냄새가 아직 남아 있나? 아희가 자신의 머리칼을 들어 향을 맡으려고 하자 태석이 그녀의 손목을 잡아서 빙글, 몸을 돌렸다. 깜짝 놀라 싱크대를 짚으며 태석을 올려다보자 태석이 개구지게 웃는다.

"너무 순진해서 건드리지도 못하겠다."

그리고 입술에 촉촉촉, 베이비 키스 세 번. 그제야 아희는 태석의 말뜻을 이해했다. 얼굴로 순식간에 피가 몰린다. 그는 그녀를 유혹한 것이다. 이곳은 아희의 집이고 태석은 그녀의 남자 친구니까.

만약 내가 정답을 아는 사람이라면 "샴푸 뭐 써요?"라고 묻는 그에게 "써 볼래요?" 하면서 씻고 나오라는 말을 했을 것이다. 여자 친구네 집에서 씻고 간다는 뜻이 무엇이겠는가! 아무리 그래도 '라면 먹고 갈래요?'밖에 모르는 내게 샴푸 냄새를 묻다니 너무 고난이도의 문제잖아! 심화 문제라고!

새빨개진 얼굴로 괜히 티백만 만지작거리며 차를 우려내는 아희를 보던 태석은 키득키득 웃으며 그녀를 꽉 안았다.

"내가 미안해요. 너무 빨랐어요. 너무 아무렇지도 않게 집으로 들이니까 기대가 돼서……."

남자인 태석의 입장에서 여자 친구네 집에 왔는데 어떻게 그런 생각이 안 들겠는가. 게다가 이미 전적도 있고, 그녀가 먼저 맥주 먹고 갈래요?라고 말했고. 아희는 자신의 머리를 한 대 쥐어박고 싶은 것을 참으며 태석을 꼭 안았다.

"내가 순발력이 떨어진 건데 뭐가 미안해요. 그리고……

그런 마음 없던 거 아니에요."

"우리 만난 지 얼마 안 됐으니까…… 어? 네? 뭐라고요?"

당황한 태석에게 아희는 붉어진 얼굴로 대답했다.

"……그럴 마음으로 들여보낸 거라고요."

"아…… 정말. 아희 씨는 날 너무 들었다 놨다 해요. 왜 이렇게 좋지?"

태석도 얼굴을 붉히며 아희에게 달콤하게 웃었다. 이건 달콤하다는 말밖에는 어울리지 않는 눈빛이다. 그의 헤이즐넛색 눈을 바라보면 몽글몽글한 애정이 가득 담겨 있어서, 아희는 그 눈을 마주할 때마다 온몸이 꿀에 잠기는 것아 행복의 비명을 지를 수밖에 없었다. 아희는 그의 입술에 쪽! 짧게 입 맞추며 웃었다.

"나도. 나도 왜 이렇게 좋은지 모르겠네."

촉촉, 두 사람은 끊임없이 서로의 입술에 짧게 입을 부딪치다가 누가 먼저인지 알 수 없게 입술을 진하게 부비며 키스했다. 태석의 혀가 아희의 입안으로 들어와 도망가듯 장난치는 그녀의 혀를 붙잡아 얽는다.

태석은 고개를 옆으로 꺾어 아희의 안으로 좀 더 깊이 들어왔다. 그의 힘에 밀리는 그녀를 팔로 안아 지탱하며 입안을 온통 헤집어 놓는다. 진한 키스에 아희는 할딱거리며 그의 목을 세게 끌어안았다.

평소보다 약간 거친 입맞춤에 따라가기가 벅차다. 그의

키스를 받아 내며 숨을 몰아쉬는데 옷 안으로 그의 손이 들어왔다. 등이긴 하지만 맨살을 만져 오는 그의 손길에 깜짝 놀라니 그가 입술을 떼고 아희를 안심시킨다.

"조금만요."

"조금이 아니어도 돼요."

그 말에 반사적으로 대답하자 태석은 젖은 입술을 핥으며 웃었다. 약간 상기된 얼굴이 너무 섹시해서 아희는 태석의 목을 끌어당겨 키스를 졸랐다.

입술을 살짝 깨물며 다시 입을 맞추는 태석. 그의 뜨겁고 큰 손바닥은 아희의 등을 간지럽게 매만졌다. 사실 아희는 그가 등이 아니라 온몸을 만져 주기를 바랐다. 어딜 만져도 저항하지 못했으리라. 그의 키스는 정신을 못 차릴 정도로 기분이 좋으니까.

* * *

현관 앞에서 태석은 아쉽게 아희를 보며 발걸음을 떼지를 못했다. 아희는 그런 태석을 보며 피식 웃었다. 그녀나 태석이나 입술이 아주 퉁퉁 부었기 때문이다. 머리도 까치집이 되었고. 두 사람은 차는커녕 물도 마시지 않고 침대에 누워 내내 사랑을 나눴다. 내일 출근 때문에 떠나는 태석은 가기 전에 아희를 다시 꼭 안았다.

"갈게요."

"네. 또 와요."

아희는 그의 뺨에 쪽쪽 뽀뽀를 하고 태석을 놔주었다. 태석은 아쉬움이 뚝뚝 떨어지는 얼굴을 하고 한숨을 푹 쉬더니 문고리를 잡았다.

"잘 자고 내일 출근 잘해요."

"응. 태석 씨도요."

그는 잡아 주길 바라는 표정이었지만 아희는 단호했다. 우리에겐 직장이 있다! 다음 날 업무에 지장이 가면 안 되지. 바이바이- 손을 흔드는 아희에게 마지못해 같이 손을 흔들며 태석은 집을 나갔다.

아희는 그 뒷모습을 보다 슬리퍼를 신고 따라나서 태석의 차 앞까지 함께 갔다. 태석은 차 앞에서 아희를 다시 확! 안더니 중얼거렸다.

"이대로 우리 집까지 납치하고 싶다."

"안 돼. 그럼 112에 신고해 버릴 거예요."

"진짜로 신고할 것 같아서 납치 못 하겠네."

진심으로 서운해하는 것 같은 태석이 너무도 귀여워서 아희는 인심 써서 차 문을 열고 조수석에 탔다. 태석이 깜짝 놀라 눈을 동그랗게 뜬다. 아희는 얼른 조수석 창문을 내렸다.

"뭐예요? 진짜 같이 가게?"

"아뇨. 그냥 같이 동네 한 바퀴만 돌아요. 태석 씨네 가면 나 출근 못 해. 너무 멀어서요."

"알았어요. 동네 한 바퀴!"

동네 한 바퀴가 뭐 별거라고. 마치 산책하자는 말에 방방 뛰는 강아지를 보는 기분이다. 키득거리면서 태석이 얼른 운전석에 타는 걸 보고 있는데, 태석은 차에 타자마자 아희의 얼굴을 붙잡아 입을 맞추기 바빴다. 아희는 약하게 그를 밀어내며 핀잔을 했다.

"뭐예요. 동네 한 바퀴 돌자니까?"

"그거보다 이게 더 좋아요."

어깨를 때리는 손을 무시하며 태석은 아희의 잔소리를 막기 위해 더 깊게 키스했다. 어깨를 때리는 손이 점점 약해지고 아희는 그의 목 뒤로 팔을 둘러 그를 안았다. 그리고 옷 안으로 들어오는 태석의 손을 모른 척 내버려 두었다. 대신, 아희도 태석의 상의 안으로 손을 넣었다. 움찔하며 배에 힘을 주는 태석 때문에 아희는 애써 웃음을 참아야 했다.

* * *

"8시 59분, 세이프!"

출근 기록을 찍으니 다행히 딱 59분! 가까스로 지각은 면했지만 온몸에 땀이 장난이 아니다. 손등으로 땀을 훔쳐 내며 아희는 자리에 털썩 앉았다. 약간 쌀쌀해지는 날씨에 사람들은 외투를 챙겨 입고 난리들인데 뜀박질을 한 그녀만 한여름처럼 땀을 흘리고 있다.

승아가 키득키득 웃으며 자기 텀블러에 물을 받아 오는 길에 아희의 텀블러에도 차가운 물을 채워다 주었다.

"늦잠 주무셨어요? 평소엔 일찍 오시면서."

"응. 어쩌다 보니 늦게 자 버려서……."

어쩌다 보니 늦게 잤다. 이 말에는 많은 말들이 함축되어 있었다. 어쩌다 보니, '애인인 태석이 헤어지기 아쉽다고 칭얼거리는 바람에 달래 주려고 차에 탔다가 키스를 좀 했더니 어느새 1시간이 훌쩍 지나 버렸고, 부랴부랴 보내다가 다시 헤어짐의 입맞춤이 시작돼 30분이 훌쩍 흐른 탓에' 늦게 자 버렸다.

태석과 헤어진 게 2시. 씻고 침대에 누우니 2시 반. 오늘의 웹툰 좀 훑고 재밌어 보이는 캐스트 좀 읽으니 3시 반. 평소 취침 시간에서 엄청나게 지나 버린 시간이다. 일어나 보니 8시 20분이라서 얼마나 놀랐던지. 집이 가깝지 않았다면 큰일 날 뻔했다. 작가 팀은 편집 팀에 비해 야근을 덜 하는 대신 근무 태도를 까다롭게 보니 지각은 안 될 일이다.

"나는 아침부터 회의네. 아마 일본 가는 일정을 빨리 잡아야 될 것 같아. 해진 씨 다음 달에 해외 투어 간대."

"네? 해외 투어요? 그걸 왜 지금까지 말 안 했대요?"

"긴 투어는 아니고 갑자기 잡힌 유럽 투어인가 봐. 정부 쪽 행사라서 빠질 수도 없다고 하고…… 다른 아이돌까지 같이하는 투어라서 우리 일정을 바꿔야 될 것 같아. 일단 다녀올게!"

희수는 피곤한 얼굴로 사무실을 나갔다. 방송사가 갑이고 출연자가 을이라지만 방송 일이라는 게 갑과 을이 아주 확실하지가 않다. 을에게 갑은 한 명이 아니고, 갑도 다른 갑과의 관계에서는 갑이 아니기에 복잡하게 되는 것이다. 특히나 다른 갑이 정부다? 정부와 동급의 갑은 없다. 그놈의 한류 케이팝! 매출액을 보면 게임이나 출판 쪽이 더 크다던데 정부는 가시적으로 화려한 케이팝과 드라마 쪽만 띄우려고 애를 쓴다. 보나마나 투어라고 해 놓고 정부 행사마다 따라다니게 하면서 기쁨조 역할이나 하라는 거겠지. 해진이 불쌍할 따름이다.

"유럽 투어가 갑자기 잡힌다니……. 건이 드라마 촬영해야 되는데 어떡해……."

맞다. 승아가 큐브 좋아하지. 지난번에 나건을 봤다는 이야기를 할까 했지만 별로 좋은 이야기는 아니기에 그냥 속으로 삼켰다. 안 좋은 이야기는 들어 봐야 괜히 심란하기만 할 테니 말이다. 근데 회사의 예능 촬영이야 맞출 수 있지만 진짜 드라마 촬영 같은 건 어쩌려나.

"에휴. 내 앞가림이나 잘해야지."

혼잣말을 중얼거리며 아희는 초벌 자막 작업을 시작했다. 그래도 일본 촬영이 당겨진다니 태석의 얼굴을 오래 볼 수 있어서 기분이 들뜬다. 메시지로 태석에게 일정이 당겨질 수도 있다고 보내 놓고 일에 집중했다. 일본도 밤 문화가 꽤 발달이 되어 있으니 자유 시간 때 둘이 빠져서 놀기 좋을 것 같다.

* * *

"어차피 몰아칠 거 그냥 이번 주 주말에 바로 가기로 했다."
"이번 주 주말에요? 주말이면 티켓도 비쌀 텐데?"
"어쩔 수 없지 뭐. 스케줄이 안 맞는걸."
"대박…… 이렇게 급하게도 가네요."

회의에 다녀온 희수의 말에 아희와 승아가 경악했다. 지난주에 홍콩, 마카오를 다녀왔는데 이번 주에 바로 일본? 정말 글로벌하다.

이번 주에 맛집 섭외하고 숙소 예약하고 비행기 티켓과 현지 코디 구하고 하려면 아주 고될 텐데! 어차피 촬영은 자기네가 하니까 이런 잡무는 다 작가 팀에서 하라 이거지?

구시렁거리면서 항공사 홈페이지부터 켰다. 어차피 사비

내는 건 아니라지만 그래도 비싸게 구하면 싫은 소리 듣는 건 섭외를 한 작가 팀이니까 최대한 싸게 구해야 한다.

"그리고 1박 3일로 다녀오자고 하더라."

그 말에 아희는 경악했다. 도쿄편 편성이 3편인데 그걸 이틀 만에 모조리 찍는다니 완전 무리다. 맛집 하나도 못 자르고 다 집어넣어야 할 텐데!

"1박 3일이요? 이틀 만에 촬영 다 한다구요? 그건 불가능해요!"

"나도 알아. 근데 촬영 팀이 어떻게든 해 보겠다고 하는 걸 어떡해. 까라면 까는 거지."

하아. 한숨부터 나왔다. 물론 희수도 까라면 까는 거지, 별수 있겠는가. 아무리 작가 팀에서 안 된다고 해봐야 촬영 팀에서는 우리가 된다는데 왜 너희가 안 된다고 하느냐고 했을 것이다. 촬영 팀은 작가 팀을 아주 뭐같이 생각하니까 말이다. 드라마도 아닌데 대본이 뭐 그리 중요하다고 무시하는 게 그들인걸.

희수는 아희와 승아의 등을 툭툭 쳐 주며 말했다.

"토요일 밤 늦게 출국해서 일요일, 월요일 촬영하고 월요일 밤에 다시 한국 오는 거야. 일본 정도면 말이 1박 3일이지, 그냥 2박 3일이나 마찬가지니까 너무 부담 갖지 말고. 소속사들이랑 일정 확실히 맞추면 그때부터 일정 짜자. 자 파이팅!"

"파이팅!"

"파이팅……."

아무것도 모르는 승아는 두 주먹을 꼭 쥐며 파이팅을 외치는데 아희는 힘없이 중얼거릴 뿐이었다. 촬영 걱정도 걱정이었지만 이렇게 빡빡하게 촬영하면 태석과는 언제 노나 싶어서 힘이 빠진 것이기도 했다. 이런 일정이면 밤늦게까지 촬영을 하게 될 테니 말이다.

"에휴휴……."

"선배 너무 걱정 마세요! 분량은 다 뽑을 수 있을 거예요."

위로하는 승아의 말에 아희는 저도 모르게 엄마 미소가 지어졌다. 친구들 얘기 들으면 정말 고문관 같은 신입들이 많다던데, 이런 착한 신입을 받다니 자신은 정말 행운아다. 게다가 사수도 좋은 분이고!

지이잉- 그때 태석으로부터 메시지가 왔다. 시계를 보니 브레이크 타임이 되어서 일정 당겨진다는 메시지에 답을 했나 보다.

[에이전시에서 전화 왔는데 이번 주 토요일에 바로 출국이라던데요? 방금 정해진 거예요?]

아. 그쪽에도 이미 연락이 간 걸 보니 토요일로 픽스되었나 보다. 이번 주말에 잡은 약속들 다 취소해야지. 아희는

울상으로 단체 채팅에 들어가 'ㅠㅠ'를 엄청나게 쳐 대며 잘못을 빌고 약속을 취소했다. 평범한 사무직이 아닌 방송 작가를 택한 내 죄다!

* * *

촬영을 준비하다 보니 한 주는 눈 깜빡할 새에 증발해 버렸다. 다행히 주중에 김포 공항에서 도쿄로 가는 특가 티켓이 떠서 생각보다 비싸지 않게 티켓을 구했다며 칭찬도 받았다. 아희는 티켓을 발권하기 위해 스태프들의 여권을 챙기며 으름장을 놓았다.

"여권 다 낸 거 맞죠? 두 번 일하게 하면 가만 안 둘 거예요!"

모두의 여권을 챙기고 짐을 붙이고 하면서 아희는 태석을 힐끔힐끔 보았다. 태석의 입이 약간 나와 있다. 장난감을 갖고 놀지 못하는 어린애처럼 말이다. 태석은 공항까지 차를 태워다 준다고 같이 가자고 했지만 아희가 사람들에게 들킬까 봐 싫다고 강하게 거절했기 때문이다. 촬영이 완전히 끝나고 들키면 몰라도 도중에 들키면 무슨 소리를 들을지 모른다고, 나중에 태워다 달라고 했는데도 태석은 억지를 부렸었다.

"시간 차를 두고 들어가면 된다니까요?"

"내가 태석 씨 차에서 내리는 걸 보는 사람이 있을 수도 있다니까요?"

아희의 말에 반박할 거리를 찾지 못해서 결국 아희의 승리로 결판이 났다.

승리자인 아희는 지하철에서 꾸벅꾸벅 졸며 왔다. 토요일 밤늦게 출국이라서 오후까지는 친구들 약속에 얼굴을 비치느라 바빴기 때문이다.

아희 쪽을 의식한 듯 더 볼을 부풀리는 태석을 보며 그녀는 키득키득 웃었다. 어쩌면 저렇게 덩치도 크고 남자 중의 남자 같은 사람이 애 같이 굴까. 아희가 그를 엄청나게 귀여워하고 있다는 걸 알면 태석의 자존심이 상할지도 모른다. 그래도 귀여운 걸 어떡해!

"표정 관리 좀 해요 누나. 연애 못 하는 사람은 어디 서러워서 살겠나."

"해진 씨!"

해진이 툭 치며 하는 말에 아희의 얼굴이 붉어졌다. 해진은 그때 같이 밥을 먹은 이후로 종종 아희에게 메시지를 보냈고 그녀도 별 부담 없이 대화를 받아 주었다. 안 될 걸 알고 접었다는데 괜히 자신만 의식해 봐야 웃긴 일이라고 생각해서 그렇게 했다. 자기 직업의 중압감에 눌린 애한테 편하게 대할 사람이 몇이나 있겠나 싶고. 작은 힘이라도 됐으면 싶었다.

아희는 해진의 허리를 살짝 꼬집으며 웃었다. 해진은 파드득거리며 그녀에게서 멀찍이 떨어져서 노려보았다. 그래 봤자 워낙 예쁜 얼굴이라 이쁘기만 하다.

"놀리면 또 꼬집을 거예요."

"다 큰 남자 허리를 꼬집고, 완전 변태네!"

티격거리면서 놀고 있는데 어느새 뒤에서 나타난 태석이 가볍게 해진에게 헤드록을 걸었다.

"아아아! 이 형이 사람 잡네!"

"질투 나게 그럴래?"

작게 말했으나 가까이 있던 아희의 귀에는 똑똑히 들렸다. 질투라는 단어가 말이다. 태석은 해진을 놔주며 내 쪽을 일부러 보지 않은 채로 말을 했다.

"……나랑은 놀아 주지도 않고."

그 말에 해진이 기겁하며 태석의 등을 때렸다. 찰싹찰싹, 차진 소리가 났다.

"아 형! 징그러우니까 내 앞에서 그러지 말래요? 어이없어! 누나도 얼굴 붉히지 마요, 짜증 날라고 해."

"큼큼."

아희는 괜히 헛기침을 하며 티켓 시간을 확인했다. 이제 게이트 안으로 들어가야 할 시간이다. 아희는 스태프들을 한데 모으며 각자의 티켓을 나눠주었다.

"아, 태석 씨랑 해진 씨는 분량 뽑아야 되니까 VJ들이랑 같이 다녀. 셀프캠도 좀 찍고."

피디님의 말에 해진은 바로 "네!" 하고 대답했지만 태석은 약간 싫은 티를 내며 카메라를 받아 들었다. 예전이라면 바로 싫은 티를 냈겠지만 이번 일정이 해진 때문에 바뀐 것을 알기에 그냥 티만 약간 내는 것이다. 어차피 여기서 싫다고 해 봐야 욕을 먹는 건 해진일 테니 말이다. 사실 해진도 정부 행사 때문에 어쩔 수 없는 처지지만 먼 정부를 욕하기보단 해진을 욕하는 편이 더 낫지. 이미 황금 같은 주말을 통째로 저당 잡힌 데다가 약속과 경조사에 불참하게 된 스태프들은 해진을 껌처럼 씹어 댔을 것이다. 아희도 친하지만 않았다면 욕했겠지. 다신 아이돌이랑 일하기 싫다면서 말이다.

"선배는 뭐 사실 거 있어요?"

"쇼핑은 일본에서 하려고. 승아 씨는 뭐 살 거 있어?"

"아뇨. 그냥 피곤하니까 카페에 앉아 있게요."

"나도 그러려고 했는데. 같이 앉아 있자."

아희의 이야기를 들었는지 태석이 메시지로 [같이 안 다녀 줄 거예요? 너무해!]라고 징징거렸지만 그녀는 깔끔히 무시해 주고 승아와 카페에서 무슨 디저트를 먹을지에 대해 열심히 토론했다.

태석은 모르는 사실이 있다. 그건 바로 비행기 내에서 아희가 바로 태석의 옆자리라는 것. 김포에서 도쿄까지 가는 약 2시간 동안 우리는 함께 하늘을 날 것이다. 담요 아래로 손을 잡고 있어야지! 아희는 남들 몰래 키득키득 웃으며 태석을 잔뜩 약 올렸다. 힘든 촬영도 태석과 함께라면 신이 날 것만 같다.

* * *

토요일 새벽 2시 반 비행기로 출국해서 일본에 떨어지니 시간은 어느새 5시가 가까워지고 있었다.

촬영 팀은 예정대로 공항에서 빠져나와 신주쿠로 갔다. 일본 밤 문화의 거리인 가부키쵸도 해가 뜰 시간이라서 그런지 한산하고 조용했다. 하지만 이제 퇴근하는 사람들을 노리는 것인지 음식점 몇 집이 열려 있어 그 중에 따뜻한 전골을 파는 곳으로 들어갔다.

"크으! 따뜻한 국물을 좀 먹으니 살겠다."

"무슨 해장하는 아저씨 같네요."

"어리다고 자랑하는 겁니까?"

아까부터 돌아가는 카메라는 태석과 해진의 피곤한 얼굴이 따뜻한 전골을 먹으며 피어나는 모습을 모조리 담고 있었다.

"밤도깨비 여행이라고, 직장인들이 주말 동안 잠을 줄여 가며 다녀오는 여행이라는데 저는 못 할 것 같아요. 저는 휴가 받으면 내내 잠만 자는 편이라서 그런지 잠이 제일 소중해요!"

해진은 공항 여행사 부스에서 봤던 밤도깨비 여행 전단지를 카메라에 보여 주며 기겁을 했다. 아이돌은 활동기에 하루에 3시간도 자지 못한다고 하니까 잠을 자고 싶다는 그의 말이 이해가 된다.

태석은 전골 국물을 후루룩 마시고 그릇을 내려놓으며 입을 열었다. 대본에는 짧게 음식이 배 속을 따뜻하게 해 주고 하루를 시작하게 하는 힘이 있다고 적혀 있었지만 그의 입술은 그가 요리에 대해 갖고 있는 철학을 말했다.

"세상의 모든 것들이 그렇겠지만 요리는 특별히 더 사람의 기분에 직접적인 영향을 주죠. 요리는 일종의 연금술이에요. 뻣뻣하고 딱딱하던 면을 물에 넣고 끓이면 탱탱하고 부드러워지죠. 고기도 구워 먹는 것과 쪄서 먹는 게 다르구요. 어떻게 요리하느냐, 무엇으로 요리하느냐에 따라 맛이 천차만별로 달라져요. 그리고 중요한 건, 요리는 기본 재료라는 게 있어야 한다는 거예요. 직접 만든 요리가 맛이 없다면 그 요리를 하느라 들였던 시간이 아까워서 화가 나고, 사 먹은 게 맛이 없으면 이걸 돈 주고 사 먹었나 싶어서 화가 나죠. 하지만 근본적으로는 맛이 없어서 화가 난 거예요. 맛이 있느냐, 없느냐에 따라서 감정이 변해요. 그래서 저는 요리를 감정의 연금술이라고 생각합니다."

태석은 카메라를 보며 웃었다. 하지만 아희는 그게 카메라가 아니라 자신을 보고 웃는 것처럼 느껴졌다. 그녀에게 말하는 것이라고 느껴졌다.

"그래서 저는 많은 사람이 더 맛있는 요리를 드시면 좋겠어요. 아침밥을 먹으라는 것도 건강 면에서도 좋지만 아침에 맛있는 걸 먹으면 하루를 시작하는 때에 기분이 좋아지고 힘이 나니까 그러는 거예요. 일하러 가는 거, 학교 가는 거 모두 힘드니까."

"요지는 맛있는 걸 먹으라는 거죠?"

태석의 장황하고 긴 말을 해진이 요약한다. 이래서 시청자 게시판에 둘의 케미가 은근히 좋아 오래 보고 싶다는 글들이 참 많았다. 태석은 자신의 말을 적절히 잘라 준 해진이 고마운지 별다른 말 없이 끄덕였다.

"네. 지금 저희가 힘들었는데 밥 먹고 기운 난 것처럼 시청자분들도 맛있는 거 많이 드시라고. 생각보다 맛있는 거 먹을 기회가 인생에 많지 않아요. 나중에는 고혈압, 당뇨 생각해서 참아야 되거든."

"아아, 누가 아저씨 아니랄까 봐 벌써 그런 얘기를 해요?"

질렸다는 해진의 말에 태석이 발끈한다.

"아저씨라니, 요새 30대는 아저씨 아니라 청년이거든요?"

스태프들이 태석의 말에 같이 동조하며 해진에게 장난스

레 야유를 보낸다. 해진은 거기다 대고 툴툴거렸고 태석은 스태프들도 다 내 편이라며 신이 나서 해진을 몰아갔다.

태국 촬영 때만 해도 태석과 스태프들의 사이는 약간 껄끄럽고 불편했는데 이제는 스태프들과 출연자들이 다 친해졌다. 이번이 마지막 촬영이라는 게 너무나 아쉬울 뿐이다. 딱 한 번만 더 같이 여행 가면 좋을 텐데. 언제나 아쉬울 때 끝이 나는 기분이다.

촬영 팀이 마무리 촬영을 할 때 살짝 가게에서 빠져나와 해가 떠오르는 가부키쵸를 보았다. 이상하다. 해가 비슷한 위치에 걸려 있을 텐데 왜 해가 떠오를 때와 질 때의 분위기는 이다지도 다를까. 역시 햇빛의 색깔 때문일까?

하얗게 하늘을 물들이며 어둠을 쫓아내는 햇빛을 보며 지금 이 촬영을 즐기자고 생각했다. 미래 일은 모른다. 다음엔 요리 여행이 아닌 다른 아이템으로 여행 프로그램을 촬영할 수도 있고, 스태프들도 약간 바뀔 수 있고, 출연자들은 당연히 바뀐다. 하늘 아래 똑같은 건 없다. 시간을 되돌려도 이미 사람의 마음이 변하니까 결코 같은 상황은 오지 않는다. 그러니까 지금을 즐겨야지.

"선배, 이제 우리도 먹는대요. 들어오세요!"

"응 고마워."

승아가 아희를 가게 안으로 불렀다. 스태프들은 다음 촬영을 위해 전골 대신 1인용 솥밥을 먹고 있었다.

카마메시라고 불리는 솥밥은 1인용 작은 솥에 쌀, 고기, 야채 등을 넣고 양념을 해서 찐 요리다.

 숟가락으로 고기와 함께 밥을 떠서 입에 넣었다. 뜨끈뜨끈한 요리를 먹자 새벽녘의 추위에 약간 얼었던 몸이 사르르 녹는다. 음식을 삼키자 식도를 타고 배 속부터 따뜻함이 퍼지는 기분이다. 요리가 감정의 연금술이라고 한 태석의 말에 백 번 공감을 하며 아희는 솥을 깨끗하게 비웠다.
 "자, 그럼 촬영하러 갑시다!"
 "네!"
 다른 스태프들의 솥들도 다 깨끗하게 비워져 있었다. 확실히 배가 차서 그런지 모두들 가게에 들어오기 전보다 여유 있고 기분 좋아 보이는 모습이었다.

* * *

 도쿄는 맛집도 많고 카페도 많고 볼거리도 많아서 촬영팀은 정말 바쁘게 돌아다녔다. 먹고 멘트 따고 이동하고, 먹고 멘트 따고 이동하고, 중간에 핫스팟에 가서 또 멘트 따고 이동하고. 이런 강행군은 처음이라 해진이나 태석 둘 모두 표정이 좋지가 않았다. 많이 먹고 소화할 시간이 없던 것도 있을 것이다. 멘트를 따고 잠깐 쉴 때 아희는 얼른 소화제를 들고 가서 둘에게 내밀었다.

"안 먹으면 체해요."

"……아, 소화제도 먹기가 싫다."

"그러게요."

해진과 태석은 아희가 건네는 물과 약을 먹고는 부른 배를 두드렸다. 특히 해진은 아희를 붙잡고 징징댔다.

"차라리 토하는 게 낫겠어요. 너무 힘들어요."

"이제 하라주쿠 가서 쇼핑하는 거 찍을 거니까 괜찮을 거예요."

"진짜죠? 거기 가서 또 먹는 거 아니죠?"

"……."

대답 없는 아희를 보며 해진의 얼굴이 절망으로 물들어 간다. 나는 해진의 시선을 피하며 말끝을 흐렸다.

"디저트 가게 두 군데 정도……."

"아악!"

아희는 우는 소리를 내는 해진을 달랜 뒤 자신을 원망스럽게 보는 태석에게 미안한 표정을 짓고는 스태프들 사이로 피신했다.

오늘 일정은 신주쿠, 하라주쿠, 롯폰기. 도쿄의 핫한 곳을 쭉 도는 것이다. 내일은 명품 브랜드숍과 백화점이 많은 긴자, 참치회가 유명한 츠키지 시장을 간 후 야경이 유명한 오다이바에 갈 것이다. 일본 드라마나 영화에도 많이 나오는 오다이바 대관람차를 타면 여행 일정은 끝! 새벽 3시 비행기를 타고 한국에 갈 예정이다.

"자자, 쉬면서 계속 몸을 움직여 봐. 그러면 좀 소화가 빨리 될지도 모르잖아?"

피디님이 하는 말에 해진의 안색이 안 좋아졌다가 얼른 웃는 얼굴을 한다. 아플 때 운동하면 낫는 거 아니냐는 말 같지도 않은 소리다. 하지만 이쪽에선 피디가 갑이지. 해진은 억지로 웃으며 피디님의 말에 맞장구를 쳤다.

"하하, 그럴 수도 있겠네요……."

"먹고 바로 움직이면 토해요."

태석이 무뚝뚝하게 말하자 피디님이 약간 당황하더니 스태프들 쪽으로 자리를 옮긴다. 그러다 승아를 봤다.

"아, 막내! 유세준 씨 도쿄는 안 온대? 또 우연히 만나면 좋을 텐데 말이야."

그 말에 승아의 몸이 굳었다. 사람들이 다 잊어 가고 있는 마당에 딱 유세준의 이야기를 꺼낼 게 뭐람.

"……네. 그런 말은 안 하더라고요."

"친해 보이던데 우리 이번에 도쿄 간다고 먼저 운을 좀 떼 보지 그랬어? 세준 씨가 막내를 엄청 아끼더라고? 조심해. 남녀 사이에 친구가 어딨어? 여자들은 무조건 몸조심해야지. 내가 다 막내 아껴서 하는 말이야."

"네……."

자신이 한 말에 의기소침해진 승아에게 '다 널 아껴서 하는 말'이라고 하는 건 또 뭔가. 은근히 인맥 통해서 유세준 좀 부르지 그랬냐고 압박까지 하고, 아주 대단한 걱정 나셨다. 유세준과 승아의 이야기를 그나마 남들에 비해 잘 아는 아희도 둘 사이에 관해 묻거나 속단할 수가 없는데 피디님은 자기가 뭐라고 저렇게 말을 막 할까. 예전에 재밌게 봤던 영화, 〈이층의 악당〉에서 주연 여배우가 했던 말이 생각난다.

[한국 남자들은 나이 처먹어서 아저씨 되면 아무한테나 조언하고 충고하고 그래도 되는 자격증 같은 게 국가에서 발급되나 봐!]

물론 그런 아저씨들만 있다는 건 아니지만 얼마 전에 지하철을 탔다가 웬 이상한 아저씨한테 삐쩍 말라서 임신은 할 수 있겠냐는 소리를 들어서, 피디님이 더 곱게 보이지 않는 것도 있다.

촬영 감독이 이제 자리 이동하자고 피디님을 데려가자 아희는 얼른 승아의 옆에 가서 섰다.

"그거 알아? 피디님 저래 봬도 딸 있다?"

아희의 말에 승아가 힘 빠진 웃음을 지으며 답했다.

"그 딸도 고생하겠네요."

"딸한테는 또 모르지. 자, 가자 승아 씨."

승아의 손을 잡고 함께 걷자 희수가 옆에 와서 장난을 쳤다.

"일본은 여자끼리 손잡고 다니면 커플인 줄 알걸?"

"커플인 줄 알면 어때요. 승아 씨 귀여워서 나야 환영이지."

"저야말로 선배 같은 애인이면 대환영이죠!"

"어이구, 유부녀 서러워서 살겠나."

"그럼 희수 선배까지 셋이 같이 커플 해요."

"완전 막장이다, 막장!"

승아, 아희, 희수. 셋이 손에 손을 잡고 도쿄 거리를 걸었다. 여자 셋이 모이면 접시가 깨진다는데 이 여자 셋이 없으면 프로그램이 안 돌아갈 거다. 여자 셋이 모여서 대본을 만든다고! 촬영과 편집 외 전반적인 업무도 다 하고! 우리 막내 괴롭히지 말란 말이야! 무시하지 말란 말이다!

좋은 직장 동료, 힘들지만 좋아하는 일, 그리고 좋아하는 남자 친구까지. 지금 아희에게 모자란 건 어떤 것도 없었다. 정말 완벽, 그 자체였다.

"네? 선이요?"

촬영을 마치고 태석과 둘이 몰래 빠져나와 데이트를 하던 도중, 태석의 어머님으로부터 온 전화가 아니었다면 말이다.

* * *

 스파르타식의 강행군을 끝낸 후의 일이었다. 촬영이 모두 끝나니 밤 10시. 새벽에 일본에 도착해서부터 쭉 먹고 이동하고 촬영만 했다는 걸 생각하면 말도 안 되게 고된 일정이었다. 그나마 내일은 먹는 것보단 관광 위주이기에 오늘보다는 나을 것이다.
 스태프들과 출연자들 모두 다 숙소에 뻗어 버렸다. 아희도 태석과 만날 생각도 못 하고 그저 숙소 침대에 누워서 해롱대고 있었다.
"선배, 안 씻어요?"
"좀만 쉬다가 씻을게. 먼저 씻어."
"네."
 승아가 먼저 들어가서 씻을 때 태석에게서 메시지가 왔다.

[이따 잠깐 나가서 맥주 한잔하고 올래요?]
[안 피곤해요? 조금만 쉬고서 가요ㅠㅠ]
[응ㅋㅋ 지금 당장 가자는 이야기는 아니었어요!]

 다행이다. 한 시간 정도 침대에 누워 쉬다가 준비하고 나가면 되겠다. 잠깐 눈을 감았다 뜬 거라고 생각했는데 눈을 떠 보니 침대 맡엔 태석이 앉아 그녀를 내려다보고 있었다.

"꺅! 태석 씨, 뭐예요?"

아희는 두 손으로 얼른 얼굴을 가리며 외쳤다. 손가락 사이로 주변을 보는데 우리 방이 맞다. 승아와 아희가 함께 쓰는 우리 방.

태석은 웃으며 대답했다.

"연락이 안 돼서 전화하는데 막내 작가님이 받더라고요. 방에 와서 기다리라고 하던데요? 그래서 오니까 자기는 메인 작가님이랑 한잔하러 간다고 나갔어요."

"스, 승아 씨가 그랬어요?"

두 손으로 얼굴을 가린 까닭은 온종일 돌아다니느라 피곤에 찌들어 있을 얼굴이 자기까지 해서 부어 있을 게 분명했기 때문이다. 아희는 여전히 얼굴을 가린 채로 캐리어에서 화장품 파우치를 꺼내서 그대로 욕실로 들어가려 했다.

"꺅! 태석 씨!"

태석이 끌어안지만 않았다면 말이다. 태석은 아희가 욕실로 가지 못하게 두 팔로 꽉 안고 놔주지 않았다.

"지금 몇 신 줄 알아요? 나 기다리게 해 놓고 얼굴도 안 보여 주고. 나빴다."

"자는 거 실컷 봤잖아요. 놔줘요!"

"눈 감은 거 본 거잖아요. 이제 눈 뜬 거 봐야지."

아희가 얼굴을 보여 주지 않으려고 고개를 이리저리 돌리자 태석도 몸을 숙여서 그녀의 얼굴 쪽을 보기 위해 애를 썼다. 아희는 얼굴에서 손을 떼고 태석의 눈을 확 가려 버렸다. 그리고 쪽쪽쪽! 입 주변에 뽀뽀를 퍼부은 뒤 태석을 밀어내고 욕실로 뛰어 들어가서 문을 닫았다.

"10분만 기다리고 있어요! 금방 나갈 테니까!"

파우치에 있는 클렌징 티슈로 개기름이 끼고 코 주변이 하얗게 뜬 얼굴을 싹싹 닦아 내고 스킨을 듬뿍 발랐다. 컨실러와 쿠션으로 피부 화장을 초스피드로 마친 후 파우더를 발라 유분기를 없애고 빠른 눈 화장! 옅은 코랄 섀도를 바르고 라인을 그리면 어느 정도 신경 쓴 느낌은 난다. 그리고 립밤을 바른 후 입술 중심으로부터 틴트를 살살 펴 발랐다. 그리고 샘플 향수를 칙칙, 조금 뿌리니 10분 끝!

거울에 얼굴을 요리조리 비춰 보다가 얼른 나갔다. 눈이 좀 부었지만 어쩔 수 없는 일이다.

"아, 깜짝이야! 왜 문 앞에 바로 서 있어요?"

"10분만 기다리래서 기다렸죠. 근데……."

태석은 가만히 아희의 얼굴을 살폈다. 그녀는 침을 꼴깍 삼키며 긴장했다. 화장 전후가 너무 다른가? 좀 깨나? 태석은 고개를 숙여 아희의 입술에 쪽, 뽀뽀하고서 손을 잡았다.

"별로 다른 것 같지도 않은데. 다음엔 그냥 얼굴 보여 줘요."

"……싫어요. 이건 내 자존심 문제야."

아희의 말에 태석은 피식 웃었다. 그리고 의자에 걸려 있던 겉옷을 가져다가 그녀의 어깨에 걸쳐 주었다. 침대에 있던 핸드폰도 챙겨 주고. 그대로 태석의 손을 잡은 채로 나가기만 하면 됐다. 그러나 아희는 아차 싶어 문을 여는 태석을 멈춰 세웠다.

"누가 남아 있을지 모르는데…… 손 놓고 가요."

"이미 아까 다 놀러 나갔어요. 우리가 마지막이에요."

"아…… 그래요?"

머쓱해서 머리를 긁자 태석은 다시 아희의 손에 깍지를 끼며 단단하게 잡아왔다. 두 사람은 방을 나가 엘리베이터에 탔다. 엘리베이터 문이 닫히자 태석과 아희는 약속이라도 한 것처럼 서로의 얼굴로 돌진했다. 쪽쪽, 둘만 남으면 입술부터 부딪치는 게 습관이 될 것만 같다.

* * *

날씨가 좋아서 야외 테라스가 있는 캐주얼 바에 갈까 했지만 스태프들 무리들과 만날 수도 있고 일본은 생각보다 한국인이 정말 많아서 태석을 알아볼 사람이 있을 수도 있겠다 싶어 실내로 가기로 했다. 아희는 맛집 서치를 하다가 태석과 가려고 적어 놓았던 바로 향했다.

"여기 어때요?"

"분위기 좋네요."

우리는 바의 안쪽에 룸식으로 마련되어 있는 테이블에 자리를 잡았다. 실내는 무척이나 어두웠다. 흰색 옷이 푸른 형광으로 빛나긴 했지만 그래서 더더욱 얼굴이 잘 보이지 않았다. 자리에 앉아 메뉴를 시키고 나서 맞은편에 앉아 있던 태석은 아희의 옆자리로 옮겨 앉았다. 소파가 넓은 것이 아닌데 태석이 옆에 앉자 약간 비좁은 느낌이다. 자리가 좁은 것보다는, 얼굴이 너무 가깝다. 아희는 주변을 의식하며 태석을 살짝 밀어냈다.

"뭐예요. 저리 가서 앉아요."

태석은 능글맞게 내 쪽으로 더 붙었다.

"왜요. 이때 아니면 또 언제 둘이 있을지 모르는데?"

손까지 꽉 잡아 오자 밀어내려던 마음이 스르륵 녹아 버린다. 어쩔 수가 없다니까. 고개를 절레절레 흔들었다.

시킨 음식들과 칵테일이 나오고 두 사람은 이국의 언어 속에서 조용조용 이야기를 나누었다. 민폐를 끼치길 싫어하고 조용하다는 일본 사람도 결국엔 같은 사람인지라, 자리가 어둡고 술이 들어가자 왁자지껄하게 웃고 떠들기도 했다. 물론 직원들이 바로 제지를 하는 것이 한국과는 약간 달랐다. 시끄럽게 굴던 테이블도 금방 조용해져서 적절히 목소리를 낮춰 가며 즐겁게 시간을 보낸다.

태석과 아희는 서로의 입에 과일을 먹여 주고 사람들의 눈이 그들 쪽을 보지 않는 것을 확인하며 소리 없이 입을 맞췄다.

지이잉- 지이잉-. 테이블에 올려놓았던 폰이 울리자 아희는 화들짝 놀랐다. 지금은 새벽 2시가 넘어가는 시간. 어지간히 급한 일이 아니면 전화가 올 리 없을 텐데?

폰을 확인하니 전화가 온 것은 태석의 폰이다. 태석은 화면을 확인하고 인상을 썼다. 심상치 않은 태석의 표정을 보며 아희는 태석에게 물었다.

"안 받아요? 뭐 안 좋은 전화예요?"

"아니 그건 아닐 텐데…… 음……."

한숨을 쉬더니 태석은 전화를 받았다. 여보세요? 태석이 말하는 순간 핸드폰 저 너머에서 들린 울음소리가 아희에게까지 닿았다. 여자 울음소리다. 깜짝 놀라 태석을 봤지만 그는 익숙한 일이라는 듯 태연했다.

"엄마, 또 술 마신 거예요?"

어머니구나. 순간 태석의 전 여자 친구가 울면서 전화한 건가, 머릿속에 드라마 한 편이 지나갔는데 어머니라니 다행이다. 근데 어머니가 새벽 2시에 전화하다니 좀 신기한데?

태석의 어머님은 수화기 저 너머에서 울음 섞인 목소리로 태석에게 뭐라고 하소연을 했다. 태석은 대강 받아 주면서 안주를 아희의 입에 넣어 주었다. 두 사람의 대화를 엿듣는 건 비매너라고 생각해서 그냥 폰으로 사진을 찍기도 하고 딴짓을 하고 있는데 태석이 약간 화가 난 목소리로 말했다.

"네? 선이요?"

그 말에 아희의 고개가 반사적으로 태석을 향했다. 태석은 그녀의 시선을 느끼더니 살짝 어색한 미소를 짓고는 통화하고 온다며 자리를 피했다.

태석의 마지막 말에 약간 기분이 착잡해졌다. 태석의 나이라면 선 이야기가 오갈 수 있기는 하다. 태석이 나와 몇 살 차이더라. 손으로 꼽다가 약간 놀랐다.

"여섯 살 차이네."

생각보다 좀 더 차이가 나는구나. 아희가 스물일곱 살. 태석은 서른세 살. 이제 내년이 되어 한 살씩 나이를 더 먹으면 태석은 정말 결혼 적령기의 남자가 되어 버리고 만다.

태석의 어머님은 왜 술을 마시고 우셨을까? 혹시 친구들 사이에서 자식들 결혼 얘기가 나오기라도 한 걸까? 자기 아들은 왜 결혼을 안 하나 속상하셔서 그러신 걸까?

혼자 앉아 있으려니까 생각만 많고 우울해져서 남아 있

는 칵테일만 홀짝홀짝 마셨다. 그러다 보니 어느새 잔이 깨끗하게 비워졌다. 한 잔 더 할까. 고민하다가 손을 들어 직원에게 메뉴판을 가져다 달라고 부탁했다. 기분 좋게 나왔었는데 전화 한 통 때문에 기분이 영 별로다.

"칵테일을 왜 소주 마시듯 마셔요."

"어, 왔네요. 어머님이랑 통화 잘 했어요?"

새로 주문한 칵테일을 마시고 있을 때 통화를 마친 태석이 와서 아희의 옆에 앉았다. 태석은 그녀가 술을 너무 빨리 마실까 봐 말리며 그녀의 눈치를 봤다. 눈치를 왜 보겠어. 볼 만하니까 보겠지! 아희는 팔짱을 끼고 다리를 꼬았다. 그리고 태석에게 물었다.

"볼 거예요?"

"네?"

"맞선이요."

"아…… 당연히 안 보죠! 나 여자 친구 있다고 말했어요."

"그래요?"

접시엔 안주가 반 넘게 남아 있었다. 과일 안주 한 접시, 연어 샐러드 한 접시를 시킨 것이었는데 태석과 아희는 술을 마시기보단 서로에게 집중하는 시간을 보내고 있었기에 음식을 많이 먹지 않은 탓이다. 아희는 연어 한 조각을 입에 넣고 열심히 씹으며 태석을 노려봤다.

"어머님이 결혼할 거냐고는 안 물어요?"

태석은 쩔쩔매며 어떻게 대답을 해야 아희의 기분을 상하게 하지 않을까 고민하다가, 결론을 낼 수가 없었는지 체념하고 그냥 사실을 말했다.

"물었어요. 지금 여자 친구랑 결혼할 거냐고."

"하……."

역시나. 약간 답답해진 기분에 다시 잔으로 손이 가는데 태석이 아희의 손목을 잡아 저지했다. 그리고 손을 잡아 온다. 아희는 태석의 얼굴을 보았다. 당황스럽고 미안한지 잔뜩 아래로 처진 눈썹. 평상시엔 사냥개를 연상시킬 정도로 날카로운 얼굴의 태석은 지금 주인 눈치를 보는 강아지 같았다. 태석은 아희의 손을 아프지 않게 꽉 잡으며 입을 열었다.

"나는 아희 씨랑 결혼하고 싶어요. 너무 만난 지 얼마 안 돼서 하는 말이라 우습겠지만……."

"……우습지는 않아요."

'왜냐면 나도 그 생각했거든.'

태석이 자리를 비운 동안 결혼에 관해서 고민을 했다. 물론 진지하고 제대로 된 고민은 아니다. 하지만 나름대로의 방향성과 결론이 있는 고민이었다. 만약 태석이 내게 결혼하자고 한다면 나는 거절할 수 있을까? 하는 고민. 아희의 대답은 NO였다. 지금 당장은 너무 빠르지만, 최소한 6개월만 사귀어도 자신은 태석이 결혼하자고 하면 당장에 YES!를 외치며 그의 품으로 뛰어들 것만 같았다. 물론 그녀 혼자만의 결론만으로 두 사람 앞에 놓인 여러 문제들이 당장 해결되는 것은 아니지만 말이다.

태석은 자신의 말이 우습지 않다는 아희의 대답에 단박에 표정이 변해 웃으며 물었다.

"그럼 결혼해 줄 거예요?"

"아뇨."

그렇다고 바로 결혼은 아니지. 아희의 단호한 대답에 태석은 바로 시무룩하게 축 처졌다. 그녀는 태석의 머리카락을 살살 쓰다듬으며 그를 품에 안아 토닥였다.

"아예 안 하겠다는 게 아니에요. 평생이 걸린 결정이니까 좀 더 많이 이야기를 해 봐야죠. 나 우리 관계에 대해 진지하게 생각하고 있어요."

"……그건 다행이네요."

배시시 웃으며 기운을 차리는 태석이 귀여워서 소리가 나지 않게 입 맞췄다. 입술이 떨어지려는 찰나에 태석이 그녀를 안은 팔에 힘을 줬다.

읍! 입안으로 먹히는 소리가 밖으로 들리지 않았기를! 속으로 빈 아희는 태석의 품 안으로 숨어들며 입술을 벌려 자신의 안으로 파고드는 그를 받아들였다.

* * *

도쿄의 두 번째 날이자 마지막 날. 그래도 오늘은 어제 일정보다는 나았다. 숨 돌릴 시간은 있었기 때문이다. 어제는 먹거리 위주로 촬영을 했다면, 오늘은 관광지를 돌아다니며 촬영을 했기에 태석과 해진은 소화제를 한 알씩밖에 먹지 않았다. 어제는 3알인가, 4알을 털어 먹었다.

"확실히 일본이 큰 나라네요. 분위기 자체가 우리나라와 다르다기보다는 규모가 다르다는 게 느껴진다고나 할까. 게다가 주택가와 시내를 갈라놔서 그런지 더 규모 있게 발달한 느낌이네요."

"나라가 자급자족을 하려면 최소한 인구가 1억은 되어야 한다던데 일본은 인구가 1억 2천만이니까요. 내수 시장이 확실히 형성되어 있다는 거죠."

확실히 해진과 태석은 화려한 명품숍들이 즐비한 긴자에서 브랜드숍들을 구경하기는커녕, 잘 깔린 거리를 걸으며 내수 시장이 어쩌구, 경제가 어쩌구 하면서 열띤 토론을 펼쳤다. 아희는 저쪽에 중고 명품을 다루는 숍이 있어서 구경을 가고 싶었지만 촬영 중이니까 참으며 아쉬워하는데 저 둘은 이런 황금 같은 기회를 몰라보고 이상한 토론이나 하고 있다. 결국 둘의 결론은 이상한 쪽으로 빠졌다.

"우리나라가 시장이 작아서 콘솔 게임들이 잘 안 들어오는 거예요! 사과샵도 별로 없고."

"우리나라 시장이 그렇게 작지만은 않을 텐데. 역시 삼성의 나라라 얕잡아 보는 건가!"

남자들은 왜 그렇게 전자 기기에 열광하는 걸까. 미국 시트콤에서 남자들에게 물건을 팔고 싶다면 블루투스 기능을 넣으라는 유머를 봤을 때 "설마……." 하며 넘겼었는데, 둘이 저렇게 애플, 갤럭시, 엘지 등등 폰 얘기에서 음향 기기 이야기로 넘어가는 걸 보고 있으니 그 유머가 단순한 유머만은 아닌 것 같다.

"그래 봤자 우린 애플 스토어 안 갈 거니까 이제 이동합시다!"

피디님이 깔끔히 정리하자 둘은 아쉬워하며 카메라가 꺼진 후에도 수다를 멈추지 않았다. 남자라고 수다를 안 떠는 것이 아니다. 관심사가 다르니까 여자들과는 수다를 잘 못 떠는 거지.

이건 또 뭐야? 잠깐 다른 생각을 하는 사이 둘의 화제는 어느새 미국 야구팀으로 바뀌었고 스태프들까지 껴서 야구와 지역 특산품의 상관관계에 관해 논문이라도 쓸 기세로 떠들어 대고 있다.

"남자들 수다가 제일 싫다니까. 쟤넨 정보를 교환하려고 수다를 떠는 게 아니라 누가누가 더 많이 아나, 자랑하려고 떠들어."

희수가 치를 떨면서 남자들을 욕하다가 자기 남편 칭찬을 툭 흘렸다.

"우리 남편은 안 그러는데."

"푸흡-!"

 아닌 척 남편 자랑을 하는 희수에게 아희는 저도 모르게 빵 터져 버렸다. 희수는 민망한지 아희를 매섭게 노려보며 허리를 꾹 꼬집었다.

"아야!"

"그러게 왜 웃어? 결혼 5년 차 유부녀가 이렇게 남편 칭찬하기 쉬운 줄 아니? 내 남편 진짜 진국이야!"

"암요. 당연히 진국이시겠죠, 누구 남편이신데!"

"이게 장난치네!"

 아부하는 말투로 희수를 놀리자 희수는 아희의 몸 여기저기를 꼬집으며 반격을 했다. 승아는 옆에서 깔깔거리고 아희는 승아 뒤로 숨으며 희수의 공격을 피했다. 희수는 승아와 아희에게 들으라는 듯이 말했다.

"요새 이혼이야 쉽다지만 내 주변에 이혼한 애들 보면 그래도 자기 인생 최대의 선택이 실패했다는 사실에 힘들어하더라. 그렇다고 참아 가며 살라는 뜻은 아니지만 그만큼 결혼할 때 신중하라는 얘기야. 그러니까 어릴 때 남자 많이 만나."

"……신중하라더니 왜 결론은 많이 만나예요?"

"많이 만나 봐야 자기 기준이 뚜렷해지는 거니까. 막내는 너무 고민하지 말고 그냥 저질러 봐. 어차피 남자는 결혼하면 다 멀어지게 되어 있어."

"네? 선배님 그게 무슨……."

"마음 가는 대로 하라는 뜻이야. 뭐든지 얽매이지 말고."

희수는 그렇게 말하고 옆 상점의 쇼윈도로 보이는 스카프가 마음에 든다며 슬쩍 스태프들 몰래 쇼핑을 하러 갔다. 승아는 약간 얼어붙은 얼굴을 하고 아희의 옆만 졸졸 따라왔다.

휴. 희수 선배를 믿었는데 이런 핵폭탄을 떨어트리고 나보고 수습하라고 하다니!

아희는 승아의 등을 토닥토닥 가볍게 두드려 주었다.

희수의 말은 유세준과 승아와의 관계에 관한 조언일 것이다. 어차피 남자 사람 친구는 결혼하면 다 멀어지게 되어 있으니 너무 우정에 얽매이지 말고 마음 가는 대로 저지르라는 뜻이다. 하지만 아희는 희수처럼 그렇게 명쾌하게 말해 줄 수는 없었다.

만약 아희가 승아의 입장이라 해도 조심스러울 것 같다. 오랜 시간을 함께 보내며 쌓았던 우정과 추억을 잠깐의 연애로 모두 무너트릴 수 있다는 생각을 하면 두려워진다. 평생 함께할 친구라고 믿었는데, 헤어지고 남보다도 못한 사이가 되어 버릴까 봐 주저하게 될 것 같다.

'하지만…….'

아희는 조심스레 입을 열었다.

"희수 선배도 사귀라는 뜻은 아닐 거야. 얽매이지는 말라는 거지. 조금이라도 연애 감정이 있다면 도전해 보는 것도 나쁘지는 않을 거야."

하지만, 한 조각의 애정이라도 있다면, 완전한 우정이 아니라면 도전해 볼 수 있다. 무엇이든 정답은 없는 것이다. 아무리 다른 사람들이 친구에서 시작해서 연인이 되었다가 최악의 관계로 끝났다고 해도 그건 다른 사람들의 이야기다. 간혹 결혼해서 아들딸 잘 낳고 사는 사람도 있고, 헤어지고 다시 친구 관계로 돌아가는 사람도 있고.

사랑은 정말 신비로운 감정이다. 메커니즘을 알 수가 없다. 사람들은 자신의 이상형과 정반대인 사람과 사랑에 빠지기도 하고, 이미 십 년을 넘게 알고 지내던 사람과 새삼스럽게 사랑에 빠지기도 한다. 한쪽이 짝사랑을 그만뒀을 때 상대방이 그 사람을 짝사랑하기 시작하기도 한다. 나와 상대방이 동시에 사랑에 빠진다는 것은 거의 기적과도 같다. 믿기 힘든 일상 속의 기적.

그렇기에 만약 승아가 유세준에게 조금의 사랑이라도 느꼈다면, 그 기적에 걸어 보라고 하고 싶다. 유세준이 승아를 사랑할 때 승아도 그에게 사랑을 느꼈다면 그건 다시는 없을 우연이자 기적이니까.

"······이제 와서요? 너무 늦었어요. 그리고 많이 좋아하는 것도 아니에요. 그냥 좀······ 미안해지고 보고 싶고······ 그 정도예요. 대단한 사랑도 아닌데 덜컥 나도 너 좋아한다고 해서 사귀었다가 안 맞아서 헤어지면 어떡해요? 오히려 세준일 더 상처 입히는 게 될 거예요."

"······."

승아는 마음이 많이 복잡한가 보다. 이럴 때는 더 고민을 해야 한다. 남들의 말에 떠밀려서 결정해 버리면 나중에 후회하게 된다. 아희는 그저 등을 쓸어 주며 말을 아꼈다.

"그래. 그럴 수도 있겠지. 그래도 네 마음이 불쌍하게 두지는 마. 가끔은 충동적으로 하는 행동들이 정답일 때도 있어."

"실내로 이동할게요!"

"자, 들어가자!"

긴자의 백화점들을 좀 돌고 고급 디저트 전문점을 갔다. 확실히 전 세계적으로 프랑스와 함께 제과 기술력이 높은 것으로 꼽히는 일본인만큼, 케이크는 외관도 화려했지만 그 맛이 대단했다.

태석과 해진이 배가 부른 상태에서도 케이크를 두세 개씩 해치워 버리고 싸 가겠다고 하는 걸 보고서 스태프들이 너도 나도 케이크들을 시켜서 먹었다.

"입에서 녹는 것 같아!"

오두방정을 떠는 스태프들을 보며 태석은 웃었다.

"요리사들 중에는 파티시에를 약간 무시하는 사람들도 있어요. 근데 저는 보통 요리보다 디저트가 오히려 단맛이 기본으로 깔리고 그 안에서 맛의 변화를 줘야 되니까 더 어려운 것 같더라고요."

해진이 신기해하며 물었다.

"요리사들이 파티시에를 무시해요? 왜요?"

"우리나라 요리사들은 별로 안 그러는데 외국에선 그런 요리사들이 제법 있어요. 요리사는 불이랑 칼을 다루는 사람들이라 거칠고 자기 방식이 확고한 사람들이 많은데, 파티시에는 요리사에 비해 레시피도 딱딱 정해져 있고 무게와 온도를 잘 맞춰야 하니까 쪼잔해 보인다고들 하죠. 너무 예쁘니까 여자 같다고 무시하고."

태석은 황급히 말을 덧붙였다.

"물론 제 의견은 아니에요. 저는 타르트나 마카롱도 만들 줄 알아요. 특히 치즈 타르트를 잘 굽죠."

치즈 타르트. 태석의 말에 아희는 웃음이 터지려던 것을 가까스로 참았다. 그녀가 전에 치즈 타르트를 좋아한다고 했더니 이런 식으로 어필을 한다. 꼭 둘만의 암호를 주고받으며 비밀 연애를 하는 아이돌과 일반인 여자 친구가 된 기분이라 재밌고 쑥스러웠다.

츠키지 시장으로 자리를 옮기고 갓 잡은 생선들을 옮기

는 것들을 구경하면서도 아희는 태석 때문에 계속 웃음이 나왔다. 희수는 많은 사람들을 만나보고 결혼할 때는 신중히 결정하라고 했지만 아희는 이상하게도 태석에게 믿음이 갔다. 이 사람과 결혼을 한다면 정말 행복할 거라는 근거 없는 믿음이. 아니, 지금도 이렇게 자신을 웃게 만들어 주니까 근거가 아주 없는 건 아니다.

* * *

"여기는 오다이바! 일본 여행의 마지막 목적지입니다. 짧게 구경을 해서인지 더욱 아쉽네요."

해진이 카메라에 우는 표정을 지으며 애교를 부리자 스태프들은 그게 뭐냐고 웃으면서도 해진을 귀여워하기 바쁘다.

츠키지 시장에서 해진과 태석이 스태프들에게 참치회를 쏜 덕분에 배를 든든하게 채웠다. 입안에서 살살 녹는 참치회를 배부르게 먹고 나자 몸의 피로도 약간은 사라져서, 스태프들은 이제 마지막 촬영이 약간 아쉬워진 눈치다.

"촬영 일찍 끝내고 우리 마무리 회식이나 할까? 우리끼리야 언제든 하지만 이 둘은 연예인들이니까 다시 날 잡기 어렵잖아. 그치?"

촬영 감독님이 주변에 묻기 시작했다. 스태프들은 다들

고개를 끄덕이기 시작하고 피디님도 "아, 뭘 그런 걸 해."라고 별거 아니라는 식으로 대답하다가 마지막에 내게 말했다.

"우리 돈 좀 남은 거 있지?"

그 말에 아희는 고개를 크게 끄덕이며 외쳤다.

"네!"

그것으로 우리의 촬영은 초스피드로 진행되었다. 빠른 이동과 거침없는 멘트! 입에 모터라도 달았는지 태석과 해진은 멘트를 씹지도 않고 줄줄 읊었다. 중간에 잠깐 카메라가 멈췄을 때 해진은 스스로 머리를 쓰다듬고 태석의 머리도 쓰다듬어 주며 칭찬을 했다.

"이러다 우리 연기까지 섭렵하는 거 아니에요? 대본 완전 잘 외워."

"너는 몰라도 나는 아니지. 무슨 요리사가 드라마에 나와."

"정식 주인공은 아니더라도 카메오로 출연할 수 있잖아요! 요리 드라마라든가!"

"됐어. 너나 많이 나가세요."

"맞다, 여러분 저희 멤버 이번에 드라마 하는 거 아시죠? 꼭 많이 봐 주셔야 돼요!"

해진은 막간을 이용한 홍보도 잊지 않았다. 마지막 촬영 날 이렇게 꼬이지 않고 잘 풀리기 어려운 일인데, 정말 다행으로 아무도 다치는 일 없이, 아무도 화내는 일 없이 촬영 막바지로 달려가고 있었다.

"하나, 둘, 셋!"

"김치-!"

오다이바의 포토 존인 자유의 여신상 앞에서 단체 사진을 찍었다. 아마 프로그램의 마지막 크레디트에 이 사진이 올라가지 않을까?

이번 촬영으로 아희의 경력에는 〈가서 뭐 먹지?〉라는 프로그램에서 작가를 했다는 단 한 줄이 더해질 테지만, 그 한 줄만으로 설명할 수 없는 것들을 얻었다. 동료와 친구와 사랑하는 사람.

일본에서 보내는 마지막 날이 저물어 간다.

* * *

해가 지고 어둠이 내리자 인공섬 오다이바는 아름다운 야경을 뽐내기 시작했다. 팔레트 타운이라는 복합 쇼핑몰에서 아름다운 분수 광장을 보고 나오자 아까 단체 사진을 찍었던 자유의 여신상 뒤로 레인보우 브리지가 빛나고 있었다.

브리지 너머의 도쿄의 야경까지 보였다. 오다이바 주변을 떠다니는 작은 유람선들까지 반짝반짝 빛이 난다. 현대인들은 하늘의 별 대신 지상의 별을 만들어 내려는 게 아닐까? 만질 수 없는 하늘의 별 대신 직접 만들고 조절할 수 있는 인공적인 불빛으로 세상을 가득 채우는 것이다. 인간이 만들어 낸 장관에 인간이 감탄하다니, 약간 웃긴 촌극이 아닌가 싶었지만 별처럼 빛나는 야경을 보고 있자니 저 멀리 다른 우주에서는 우리를 아름다운 별로 보이겠지 싶어 안심이 되었다. 사람도 마찬가지겠지. 우주 속의 행성들처럼, 세상이라는 우주 속에서 우리 한 사람, 한 사람은 빛나는 별이다.

"선배, 이제 대관람차로 간대요!"

"응. 가자."

멍하니 야경만 바라보는 아희를 승아가 챙겼다. 어디선가 시선이 느껴져서 주변을 살피자 약간 떨어진 곳에서 태석이 그녀를 보고 있었다. 태석과 아희는 눈을 맞추었다.

깜깜한 주변, 움직이는 사람들 속에서 둘은 서로만을 바라보고 있었다. 마치 공전주기가 같은 별들처럼. 시간이 멈춘 것처럼 주변이 느리게 흘러가고 두 사람은 서로에게 갇혀 있었다. 그러다 아희 옆을 지나가는 관광객이 어깨를 툭, 치고 가면서 그 마법에서 풀려났다.

"아……."

"아이씨, 뭐 해? 얼른 쫓아오지 않고!"

"네! 가요!"

아희가 스태프들 뒤를 쫓자 태석은 아쉽게 등을 돌려서 스태프들과 함께 대관람차로 이동했다.

지름이 100m가 넘는다는 대관람차는 무척이나 컸다. 한국은 원래 관람차 수도 적은데 점점 철거하는 추세라 이제 에버랜드에서도 관람차를 탈 수 없다. 커다란 원의 둘레를 돌며 천천히 하늘 꼭대기까지 올라갔다가 내려오는 관람차. 아희는 관람차를 굉장히 좋아해서 오다이바의 대관람차를 타는 상황이 좋기도 하고 아쉽기도 했다. 태석과 둘이 탈 수 있다면 좋을 텐데. 촬영 팀은 대관람차를 탄 후 수상택시를 타고 아사쿠사로 이동하여 전체 회식을 한 후에 하네다 공항으로 이동할 예정이다. 태석과 아희가 둘만 있을 시간 따윈 없다.

"그럼 태석 씨랑 해진 씨, VJ 두 명만 투명 관람차에 같이 타세요."

"투명 관람차요? 그런 것도 있어요?"

태석은 약간 질린 표정으로 관람차를 올려다보았다. 관람차의 지름이 100m니까 실제 땅에서 올라가는 높이는 120m도 넘을 것이다. 피디와 다른 스태프들은 자기 일 아니라고 실실 웃으며 태석과 해진을 투명 관람차에 밀어 넣었다.

"아! 이런 말 없었잖아요! 고소공포증은 없지만 이건 좀 심하다구요!"

태석은 관람차에 타서 안절부절못하며 스태프들을 향해 외쳤다. 아희는 스태프들에게 섞여서 한바탕 크게 웃고는 다음 관람차에 희수와 함께 올랐다. 승아는 무서워서 타지 않겠다고 했다. 사람들을 태운 작은 방은 조금씩 하늘로 떠올랐다.

"높은 건물에서 보는 거랑 느낌이 또 다르네요."
"그러게. 근데 좀 무섭다."

 관람차가 무서운 점은 꼭짓점에 매달려 있다는 느낌 때문이다. 관람차의 중심부에서 뻗어 나온 쇠막대가 자신이 타고 있는 작은 칸의 꼭대기에 달린 고리와 연결되어 있다는 게 무척 불안해지는 것이다.

 작은 칸 안에서 한 명이 움직이면 그대로 좌우로 흔들리는 게 느껴진다. 스릴러나 재난 영화에서 벌어질 법한 추락 사고가 연상된다.

"어, 저 앞 지금 난리 났다. 저러다 해진 씨 울겠는데?"

 아희와 희수의 칸 바로 앞에 탄 해진과 태석의 칸이 좌우로 움직이고 있다. 투명한 관람차는 정말 플라스틱으로 만든 상자처럼 사방이 다 투명해서 아무리 겁이 없는 사람이라도 무서울 것 같아 보이는데 흔들리기까지 하다니. 자신이라면 저 안에 들어가서 손가락 하나도 꼼짝 못 할 것 같은데 말이다.

 안에 있는 태석과 해진은 흔들림을 최소한으로 줄이며

자리를 바꿔 앉았다. 안에서 게임이라도 하고 있나 보다. 태석과 해진의 앞 칸에는 카메라 VJ들이 탔다. 그들은 지금 흔들리는 투명한 관람차를 열심히 찍고 있을 것이다. 희수와 아희가 해진과 태석을 구경하는 것처럼.

"아, 발아래가 다 보인다고 생각하니 너무 무서워요."

"지금도 엄청 높은데…… 지상에서 한 60m쯤 올라왔으려나? 60m면 몇 층 정도지? 감이 안 오네."

"한 층당 3m로 잡으면 20층 정도 높이예요."

"엄청 높네. 떨어지면 바로 죽겠다."

바다에서부터 바람이 불어오는지 가만히 앉아 있는 두 사람의 방도 끼익끼익 조금씩 흔들리기 시작했다.

새까만 밤과 바다. 그리고 빛나는 도시. 그 초현실적인 야경을 바라보며 아희는 약간 감상에 젖었다.

일본 일정은 이 전 여행과는 다르게 너무 짧기도 했고 여유 시간이 없어서 태석과 어제 잠깐 칵테일 한잔을 한 게 다였다. 이제 한국으로 돌아가면 태석과 촬영을 핑계로 함께 해외에 갈 일은 없을 것이다. 아희는 프로그램이 끝날 때까지 마감으로 정신이 없을 테고, 태석은 정해진 휴일이 아니면 매일 밤늦게까지 일을 할 것이다. 중간에 다른 예능이나 프로그램을 촬영하게 된다면 더욱 바쁘겠지.

어쩌면 연애와 대관람차는 무척 공통점이 많을지도 모른다. 대관람차를 직접 타기 전엔 그저 좋아 보인다. 화려하고 예쁘고 아름답다. 연애를 시작하기 전의 상대방은 마냥 좋아 보이기만 하겠지. 이렇게 좋은데 힘든 일이 있을 것이라고는 상상하기 어려울 것이다. 하지만 관람차에 직접 타면 이야기는 달라진다. 점점 높이 올라갈수록 아름다운 야경과 풍경들이 보이지만 그만큼 더 무서워진다. 거센 바람이 불어오고 몸을 움직일 때마다 자신이 탄 방이 흔들리니까, 불안해진다. 나를 이어 주고 있는 이 꼭짓점이, 애정이, 견고한 것일까? 의심하게 된다.

저 너머, 태석의 일행이 탄 관람차를 보며 약간 아쉬운 마음이 들었다. 이렇게 같은 시간, 같은 곳에 있는데 우리는 아주 조금이지만 떨어져 있기에 기억하는 추억이 다를 것이다. 함께 관람차를 타면서 서로와 마주 보고 이야기를 할 수 있었다면 좋았을 텐데. 지금 내가 하는 생각을 나눌 수 있다면 좋았을 텐데.

아쉬운 마음에 한숨을 쉬자 맞은편에 앉아 있던 희수가 피식 웃었다.

"연애하는 티를 팍팍 내는구나."

"……어릴 때 많이 만나 보라고 그러셨으면서."

희수가 했던 말을 방패 삼아 말하자 웃음소리가 더 커진다.

"많이 만나려면 강태석도 만나고 이해진도 만나고 유세준도 다 만나야지! 아직 멀었어!"

"나 완전 나쁜 년 만들려고 그러시네! 태석 씨만 만날 거거든요?"

주변에 듣는 사람도 없겠다, 희수야 이미 자신과 태석의 사이를 알겠다, 크게 외쳐 버리니까 속이 시원했다. 친구들에게 조심스레 말하긴 했지만 다들 각자 생활이 바빠 자주 보지 못하니 연애 얘기를 할 사람이 없었다. 아희는 닭살이라는 표정을 짓는 희수에게 대놓고 태석의 자랑을 하기 시작했다.

"굳이 해진 씨랑 유세준 둘 다 만날 필요가 뭐 있어요? 태석 씨 잘생기고 키 크고 돈도 잘 버는데!"

희수는 이제 거의 배를 잡고 웃고 있었다. 아희는 선배가 웃든지 말든지 아랑곳하지 않고 얼굴색 하나 변하는 것 없이 태석의 자랑을 줄줄이 늘어놓았다.

태석이 홍콩에서 리무진을 태워 주고 유람선에서 고백했다는 이야기까지 했다. "뭐야, 강 셰프 그렇게 안 봤는데 엄청난 사랑꾼이잖아?" 희수의 추임새에 신이 나서 아희는 두 사람이 벌써부터 결혼 생각을 하고 있다는 이야기까지 해 버렸다. 그 말에 희수는 얼굴을 굳히며 진지하게 입을 열었다.

"아희 씨. 결혼 전에는 꼭 확인해야 해."

선배가 갑자기 진지한 표정을 지으며 하는 말에 아희는 침을 꼴깍 삼키며 집중했다.

"뭐, 뭔데요?"

"속궁합."

선배는 그 말을 하고 짓궂게 웃었다. 아희는 질렸다는 표정을 지으며 희수를 때리려 몸을 일으켰다. 그러자 기우뚱-하고 두 사람이 탄 관람차가 흔들렸다. 꺅! 꺄악! 움직이지 마! 아희와 희수는 겁에 질려 소리를 질러 대며 의자 구석에 처박혀서 그대로 야경만 구경했다.

태석 일행이 탄 투명 관람차를 보자 그가 아희를 바라보고 있었다. 아희는 활짝 웃으며 작게 손 키스를 날렸다.

* * *

촬영이 끝이 나고 아사쿠사로 이동해서 회식을 했다. 회식이라고 해도 비행기를 타러 가야 하기에 술을 많이 마시지는 않았다. 맥주 한두 잔씩만 마시면서 맛있는 음식을 먹으며 촬영 기간 동안 쌓인 회포를 풀었다.

스태프들은 하나같이 태석이 처음엔 대하기 어렵고 싫었는데 이제는 참 좋다며 알아서 고해 성사를 하기 시작했다. 태석은 원래 그런 말 많이 듣는다며 쿨하게 넘기면서도 그 말을 한 상대에게 "미안하면 원 샷!" 맥주를 한 잔 가득 따라 주었다.

이제 또 한국에 가면 언제 회식을 하나. 마감 끝나고 하려나? 마감이라고 해도 이제 방콕편이 방송 나가고 있으니 쳐야 할 마감이 한 트럭이다. 무섭다, 무서워. 한국 가기 싫다. 부르르 떨면서 맥주를 벌컥벌컥 마시고 방을 나섰다. 해진이 아희에게 물었다.

"누나 어디 가요?"

"잠깐 화장실."

화장실을 들렀다가 가게 밖으로 나왔다. 고등학교 때 배웠던 일어로 더듬더듬 읽을 수 있는 가타카나 간판들을 눈으로 훑으며 찬바람을 쐬었다.

"여기서 뭐 해요?"

"……남자 친구 기다려요."

아희는 그녀를 따라 나온 태석에게 방긋 웃으며 대답했다. 태석은 남자 친구 소리가 쑥스러운지 고개를 숙이며 피식 웃고 아희의 옆에 와서 섰다.

"이런 미인을 밖에 혼자 세워 두다니, 남자 친구가 좀 별로네요."

"별로 아니에요. 저를 얼마나 아껴 주는데요."

"그건 모르는 거예요. 저도 그쪽이 남자 친구만 시켜 주면 그 사람보다 더 잘할 자신 있는데 나는 어때요?"

능청스럽게 헌팅남 시늉을 하는 태석에 웃음이 터졌다.

"여기서 어떻게 더 잘할 건데요? 그런 말 함부로 하면 안 되는 거 몰라요?"

8. 맛있는 요리보다 당신 495

"지금까지 뭐 잘한 게 있었나. 선물 한 번 안 했는데."

그의 말에 진심으로 그렇게 생각하는 건가? 아희는 태석의 얼굴을 골똘히 바라보았다.

태석은 겸손을 떠는 것이 아니라 정말로 자신이 아희에게 잘한 게 없다고 생각하는 것 같았다. 지금까지 계속,

'내가 별달리 한 것도 없는데 나를 사랑해 주고 아껴 주고 소중히 대해 줬으면서 잘하지 못했다니. 내가 뭘 하든 사랑스럽게 봐 주고, 내가 하는 일이 맞다고 자신감을 주고 믿어 줬는데!'

아희는 태석을 가게 뒤 골목으로 끌고 갔다. 그리고 그의 멱살을 잡아서 그의 입술에 들이박듯 세게 입 맞췄다. 따닥! 너무 세게 당기다가 각도가 어긋나서 아희의 이와 태석의 이가 충돌할 정도로!

"아야!"

"아파요? 찍혔어요?"

뽀뽀한 사람이 찍혀서 아파하는데 태석은 자기가 아프게 한 것처럼 안절부절못했다. 아희는 그런 태석의 모습이 사랑스러웠다. 그녀는 이가 시린 고통을 참으며 태석의 입술에 쪽쪽 다시 뽀뽀했다.

"선물한다고 잘하는 건가요. 이렇게 나 신경 써 주는 게 잘하는 거지."

"……좋아하는데 신경 쓰는 건 너무 당연한 거잖아요. 아

희 씨의 잘하는 기준이 너무 낮은 거 아니에요?"

태석은 아희를 품에 끌어안았다. 이제는 아희에게 익숙해져 버린 태석의 품. 그녀에게 맞춤형인 것처럼 꼭 들어맞는 그의 품에 안겨서 아희는 두 사람의 미래를 꿈꿨다.

지금은 너무도 행복할 뿐인 관계다. 하지만 우리는 이제 막 시작한 커플. 우리의 대관람차는 이제 막 운행을 시작했다.

아희와 태석이 탄 작은 방은 이제 하늘 꼭대기까지 올라가면서 거센 바람을 맞을 것이다. 때로는 비를 맞기도 하고, 천둥이 치기도 할 것이다. 관람차는 꼭대기까지 오르다가 무섭게 흔들릴 때도 있을 것이다.

일상에 지쳐 서로를 탓하게 될 것이다. 나이 차이에서 오는 이해할 수 없는 상황도 있을 것이다. 때로는 친구 관계가 방해되기도 하고, 가족들과의 일로 서로 싸우게 될지도 모른다. 모두 다 때려치우고 싶다고 생각하게 되는 날이 올지도 모른다.

그러나 그럴 때 우리는 지친 일상에 활력을 불어넣어 주는 맛있는 요리처럼, 서로의 사랑을 나눠 먹으며 버틸 것이다. 무엇이든 이겨 낼 것이다.

"무슨 생각 해요?"

태석은 아희의 머리카락을 쓸어내리며 물었다. 그녀는 고개를 들어 태석의 시선을 마주 보며 웃었다.

"우리 생각이요."

맛있는 요리만큼, 아니, 맛있는 요리보다 내게 더 큰 힘이 되어 주는 당신. 우리는 이제 서로에게 기대고 서로를 믿으며 조금씩 조금씩 하늘 위로 올라갈 것이다. 대관람차의 꼭대기에서 서로의 손을 잡고 함께 바라볼 아름다운 경치를 기대하면서.

강태석 외전 7. 아름답고 험난한 세계로

 누군가의 앞에서만 멍청해지는 기분을 느낄 때 그 사람을 보기가 민망해진다. 그것도 그 누군가가 내가 가장 잘 보이고 싶어 하는 '연인'이라면 더더욱. 내가 내 스스로를 멍청하다거나, 굼뜨다거나, 실수를 자주 한다거나 하는 생각은 한 번도 해 본 적이 없는데 그녀 앞에서는 실수가 잦은 것 같아 쥐구멍에라도 들어가고 싶다.
 얼마 전에 작은 말실수를 한 것으로도 모자라서, 같이 있을 때 술 취해서 전화한 것이 분명한 어머니의 전화를 받아 버리다니! 그것도 어머니의 너무 어이없는 말에 그녀에게 들리게 되묻기까지 해 버렸다.

"네? 선이요?"

말하자마자 내 얼굴을 보는 그녀의 시선이 느껴졌다. 나는 일단 아무것도 아니라는 듯이 자리를 피해서 어머니와 전화를 했다. 동창회에서 술을 마시고 온 어머니는, 동창 분들의 손주 자랑, 며느리 자랑에 치이고 서러워서 내게 선이라도 보라고 하시는 거였다. 나는 한숨을 쉬며 대답했다.

"저 만나는 사람 있어요."

—걔랑 결혼할 거니?

바로 이어지는 결혼 공격. 나는 입술만 깨물었다. 물론 결혼하고 싶다. 하지만 그녀 쪽은 어떤 마음인지 모르는걸. 그녀는 아직 스물일곱 살, 창창한 나이다. 그렇다고 내가 나이가 너무 많다는 뜻은 아니지만 연애하는 상대와 바로 결혼 생각을 할 나이는 아니라는 것이다. 게다가 우리가 만난 지 얼마나 됐다고 벌써 결혼 얘기를 꺼내. 내가 그런 말을 하면 결혼을 목적으로 그녀에게 접근한 사람처럼 보일 것만 같다. 신경질적으로 머리를 털며 대꾸했다.

"만난 지 얼마 안 됐어요."

—그럼 걔랑 만나면서 선 한 번만 보자. 엄마 친구 딸이 초등학교 선생인데…….

"됐어요! 무슨 선이야. 끊어요!"

애인이 있다고 하는데도 선을 보자는 어머니를 끊어 내고 그녀에게로 돌아왔다. 그녀는 혼자서 칵테일까지 새로 시켜서 벌컥벌컥 마시고 있었다. 내가 방금 한 통화가 그녀의 마음을 심란하게 했을까? 이 나이 먹고도 이런 걸로 설레다니 나는 좀 중증인 것 같다. 내가 다시 옆자리에 앉자 그녀는 나를 흘겨보며 물었다.

"볼 거예요?"

"네?"

"맞선이요."

"아…… 당연히 안 보죠! 나 여자 친구 있다고 말했어요."

"어머님이 결혼할 거냐고는 안 물어요?"

역시 여자의 직감은 무서울 정도로 정확하다. 아니, 논리적인 추론일까?

"물었어요. 지금 여자 친구랑 결혼할 거냐고."

"하……."

내 대답에 아희의 표정이 변한다. 약간 답답해 보이는 얼굴. 그걸로 알았다. 그녀가 나와 만나면서 내 나이 때문에 결혼에 대한 걱정을 하고 있었다는 걸. 부담을 주고 싶지는 않다. 하지만 너무 부담 없이 만나는 것도 원하지 않는다. 나와 만나면서 장기적으로 결혼을 생각해 주면 좋겠다. 나는 다급하게 그녀의 손을 잡으며 말했다. 알려 주고 싶었다. 그녀만 괜찮다면 나는 평생을 당신과 함께하고 싶다고. 진심을 담아서 말했다.

"나는 아희 씨랑 결혼하고 싶어요. 너무 만난 지 얼마 안 돼서 하는 말이라 우습겠지만……."

"……우습지는 않아요."

내 마음을 진지하게 생각해 준다는 대답에 나는 반색하며 그녀를 바라보았다. 아, 이건 너무 나갔다 싶은데 이미 말은 내 입술 밖으로 튀어 나갔다.

"그럼 결혼해 줄 거예요?"

"아뇨."

아……. 당연한 대답이기는 한데 나도 모르게 시무룩해진다. 멍청한 강태석. 결혼하고 싶다는 말을 우습게 안 본다고 그게 바로 결혼한다는 뜻이 되냐? 아희는 멍청한 나를 달래 주었다. 땅을 파고 들어가고 싶다. 나는 연상인데도 그녀에게 어린애 취급을 받는 것 같다.

"아예 안 하겠다는 게 아니에요. 평생이 걸린 결정이니까 좀 더 많이 이야기를 해 봐야죠. 나 우리 관계에 대해 진지하게 생각하고 있어요."

"……그건 다행이네요."

그래도 우리 관계를 진지하게 생각한다는 말에 웃음이 나오는 걸 보면 어린애 맞는 건가. 평생을 살면서 내가 이렇게 멍청하고 한심해 보인 적은 처음이다. 그럼에도 불구하고 행복한 것도.

* * *

일본에서의 촬영이 모두 끝났다. 지옥 같았던 대관람차에서 내려와 땅을 딛자 안도의 한숨이 절로 나왔다. 딛고 있는 바닥이 공중에 떠서 흔들린다는 건 너무 끔찍하다. 후들거리는 다리를 추스를 새도 없이 우리는 수상 택시를 타고 아사쿠사로 이동해 한 음식점의 단체 룸으로 들어갔다. 스태프들과 한데 어울려서 술을 마시고 음식을 먹었다. 방콕, 홍콩과 마카오, 그리고 도쿄. 우리는 며칠씩 함께 지내며 맛있는 것들을 먹고 좋은 것들을 보았다. 촬영을 한 것이지만 어쩌면 함께 같은 시간을 공유한 것이니 추억을 쌓았다고도 할 수 있겠다. 함께 먹은 밥공기 수만큼 친밀도는 높아진다는 이론을 신봉하는 나로선 지금 회식 자리의 훈훈한 분위기는 아주 당연하게 느껴졌다.

"강 셰프님도 한 잔!"

"네. 피디님도 한 잔 받으세요."

회식을 하고 공항으로 바로 이동할 예정이라 우리는 조금만 잔이 비면 거기다 다시 첨잔을 해 주는 것으로 잔을 따르는 느낌을 냈다. 시원한 맥주를 한 모금 마시고 주변을 돌아보는데 아희가 없다. 밖에 나갔나? 나는 타이밍을 보다가 슬쩍 룸을 나왔다. 화장실 쪽에 사람이 없어 보이기에 바로 밖으로 나가니 가게 옆쪽 벽에 아희가 있었다. 뒤에서 물었다.

"여기서 뭐 해요?"

"……남자 친구 기다려요."

남자 친구. 몇 번을 들어도 듣기 좋은 말이다. 누군가의 남자 친구라는 말이 이렇게 큰 단어였던가? 예전에는 오히려 너무 상대방에게 종속되는 말처럼 느껴져서 싫어했는데 말이다. 나는 품에 아희를 안고 하늘을 올려다보았다. 도쿄도 도시라 그런지 별들이 많지가 않았다.

아희와 많은 곳을 다니고 싶다. 국내도 좋고 해외도 좋고. 많은 곳을 다니며 추억을 쌓고 싶다. 사랑을, 쌓고 싶다. 이대로 우리만 일행에서 빠져서 일본에 며칠 더 머무르고 싶다. 하지만 안 될 일이겠지. 나에게도 그녀에게도 일상이 존재한다.

이제 우리가 이렇게 해외여행을 나오려면 많은 고민들이 필요해질 것이다. 내 휴일과 그녀의 휴일을 맞추고, 예산을 정하고 가고 싶은 곳을 조정해야 할 것이다. 촬영차 왔을 때는 정확한 목적이 있었지만 우리의 여행은 각자 다른 목적을 갖게 될 것이기 때문이다. 물론 나는 그녀가 하고 싶은 대로 다 해 주고 싶지만 가끔은 내게도 포기할 수 없는 게 생길지도 모른다.

우리는 가게로 다시 들어가기 전에 손을 꼭 잡았다. 나도 아희도 말은 하지 않지만 이대로 서울로 돌아가면 일본에 오기 전처럼 얼굴을 보기가 어려워서 전화와 문자로만 연락을 하게 될 것을 알고 있기 때문이다. 그것이 아쉽고 또 아쉬워서 우리는 지그시 서로의 눈을 바라볼 뿐이었다. 아희가 먼저 입을 열었다.

"……들어가야죠."

"네. 그래야죠."

그렇지만 우리는 그 뒤로도 10분이 넘도록 손을 잡고 서로를 보고 있었다. 아무것도 하지 않아도, 둘이 있다는 것만으로 충만한 시간이었다.

"귀국하면 공항에서 마무리하고 헤어질 테니까 너무 빨리 나가지 마세요! 그리고 해진 씨, 태석 씨는 나중에 VJ가 크레디트 영상 찍으러 갈 거예요."

비행기에 타기 전에 촬영 감독님이 상황을 정리해 주었다. 우리는 다 같이 수고했다는 말을 서로에게 해 주며 비행기에 탔다.

일본에 올 때 아희와 옆자리에 앉아서 손을 잡고 왔는데 한국에 갈 때는 아닌가. 아희는 작가 팀과 한 줄에 앉아서 잘 준비를 하고 있었다. 아쉽다. 나는 해진의 옆에 앉아서 카메라에 대고 한잠 자겠다며 인사를 했다. 자고 일어나면 한국이겠지. 작은 창밖으로 보이는 새벽 공항을 핸드폰으로 찍고 잠을 청했다.

"이제 집에 가시나요?"

"네. 집에 가서 한숨 푹 자려구요."

공항에서 마지막 인터뷰를 따고 우리는 완벽하게 촬영을 마쳤다. 평일에 VJ들이 와서 크레디트에 넣을 일상 촬영을 해 간다고는 했지만 그거야 따로 시간을 내는 것은 아니니까 이것이 마지막 촬영이었다.

우리는 서로에게 박수를 쳐 주고 헤어졌다. 누구는 집에 갈 것이고 누구는 연인에게 갈 것이고 누구는 가족들에게 가겠지. 오늘은 꼭 아희를 집에 데려다주고 싶은데 그녀는 또 혼자 가겠다고 할까? 지이잉- 때맞춰 울린 폰을 보자 그녀였다.

[공항 마트 지하 주차장에서 기다려요. 거기로 갈게요.]

사람들의 눈을 의식해서 주차장에서 만나려는 것인가 보다. 나는 스태프들에게 인사하며 내 차를 주차해 뒀던 곳으로 갔다. 너무 급해 보이지 않도록 여유를 가장하면서 웃는데 억지로 웃자니 얼굴 근육이 마구 당겼다. 해진이 매니저와 함께 지나가면서 내 등을 툭 쳤다.

"행쇼!"

"⋯⋯고맙다. 가서 연락해."

"네. 나중에 봐요."

해진은 내 편이라기보다는 아희 편이라는 느낌이 물씬 나지만, 우리 모두를 아는 공통 지인이니까 자주 보겠지. 나는 차에 타서 공항 마트 지하 주차장으로 밟았다. 주차장 깊은 곳에 차를 세우고 아희에게 메시지를 했다. 여기가 지하 몇 층이고 어느 알파벳 쪽인지를 메시지로 보내 놓고 그녀를 기다렸다.

똑똑- 기다리다 잠깐 졸았는지 유리창을 두드리는 소리에 화들짝 잠이 깼다. 아희가 내 차 창문 너머에서 웃고 있었다. 나는 얼른 조수석 문을 열어 주었다. 아희는 뒷좌석에 짐을 싣고 차에 타며 나를 놀렸다.

"많이 피곤해요?"

"그냥 약간 졸려서 그런 거예요. 안 피곤해요."

"내가 운전할까요?"

"괜찮아요."

여자 친구를 데려다주는 건데 운전대를 넘길 수는 없지! 나와 아희는 자연스럽게 서로에게 몸을 숙여서 쪽쪽 입을 맞추었다. 그리고 출발! 공항에서 마포까지는 금방이다. 금방 헤어지는 건 아쉽지만 그녀가 푹 쉬기엔 좋겠다 싶어서 말을 아꼈다. 너무 투정 부리는 남자는 내가 생각해도 별로니까 말이다.

그녀의 집 앞에 도착해서 나는 짐을 들고 그녀의 집까지 들어다 주었다. 작은 캐리어는 뭐가 들었는지 제법 묵직했다.

하긴, 준비성이 철저한 그녀니까 무거울 법도 하지. 현관에 캐리어를 세우고 그녀를 한 번 세게 안았다 놓았다.

"그럼 푹 쉬어요. 나 도착하면 연락할게요."

"음…… 헤어지기 아쉬운데……."

그녀의 말에 나는 눈이 번쩍 뜨였다. 나도 헤어지기 아쉬운데, 통했네요! 방정맞게 말할 뻔한 것을 참으며 그녀의 손을 잡았다. 자연스럽게 깍지를 껴 오는 그녀. 내 두꺼운 손가락 사이사이로 그녀의 가느다란 손가락이 얽힌다.

"그럼 나가서 맛있는 거라도 먹을까요?"

그녀는 잠시 대답을 미루며 고민했다. 그리고 내 잡은 팔을 살짝 당겨 집 안으로 들어오도록 유도했다. 그리고 그녀는 내 눈치를 살피며 물었다. 예쁜 사과처럼 붉어진 뺨이 사랑스럽다.

"다른…… 하고 싶은 건 없어요?"

나는 당장에 신발을 벗고 그녀의 집 안으로 들어가며 그녀를 번쩍 안아 들었다.

"하고 싶은 거야 있죠."

그녀의 입술에 박력 있게 내 입술을 찍으며 우리는 침대로 쓰러졌다. 언제나 마다하지 않는 맛있는 요리라도 지금은 뒷전이다. 그보다 더 중요한 당신과 함께하는 순간이니까.

　우리는 손을 꼭 잡고 같은 곳으로 뛰어 들었다. 아름답지만 험난한 사랑의 세계로.

맛있는 당신 完

승아 외전. 후일담

"막내야, 잠깐 이리 와 봐."
"네!"
"승아 씨! 여기도 좀 와 봐요."
"네!"
이리저리 사무실을 뛰어다니며 선배들에게 혼나기도 하고 격려를 받기도 하면서 일을 배우는 저는, 작가 팀 막내입니다.
"승아 씨. 오늘 뭐 먹을래? 내가 사 줄게."
이쪽은 제 사수 선배인 아희 선배입니다. 선배 덕분에 저는 이 험난한 직장에서 버틸 수 있었습니다. 하는 일은 많지, 무슨 일부터 해야 할지 모르겠지, 내가 지금까지 배웠던 건 다 쓸모가 없는 것 같지. 눈앞에 쌓여 있는 일들을 보며 울고 싶을 때마다 아희 선배는 저를 격려하고 위로해 주며 하나하나 가르쳐 주었습니다. 얼마나 좋은 선배를 만났는지! 그때 점심을 먹으러 나가던 희수 선배도 합류했습니다.

"어? 하 작가가 사는 거? 그럼 나도 껴 줘!"

희수 선배는 메인 작가님입니다. 희수 선배와는 아희 선배처럼 편하게 친하지는 않습니다. 희수 선배와의 나이 차이도 있고 희수 선배가 약간 마이웨이 성향이 있으셔서 제가 아직은 적응을 잘 못했습니다. 그래도 희수 선배 역시 좋은 분이시라 무뚝뚝하게 저를 챙겨 주시곤 해서 이제는 선배님들을 다 좋아합니다.

"네네. 대신 제가 닭갈비 먹고 싶으니까 메뉴는 닭갈비예요."

우리 셋은 회사 근처에 새로 생긴 닭갈빗집에 갔습니다. 가는 동안 희수 선배는 어제 남편분이 아무 날도 아닌데 꽃다발을 사 들고 와서 감동을 받았다며 제게 자랑을 했습니다. 아희 선배는 그런 희수 선배를 제게만 맡겨 놓고 메시지를 보내네요. 희수 선배의 남편분은 정말 다정하고 스윗한 분이시지만 칭찬을 하는 데도 한계가 있습니다. 점점 대답을 할 때 진정성이 사라져 갑니다. 제 대답이 시원찮았던 것인지 희수 선배가 타깃을 아희 선배로 바꿨습니다.

"누구랑 메신저를 그렇게 해? 강 셰프? 지금 바쁠 시간 아니야?"

강 셰프님은 얼마 전에 저희 회사와 맛집 여행 프로그램을 찍은 셰프님으로, 아희 선배와 연인 사이입니다. 아희 선배가 말이 많은 편이 아니라서, 둘이 어떻게 연애하는지 자세하게 알지는 못하지만 요새 아희 선배 표정이 무척 좋아 보이는 걸 보면 예쁘게 연애하고 있구나 느낄 수 있습니다. 참 부럽습니다.

얼마 전, 야근 중에 화장실을 갔다가 아희 선배가 안에서 작은 소리로 통화를 하고 있는 걸 듣게 된 적이 있습니다. 일부러 엿들으려고 한 것은 아니었는데 화장실이 급해서 돌아가지도 못하고 참다 보니 통화를 들어 버린 것이었습니다.

"응? 내일도 야근이지. 나만 힘든가, 다 같이 힘든데 나만 엄살 부릴 순 없죠."

"야근해 봤자 12시 전에 끝나요. 자기는 맨날 12시에 퇴근이잖아. 자기가 더 피곤하지."

"이번 주말에? 음. 하루 정도는 일찍 끝날 것 같아요. 근데 기약 없이 기다리게 하기 미안한데 괜찮아요?"

말하는 내용은 별다를 게 없고 평이했지만 조용조용 말

하는 목소리에서는 애정이 듬뿍 묻어났습니다. 평상시에 아희 선배가 막 무뚝뚝한 것은 아니지만 사랑하는 사람과 통화할 때는 이런 목소리를 하는구나 싶어서 약간 놀랍기도 하고 귀여워 보였습니다. 아희 선배와 통화하고 있는 강 셰프님의 목소리는 어떨까? 궁금하기도 했구요.

그날은 결국 다른 층의 화장실을 갔습니다. 예쁘게 통화하는 연인의 시간을 방해할 수가 없어서 말이죠. 강 셰프님은 레스토랑을 운영하니까 일하는 시간이 보통 회사원과는 많이 달라서 자주 만나기도 어렵고 연락하기도 어려운가 봅니다. 사람들이 점심을 먹는 시간은 요리사에겐 가장 바쁜 시간대일 테니까요. 그런데 오늘은 희수 선배의 말처럼 점심시간에 연락을 주고받고 있네요? 아희 선배는 쑥스러운지 뺨을 긁으며 대답했습니다.

"오늘 휴일이라서 쉬어요."

"그럼 이따 데이트하겠네? 그래서 오늘 예쁘게 입고 왔구나?"

맞습니다. 오늘 희수 선배는 참 예쁘게 하고 왔습니다. 화장은 옅지만 캐주얼한 흰 티 아래로 약간 달라붙는 치마를 입은 게 여성스럽습니다. 이렇게 예쁜 아희 선배를 보면 세준이 녀석이 아희 선배와 썸을 탔던 게 이해가 갑니다. 호감이 안 가는 게 이상하죠. 이렇게 예쁘고 당차고 똑 부러지는 여자와 일을 하다 보면 마음이 가지 않겠어요? 이해가 안 가는 점은 결국 아희 선배와 사귀지 않았다는 것입니다.

세준과는 연락을 하지 않은 지 좀 됐습니다. 아니, 간간히 연락은 하는데 얼굴을 보지 않은 지가 좀 됐습니다. 처음엔 꼴도 보기 싫었습니다. 걔가 뭐라고 내 일터에서 깽판을 놓은 것인지 화가 났습니다. 세준과 내 관계가 왜 이렇게 됐을까 생각을 하다 보니, 나는 생각보다 오래 전부터 세준이 나를 좋아하고 있다는 걸 알고 있던 게 아닐까 하는 생각을 하게 됐습니다. 마음을 받아 주지 못하니까 미안해서 그의 어리광이라도 받아 준 것이지요. 그러다가 평범한 친구 관계에서 벗어난 게 아닐까요.

"승아 씨 이제 다 익었으니까 먹어요."

"아 네!"

젓가락을 들고 매콤한 닭갈비를 입에 넣었습니다. 씹을 때마다 양념이 밴 고기에서 육즙이 흘러나와 입안을 가득 적셨습니다. 맛있어! 익은 야채도 함께 먹으며 샐러드 바에서 옥수수와 파스타 같은 걸 가져와서 먹었습니다. 즐거운 점심시간! 역시 먹는 게 남는 건가 봅니다.

"이미 계산하셨는데요?"

"네?"

아희 선배가 계산을 하려고 하니까 이미 희수 선배가 계산을 하셨나 봅니다. 희수 선배는 웃으며 아희 선배에게 말합니다.

"후식 쏴!"

우리는 카페로 걸었습니다. 아니, 그런데 저 앞에 굉장히 익숙한 남자가 있는 게 아닙니까? 저는 아희 선배를 돌아 봤습니다. 아희 선배는 깜짝 놀라 그 남자에게로 뛰어갔습니다.

"여긴 어떻게……."

"이따가 다른 데서 회의 있거든요. 새로 들어가는 프로그램. 그 김에 들렀어요."

강 셰프님은 첫인상과 정말 많이 달라지셨습니다. 잘생기긴 해도 약간 무섭고 날카로운 인상이라고 생각했는데 아희 선배를 보는 표정은 세상에서 가장 사랑스러운 사람을 보는 것처럼 부드럽게 풀어져 있습니다. 그 얼굴을 보기만 해도 제가 다 얼굴이 빨개지는 느낌이라니까요?

"카페 가시는 길이죠? 제가 살게요."

강 셰프님은 음료는 물론 들어가서 간식으로 먹으라고 치즈 타르트까지 사 주셨습니다. 사실 그건 아희 선배가 제일 좋아하는 디저트인데, 우리 핑계 대면서 자기 여자 친구가 좋아하는 걸 사 주고 싶었던 게 분명해요. 그래도 덕분에 맛있는 걸 먹게 되었으니 저로서는 그저 좋을 뿐입니다.

"그럼 먼저 들어갈 테니까 두 분 얘기 나누세요."

저와 희수 선배는 눈치껏 둘만 남겨 놓고 회사로 걸었습니다. 희수 선배는 아이스 카페 라테를 쪽쪽 빨면서 제 옆구리를 툭 쳤습니다.

"막내는 뭐 없어?"

"네?"

"남자 말이야. 연애 많이 해 두라니까."

"아……."

희수 선배는 결혼 전에 연애를 많이 해 두라는 조언을 해 주신 적이 있습니다. 그 말은 아마도 세준을 의식하고 해 주신 조언이겠지요. 주변에서 저와 세준을 어떻게 볼지 잘 모르겠습니다. 그저 밀당이라고만 생각하지는 않으면 좋겠는데 말이죠.

누구나 10년을 넘게 알고 지낸 친구가 갑자기 남자로 다가오면 당황스러울 수밖에 없을 겁니다. 게다가 그 친구가 유명한 연예인이라면 더더욱이요! 기껏 마음을 정해서 사귀었는데 일이나 연예계 다른 사건 사고들로 상대를 믿지 못해서 헤어지게 된다면 그것보다 더 안 좋은 일이 있겠습니까? 차라리 몇 달 어색하더라도 다시 친구 사이를 회복하는 게 장기적으로 나아 보이는걸요.

만약 제가 세준을 열렬히 사랑한다면 무작정 질러 볼 수도 있겠습니다. 하지만 세준이 절 좋아하는 게 싫지는 않으면서도 그렇다고 아주 받아 주자니 지금까지의 우정이 제 발목을 잡습니다.

'이러다 남보다 못한 사이가 되면 어떡하지?'
그게 걱정일 뿐입니다.

* * *

"먼저 퇴근하겠습니다!"
강 셰프님이 기다려서 그런지 오늘 아희 선배는 칼퇴근을 했습니다. 보통은 15분 정도 마무리를 하시고 가는데 말이죠. 그게 참 보기 좋아서 저와 희수 선배는 눈빛 교환을 하며 음흉한 미소를 지었답니다.
"아! 나도 우리 남편이나 보러 일찍 들어가야겠다. 막내도 얼른 퇴근해."
"네, 들어가세요-."
희수 선배까지 보내고 나서 저도 짐을 챙겨 회사를 나왔습니다. 얼마 전에 길 찾기를 하다가 회사 뒤쪽 지름길을 이용해서 시내를 나가면 집 앞까지 바로 가는 버스가 있는 것을 알아냈습니다. 그래서 회사 뒷문으로 나가는데 저 골목길에 세워진 차가 너무 익숙한 겁니다. 누구 차지? 고민하면서 지나가는데 진한 선팅 너머로 깊게 키스하고 있는 아희 선배와 강 셰프님을 보고 말았습니다!
"죄, 죄송해요!"
그 둘은 저를 보지 못했을지도 모르지만 저는 일단 죄송하다고 외친 후 꽁지가 빠져라 정류장을 향해 뛰었습니다. 얼굴이 빨갛게 달아올랐습니다. 남의 키스 신을 본 것도 처음이지만 아희 선배를 품에 안고 키스하던 강 셰프님이 너무 남자답고 섹시해서요. 사랑하는 여자와 키스할 때 남자들은 모두 그런 표정을 지을까요? 그렇게 생각하니 세준은 어떨지 궁금해집니다. 나처럼 애 같고, 허둥대는 모자란 여자애라도 세준은 나와 키스하고 싶어 할까요?

지이잉- 지이잉-. 때마침 전화가 왔습니다. 세준은 내가 받지 않을 걸 알면서도 이렇게 이틀에 한 번씩은 꼬박꼬박 전화를 해 왔습니다.

받을까?

말까?

고민하다가 통화 버튼을 눌렀습니다. 그렇다고 제가 세준과 어떤 사이가 되겠다는 것은 아닙니다. 하지만 가능성은 열어 둔 채로, 내가 친구로만 보던 그 애를 남자로 볼 수 있을지 확인해 보고 싶어졌습니다.

"여보세요?"

—······승아야?

오랜만에 들은 세준의 목소리는 무척 낮고, 아픈 사람처럼 긁는 소리가 났습니다. 저는 깜짝 놀라 핸드폰을 고쳐 잡았습니다.

"뭐야, 너! 어디 아파?"

―그냥 감기…….

"너 지금 어디야? 집이야?"

집으로 가는 버스를 그냥 보내고 세준의 집으로 가는 버스를 타며 저는 전화기를 붙잡고 세준의 증상을 꼬치꼬치 캐물었습니다.

어쩌면, 아주 어쩌면, 지금은 아니지만 언젠가는. 강 셰프님과 아희 선배와는 다르더라도 저와 세준 역시 우리 나름의 귀여운 연애를 할 수 있을지도 모른다는 생각이 들었습니다. 서로에게 맛있는 요리를 해 주는, 그런 맛있는 연애를 말입니다.

 에필로그

 올 상반기 최고의 예능 키워드는 '미식 투어'다. 작년의 〈가서 뭐 먹지?〉를 시작으로 〈맛내투어〉, 〈길 위의 미식가〉로 삼 연타를 날리고 프로그램 출연자와 결혼까지! 일과 사랑, 한 번에 두 마리의 토끼를 잡은 예능 작가 하아희를 소개한다.

오늘 촬영 어땠어요?
 제가 연예인도 아닌데 이런 화보를 찍다니, 너무 신기하네요. 부디 예쁘게 나오길 바라는 마음이에요.

실시간 검색어에 오른 소감은 어떤가요?

하하. 실시간 검색어에 오를 줄은 상상도 못 했어요. 예비 신랑이 유명인이긴 하지만…… 요즘은 특히 TV에 잘 나오지도 않아서 그냥 기사 몇 개만 뜨고 지나갈 줄 알았는데 제 SNS에 올린 웨딩 화보까지 다 퍼졌더라고요. 얼떨떨한 기분이에요.

연예인과 방송 작가의 결혼이라니 드라마 같은 이야기니까요. 혹시 프로그램 촬영 당시부터 만나던 사이였나요?

절대 아니에요. 오히려 촬영 때는 강 셰프님이 예민하게 구셔서 저나 스태프들이나 고생을 많이 해서 사이가 안 좋았어요. 아시다시피 강 셰프님이 요리에 관해서는 까다로우시잖아요.

어떻게 결혼까지 골인하게 되셨는지 궁금하네요.

뭐……. 첫인상이 다는 아니니까요. 처음엔 미안해서 잘 챙겨 준 줄 알았는데 나중에 물어보니까 아니었다고 하더라고요.

얼굴이 빨개지셨어요. 연애 4년 차에 결혼하시는데 특별히 결혼을 결심하게 된 에피소드가 있을까요?

특별한 에피소드는 없어요. 없나? 어떻게 보면 별거 아닌데, 원래 요리사들은 집에서 요리 안 한다고 하잖아요. 그런데 태석 씨는 몇 년이 돼도 제가 부엌에 들어가지 못하게 했어요. 설거지도 하지 말라고. 연애 초반에만 그런 게 아니라 한결같으니까 '아, 이 사람이랑은 결혼해도 되겠다.' 싶었죠. 요리만 잘하는 건 아니에요. 원래도 깔끔한 성격이라 정리 정돈도 잘하고 집안일도 잘해요. 절 고생시킬 것 같진 않더라고요.

와, 염장 제대로 당하네요. 고쳤으면 하는 단점이 있다면?
음…… 말을 잘 안 하는 거? 무슨 일이 있어도 자기가 어느 정도 해결하고 저한테 말하는 게 조금 스트레스에요. 제가 방송 작가다 보니 밤낮없이 일해서 부담 주고 싶지 않다는데, 나중에 알게 되면 섭섭해요.

그건 큰일이네요. 최근에 섭섭한 일이 있었다면?
음, 둘이 상의해서 예물, 예단 안 하기로 정했는데 밥 먹고 나서 갑자기 예물 세트를 가져오더라고요. 이건 꼭 해주고 싶었다고……. 예단 되돌려 줄 필요 없이 그냥 가지라는데 좀 그랬어요. 부담도 되고, 미안하고. 이미 정한 거 번복하는 것 같아서 맘도 상하고.

자랑하시는 거죠? 자, 그럼 직접 기획하신 〈맛내투어〉,

〈길 위의 미식가〉 얘기를 해 보죠.

제가 직접 기획했다고는 해도 혼자서 다 진행한 건 아니에요. 저, 희수 선배님, 승아 씨 이렇게 세 명이 팀을 이뤄서 합을 맞추고 있어요.

(후략)

팔락팔락, 잡지 페이지를 넘겼다. 인터뷰 페이지의 옆엔 여러 벌의 웨딩드레스를 입은 아희의 화보가 실려 있었다. 원래대로라면 연예인도 아닌 아희에게 배당된 분량은 세 페이지인데, 며칠 전에 불륜설이 터진 연예인 화보가 취소되며 급하게 페이지가 늘어났다고 한다. 자신이 아닌 것 같은 화보를 보며 아희는 민망하면서도 뿌듯해졌다.

"내가 잡지에 다 나와 보네."

중얼거리는데 헤어 디자이너가 세팅을 끝냈다며 그녀를 일으켰다.

"신부님, 이제 드레스 입으러 가실게요."

"네."

웨딩 화보를 찍을 때도, 잡지 화보를 찍을 때도, 심지어 어제까지도 실감이 나지 않았는데 결혼식 당일이 되니 확실히 이제 결혼하는구나, 왠지 울컥하는 기분이다. 아희는 드레스를 입고 머리에 면사포를 단 뒤 거울 앞에 섰다.

"울어요?"

그때 마찬가지로 가벼운 메이크업을 마치고 턱시도를 입고 나온 태석이 그녀의 어깨를 안아 왔다. 약간 붉어진 눈가를 매만지려던 그는 샵 스태프의 매서운 눈초리에 손을 내리고 레이스에 감싸인 마른 어깨만 쓰다듬었다.

"새벽부터 힘들죠? 빨리 끝내고 출국해 버립시다."

태석의 말에 아희가 피식 웃음을 터트렸다.

"결혼식이 메인이고 신혼여행이 서브거든요?"

"나한텐 신혼여행이 메인이에요. 우리 둘만 있을 수 있는 게 메인이지."

태석은 아희의 손을 잡아서 쪽쪽 입 맞추며 장난스럽게 웃었다. 음흉한 그 웃음에 아희가 활짝 웃다가 화장 번진다며 한 소리 들었다.

이제 결혼식장으로 이동할 시간이 되었다. 태석이 아희에게 손을 내밀었다.

"자, 신부님. 이제 가실까요?"

"어딜 같이 걸으려고. 신랑님은 제 드레스나 드세요."

아희는 도도하게 태석을 지나쳤고 태석은 웃음을 터트리며 도우미를 도와 아희의 웨딩드레스 자락을 들고 웨딩카로 향했다.

벨벳 리본이 흔들리는 웨딩카가 도심을 가로질렀다. 태석은 차에 달린 리본이 마치 제 마음을 대변하는 것 같았다.

'저 오늘 결혼합니다!'

팔락팔락, 리본이 흔들리며 기쁨을 뿌렸다. 태석은 꾸벅꾸벅 조는 아희를 사랑스럽게 보며 그녀의 손을 꼭 잡았다.

* * *

결혼식은 평범하게 진행되었다. 태석은 본 게임에 강한 편이라 그의 인생을 바꾼 서바이벌 프로그램에서도 떨어본 적이 없었다. 그러나 흰 복도 앞에 선 지금만큼은 몹시 떨렸다.

-신랑 입장!

연습한 대로 너무 빠르지 않게 한 걸음 한 걸음 내디뎠다. 그런데 이상했다. 죽을 때도 아닌데 주마등처럼 아희와 처음 만났던 때부터 지금까지의 일들이 눈앞을 스쳐 지나갔다. 가슴이 벅찼다. 최악의 출연자에서 인생의 동반자가 되기까지 얼마나 많은 일이 있었던가.

샵에서 울먹이던 아희를 놀릴 게 아니었다. 태석은 차오르는 눈물을 꾹 참고 제자리에 서서 아희를 기다렸다.

태석은 혼주석에 앉은 양가 부모님들을 바라보았다. 아버지들은 양복을, 어머니들은 곱게 맞춘 한복을 입고 계셨다. 부모님은 서로의 손을 꼭 잡고 태석을 바라보았다. 주름진 얼굴 위로 잔잔한 감동이 흘렀다.

태석이 결혼만 하면 당장에 이혼할 거라고 으름장을 놓던 어머니는 아버지의 끈질긴 구애에 못 이겨 별거를 끝내고 집을 합치셨다. 그렇게 결혼하라고 성화더니, 집을 합치고 나자 태석이 결혼을 하거나 말거나 신경도 쓰지 않으셨다. 덕분에 아희는 충분한 고민 끝에 결혼을 결정할 수 있었지만.

'부모님처럼 살 수 있을까?'

아옹다옹 싸우면서도 끝내 서로에게 돌아오는, 그런 평생의 동반자가 될 수 있을까. 태석은 얼른 고개를 저었다.

'부모님보다 더 잘 살아야지. 아희 씨 눈에서 눈물 안 나게.'

그가 다짐했을 때 사회자가 외쳤다.

-신부 입장!

2층의 곡선 계단에서부터 천천히 아희가 걸어 내려왔다. 사뿐사뿐 걷는 걸음에 풍성한 드레스가 물결처럼 출렁였다.

마치 카메라가 줌을 당기는 것처럼 태석은 아희만 크게 보였다. 아니, 주변이 지워지는 것 같았다.

사뿐- 사뿐-.

한 걸음씩 아희가 다가온다.

하객들의 박수와 함성이 식장을 가득 메웠지만 태석은

그 소리보다 제 심장 소리가 더 크게 느껴졌다. 두근두근, 그녀가 한 걸음씩 걸을 때마다 심장이 쿵쾅거렸다.

태석은 떨리는 다리로 달려 나가 아희의 손을 잡았다. 아희는 푸시시 웃었다.

"울어요?"

"……응."

태석은 그대로 고개를 숙였고 아희는 팔을 벌려 태석을 안았다. 처음 보는 태석의 모습에 그의 친구들이 경악하며 야유를 보냈고 아희의 친구들은 너무 로맨틱하다며 소리를 질렀다.

"태석 씨 때문에 나까지 눈물 나잖아요."

태석을 다독이던 아희도 결국 그렁그렁 맺힌 눈물을 뚝 떨궜다. 태석은 고개를 들고 아희의 입술에 제 입술을 꾹 붙였다.

"나와 결혼해 줘서 고마워요. 평생 맛있는 것만 먹게 해 줄게요."

태석은 평생 행복하게 해 주겠다는 말은 지키지 못할까 무섭다고 했다. 거짓말을 하지 못하는 그다운 말에 아희는 울면서 웃었다.

평생 맛있는 거라니. 당신의 사랑이 내겐 제일 맛있어요.

그녀는 서툰 말 대신 심장이 시키는 말을 했다.

"사랑해요, 여보."

태석은 다시 눈물을 쏟으며 품에서 반지를 꺼냈고, 절차가 뒤죽박죽이 된 이날의 결혼식 영상은 국내외로 화제가 되며 청춘 남녀들에게 결혼의 로망을 심어 주었다.

* * *

부케를 받은 승아는 신혼여행을 다녀온 두 사람에게 부케로 만든 드라이플라워 액자를 선물했고 6개월이 지나기 전에 청첩장을 전해 주었다.

태석의 사랑을 온몸에 두른 채로 아희는 축하의 말을 건넸다.

"결혼 축하해."

"고마워요. 언니 근데…… 혹시?"

전보다 살이 오른 얼굴로 아희가 씩 웃었다.

"글쎄? 매일 맛있는 것만 먹다 보니 살이 쪘나?"

초음파 사진은 태석에게 제일 먼저 보여 주어야 하니까, 아직은 비밀이었다.